读书·读人·读物——金克木编年录

黄德海 撰

作家出版社

你的魂灵（心意）向迅急的光

远远走去了的时候，

我们召唤你的那个（魂灵）

回这里，

居住下去，生活下去。

——《梨俱吠陀》

目 录

说　明

1. 以金克木回忆文字为主，间以他人涉及之文，时杂考证。

2. 凡引金克木文，随文标篇目。《旧巢痕》标回目。

3. 引未入《金克木集》的篇目，后标"（佚）"。

4. 文字以《金克木集》为准，标点略有改动。

5. 引文中括号里出现"按"，是撰者所加按语。

6. 仿宋体标示的文章，为《金克木集》未收者。

7. 部分字词用法与现行规范有别，存历史面貌，仍旧。

这里必须根绝一切犹豫；

这里任何怯懦都无济于事。

——但丁《神曲》

上编　学习时代

（1912—1945）

明末清初

农民大起义，远祖自四川流落至安徽寿州凤台县。"在明末清初的农民大起义中，他的远祖一家从四川出来，最后流落到安徽 S 州的 F 县。这名为属于州官管辖的县，其实县治只是河岸边的小镇，同所属的乡间集镇差不了多少。离县治不过五里路就是一些小山头环抱的谷中盆地。这家人就在这里定居下来。大概是依靠全家人的勤劳开荒，这片山地居然渐渐变成生长粮食和果树的小桃花源。这家人也繁殖成为一族人。"（《旧巢痕》第二回）[①]

道光年间

高祖迁至寿州城内。"大约在清朝道光年间，鸦片战争之前，这一族中有一小户搬了出去。这是一家五兄弟中最小的弟弟。说不清究竟当时为了什么原因，也许是家务纠纷，这个读过一点书的小兄弟遭到歧视，就带着家眷搬到了三十里外的 S 州城里。逢年过节他们还回来祭扫祖先坟墓，但他们在这山窝里已没有田地房屋，再不回来种地了。"（第二回）

---

① "《旧巢痕》和《难忘的影子》是小说还是回忆录？""书中自有一个世界。书写得好，假的也成真的；书写得不好，真的也成假的。小说体的回忆录，回忆录式的小说，有什么区别呢？真事过去了，再说出来，也成为小说了。越说是真的，越是要人以假当真。越说是虚构，越是告诉人其中有真人。"（《读者和作者》）"写此书于七十年代末，为给上山下乡儿女知道前代的事，不为发表。过了三年才有出版之议，所以不像小说也不足为怪。"（评点本《旧巢痕》第三回旁批）对《旧巢痕》（包括此后《难忘的影子》）材料的使用，以此为据，斟酌去取。书中年份时有小误，影响明显者随文注出。文中字母指代无疑义者，不出注。此后单标回目者，均出《旧巢痕》。

太平天国末期

曾祖殁于苗沛霖攻打寿州之役。清朝获胜,明令褒奖。祖父恩赏为贡生。父考取秀才,补廪生。"太平天国末期,这一带的仗打得很厉害。皖北出了一个反复无常的苗沛霖。他是个举人,却投了太平军,见清军得势又投清军。当他打着太平军旗号攻打 S 州城的时候,城里的州官集合人守城,把一些绅士,包括教书秀才,也拉来帮助守城指挥作战,以壮声势。这位从山中来的农民族中的秀才也在其内。城一破,他死了,尸骨无存。清朝一胜利,抚恤为皇帝效忠的人,他当然在内。除列入县志,明令褒奖等等以外,还给他的独子一个恩赏的功名,一个未经考试而得的秀才头衔,贡生。这个独子却也奇怪,竟不肯借此进一步应考,也不肯利用这个去走动官府,却躲在家里不出来,只极力培养他的下一代独子。他自己四十多岁就死了。他的独子却考取了秀才,又补上了廪生,每月有官费,而且有资格给考秀才的童生作保人以取得报酬。他于是成了教私塾的教师,还常常做些诗文,有了点名气。菜园当然是雇工去种了。"[1](第二回)

1894 年

父金沛田受老师邀赴军中,未至而邀者已随丁汝昌、邓世昌殉国。为师理丧,结识军门,谋得"卡子",获钱捐班。"甲午年

---

[1] "金在镕,六品军功,粤逆陷皖,办练守御。当苗逆破城,有友人劝之逃,乃正色曰:'吾辈读书,所习何事?生不能灭此群丑,与城共存亡可也。勿多言。'友泣而别。遂具衣冠,投水而死。旌表如例。嗣子丽生,蓝翎五品衔,府经历。痛父骨未收,哀慕终身。家贫事母而殁。孙,沛田,恩贡生。"光绪《寿州志》卷二十一《人物志·忠节》,江苏古籍出版社,1998 年 4 月版,第 286 页。

（一八九四）中日战争爆发了。他有个不知什么关系联上的老师，姓戴，在军中做官，邀他前去。他自认是'驿马星动'，欣然上路往天津赶去转海道。不料人还未到，那位老师已随丁汝昌、邓世昌殉国而死了。……不过他这一趟路也没有白跑。因为他远来为师理丧，帮助老师的家属和亲友做了点事，竟由此得到与已故老师有关联的人推荐给一位 S '军门'去教家馆。……他在这位军官家中当了家庭教书先生兼做点私人秘书的业余工作。……很快他就得到了这位'军门'的赏识。有一次谈话中，这位 S 大人竟关切地问他的理想前途，慨然答应给他谋一个'卡子'。……有个'军门'的旗号做后台，他连干了两三处'卡子'。尽管地方都小得可以，收入总是比教书大得多。……这位包税人却连年捞了一笔钱，就照当时清朝的公开卖官条例，花钱'捐班'，买到了一个县官之职。"（第二回）

甲午战争起。

1906 年

父代理江西万载县知县。"他要求不高，又不怕边远穷瘠。竟得到分发江西 Y 州。"[1]（第二回）

1907 年

父与友朋唱酬集《鸿雪吟缘》刻印。集中之诗，感叹中国积弱，有涉于风气之变，并可见其治绩。"兴警察军，设习艺所，建

---

[1] 　光绪三十二年"知县事"栏："金沛田，字心农，安徽寿州优贡。"《万载县志》，成文出版社有限公司，1975 年版，第 942 页。此志据"民国龙赓言纂修、民国二十九年刊本"影印。

城乡中小学堂及师范传习所，预筹经费，规画久远。"①

1910 年

父受嘉奖。"谕内阁，冯汝骙奏考察属员贤否，分别举劾一折。江西饶州府知府王祖同、南安府同知请调广信府同知明良、署萍乡县滥溪县知县杨焜、代理万载县补用知州金沛田、署章渷贡县补用知县汪都良、准补义宁州知州许凤藻，既据该抚胪陈政绩，均着传旨嘉奖。"②

1911 年

父进京朝觐，复任万载知县。"先在一个小县里混了一气，又搜刮了一笔银子'报效'朝廷，竟买到了'入京引见'。大概是宣统登基的第三年初，他兴冲冲地跑到北京，向吏部之类衙门'报效'一番，到午门磕了头，'望阙谢恩'，拿着'署理 Y 州知州''实放 W 县知县'的封官文书回江西上任。得意之余，他作出了一生最后一首诗，其中说，'仰首天颜真咫尺'。"③（第二回）。

辛亥革命。

---

① 居然，《天壤孤篆——〈鸿雪吟缘〉》，《收藏快报》，2015 年 12 月 16 日。

② 《大清宣统政纪》卷三十七，宣统二年六月庚寅。

③ 宣统三年"知县事"栏："复任。绝续之交，苦心维持，地方受益不浅。"《万载县志》，前揭，第 943 页。金克木 1997 年 5 月 2 日致丁凤雏函："先父是江西省袁州府（？）义宁州万载县前清末任知县，可能'署理'过义宁州知州，辛亥革命罢官，1913 年病故于江西县衙。"鲍焱，《桂庵文稿》，第 109 页，学苑出版社，2015 年 11 月版。

1912年　1岁[1]

8月14日，农历壬子年七月初二，出生。原名金业勤，别名金冶情、金季章。[2] 父时年五十九岁，母周学勤十九岁[3]。母江西万载县人，生于铁匠铺，为丫环收房。"这个还不到二十周岁的姑娘已经被卖三次了。……经官媒人一说，Y家的丫头长得又白，又年轻，身体又好，听话，能干，只是一双大脚难看，老爷和太太便都同意要。由于是从官府人家出来的，据说总共花了三百两银子才买进了门，取了一个丫头名字。不久，老爷取得了太太的同意，把她收了房，以便自己也得到贴身服侍。没想到这丫头真有福气，竟在这'鼎革'之年，老爷头上的花翎和顶戴都掉了下来的倒霉年头，给他生下了一个儿子。"（第一回）

清亡，被扣押抄家。"当武昌革命炮响之后，南昌随着闹'光复'，这个小县里立刻大乱。县官维持不住，表示'归顺新朝'，这也不行。本人被扣押，家眷被赶出衙门，寄居在一艘大船上。同时还有些人来'抄家'。说也奇怪，'抄'的东西是有目标的。家中一切都扣在衙门内，上了锁，贴了封条，可是那许多书箱却被翻了一遍，几乎本本书都翻开看过。船上只有妇女儿童，就'抄'可疑之物，把小儿尿片一块一块检查过。结果当然是一无所获。事后才知道，原来有人造谣说，县官的银钱都打成了薄薄的金叶子，藏在书中，所以来抄书，并非要兴文字狱。船上没有书，可夹金叶子的只

---

① 标年龄用虚岁。

② 原名、别名信息据《中国民主党派历史、政纲、人物》，山东人民出版社，1990年11月版，第831页。此书后谓"1930年入北平民国大学教育学学习"，不确，此书信息存疑。母亲名字中有"勤"字，儿子名字中复有，似犯讳。

③ 母名据沈亚明，《试解〈数学难题〉四友（上）——金克木与沈仲章：难忘的影子（三）》，刊《掌故》第三集，中华书局，2018年1月版。

有尿片，因此特蒙注意。"（第三回）

中华民国成立。

1913年 2岁

父亡，临终有《上大总统书》。"公元一九一三年的阴历三月中，江西 W 县衙门后面那所房子的一间小书房里，一个小老头坐在藤椅上，头向后靠着椅背，一手搭在扶手上，一手抚着胸口，闭着眼睛，无声无息。他面前的桌子上放着一只空碗，一双筷子，一个盘子，里面有一根油条。桌上还有打开的墨盒，上面架着一支小楷毛笔，旁边是一张纸，纸上几乎写满了行书字，有许多添注涂改，仿佛一篇文章稿子，题目却是《上大总统书》。"（第一回）"听说孙中山大总统已让了位，袁世凯当了大总统。老袁是清朝旧臣，是安徽人李鸿章提拔的，又做过安徽人吴长庆的部下，说不定还有点情面。他便起草《上大总统书》，妄想用北京来压江西。"（第二回）"临终作道士装束，大概是不殉清朝也不顺民国之意吧？"（第一回旁批）

异母长兄归来善后。"他先是'举哀'行礼如仪，将父亲'大殓'。作为客居，一切从俭，说明回家乡后再正式'开吊'。他自己照例'披麻戴孝'，在家'守制'，同时毫不犹疑地进行活动。""他也同父亲一样自知不能靠科举出身升官发财，要'上进'只有另谋出路，于是也涉猎'杂学'。……终于他不知由什么机会到了河南。他不但同父亲一样有'秘书'之才，还有一桩胜过父亲之处，不像父亲那样是千年历史传统下的书呆子，只知照老一套做官。他毕竟是第二代了。他在河南施展了联络之才，居然巴结上了一些当时当地的'要人'，竟以外乡人而在河南立足了。……由于一次什么宴会之类的机缘，大老爷和一位公子拉上了关系。两人谈得'投契'，他竟然被这位大公子看中了。公子有极大的野心，又有极远的眼光，正在物色人才，网罗部下，一眼发现这个安徽书生不是寻常之辈，很有点经济韬略，杂学旁通，是封建传统中的非凡人物，绝非一个文人或学究。大概不消多日，两人心照不宣，大老爷弃文就武，由教书而秘书，由文秘书而武秘书，和他父亲的弄'卡子'赚钱买官做'分道扬镳'而'殊途同归'了。""这位公子的大红名帖上是三个大字：袁克定。"（第三回）

母子随嫡母同往安庆。"A 城是个山城，斜靠在山坡上，裸露在长江中来往的轮船上乘客眼里。城里也几乎到处在高地上都可以望见下面滚滚流动的长江。……他一生中第一件储存在记忆中的材料便是长江中的轮船。两岁时，他一听到远远的汽笛声，便要求大人带他到后花园中去，要大人抱他起来望江中的船。这是有一段时间内他的天天必修的功课。"（第五回）

孙中山让位，袁世凯任大总统。

1914年　3岁

断奶。"母亲抱他在怀里，解开衣裳，露出涂了深黄色的不知是什么东西（黄连？）的乳头。他习惯地含在口里，立刻吐了出来，嘴里一阵苦，摇摇头，不吃了。……这是遵照古老风俗断奶的一次仪式，是三岁的孩子脱离婴儿时期的大事。三岁孩子的记忆中刻下了这一幕的印象。这苦味要一直到他停止呼吸时才会消失。"（第五回）

学说话。"严格说，正式教我说话的第一位老师是我的大嫂。我不满三足岁，她给我'发蒙'，教我认字，念书，实际上是教我说话。""我出生时父亲在江西，我的生母是鄱阳湖边人，本来是一口土音土话，改学淮河流域的话。但她所服侍的人，我的嫡母是安庆人，所以她学的安徽话不地道，直到二十几岁到了淮河南岸一住二十年才改说当地话，但还有几个字音仍然只会用仿佛卷着舌头的发音，一直到七十五岁满了离开世界时还没有改过来。那位嫡母说的也不是纯粹安庆话，杂七杂八。回到老家后，邻居，甚至本地乡下的二嫂和三嫂都有时听不懂她的话，需要我翻译。她自己告诉我，她的母亲或是祖母或是别的什么人是广东人，说广东话，还有什么人也不是本地人，所以她的口音杂。我学说话时当然不明白这些语言的区别，只是耳朵里听惯了种种不同的音调，一点不觉得稀奇，以为是平常事。一个字可以有不止一种音，一个意思可以有不同说法，我以为是当然。"（《学说话》）

第一次世界大战起。

1915年　4岁

认字，背诵《三字经》，三哥教读"字块"。"我探索人生道路的有意识的学习从三岁开始。学说话的老师是从母亲到大嫂，学读书的老师是从大嫂到三哥。读书也是说话，当大嫂教我第一个字'人'和第一句话'人之初'时，我学习了读书，也学习了说话。说话的底子是我的生母打下的。当她教我叫她那个写不出来的符号时，她是教我说话和对她做思想交流。到大嫂教我时，我觉得学读书和学说话一样。"（《学说话》）"在他念了一段书以后，上新学堂的三哥认为这样死背书不行，买了一盒'字块'给他。一张张方块纸，正面是字，背面是画。有些字他认得，有些字认不得，三哥便抽空教他。他很快念完了一包，三哥又给他买一包来。"（第五回）

袁世凯称帝。日本向袁世凯政府提出"二十一条"。

1916年　5岁

母子随嫡母归寿县老宅，大哥一家暂留安庆。"这次旅行在孩子的记忆中留下的是'轿子—船—火车—船—轿子'，他是在封闭中移动的，而且差不多一直是抱在母亲怀里。她只怕这个比性命还要贵重的小宝贝丢失了。"（第六回）

至二嫂，即小表姐房中闲谈，谈话内容对大人保密。"他把手帕和糖拿出来给妈妈。讲了二嫂房里的摆设和墙上的月份牌，却一字也没有提什么表姐、表弟、九舅、十舅和二哥。这并不是他明白二嫂不该跟他讲这些，也不是他服从二嫂的命令，而是他服从他所属的这个封建知识分子家庭教训他的道德规范：小孩子不许传大人讲的话。尽管大人们经常言行不一，违反自己宣扬的伦理道德，可是教训小孩子倒是有作用的。"（第六回）

读书进度。"念完了《三字经》和一大盒'字块'，可是不会写字，不会讲。"（第六回）

袁世凯取消帝制，寻病殁。蔡元培任北京大学校长。

1917年　6岁

随二哥进庙，观阎君殿。"二哥带他到正殿廊上，只见正中间巍然一位大神像，旁边还有几个神像。殿门是关着的。……下了殿的台阶，再回头向上望，才看见还有一些大匾挂在檐下。一边有个匾，上写着'你可来了'。另一边有个匾是个大算盘，上面嵌着四个大字'不由人算'。"（第九回）

三哥中学毕业，自省城归家，入其室。"室内……有一台小风琴和一对哑铃。桌上放的书也是洋装的。有些书是英文的。有一本《查理斯密小代数学》，我认识书面上的字，不知道说的是什么。"

（《学读书》）"他自己用功写大字，念英文、古文，我一概不懂，也不问。有时他弹风琴，偶尔还唱歌。我也看到过他两手拿着哑铃做体操。"（第十回）

识字约一千。三哥奉大哥之命教读书，以《百家姓》《千字文》《千家诗》《龙文鞭影》不适合作儿童读物，教读商务版《国文教科书》。"三哥一算，他认得的约有一千字了。……三哥上街去买了一套商务印书馆的《国文教科书》来。那比用'人、手、足、刀、尺'开头的一套还要古一些，可能是戊戌变法后商务印书馆编的第一套新式教科书，书名题字下是'海盐张元济题'。书中文体当然是文言，还很深，进度也快，可是每课不长，还有插图。"（第十回）"这书的开头第一课便是一篇小文章，当然是文言的，不过很容易，和说话差不多。三哥的教法也很特别，先让我自己看，有哪个字不认识就问他。文章是用圈点断句的。我差不多字字认识。随后三哥一句一句教我跟着念。他的读法和说话一样。念完了，问我懂得多少。我初看时凭认的字知道一点意思，跟着他用说话口气一念，又明白了一些，便说了大意。三哥又问了几个难字难句要我讲。讲不出或是讲得不对，他再讲解，纠正。末了是教我自己念，念熟了背给他听，这一课便结束了。"（《学读书》）

从嫡母与生母所读没写成文字的书，教科书中的故事，是学读书的开口奶。"小老鼠怕猫，黄莺儿唱歌挨打，鹬蚌、两虎相争，宁可让别人得利，这些便是我学读书的'开口奶'。这类故事虽有趣，那教训却是没有实际用处的，也许还是对思想有伤害而不利于处世的。"（《学读书》）

读《论语》《孟子》。"直到听说大哥快要回来，一套书也快念完了，三哥才把这新式课本中断，改教小弟弟加紧赶读孔夫子的《论语》。……这部《论语》对小弟弟来说确是有点新鲜。书中没有图还不说，又是线装木刻印的大本子。本子很长，上下分做两半。上半都是小字，下半的字有大有小。大字的本文开头和中间有圆圈，这是标明章节的。句子不分开，句中插些双行小字注，读时要跳着念大字，不连贯。……三哥说，从前人要应考试去做官，是要连大字带小字一齐背诵的，只许照小字讲解大字。……现在不要应考了，不必念朱夫子的小字注了。至于上面那半截书的什么'章旨''节旨'之类批注都可以一概不管。三哥教得很简单，要求的是识字，能背诵，要能连续背下去。"（第十回）"后来，他开始读《孟子》的第一册《上孟》时，花盆里已壅上了土。再以后，艾叶四披，菊花一盆盆长得很好。三哥培养菊花比培养小弟弟更用心。小弟弟对菊花也比对孔孟更感兴趣。"（第十二回）

三哥教写字，描红。影仿一篇为"上大人孔乙己化三千七十士尔小生可知礼也"。"过不几天，三哥看弟弟的《论语》实在念得太快，《学而》一章能从头背到底毫不费力，字字都认识，背完就跪在椅子上看他写字，又不便赶走他。于是三哥在弟弟念书的方凳上也摆上一块有木盒子的小砚台，一小锭墨，一支笔，一叠红'影仿'叫弟弟也写字，免得老早就放学或则总在他旁边好像监考试一样看他读书写字。"（第十回）

见到自杀的女人。"这是他有记忆以来亲眼看到的第一个死人。这是一个横死的，自杀的女人。不过当时他并不知道。谁也没告诉他。他看到的第二个死人也是一个女人，是绑在大树上绞死（勒死）的，据说是犯了通奸和'谋杀亲夫'罪。这是他在人群中远远望见并听来的。那已是几年以后的事了。"（第十一回）

认识第一个女朋友。"两个孩子所受的教养和所生活的环境大不相同。一个知书识字，一个是文盲。然而对世界的知识，小文盲这时却比小读书人懂得多。头一天两人谈话互觉新鲜，彼此不大对头，都觉得可笑，不过总算是互相认识了。"（第十二回）"我的兴趣全在这个小女孩身上。第一次看到和我差不多大的小孩，而且是女的。她的小辫子上还扎着小小的野花。一见面就很熟。她带我到门外菜园中和麦田里，告诉我什么草，什么虫，这样，那样，全是我第一次听到的新鲜事。"(《小人物·小文章》)

长兄自外归，购买大宅，举家迁入。"新房子确是一所大宅子，有大小五个院子，不过正式算院子的只有前院和后院。两院中有前堂屋和后堂屋，又各分上下，朝南的是上堂屋，朝北的是下堂屋，都有明间、暗间。另外有一个客厅兼书房，处在一个独立的小院中。还有个很大的后花园。可宝贵的是园中有一口甜水井，不用到外面挑水、买水了。"(第十四回)

二月革命。十月革命。军阀混战起。

1918年　7岁

大哥临行，嘱咐读书及相关事宜。"趁记性好，把《四书》念完就念《五经》，先不必讲，背会了再说。长大了，记性一差，再背就来不及了。背'曰若稽古帝尧'，'乾元亨利贞'，就觉得不顺嘴了。到十岁再念诗词歌赋、古文，开讲也可以早些。《诗》《书》《易》《礼》《春秋左传》，只要背，先不讲，讲也不懂。这些书烂熟在肚子里，一辈子都有用。"(第十九回)"十岁以后念点古文、唐诗、《纲鉴》。现在世道变了，没有旧学不行，单靠旧学也不行。十岁前后，旧学要接着学，还要从头学新学。……有些书，八股文、试帖诗，不用念了，你也不会懂。有些'维新'书，看不看都可以。有些大部头的书可以翻翻，不能都懂也算了。有些闲书不能看……小本、小字、石印、有光纸，看了，眼也坏了，心也坏了。记住，不许看。有不少字帖是很难得的，没事可以看看，但不能照学，先得写好正楷。……记住，不要忙着去学行、草、篆、隶。……头一条是要把书念好，然后才能跟你三哥同大嫂学那些'杂学'。

那是不能当饭吃的。可是现在世面上，一点不知道不行。要知道，有的事也要会，只是不准自己做。"（第二十回）

大哥房中讲《诗经·关雎》。"这是《诗经》，开头是《周南》，这是第一篇。记得孔夫子说的话吧？'不学诗，无以言。'我亲自给你起个头，以后三哥教。……我不教你念几句书，总觉得缺点什么。伯伯（按爸爸）要在世，他一定会亲自教你。现在我无论如何得亲自教你几句书。"（第二十回）

跟三哥学英文，有所感。"我读了几本古书以后就学英文，由哥哥照他学习时的老方法教。先背《英字切音》，一个辅音加一个元音拼起来，顺序发音好像念日文字母表，不知是不是从日本学来的。再读本世纪初年的《新世纪英文读本》。'一个男孩，一个桃，一个男孩和一个桃。'都是单音节词，容易背，不过还得记住字母拼法。还要学英国人教印度人的《纳氏文法》，也就是'葛郎玛'。第一册很薄，第四册很厚，要求学完前两册。这可难了。开头讲的全是词类，名、形、代、动、状、连、介、叹。名称就难记，还得背定义。名词定义背了几天才会，还是拗口。……句子出来，更讨厌。'你是谁'要说成'谁是你'。是字也得跟着你变。先说是，你字还没出来，怎么知道跟谁变？怪不得叫做洋鬼子，讲话颠三倒四。……英国人的脑袋这么不通，怎么能把中国人打得上吐下泻？什么地方出了毛病？"[1]（《文通葛郎玛》）

续念古书，受社会教育。"照大哥订下的学习计划，《论》《孟》念完，念《大学》《中庸》；《四书》都完了，念《诗经》《书经》。不等《五经》读完就要开始同时念《古文观止》和《唐诗三百首》。以后，大哥离开了家，再也没有管弟弟的教育了，可是念古书的程序依然是这样，不过多念了一本《幼学琼林》，是四六对句的骈文，

---

[1] 初学英语情形，置此。

专教一些典故，还由此学了一些平仄和对对子的常识。这就是小孩子上小学以前所受的书本的'学前教育'。三哥私下教的英文字母和几句英文不算。那些书本以外的人和物的教育自然更不能算了；其实那些教育不比书本小，也许还更大些。"（第十五回）

淮河大水。"淮河忽然发了大水。春夏之交连连下大雨。从河南上游到江苏下游一片汪洋。一座城泡在水里，如同一个小盆。连城里都到处是水。"（第二十六回）

"提灯会"庆祝第一次世界大战结束。"大队的学生提着纸灯笼排队从门前经过。队两侧拥挤着一些大人小孩跟着走。大队最前面是两个年纪大的学生，各举一面'五色'（红、黄、蓝、白、黑代表汉、满、蒙、回、藏）国旗。紧接着是一个'军乐队'，也是学生，打着身上挎的'洋鼓'，吹着'洋号'，照军操的步伐前进。……每个学生手里都提个纸糊的小灯笼。"（第二十一回）

第一次世界大战结束。

1919年　8岁

助大嫂理书，见《天雨花》《笔生花》《玉钏缘》《再生缘》《玉蜻蜓》《珍珠塔》《双珠凤》《庵堂认母》《义妖传》(《白蛇传》)《缀白裘》等，并见《六也曲谱》及《桃花泉弈谱》《弈理指归图》等。大嫂有言。"念书人不光是要念圣贤书，还要会一点琴棋书画。这些都要在小时候学。一点不会，将来遭人笑话。正书以外也要知道闲书。这是见世面的书，一点不懂，成了书呆子，长大了，上不得台面。圣贤书要照着学，这些书不要照着学；学不得，学了就变坏了。不知道又不行。好比世上有好人，有坏人，要学做好人，又要知道坏人。不知道就不会防备。下棋、唱曲子比不得写字、画画、

作诗。可是都得会。这些都得在小时候打底子，容易入门。将来应酬场上不会受人欺负。长大了再学，就晚了。"（第二十二回）

大嫂唱书，《再生缘》。"大嫂的唱法很好听，不知是什么曲调。大体是相仿的双行七字句对称调，有三字句夹在中间便三字停顿一下。虽然有点单调，却并不令人厌倦。到后来小弟弟成了大人，学了咏诗，听了戏曲，也没弄清大嫂唱的是什么调子。那既不是旧诗，也不是江南弹词，又不是河南坠子，更不是河南梆子（豫剧），离昆曲也很远，却像是利用了咏旧诗七律的音调，改变为曲子，也可能是大嫂自己的创造。听的人一半是听故事，一半是听音乐。"（第二十二回）

读理出的各种"闲书"。"他越看越快，没过多少时候，大嫂的摆出来的藏书已被他浏览了一遍，看书的能力大长进，知识也增加了不少。遇到不认识的字和讲不通的句子，也挡不住他，他会用眼睛一路滑过去，根本不是一字一字读和一句一句想，只是眼睛看。这和读《四书》《五经》大不相同，不过两者的内容对他来说都是似懂非懂。"（第二十二回）

入塾读书，侄子老师教读《诗经》。其时《周南》《召南》已读毕，自《国风》始。"开学时，客厅里四面摆着各色各样的桌椅，都是学生从自己家里搬来的。正中间一张条几，上有香、烛，墙壁上贴着一张红纸，上写'大成至圣先师孔子之神位'，左右边各有两个小字，是'颜、曾'，'思、孟'。条几前的方桌旁两张太师椅是老师座位和待客座位。……老师亲自点起香烛，自己向孔子的纸牌位磕了头，是一跪四叩。然后，三哥对弟弟努了努嘴，弟弟连忙向上跪下，也是一跪四叩。那位侄子老师站在旁边，微微弯着腰。小孩子站起身，回头望一望这位老师，略略踌躇，没有叫，又跪了下去。老师并没有拉他，却自己也跪了下去，不过只是半跪，作个样子。小孩子心里明白，稍微点了点头，不等侄子老师真跪下就站起身，老师也就直起身来。三哥紧接着朝上一揖，侄子慌忙曲身向上陪了一揖。这是'拜托'和'受托'之意。孔子和他的四个门徒好像是见证人。"（第二十四回）

读书速度快，侄子老师命习字《九成宫》，养成可在嘈杂环境中读书的习惯。"整个书房里所有学生都是大声念各自不同的书，谁也听不清大家念的是什么；而且各有各的唱法，拖长了音，有高有低，凑成一曲没有规则的交响乐。……这倒也许是一种很奇特的训练，使得小孩子长大了，在无论怎样闹嚷嚷的屋子里，他都仍然能看书写字。"（第二十四回）

随大嫂学曲未成。学围棋，读棋谱。"前一个老师是哥哥，去教新学校；后一个老师是侄子，来开旧私塾。小孩子念的书照旧是圣贤经典。发蒙老师大嫂却在晚间教他弹词。私塾也有星期日，那是大嫂教下棋和吹箫的日子。"（第二十四回）"她对教小弟弟下棋、吹箫的事不热心了；说是棋让到四个子，可以了，自己去学棋谱吧。曲子是学不会的，箫吹得难听极了，'工尺上四合'也分不清，调不准，不用学了。"（第二十五回）

跟堂姐交朋友。"男女有别，他是除了妈妈和周伯母以外，能记事以来还没有哪个别的女人敢抱他，不知怎么冒出这么个不懂礼的姐姐这样大胆。不过他心里又害怕，又高兴，觉得这个三姐比家里那个三姐好玩得多，又有说，又有笑，不像个女的，一句也不教训他，最后竟然还教他捉蚂蚱。他第一次有了这样一个大女孩子做朋友，有说不出的惊奇和开心。"（第二十三回）

再见第一个女朋友。"第二次见到她时，我已经有七八岁，她也过十岁了吧。仍然是同她父亲一起来，仍然梳着辫子，扎着野花，仍然和我一起出门玩，可是我觉得有点别扭，因为她走路一拐一跛，走不快了。原来她裹上了小脚。我在家中见到过的女人全是小脚。我以为女人生来就是那样的。这时看到她那双尖尖翘起来只用后跟走路的小脚，才知道那是制造出来的。她告诉我，开始裹小脚时怎样疼得睡不着，现在习惯了只是不能快跑捉蝴蝶蚂蚱了。'也追不上你了。'说这话时记得她还做出古怪的笑容，好像表示遗憾。我不知为什么从心底泛出一阵说不出的感觉，仿佛是恶心要吐。看到她长得比上次更好看，偏偏有这双怪脚，走路一歪一扭，变成了丑八怪的样子，于是我连大人的小脚也厌恶起来了。"（《小人物·小文章》）①

　　大嫂耽于赌博，三哥忙于备课，家塾念书不须费力，趁机检家中藏书。"家里几代存下来的书有那么多，又是那么杂乱。一大部书装了几箱子，本子和字体大小全一样，版心下面都有'照旷阁'三个字，内容有懂有不懂。到末了，看到一小本商务印书馆缩小影印这部书的广告介绍，才知道是一部大丛书《学津讨原》的原来版本。还有许多黑底白字的字帖，最大的一套有许多本，叫《停云阁法帖》。有一整箱子全是《小题正鹄》《某某科乡试闱墨》等等八股文，和《七家诗》之类的'试帖诗'。石印小字本居多。文章题目都是《四书》上的。或'赋得'一句诗。又有一大部石印小字书在另一箱里，叫《富强斋丛书》，里面开头就讲电学。其中有个书名很奇怪，叫《汽机必以》（就是现在的'手册'）。这是'格致书院'出版的。还有一套字同样小得不得了的大部书是《皇清经解》。有一箱子里有一些洋纸大字两面印的新书，都印着'作新社藏版'，是在日本横滨印的。还有一批《新民丛报》（梁启超编），一套《不忍杂志》（康有为编），又有梁启超的大部书《饮冰室文集》。还夹着小本大字石印书，题目是：《劝告国民爱国说》《劝告妇女放足说》，都是白话的。有一本铅印线装书，长长的，封面上三个大字：《天演论》，下署：'侯官严复'。又有小字石印书，用两

_____

① 文中言"我已经有七八岁"，系此。

片薄木板夹住，是《皇朝经世文编》。一大批没有裱的大拓片，都是黄山谷的字。这些用木匣子装的大字大本《山谷全集》大概是父亲在江西买的，是'义宁陈宝箴'刻的。另几大张拓片是岳飞写的《前后出师表》。小孩子把几十箱书翻了一个遍，各种各样的书都有，小说却只发现一部，是木版线装一套，题为《石头记》，又名《红楼梦》。……找来找去，又找到一部《燕山外史》，文章好像《幼学琼林》，讲的又好像是故事。他在那部《学津讨原》里找出一本两部书合起来的，封面上写着《甘泽谣》《剧谈录》，翻开看看，倒有故事。他最佩服的是，不知哪本书中讲到的'妙手空空儿'，说是'一击不中即高飞远走'。……忽然在夹缝中找出一本不大不小的铅印书，题为《巴黎茶花女遗事》，署名'冷红生译述'。他翻看了一下，觉得文章很好，可是不懂讲的是什么事，茶花女为什么要死。这同他看《天演论》一开头说，'赫胥黎独坐一室之中……'一样，有趣，却不知说的什么。更不知道他已经接触到了当时两大译家：严复、林纾。他觉得这些洋人跟中国人很不一样。还是《饮冰室文集》后面的一些诗文戏曲吸引了他。《意大利建国三杰传》和《新罗马传奇》和《新中国未来记》等等，他居然有点懂，又觉得洋人和中国人也差不多了。又找到一本破书，叫《十五小豪杰》，'拨发生述'，可惜无头无尾。……后来他在二哥房里得到二嫂给他看的一部《七侠五义》。又在三哥房里得到三嫂给他看的一部《聊斋志异图咏》。两位嫂子不识字，只见书里有画像，不知丈夫看的什么书，要小弟弟讲给她们听，仿佛有审查之意。小孩子却由此知道了小说。三哥还有一部白话小说，是《儿女英雄传》。"（第二十七回）①

通过嫡母骨牌游戏，经三哥指点，初识八卦。"记住'平求王元

---

① 关于家中藏书，1991年有《家藏书寻根》。两文小有参差，可以参照。此处儿童视角，彼处老年反思。

臼（斗）非半米'，这就是八卦。遇'乾'一横，就顺推，遇'坤'两点，就逆推。不管照哪一卦推三次，就得出那张牌，正在那一卦的位置上。'臼''斗'一样，记一个字就行。"（第二十五回）

"五四"运动。

1920年　9岁

大嫂闹"花会"被骗，家庭亏空。"这些日子，全城像疯了一样。有些女的出什么主意，闹'花会'，听说还是从上海传过来的。多少家凑到一起，上中下等人都有，出钱聚起会来，轮流'得会'。本来不是坏事。偏偏有人说这能发财，一本万利，出钱越多，赚头越大。利钱高，不多时就翻一翻。许多婆媳、夫妇为这吵架。闹腾了几个月，也没见谁发财。昨天，几个会头一下子，像约好了一样，把集的钱全带走了，逃得无影无踪了。""你大嫂一定是上人当了。前些日来来往往的，我去厨房时，看着就讨厌。哪像正经人？真不知道你大嫂怎么一下子鬼迷心窍了。你妈妈一定是又上了她的当。"（第二十七回）

长兄亡故。"大哥躺在一口黑色漆得发亮的棺材里回家来了。他只'享年四十有七'，还比不上父亲寿长。死因据说是急病，只一天，他腹痛，中医开药方有热药附子、肉桂，因为是夏天，没敢吃；再找西医，说要开刀，已经来不及了。"（第二十八回）

分家。"名义上，他得了半块田地和半所老房子，是同三哥合得整的；事实上，他什么也没得到。妈妈还得侍候大妈。三哥管他上学。大侄和二哥各得一块地，合得这所大房子。二哥不要房，大嫂给他折价一千元，他给小弟弟作为读书费。大嫂也给小弟弟一千元作为结婚费。这两千元都归大嫂出，却没有时间限制，从此无下文，只是一句话。三哥什么也不出，光管教育弟弟。这母子两人实际是附属品，自己什么也没有，不能独立。祖坟的地归长孙和长重孙。父亲的坟地归大妈，由三哥奉养。很明显，这是大嫂的方案。这一切新产业都是大哥置下的呀。二哥只得到一块地。三哥得一块地和一所老宅子。小孩子得了个名义，算是一房。大嫂是异姓来的，大侄另有自己打算，让了一点步，给二哥一个好看的面子，给小弟弟两张不兑现的空头支票，给三哥一所百年老宅加上一对寡妇和一个小孩子。"（第二十九回）

三哥入安徽寿县第一小学教书，随往上学。"听到哥哥略略介绍我几句，随即是校长说话：'论国文程度可以上四年级，算术只能上一年级。好吧，上二年级。晚上补习一年级算术，一两星期跟上班。'当晚哥哥便用石板笔教我阿拉伯数字和加减乘除及等号。"（《小学校长》）

见识有志校长。"这位校长姓陈，是在日本打败俄国（一九〇五）之后到世界大战爆发（一九一四）之前的一段时期中不知哪年去日本的。他对于日本能成为东亚强国非常佩服。他去日本学到的主要一条是'日本之强，强在小学'。回国后，他又在几个大城市走了一趟，不去钻营什么差使，却回乡来当小学校长。他亲笔写下'校训'两个大字：'勤俭'，挂在礼堂门口上方正中间。"（第二十四回）

校长言教师之重要。"一个学校，房子再大，再好，桌椅再新，再全，若没有合格的教员，就不能算学校。……日本的小学教员都是全才。在日本教小学同教大学一样地位高。我聘请的教员也必须是全才，还要有专长，要比上日本。小学比不上日本，中国就没有希望。上大学可以去外国留学，上小学不能留学，必须自己办好。小学生比不上日本，别的就不用比了，都是空的。教好学生只有靠教员。没有好教员，我这个校长也是空的。"（第二十四回）

校长亲教公民课。"我们都学唱国耻纪念歌。什么是国耻？就是日本逼我们承认二十一条，要我们亡国。为什么日本敢逼迫我们，侮辱我们？因为日本比中国强。日本地比中国小，人比中国少，为什么能比中国强？因为日本的小学生比中国的小学生强。我在日本看见到处都是小学。小孩子个个上学，不上学就罚家长。小学生的一切费用都是政府管。谁伤损了小学老师和学生就是犯法，要抓进监狱关起来。那时中国还没有小学。日本办小学不到二十年，小学生长大了，成了好公民。政府用他们打中国。中国就打不过了。这时才办小学，已经迟了。还不快办，多办，好好办，让所有的小孩子都识字，照这样拖下去，十年二十年以后还是没有好公民，还得挨日本打，还会亡国。我从日本回来，什么事都不干，就把这所八蜡庙改办成小学，自己当校长。我要办一辈子小学。你们从一年级就要不忘国耻，立志当好学生，将来当好公民，要中国人在世界上不受人欺负耻笑，不被人心里瞧不起。"（《小学校长》）

1921 年—1925 年　10—14 岁[①]

续检家中藏书，并读各种书。"家中另有一个小小的藏书箱子，里面全是小说，大半是石印的小字本（叫'刀头本子'），也有大本子，也有木版印的，什么都有，有全有不全。《三国》《水浒》《西游》等这时才看到。他那时大半能看懂，可是傍晚偷偷去看，眼睛吃了大亏。这已经是在上小学以后。这时有个国文教员供给他各种各样的书，有新，有旧。三哥也借些《说部丛书》，甚至《玉梨魂》《江湖奇侠传》来看，小孩子总是先看完。他看这些文言、白话、正经的、不正经的，各种各样的书都是一扫而过，文字语言倒能明白，古文、骈文、诗词、白话，中国的，外国的，他都不大在意，

---

① 　小学三到六年级种种，难以一一系年，笼统置此。

反正是一眼看过去，心里也不念出字。大意了然，可是里面讲的事情和道理却不大了了，甚至完全不懂，他也不去多想。这一习惯是由于偷偷看书怕被发现而来的。尽管是正经书，也不许私自动，所以非赶快翻看不行。结果得了个快读书的毛病，竟改不掉了。"（第二十七回）

读《红楼梦》及《石头记索隐》。"记得小时候看木刻本《红楼梦》总是在出太虚幻境以后过不多久就看不下去了。忽然在乱书堆中见到蔡元培的《石头记索隐》。看完了，对清初文人及政治略有所知，倒像是看了一部小说。再回头看《红楼梦》，当作《石头记》，看下去了。可是没等看完，蔡先生指教的清初政治（其实是清末政治）已经忘得一干二净了。自己总结：《红楼梦》从头到尾只读过一遍。《石头记》可说是读了三次。第一次是读太虚幻境。第二次是读清初及清末历史。第三次是读大观园。三次我都进了书中几乎出不来。那时我只十三四岁吧？老实说，许多话都不懂，可是看得飞快，自以为全懂。"（《百无一用是书生——〈洗澡〉书后》）

少年心事。"大约过了十岁不久，我忽然朦朦胧胧开始怀疑自己的出生。这疑心越来越重，终于觉得自己的出生是给别人，首先是生我的母亲，带来痛苦，将来也会给自己和更多的别人带来不幸。我的生命是一场灾难。从周围的小朋友和大人，从念书和游戏，从家庭和学校，我只感到疑心，没有信心。"（《冰冷的是火》）

小学授课种种。"上小学后，'国文'老师倪先生教五六年级时就不用课本而自己选文油印给我们念；从《史记》的《鸿门宴》到蔡元培的《洪水与猛兽》，从李后主的词到《老残游记》的《大明湖》，不论文言、白话、散文、韵文，都要我们背诵并讲解。教'手工''图画''书法'三门课的傅先生会写一笔《灵飞经》体小楷，会画扇面，会做小泥人、剪纸等玩艺儿，经常为我的勉强及格而叹气。还上'园艺'课，种粮、种菜、种花；有时还在野地里上

'自然'课。每年'植树节'都要植树。'音乐'课教简谱和五线谱甚至告诉'工尺上四合'中国乐谱；教弹风琴，吹笛子。这些我也只能勉强及格。'体育'课有哑铃操和踢足球，还教排队、吹'洋号'、打'洋鼓'、学进行曲（当时谱子是从日本来的，译名'大马司'等）。小学也有'英文'课，不讲文法，只教读书识字，同教中国语文几乎一样。第一课教三个字母，拼成一个字'太阳'。后来还教'国际音标'。'算术'虽有课本，老师也不照教，从《笔算数学》等书里找许多'四则'难题给我们作，毕业前竟然把代数、几何的起码常识也讲了。老师们都恨不得把自己的知识全填塞给我们。'历史'课有'自习书'；'地理'课要填'暗射地图'。校长陈先生……不教课本，好像是在历史课和地理课的知识上加注解，并且讲《申报》《新闻报》上的时事。每星期六的'周会'上，除讲故事、唱歌、游戏外，还练习'演说'，像是'公民'课的实习。在一个到现在也还不通火车的县城里，那时全城也没有多少人订上海的报纸和杂志，但是《东方杂志》《小说月报》《学生杂志》《妇女杂志》《少年》杂志和《小说世界》等，甚至旧书如康有为编的《不忍》杂志、梁启超编的《新民丛报》，还有陈独秀编的《新青年》等的散本，却都可以见到，总有人把这些书传来传去。这小县城的一所小学成了新旧中外文化冲激出来的一个漩涡。年轻的教员都没有上过大学，但对新事物的反应很快，甚至还在我们班上试行过几天'道尔顿制'（一种外国传来的学生自学教员辅导的上课方式）。"（《比较文化论集》自序）

小学国文教师。"我上小学时白话文刚代替文言文，国语教科书很浅，没什么难懂的。五六年级的教师每星期另发油印的课文，实际上代替了教科书。他的教法很简单，不逐字逐句讲解，认为学生能自己懂的都不讲，只提问，试试懂不懂。先听学生朗读课文，他纠正或提问。轮流读，他插在中间讲解难点。课文读完了，第二天要背诵。……他选的文章极其杂乱，古今文白全有。有些过了六十多年我还记得，不是自夸记忆力好，是因为这些文后来都进入了中学大学的读本。那时教小学的教员能独自看上这些诗文，选出来并能加上自己的见解讲课，不是容易的事。"（《国文教员》）

得识同学哥哥，读书眼界为之一开。"我家里的书虽多，但极少民国以来的书。新书是梁启超编的《新民丛报》合订本和《天演论》《巴黎茶花女遗事》。还有邵力子和徐血儿编的大本《民国汇报》，是民国初年的报刊文摘。我看到的更新的书便是小学图书馆和国文教员的《华盛顿》《林肯》以及《小说月报》《小说世界》《东方杂志》等等了。这里桌上的书差不多都是我没见过的。有的连书名也不懂。例如马君武译的《赫克尔一元哲学》又名《宇宙之谜》。……于是我凭空得到了一个新图书馆。不懂什么叫'一元哲学'，还是从小说看起。先看从《东方杂志》《小说月报》摘编的小本《文库》。还有鲁迅和周作人合译的《现代日本小说集》。……他有不少心理学书。多次说，心理学是常识，每人都得懂一点。他让我先看陈大齐的《心理学大纲》，说是可以由此入门。他说这书是偏向构造派的，以后再看机能派的，然后看那本《行为主义心理学》，《社会心理学》放到最后。还有杜威的《思维术》，暂时不必看。"（《大小研究系》）

跟哥哥租住小院，结识棋友，获赠散篇文章。"忽然有一回当我临走时他递给我一卷纸，说这是他的表兄从法国寄来的。他已经看过，或许我也要看。……其中有《克鲁泡特金自传》的零篇，末尾署'芾甘译'。芾甘后来改名巴金，那时还在巴黎当学生。其他几篇内容相仿，讲阶级斗争和社会主义。"（《棋友》）

始得思维之乐。"我的哥哥不知何时把算易卦'文王课'的《卜筮正宗》等书翻出来拿回屋用几个铜钱学占卜。我也就找出几部讲'大六壬'的书来学'袖占一课'，'掐指一算'。恰巧这时我看了《镜花缘》里面教'六壬'的入门。小时候记性好，没多久就可以排'三传、四课'列'神将'，而且可以不写下来只掐掐指节记在心里了。"（《占卜人》）"这不但锻炼记忆，而且要求心中记住各种条件，不但排列组合，还得判明结构关系，解说意义，认清条件的轻重主次及各种变化，不可执一而断。我这时才想到，古来哲学家演易卦还是锻炼思维能力，和下围棋及做数学题是一个道理。对兵家还有实用价值。八卦九宫是阵法符号、密码。秦皇墓兵马俑排的也许是白起或蒙恬的阵法。当时我竟然以为'万法归宗'，怪不得八卦、六壬迷了几千年无数人，原来妙用并不在于占卜预测对不对。"（《占卜术》）"我得到的满足是一种突然发现奥妙和自己学会本领的乐趣。这可以说是一种心灵上的一阵享乐吧？这是别的乐趣无法比拟的。"（《学"六壬"》）

始知数学之妙。"小学快毕业时拿着哥哥在中学学过的《查理斯密小代数学》来看。文言的译文，简单的入门，我半懂不懂看下去，觉得很有趣，好像是符号的游戏。看到一次方程式所做例题，我大吃一惊。原来'四则难题'一列成方程式就可以只凭共识不必费力思考便得出答案。……看到方程式能这么轻易解答算术难题，那一刻我真惊呆了。惊奇立刻变成一阵欢乐。是我自己发现的，不是别人教的，才那么高兴吧？"（《学"六壬"》）

小学毕业，读《混合算学教科书》。"这部教科书有两个特点给了我深刻的印象。一是书中附了一些大数学家的肖像和小传。其中有一位特别引起了我的注意，那是十七世纪法国的菲尔玛（按费马）。……二是书中讲'格兰弗线'，我一点不懂，可是大感兴趣。……初级中学数学课按规定是，代数、几何、三角，三年分别各学一门。这书未经教育部审定，打乱了规定次序混合教。代数讲个头就接着讲几何，讲一段又回头讲代数，三角也夹在里面教。所以要讲画出一条线，有个方向，一头是正，另一头是负。若是画在一张画满了小方格的纸上，从左下角画起，就成为斜行向上的线，可以表示运动、变化，例如股票、物价的涨落、人口的增减，等等。这张纸便是坐标纸。这线便是'格兰弗线'。于是又要讲代数，又要讲几何，静止的表示空间的图形有了运动、变化同时表示时间了。这书是用高中才能学习的解析几何原理来讲初中数学。"（《混合算学》）①

见成为农会会长的本家叔叔，听谈县官所教。"南边此刻出了一个过激党，就是赤化党，也叫共产党，又叫国民党，总而言之是一回事，比长毛（太平天国）还厉害。他们要靠农民打天下，办农会。所以我们也要办农会来对付。县官说那些人要并田地，分田地，问我怕不怕。我说，我不怕。我家里的地还不够我的五个儿子种的呢。不光我不怕，我那一窝子人家全不怕，全不够吃的。要分地只有分人家的，自己没什么给人家分，这就是我的话。县官一听，笑得合不上嘴，说，过激党要共产，你是头一名。说赤化，你算红到家了。这农会会长你算干上了。"（《农会会长》）

1926 年　15 岁

自上年小学毕业，从私塾陈夫子受传统训练。"那位老师订了一份上海《新闻报》，偶尔对我们分析报上的文章。虽然文章已用白话，他讲起来还像是有'起承转合'等等笔法。……他先问我读过什么经书。我报过以后，他决定教我《书经》。每天上一段或一篇，只教读，不讲解，书中有注自己看。放学以前，要捧书到老师座位前，放下书本，背对老师，背出来。背不出，轻则受批评，重

---

① 从文中描述的《混合算学》特点，似应为《新学制混合算学教科书》，编者为段育华。严济慈编的应是《现代初中教科书——算术》。"格兰弗线"似应为"格栏幅线"。《遗憾》一文中，此书编者似也误记。

则打手心，还得继续念，背。……《书经》背完了，没挨过打骂。于是他教《礼记》。这里有些篇比《书经》更'诘屈聱牙'。我居然也当作咒语背下来了。剩下《春秋左传》，他估计难不倒我，便叫我自己看一部《左绣》。这是专讲文章的。还有《易经》，他不教了，我自己翻阅。……行业训练从作文开始。这本是几个年纪大的学生的事。他忽然出了一个题目：《孙膑减灶破魏论》，要我也作。这在我毫不费事，因为我早就看过《东周列国志》。一篇文惊动了老师。念洋学堂的会写文言，出乎他的意料。于是奖励之余教我念《东莱博议》，要我自己看《古文笔法百篇》，学'欲抑先扬''欲扬先抑'等等，也让我看报，偶尔还评论几句。……随后老师对我越发器重，教我作律诗，作对联，把他编选手写稿本《九家七言近体录》和《联语选》给我抄读，还讲过几首《七家诗》(试帖诗)。这好比教武术的传口诀了。……老师从来没有系统讲过什么，可是往往用一两句话点醒读书尤其是作诗作文的实用妙诀。"①(《塾师》)

　　读《马氏文通》，有所悟。"正在中文英文拿我做战场开战时，我偶然发现了《马氏文通》。……马氏虽是学外国文出身，文言文也写得不错，可是越读越难懂，不知道说的是什么。反倒是引的例子好懂些，有些是我读过的。于是我倒过来读，先看例句，懂了再看他的解释。这样就容易多了。灵机一动，明白过来。是先有《史记》，后有《文通》，不是司马迁照《文通》作文章，是马氏照《史记》作解说。懂了古文看文法，很有意思。不懂古文看文法，照旧

---

① 《联话》："塾师陈夫子给我两个厚厚的本子，都是他自己选抄的，叫我自抄自读，作为背诵经书以外的功课。一本是《九家七言近体录》，选七言律诗，从杜甫、李商隐到吴伟业、黄景仁。另一本是对联，大体分类排次序，从祝寿、哀挽到殿堂、寺庙，附有一些带诙谐性的非正规作品，如骂袁世凯的对联之类。……老师告诉我，联语盛于清朝，有两大家，前是纪晓岚（昀），后是俞曲园（樾），都是大学者。"

不懂。人遵守生理学法则，生理学造不出人来。人在先，研究人的学在后。这样一开窍，就用在学英文上。不用文法学英文，反用英文学文法。不管讲的是什么，不问怎么变化的规则，只当作英国人讲的一句话，照样会讲了再记规则。说话认识字在先，讲道理在后。懂了道理更容易记。学文法先背例句，后背规则，把规则也当作一句话先背再讲。把外文当作古文念，果然顺利多了。接着索性颠倒下去。不从英文记中文，反从中文记英文。……我用的是学古文的老办法，把外国文当作本国文，把本国文当作外国文。成为习惯了，以后我学什么文也用这种颠倒法。"[1]（《文通葛郎玛》）

读屠格涅夫。"记得在我小学毕业前或后的旧历年，哥哥给了我一块银圆，说，到街上去想买什么就买什么吧。我在一家卖文具兼挂商务印书馆代销处招牌的商店的橱窗里，见到郭沫若译的屠格涅夫的小说《新时代》（原名《处女地》），上下两册，定价一元，就买回来看。这是他的最后一部长篇小说（一八七七），写当时的俄国青年。他虽然身居国外，仍关心国内，了解情况。我看完了，当然似懂非懂，不过至今还记得一点：最后说到那没有定见的主角涅暑大诺夫见到了一位女革命家，问她为谁工作，回答是：'匿名的俄罗斯。'这是书中的最后一句话。译者郭沫若在序中说：'匿名的俄罗斯'现在已经是'列宁的俄罗斯'了。他又在序文最后说：'译完这本书，我把心中的涅暑大诺夫枪毙了。'我知道，这就是说，他已经成为列宁的信徒了。"[2]（《回忆屠格涅夫》）

北伐战争起。

---

[1] 读《马氏文通》在少年时，且三哥尚在教其读书，系此。

[2] 发生于此年或上年，暂系此。

1927年　16岁

北伐军打到长江流域，家人送到乡下躲兵灾，得识"警钟"（"井中"），始读《新青年》。"有一天我把书架上的五大本厚书搬下来看。原来是《新青年》一至五卷的合订本，他从学校图书馆借来的。他马上翻出'王敬轩'的那封抗议信和对他的反驳信给我看。我看了没几行就忍不住笑，于是一本又一本借回去从头到尾翻阅。……我已经读过各种各样的书不少，可是串不起来。这五卷书正好是一步一步从提出问题到讨论问题，展示出新文化运动的初期过程。看完了，陆续和警钟辩论完了，我变了，出城时和回城时成为两个人。"[①]（《井中警钟》）

1928年　17岁

代人递送油印品。"这些油印品是什么，男孩子心中一清二楚。虽不是他刻印的，但去掉木框的一块钢板和一支刻油印蜡纸的钢笔还藏在他家里。他只刻过一张骂国民党的顺口溜：'党外无党，帝王思想。党内无派，千奇百怪……'因为写的字不好看，不要他刻印了。这些油印传单是号召工农起来暴动的宣言。预定在这一两天内两县一齐散发，造成声势的。这是不久前一位省里来的戴眼镜的'特派员'的讲话的结果。那位同志用浓重的南方口音讲了全国

---

① 《旧学新知集》自序："那是小学毕业后的一九二六年，我看到两部大书。一是厚厚的五大本《新青年》合订本，一是四本《中山全书》。这照亮了我零星看过的《小说月报》《学生杂志》《东方杂志》。随后又看到创造社的《洪水》和小本子的《中国青年》。我仿佛《孟子》中说的陈良之徒陈相遇见了许行那样'大悦'，要'尽弃其所学而学焉'。"两处所忆读《新青年》时间不同，北伐军1927年打到长江流域，暂系此。

革命高潮马上就要来到，当前要迅速扩大组织，造成声势，收集武装，准备暴动。于是力量还小就做出浩大声势去引起注意。结果当然是人民注意了还不明白，反动派倒是随着注意就加强了镇压。事实上这时中央已开始纠正偏向，但几个月以后这里才见到'中央通告'批评盲动主义。发出传单时大家还正在热情洋溢的革命高潮思想之中。"（《真假信使》）

洪流之信。"大约在十六七岁时，我忽然生出了信心。一种虔诚的宗教性质的信仰抓住了我的心。我不顾一切投身于一种活动。没有丝毫疑虑。没有一点顾忌。不但不想什么饥饱生死，简直是以为自己的生命牺牲是一种愉快，有一种洪流中泡沫破碎的幸福。无论身心我都还是小孩子，可是自己觉得已经成为大人，能担当任何事体，能肩负任何危难。这是我经过的第一次信的高潮。"（《冰冷的是火》）

8月，至寿县三十铺小学任教。"这位来教小学的小学毕业生到校时只见到史校长和一个看门兼做饭的工人。史校长有三十来岁，态度严肃，总像有什么心事。相处半年，见面不多，少年总记不起什么时候曾经见他大笑过。那位校役约有四五十岁，是农村人，很少讲话，做完分内的事就回他的小屋去吸旱烟，诸事不问。"（《风雪友情》）"我开始教书是教乡下小学。一间大殿是唯一的教室，初小四个年级全在里面上课。这要用所谓复式教学法，轮流上课。不上课的学生做作业。一个小时要教几门课。我在教课前由校长指点并代我计划安排，随后就去上课。我还没满十七岁，比高班学生大不了多少。好在农村孩子比较老实，不和老师捣乱，只是不安心做作业，在座位上有种种活动。一个照顾不周，就可能出现打闹。我没有表，心里不断计算时间，非常紧张，好歹把一堂课勉强照计划教下来了。下课后，校长笑嘻嘻对我说，可以，以后就这样教。"（《教师应考》）

同事背讲《共产主义 ABC》。"第一章的题目'商品',他就不懂。可惜王老师的背诵和讲解开始没有多久就开学,只匆匆说了全书大意,没有工夫也不可能再这样大声讲什么价值、价格、资本了。不过这种背诵违禁书和文件的习惯倒是同背古书一样起了作用。后来纪念广州暴动一周年的'中央通告'的美丽的慷慨激昂词句,什么'退兵时的一战'论断,还有'六大'文件的'十大纲领'之类,都是先背诵然后把油印本转出去或则烧掉的。"(《风雪友情》)

传递情报,因卖弄黑话,得"毕校长"教训。"黑话人人会学,单会这个只能唬外人。无论什么帮会都有自己的特殊东西不教外人的,不是光靠讲话。比如说,在这一带,提出我姓毕的,不会讲一句黑话也过得去。不知道我姓毕的,再能说会道也不行。越讲得好越引人疑心。若是讲不全,一出漏洞,就坏大事。记住了?干大事不是耍嘴皮子。"(《风雪友情》)

1929 年　18 岁

入凤阳男子第五中学,备秋季考得高中学籍。"一九二九年春天,凤阳的两所省立中学开学了。一个是女子第三中学,一个是男子第五中学。这个五中原是第五师范,新改为高中,招了一个高中班;但是学校还是师范的旧章程,绝大部分是师范生,不收学费,连宿费、膳费都免了。……那位当了半年小学教员的青年 A[①]得到哥哥给的二十元,也随着同乡学生来到凤阳。春季并不招考。先来入学,秋季再考得学籍的不止他一个,好在是食宿上课全不花钱。"(《游学生涯》)

学几何,受震动。"我家里有石印本徐光启译的《几何原本》。

---

① 《难忘的影子》中,青年 A 即金克木。参沈亚明《试解〈数学难题〉四友(上)——金克木与沈仲章:难忘的影子(三)》,上揭。

看过头几页，一点不懂。这时接触到点、线、面的空间图形，听先生在课堂上讲，也没觉到什么新鲜。可是当先生在黑板上画出图形说明'对顶角相等'时我大吃一惊。一望而知的平常事居然要这样而且能这样一步一步推演证明，终于 QED '已证'。我在座位上忽然感到一阵震动。世界上会有这种学问！这种思想！"（《学"六壬"》）

同学宿舍里唱《国际歌》《少年国际歌》《少年先锋队歌》，又唱黎锦晖作并由其女黎明晖唱的《毛毛雨》。校长请名人讲课，讲义为《普罗文学之文献》，作者"知白"①。名人遭学生挑衅提问，狼狈而退。各种矛盾激化，当局逮捕学生二十一人，学校停课。"事后才知道，抓了二十一个学生，立即送上火车解往省城了。捕人又封闭学校是瞒不住的。这件新闻登了报，许多家长托人打电报去保。当地也有绅士借此和县党部为难。校长、县长也不敢在大众前露面。他们没预料到事情闹得这样大。有不少学生的家长是很不好惹的，正好利用这个事件进行争权斗争。他们不管自己的子弟是否被捕，宣称无证据捕学生是非法，而且无故封闭学校至少是当局无能兼处理不当，甚至是别有用心。……学校关门，同学四散，青年 A 怎么办呢？"（《游学生涯》）

经朋友介绍，至凤台县齐王庙小学教国文，认识大学生同事。"同事中有三个大学生，分别是上海大学、中山大学、武昌政治干部学校的学生，都受过一九二六到二七年的洗礼。三个人除讲不少见闻给他听外，还一致鼓励他出门上大学，而且确定要去北平（北京）。因为一则那里有许多著名大学，二则生活费用便宜；照他们的说法那里花钱吃住简直像在这小地方一样。"（《游学生涯》）

同事言及于右任、侯绍裘、周越然、沈雁冰、萧楚女、恽代英等。共读苏曼殊《断鸿零雁记》，高唱其中诗，寓一己不平于其

---

① 知白为朱自清笔名。文章为 1929 年 3 月连载于《大公报·文学副刊》第 60 期和第 62 期的《关于"革命文学"的文献》。

中，以代歌哭。"他从箱子里取出柳亚子编的《曼殊全集》，好像是五本，交给我看。我那时还小，看小说，不明白为什么不能结婚就要哭哭啼啼。诗，我全抄了下来，因为和我念过的古人的诗不大一样。接连好些天，到星期日就都讲这位多情的辛亥革命和尚，大声吟诗。上海大学生还写成条幅贴在墙上，一首又一首轮换。尤其是那首'契阔死生君莫问，行云流水一孤僧。无端狂笑无端哭，纵有欢肠已似冰。'"（《大学生》）

学世界语。"我在小学毕业后从上海函授学校学习世界语，想从这不属于哪一国的语言知道一些小国、弱国如波兰（世界语创造者的故乡）的情况。同时也没有忘记追问那些大国、强国的人是怎么回事。"（《比较文化论集》自序）"他在教小学时曾向上海世界语学会办的世界语函授学校交过一元钱，学过一气，不过全是从讲义学，全不上口，发音靠自己跟哥哥学英文《模范读本》时的国际音标训练无师自通的。他总想有一天张嘴同人讲讲试试。那时周围的人都笑他幻想，空谈，无政府主义，虚无主义等等。他不知道给他改练习卷子的是胡愈之、巴金、索非等人，也没有学到底。"[1]（《家庭大学》）

蒋冯战争。

1930 年　19 岁

7 月离家，三哥相送，给银元二十，有嘱。"一定要想法子上大学，不要念中学了。家里供不了那么多年。……还加重语气重复说了允许出外的条件。这条件说穿了就是从此要自立了。"（《少年漂泊者》）"当然青年 A 这时万没有想到，他哥哥已经典当出了应分

---

[1] "金克木……1929～1930 年在上海世界语函授学校学习世界语。"侯志平、李建华主编，《中国世界语人名录》，山东大学出版社，2017 年 10 月版，第 62 页。

配在弟弟名下的田地，得了八百元，只给了他一百二十元。那天晚上大表兄叮叮当当一块一块银元敲出一百元给他时，另外还有七百元交给他三哥了。这是三哥去世以后，二哥告诉他的。假如对他说是'倾家荡产'的款子，能交给他上学，说不定他能实行方的建议（按补习一年，弄到高中文凭，然后考国立大学）。那么一来，也许他的一生就会是另一番景况了。"①（《一板三眼》）

经蚌埠到上海，乘船经青岛到天津，复坐火车至北平。途中与同行者蔡时济②引蒋光慈《少年漂泊者》自我安慰。船上诵秋瑾、黄仲则诗。"青年 A 不看书，听着海浪，心里背诵幼年自己抄读的秋瑾的渡海去日本的两首诗，浮起了书前面秋瑾穿和服执倭刀的英姿。……从秋瑾又想到甲午战争。想到若是搭了英国船，经威海卫，那就是在刘公岛一带，是丁汝昌、邓世昌等人英勇殉国的大战战场。想到他父亲当年也曾北上天津，打算'请缨'从戎。想到自己远不如以前的人有英雄气概。又想到鲁迅的小说《风波》，九斤老太说'一代不如一代'。这滔滔海上有过多少代人物！自己蹲伏在这日本货船的一角里，算得了什么？将来怎么样呢？"③（《少年漂泊者》）

---

① 此事老年时曾对人提起："把地卖了八百块钱，只给了他一百，余皆抽了大烟，而原说定（大概是其父临终时吧［按此为分家时的决定，而也不确切，参前文］），大哥负抚养之责，二哥为其娶妻，三哥则供其读书。'当初若是供我上了大学，今天也就不这样了！'……看来没能取得文凭是先生的终生遗憾。"扬之水，《读书十年》（二），百花文艺出版社，2019 年 8 月版，第 66 页。

② 即《难忘的影子》中之青年 B。《送蔡大返故里二首》自注："蔡即《难忘的影子》中之青年 B。"又："木婴姐告诉我，'青年 B 是俄语专家蔡时济先生'。"参沈亚明《试解〈数学难题〉四友（上）——金克木与沈仲章：难忘的影子（三）》，前揭。

③ 《百年投影：一八九八——一九九七》："我背负着'戊戌''辛亥''五四''北伐'四次革命失败的思想感情负担，在一九三〇年，我刚满十八岁，经过上海，由海道到了'故都'北平，也就是北京。"

在北平，结识同乡介绍的黄埔学生李。李邀至"酒缸"喝酒，并约看电影，打台球，告知北京风俗。"这是一间很宽敞的大屋子，一张张红漆木板子盖在大酒缸上当桌子，旁边放着凳子。门口玻璃柜中和柜后摆着许多小碟子，酒瓶子，一盆盆菜。也有分好在小碟子里的，是花生米之类下酒菜。柜后一张桌子，桌子摊着账簿，桌旁坐着一个人，记账兼取菜。对面，另一边，是大炉子，一个上面煮着一大锅开水，像是下面的；一个上面放着平底铛子，是烙饼的；还有一个上面放着炒锅。几个人在忙着切菜，下面。……三人一落坐，伙计过来，放下三个大酒杯。"（《一板三眼》）

时至"酒缸"喝酒，有所见，有所闻。"忽然发现自己独坐在小酒店中。底座埋入土中的大酒缸上盖着朱漆木板，板上放着一个大酒杯。我要的是'一个酒'，外加一小碟煮花生米，共值六个大铜板，不到三分钱。墙上贴着'新到黄鱼价三毛'的红纸条。我的钱不够买。望着敞开的店门外街上来来去去的人，一个一个辨认。老少男女各不相同，一人有一故事。我仿佛进了新世界，满脑子是新编《镜花缘》，忘了自己是活生生的小'孔乙己'。"（《酒友》）

徘徊于大学门外，上"家庭大学"。"大学的门进不去，却不妨碍上另一种大学。……过不了几天，青年 A 便自封为'马路巡阅使'，出门去走街串巷了。"（《家庭大学》）

——读报。[①]"在离师大不远的世界日报社门前，他每天看张贴在报栏里的当天的报纸。从大字标题新闻到副刊和广告都不放过。他觉得这里的报纸和上海的申报、新闻报不一样。"（《家庭大学》）

——入头发胡同市立公共图书馆。"我忽然发现宣武门内头发胡同有市立的公共图书馆，便走了进去。入门领一块出入证小木

---

① 凡以破折号开头者，均属第一破折号前条之事的补充说明。下同。读"家庭大学"是至北平后一长段时间的情形，连类系此年。

牌，不需要出示证件，不办任何手续。进门是一处四合院，正面是阅览室。交出入证便可以换得所借图书。还书时取回木牌，出门交还。无牌不能出门。馆中书不多，但足够我看的。阅览室中玻璃柜里有《万有文库》和少数英文的《家庭大学丛书》，可以指定借阅，真是方便。冬天生一座大火炉，室内如春。我几乎是天天去，上午，下午坐在里面看书，大开眼界，补上了许多常识，结识了许多在家乡小学中闻名而不能见面的大学者大文人的名著。如果没有这所图书馆，我真不知道怎么能度过那飞雪漫天的冬季和风沙卷地的春天，怎么能打开那真正是无尽宝藏的知识宝库的大门。"（《风义兼师友》）"目录柜中一查，古旧书不多，洋书只有摆出的那些，几乎全是'五四'以后的新书。……中国的，外国的，一个个作家排队看'全集'，有几本，看几本。……其中有些旧书是读过的，许多新书不曾读过。他用笨法子，排队从头一本本借看，想知道都说些什么。……有的书看不明白，简直不知所云。例如康德的《纯粹理性批判》和弗洛伊德的《精神分析学引论》，都是文言译本，看来好像比柏拉图的《理想国》还难懂。他想外国人原来一定不是这样讲话的，外国书不看原文的不行，变成中文怎么这样奇怪，不像是有头脑的人在说话。于是他奋勇借阅《家庭大学丛书》，也从头一本、一本借出来查看是些什么，硬着头皮连看带猜，还是有懂有不懂，但觉得有些书比那几本文言译本还明白些。……他因此下决心学外国文，倒要看看外国人怎么说话作文，怎么思想，是不是有另一种头脑，中国人懂不了。"（《家庭大学》）

——入"私人教授英文"处，习《阿狄生文报捃华》。"果然这本书和他所知道的和想象的都不一样。越读越觉得像中国古文。他那时还不知道这也是英国古文。那种英文句句都得揣摩，看来容易，却越琢磨越难。明明是虚构的人物却活灵活现。又是当时的报纸文章，牵连时事和社会、风俗、人情、思想。又不直截了当地说，而是用一种中文里罕见的说法。他以为这大概是英国的韩愈、欧阳修吧。……越不懂越要钻。一看就懂的也得查究出不懂之处来发问。教学渐渐变成了讨论。讨论又发展为谈论。从文体风格、社会风俗到思想感情，从英国到中国，从十八世纪到现代，越谈越起劲，最后竟由教学发展到了聊天，每次都超过了一小时。甚至他要走，老师还留他再谈一会儿。后来两人都成为阿狄生在《旁观者》报上创造的那位爵士的朋友，而且同样着迷于谈论。两人都自觉好像在和十八世纪初年英国的绅士一起谈话。那位绅士，或则阿狄生，还有另一位编者斯蒂尔，也在旁边用写的文章参加。教学英文不是念语言文字而是跑到英文里去化为英国风的中国人了。"（《家庭大学》）

　　——入"私人教授世界语"处，由张佩苍至蔡方选等，辗转获教。"我1930年到北平，从'教授世界语'小广告找到世界语老同志张佩苍，又由他的热心介绍而认识当时在北平的另三位世界语者。在家养病的蔡方选，在北京大学图书馆工作的陆式薌，在北平图书馆工作的于道泉。"（《奇人不奇——记于道泉教授》（佚））"蔡允许他去看那一小架世界语书……从此他又用那笨方法，把书架上的书一本本排队读下去。《安徒生童话全集》《哈姆莱特》《马克白斯》《神曲地狱篇》《塔杜施先生》《人类的悲剧》《法老王》《室内周游记》等等都是看的世界语本子。"（《家庭大学》）

　　——张佩苍介绍中山堂图书馆、松坡图书馆、中国政治学会图书馆。"一处是在中山公园内中山堂里。他为此游了一次中山公园。这里不如头发胡同方便。""一处是北海公园内的松坡图书馆，是纪念蔡松坡（锷）的。他为此游了一次北海公园。这个图书馆设在僻静的小山中间，门口有个不大的匾。全是西文书，摆在那里任人取阅。""还有一处是中国政治学会图书馆。这是供会员用，不对外的。……这是一个大院中的一所楼房。里面也几乎全是西文书，有一些日文书，几本中文书是政治学会自己出版的或是会员的著作。……书架从地板直到天花板，有可以移动的阶梯凳子供人上去取书。楼下还有一处摆着外国报纸。他第一次看见伦敦泰晤士报，字那么小，有那么多张。还有东京的朝日新闻。"（《家庭大学》）

——逛旧书店和书摊。"他还进了一所更加不像样的大学，那就是旧书店和书摊子。他常去站在那里一本本翻阅。旧书店里的人是不管的，无论卖中文书的或卖西文书的都不来问你买不买。因为是旧书，也不怕你翻旧了。卖新书的书摊子就不同了。翻看而不买，久了就遭白眼。还有琉璃厂的古旧书店里那种客气神态是招呼常来的教授学者的。对他们是把书送上门的。摆在架上的书不过是做样子。他们来了总要'请坐，请茶'。对待穷学生的冷淡神态等于驱赶他们出去，告诉他们这里不是大学。同样地方，到过年时路旁的'厂甸'书摊子最大方，可随意翻阅。那时北平还保存着北京古都城留下的风格，逐客令是客客气气下的。"（《家庭大学》）

蔡时济暂至外城教小学，因经济困难搬入便宜公寓。结识外乡朋友王克非[①]，带入大学旁听，开始"课堂巡礼"。"这几个私立大学，除教会办的以外，没有像样的。……这几个大学都办不起理科，被教育部改称学院；但他们还是自称大学，门口照样挂名人题的大学招牌。还有农、工、医、商、法政等大学也被教育部改称学院，合在一起叫北平大学，实际上还是各办各的大学。……教员不管，听课的学生越多，他的名气越大；没人听课，他的饭碗就成问题了。学校的本钱是文凭。你不要文凭光上课，是给它捧场，又坐不坏它的椅子。上课的学生越多，越证明学校办得好，热热闹闹，更能招揽学生，便于筹经费。这些大学只怕学生不上课，不怕不是

---

① 《冰冷的是火》："我在北平认识的第一位外乡朋友王克非把我写了许多毛笔字的几个本子全拿去了。不知他挑选些什么，用些什么名字，塞进他编的一个'报屁股'（副刊）填补空白。"则《难忘的影子》中首次提到的外乡朋友应是王克非，书中称为"心园"。

学生来上课。"(《课堂巡礼》)

——至民国大学，听教育学、国文、公共英文和专业英文，复听生理心理学、德文、法文课。"这个大学在西城角落里，地名是太平湖，并没有湖，是一座王府。这是辛亥革命后几个老革命党人办起来的，所以称为民国大学，在当时是很新鲜的名字。……听了这几次大学的课，真有点'莫测高深'。想，还不如去图书馆和找'家庭大学'的老师好。小学生听大学生的课，不是自己先会古文和外国文，简直无法核对教授们讲的老根在哪里，不知究竟是不是那样，只能'盲听'。"(《课堂巡礼》)①

——至中国大学，听俄文、英国文学史、英文课。"这也是一座王府。地面不比民国大学更大，房子好像多些；像是修补过，但也没有新盖房。……这堂英文是会话课，是练习听力，所以学生只需要用耳朵。这当然对夹杂在学生中的青年 A 有利。只可恨他的词汇不够，句型也不熟练，成语记得太少，看着读这一番话或许能大致了解；但全靠听，一句一句连着来，没有回旋余地，不能回头再去琢磨，不能译成中文再理解，那就难了。……他利用停顿时机贯串起来联想，注意了几个听懂的专名，才明白过来，原来她是在讲英国的人情风俗。随后她又说了一个小故事，还加上点评注。发现了话题，就容易懂了。能联贯，也能预测下句。好比幼时念《孟子》，知道了'章旨'，便能弄清'节旨'。随后就能一句一句由自己去连贯起来，进入教师的思想线路，和她一同前进。"(《苦闷的象征》)

——至北京师范大学，听外国人教英文课，窗外听钱玄同、黎锦熙课。"他听了一堂外国人教外国文，很满意，知道了外国人怎么讲话，书本话怎么变成口头话。""想听听名教授的课，却不敢进课堂。只在窗外望了望钱玄同教授。他是个身材不高的戴眼镜的胖

---

① "课堂巡礼"也是至北平后一长段时间的情形，连类系此年。

子。桌上放着旧皮包，这使他想起《呐喊》序中说的'金心异'。想到这是促使鲁迅写作的人，肃然起敬。""他同样在窗外听了黎锦熙教授的课。个子稍高些，讲话很慢，讲'比较文法'。""他来北京不想读古书，读过五大卷合订本的《新青年》的影响还在，没有去听古典课，以为像京戏。据说法科各系也有名教授兼课，他也没去听，因为自觉和政治、经济、法律无缘。英文系和教育系的高年级有名教授教专门的课，他想到自己没有那么高深程度，也放弃了。还有几处私立大学，他不去观光了。别的国立大学不在话下，连大门也不敢参观。教会大学更不用说。他承认自己只能进'家庭大学'。"(《苦闷的象征》)

——北平大学艺术学院听熊佛西戏剧理论课。"教授面带笑容开讲，字字清楚，抑扬快慢如念台词。他没带一张纸，也不写黑板，有座位也不坐，手执折扇挥来挥去，时而打开，时而收拢，仿佛扇子是他不可缺少的讲课道具。本来这时已是秋天，扇子的功用不是送凉而是表演了。讲的内容很充实生动，多半是讲外国，也讲中国。有时夹点英文。理论讲的不多，实际例证讲的不少，而且边说边演，给人印象很深，却复述不出核心内容。听他的讲课，不觉时间过去。下课铃响了，他把刚打开的折扇一收，微笑着，飘然而去。"(《双重人格》)

头发胡同图书馆结识朱姓朋友，为看《双重人格》英文翻译。"译文不怎么样。稍对一下原文，觉得单说文章就差得远了。斯蒂文森是个文体家，文章有风味，不是仅仅靠情节。……朱并不要求他校；他却用朱的译文作参考，第二天又把原文粗粗浏览了一遍。译文有不少地方他觉得还有问题。但是若没有译文，单看原文，他看不到这样快，有些句子还未必看得懂。可见朱的英文程度比他好。"(《双重人格》)

结识北平大学艺术学院戏剧系学生刘。看人写给妓女的信，不信有其事，刘为解释。"亏你看那么多书。《茶花女》《花月痕》你以为全是假的？现在不会有了？你没看过《苦闷的象征》吗？这些信是一种心理上的情绪发泄，是可以作科学解释的。我给你看，为的是使你长长见识，不要以为书是书，人是人，书和人不是一回事；也不要以为什么事书上都有了，光看书就能懂得了。"（《双重人格》）

再读屠格涅夫。"一九三〇年我到了北平（北京），有公共图书馆可以免费看书，于是我把屠格涅夫的小说译本都借来看。不但我看，我认识的朋友们也看，大家对于小说中的主要人物很熟悉。第一部长篇小说《罗亭》的主角是一个'多余的人'，个人特点是言语巨人、行动侏儒，说话有才华，做事无魄力，下不了决心。我们就常用他开玩笑。某人做事犹疑不决，特别是在爱情方面，我们就笑他是个'罗亭'。有人叹气说自己是个'多余的人'，或照那时说法是'零余者'，有力无处使，理想难实现，社会上'有我不多，没我不少'。最著名的一部长篇小说是《父与子》。我先看了耿济之从俄文译出的本子，后来又从蔡方选先生借来世界语的译本再看一遍，算是自以为看懂了，大受震动，对主角巴扎罗夫发生无穷感慨。屠格涅夫创造了'虚无主义'一词。这个人就是虚无主义者，不信传统，信科学，和父亲一辈的旧思想决裂，终于陷入悲剧结果，令读者又丧气，又愤慨。"（《回忆屠格涅夫》）

蔡时济自外城来，见所撰对联。"社会中之零余者，革命中之落伍兵，来日如何？已觉壮心沉水底。于恋爱为低能儿，于艺术为门外汉，此生休矣！空留泪眼对人间。"患肺结核。"两人都不知道A这时已经染上了肺结核，不过还轻，北方干燥寒冷对病菌还起了点抑制作用。"蔡给钱五块，言不要与登报跟共产党脱离关系的人交往，并讨论种种复杂政治形势和人际关系。"这种人最可恨。他们知道内情，装模作样摸底。一相信他就坏了。"与蔡见欲招揽部下者，见穿着单寒，欲赠送袍子。"A心里想着赠范雎绨袍的典故，

却又觉得自己成了落魄少年招人怜悯，不是滋味。"(《春灯谜》)

写小说。"一篇是两三千字的小说，题为《雨》。写的是一个小男孩路上遇雨。一个经过他身边的坐轿子的少妇将他收进轿子，带回家，又派人送他回去。全篇只有男孩子在雨中轿中女人怀中的感觉和幻象。这是三十年代初写的。我刚满十八岁。这分明是十八岁青年对八岁儿童的幻想。……又一篇题为《此中人语》，稍长些，也不过四五千字。日落后满天星斗，乱葬岗上飘浮起一个个古今鬼魂。男女老少各用不同语言，各有不同心事，互不相识又互有渊源，互不搭理又互通声气。明月升起，光照下一个个消失。这一篇比前一篇写时略晚，仍是一派胡思乱想。"(《不悔少作》)

学拳。"他（按师傅）教我一套又一套花样，不教我练功；让我学一个又一个门派，不说他自己的门派。他认定我是来游戏，不是真学拳的人。我终于明白了。他没有收我做门徒，我也不是大弟子，大师兄。这样学下去也只是花拳绣腿打给外行看。我不属于他这一行，不是学拳的料。这也不是学拳的门路。我的拳打出去只怕连窗户纸也打不破。"(《学拳》)[①]

1931 年　20 岁

元宵节，因猜灯谜结识北大数学系学生赵，畅谈。言及北大中、西、文、理兼通者，提到毛子水（准）。"（按教授中）中西兼通的大有人在。不过我知道只有一位文学院教授在理学院讲课，教的是'历学'，讲历法。"(《春灯谜》)"讲这门课需要懂得天文、历法、数学、中外历史。我偶然认识一位选这门课的数学系四年级学生。据他说，他上这'历学'课，增加了不少历史知识，没学到什么数学。学生的'口碑'是，毛先生在文学院是数学最好的，在理

---

① 暂此。

学院是史学最好的。"(《北大图书馆长谱》)

　　赵告知北平图书馆开放,因往。"堂皇的建筑,丰富的藏书,平民化的服务,它成为我的第二家庭,介绍给我世界上数不清的良师益友。这些师从不对我摆任何架子,有求必应。只有我离开他们,他们决不会抛弃我。会见他们的情况和古旧狭小的头发胡同图书馆一样,只不过是阅览厅太大,需要先用出入证换座位牌,再用来借书。书到了,馆员将书送到座位上,换去座位牌。他们忙不过来,自己也可以去借书台取。更方便的是室内有许多书架,摆着中外参考书和常用丛书,自由取阅,不必办手续,自动取出和归还。记得有一套英文的《哈佛古典文学丛书》五十本,还有《大英百科全书》,都摆在架上。只要有空座位,我便坐在这些书前面,随手一本本翻阅。……有杂志室,随意取阅,过时的刊物才需要借。地下室中是阅报室。全国大报应有尽有,包括几份英文报纸。每天下午我必在那里走来走去,看摊在报架上的报纸。"(《风义兼师友》)

　　王克非暂返故乡,作《送王三返乡三首》相赠。王归来后搬离,嘱练笔,遂练习翻译、写作。"听我的话,你练习写作。写什么都行。有什么见闻感受都写下来,像写信一样。这样练下去,我相信你一定会写得好的。……他什么都写,也从借来的世界语书中翻译一些。揣摩阿狄生的文章觉得无法译,便研究为什么不能译,译不好。又看英文《维特》,记住一些自己认为很难译好的句子,跑到书摊上去找郭(按沫若)译的翻印本来对照,觉得译得太自由。单看中文不觉得,对照原才才知道这个《维特》是郭先生的,那位歌德先生的只怕同英文译本也不会一样。以后要学德文,追查到底。"(《岁寒三友》)

　　翻 Grabowsky 世界语译 Dalman 诗,题《梦景》,投北平《益世报》周刊,刊出,为第一篇刊出之文。"这首诗是从世界语译出的,是沈雁冰在《小说月报》上提倡过的弱小民族的文学作品。原作是波兰诗人的吧？……他觉得这诗配合这时的他，好像是自己作的一样。随便署上一个名字，附上地址，寄了出去。……稿寄去几星期，居然登出来了。他看见自己的毛笔字变成了铅印的字，很高兴。过一天又收到了那位编者'病高'的一封信，告诉他译诗已发表，希望他以后还寄稿，并且可以到白庙胡同师大宿舍去找他。"[1]（《岁寒三友》）

结识准备考北大的学生张，畅谈"幻想新村"。搬入其宿舍，随之学骑车，学数学，读英文《圣经》。一起至华北工业改进社学织羊毛呢子一个月。张为学英文，鼓动进教堂，听神学博士讲道，一起见女传教士。"他拿出两本厚书和几本小册子。厚书是《新旧约全书》，中文本和英文本，小书是些'福音书'。……这给了Ａ看一遍《圣经》的机会。本来他只看过世界语译的《传道书》和一本中文的《马太福音》。""一位年纪看来不大身穿整洁西服的外国人缓步登台走到中间。……Ａ觉得好像听人读了一篇洋八股文；不过他差不多全听懂了，同时心中还能评论，自己庆幸自己的英文程度受了一次考试。这也许是还因为他一下子了解了讲者的思路，能够不但跟着走而且预测下文之故吧？""在一条胡同里找到了这位传教士的待客的小厅。这位女士可能是三十岁左右，也许是神学院里得了什么'士'的学位不久。长得很清秀，瘦而不高，微有忧郁的脸色，穿一身朴素的女西服，半露着腿。她听到张介绍后，微露笑容，伸手过来，一面握手，一面表示欢迎。……教士讲的是信仰，不是哲学，无须解释。……Ａ觉得还是在听洋八股文。这位女士没有那位博士名气大、地位高，讲的话却像是更文些。"（《寒山绿萼》）

春夏之交，淮河大水，写信至《大公报》副刊。"一九三一年南方江淮大水成灾。政府收银圆，禁止流通，发行纸票子'法币'，将白银存入美国换外汇，得到棉麦贷款。灾民遍地。大城市里报纸

---

[1] 未查到此诗发表情况，暂按文中说法。

宣传捐款救灾。我写了一封信给《大公报》副刊，说我亲身经历过的淮河水灾惨状，无钱，以稿费作捐款，署名何如。刊登出来，编者徐凌霄加上题目《何如君血泪一封书》，还写了《编者按》。"[①]（《译匠天缘》）

蔡时济回家省母，作《送蔡大返故里二首》相赠，其一："夜气弥天雾气浓，叫嚣徒见乱如蜂。未能新地辟新路，又向故乡觅故踪。此别应须各努力（杜甫句），他年只恐不相逢。临歧惆怅那堪说，命里坎坷尚几重。"注云："蔡即《难忘的影子》中之青年 B。一九三〇年同到北平。一年后，蔡回家省母。赠此二诗送行。'故踪'指'北伐'革命失败后淮上青年之奋起与消沉。'新地'指北平，当时为'故都'，萧条，沉闷，报上有'悔过'小广告，似革命变节者，不辨真假。事均见该书。蔡以经历及见闻不全同，对诗中颓丧情绪未十分了然，而致此悲观之因素实为少年理想之破灭，书中亦未能言及。此心情往往见于以后多年诗中，故以此为首殊觉合拍。用杜诗句为隐原诗下句'故乡犹恐未同归'。蔡九十年代在北京逝世，果皆未还乡。"

身历"九·一八"事变。"我只好在街头走来走去，图书馆也不上了。随后几天，全城都轰动了，无数大学生开会、游行、示威。要求政府立刻对日本宣战，出兵收复东北失地，我也跟在游行队伍里跑来跑去。后来有许多人到车站，要求上车南下，到南京去，找政府提出要求，说是请愿，我没有去，可是就在这杂乱中间，这些乱七八糟的会里面，我听到无数激昂慷慨的演讲，在这些会里头，也就认识了几个人，他们都是西城几个私立大学的学生，我也跟着他们去在那些大学的各种各样的会里头，听那些抗日的演

[①] 《大公报》1931 年 9 月 21 日刊署名何如的《城隍的厄运与幸运——大水灾中的一段小记事》，或即此篇。文章后有"酬金移赈"，应即所谓"以稿费作捐款"。"编者按"未见。

说，觉得这些大学生都不上学了，都不念书了，我还上什么学！怎么办呢？……几个月以后，风浪平息了，政府也没有出兵。学生仍旧上学，我仍旧跑图书馆。"（《学英文》）

与朋友组读书会，共读英文版考斯基《马克思的经济学说》。"我这个英文是在家里跟哥哥学的，我的发音虽然也不是太错，可是第三个字'商品'我根本不认识，我把两个'O'都念成'O'，他们哈哈大笑，于是姓沈的立刻纠正，他说：'不是你这个念法。'于是他念了一下。噢，我才知道，原来我一直照着字典拼音念的根本不是真正外国人口头上的英文。……他们的英文，两个男的都是教会中学毕业，都是美国人教的。所以他们的一嘴美国发音跟英文会话都很流利。……考斯基的马克思经济学说算是我在这方面读书的入门吧，而实际上我受到的教育却是英文，特别是英文发音以及英文的口语式的读法。"（《学英文》）

读书会解散，读布哈林《历史唯物主义》、里亚扎诺夫《马克思和恩格斯》。"忙了一天，也没读了几页（按《历史唯物主义》），晚上我就赶忙跑到西单商场，到书摊子上找到一本这书的中文译本，翻开一看，噢，原来全书章节是这么些东西。再看看头几页，噢，我感觉困难的从中文译本里解决了，知道它讲的是什么了。于是几分钟，赶快把书放下。又跑到另外一个书摊找另外一个人的译本，翻开看看，这样一来，全书大意以及很难的查不到的字也知道了。……（按《马克思和恩格斯》）我以为是两个人的传记，拿回来一看，哪知道不是光讲生平，主要还是叙述他们两个人的学说，这一来，包罗的内容更多了。英文倒是基本差不多，可是内容不一样，关于他们生平，我也不大懂那时欧洲历史，所以也是半懂半不懂，至于学说就更难了，这书还没有中文译本，所以也没法子用我那个特殊办法，但是我还是硬着头皮啃。懂得就懂，不懂就不懂。"（《学英文》）

"九·一八"事变。

1932年　21岁

听章太炎讲演。"他是在西城太平湖边一所旧王府改的私立大学里演讲的。主持人是他的学生尹石公，那里的中文系主任。听的人太多，教室容不下。他在一所大殿改造的教室门外台阶上坐在藤椅里讲话。他一嘴浙江土音，极少人能听懂，便由站在他身旁的大弟子黄侃用湖北口音的普通话重述一遍。大家仍然不懂他到底要讲什么。好在大多数不是去听讲课而是去看这位曾经革命下狱的小老头。""他的民族思想还是'排满'的旧模式，过时了。不过他肯对学生演讲，还是站在学生一边的，只是不免'迂夫子'了。"[1]（《名人讲演（上）》）

听胡适演讲。"六十几年前北京有过一次学术对台戏。……胡适先讲，题目是《哲学是什么》。过了不久，张东荪也讲，题目是《哲学不是什么》。显然，胡的讲演是预定的。张的讲演是追加上去、针锋相对的。……胡适讲时，礼堂里满满的。我只能在门外胡同里挤在人群中听到零星句子。后来张讲演我就不去了，只听得朋友的转述。两人讲的是否代表那时北大和清华，燕京的哲学系的不同观点，现在记不得也不必谈。但有一点情况我知道，胡认为原来的哲学已属历史，学哲学就是学哲学史，现在他讲的哲学不离常识。张明明白白说过学哲学照旧要脱离常识。说哲学讲的和常识不一样，这是在他的一篇《西洋哲学必读书目》里说的。"[2]（《筷子　刀叉》）

听鲁迅讲演。"大概你还记得，你跑来告诉我，鲁迅在北师大

---

[1]　章太炎 1932 年 2 月 29 日至北平，5 月末南返，在北平期间有两次演讲，系此。参汤志均《章太炎年谱长编》，中华书局，1979 年 10 月，第 917—921 页。

[2]　胡适 1932 年 10 月 18、19 日在协和大学讲演《哲学是什么》，系此。参耿云志《胡适年谱》，四川人民出版社，1989 年 12 月版，第 204 页。

演讲，快去。可怜我们没钱坐人力车，只能搭一路叮当响的有轨电车。车又到不了师大门口。知道不是在原先的女师大，就直接跑到和平门外，进校门一看，一个大院子里空空荡荡，只有一张大桌子摆在场中央，原来演讲会已经散了。那天风大极了，飞沙走石。听众太多，只能聚在院子里。演讲人个子不高，站在大桌上讲话，风吹得声音不清楚，绍兴口音更难懂了。只算是匆匆和青年人见了一面吧。"[①]（《名人讲演（上）》）

三哥去世，短暂归家。"二十岁时，哥哥突然去世。我艰难困苦回到家，见到老母忍不住伏在她膝上哭了一场。此外再也想不起什么时候哭过。那次哭后不久，我又离家外出，举目无亲，飘零各地，无论遇见什么事都不会哭，要哭也没有眼泪。"[②]（《三笑记》）

冬，经济难以为继，读书会结识的朋友介绍至山东德县师范教书。"三十年代初我到北京，头两年家里还接济，后来哥哥一死，生活来源便断绝了。幸亏有朋友介绍我到德州教了半年书，没有挨饿。"[③]（《文丐生涯》）

读英文报纸《华北明星》，领会英语新闻写法。"有点长的新闻我觉得好像很乱，怎么外国人头脑不清楚，天上一句，地下一句，还老是重复，觉得挺奇怪。后来才明白过来，原来外国人的报纸和中国那个时候的报纸不一样，中国的报纸是自己做文章，外国报纸是写给读者看的，所以它的重要新闻，一看题目就知道主要是什么，没有兴趣你就不用往下看，要有点兴趣呢，就可以看头一段

---

① 文中云，"他（按鲁迅）再来北京也就是北平时离'九一八'已不止一个年头了。据说是来看他母亲的，被学生们请出来演讲"。据此，本次讲演，应是鲁迅1932年11月13日至28日间北平五讲的北京师范大学一场。

② 此处所言"二十岁"，应是实岁。三哥去世时间，照《难忘的影子》应是1933年，暂此。

③ 《末班车》："一九三二年冬天我去山东德县师范教国文。"

或头两三段，那么它完整的提要就有了，你就可以不往下看了，如果你还有兴趣，那么就再往下看，于是底下它就从头到尾，详细地叙述一番，如果你看到事情完了，可是还很有兴趣，那么它末尾还可以添两句杂耍，闲谈，所以这样就是一条新闻，分成好几段落，随便你读者从哪儿看，你愿意光看标题也可以，只看头几句也可以，一直看到底也可以，但整个不是一篇文章，而是很多篇。"（《学英文》）

　　读完英文原本《威克斐牧师传》，探英文奥妙。"作者这样讲话是模仿那个牧师讲道的口气，是一种幽默，带点讽刺，所以这就叫作好英文了，不是普通文章，绝不是新闻……看下去就越看越有意思，因为不但看了故事，而且还多少能够欣赏一点它那种英文。我才知道，这么一个莫名其妙的，好像很简单的故事怎么能成为名著呢？而且中国人还老当作英文课本来念。原来不只是念每句的意思，而是每句后面都含了一种趣味，就是另外有一种意思在后头，不是仅讲故事。"（《学英文》）"记得读最后那几十页时，在煤油灯下一句一句读，放不下来。读完抬头一看，灯油已耗尽，纸窗上泛出鱼肚白了。"（《译匠天缘》）

　　写新诗，寄往杂志。遥识戴望舒、施蛰存。"一九三二年冬天，我由友人介绍到山东一所县立初级师范讲习所当教员。一到就碰上学校闹'风潮'。我住进校内而有职无业。那位朋友忽然临时去省城。我既无走的路费，又无住下的饭钱。在黯淡的煤油灯光下，我提笔写出了诗《秋思》。随后又连写了几首都寄给北平（北京）的友人，其中有一位是写新诗谈文学的。友人来信说：'诗可以发表了。你不寄，我们替你寄。'结果是几首诗在当时唯一能继续出版的大型文学杂志《现代》上刊登了出来。"（《百年投影：一八九八——一九九七》）"施蛰存……写来一封信，说戴望舒和他均看了我的诗歌，很欣赏。"[1]

一·二八事变。

1933年　22岁

德县师范讲习所教语文，兼教育学与儿童心理学。"我在山东德县师范讲习所当过教员，教语文。师范课程中必须开教育学和儿童心理学。不料那位教员选了课本，教了不久，突然走了。急得教务主任团团转。他是我的朋友，刚把我从北京请去，我不能见死不救，便要来两课本一看，心理学太浅，太陈旧，教育学又太深。我告诉他，我可以试试兼教这两小时。虽然学校和学生并不重视这两门课，我还是认真教的。讲了课本，又讲了课本以外我所知道的有关知识。"（《如是我闻——访金克木教授》）"这两门课是师范学生必修的教育学和儿童心理学。……两本书都是用文言写的，学生读不懂。我只好当作'国文'的补充读物教，着重讲语言，大略讲一下内容。"（《师范乎》）

遇教学检查。"有一次正在教课时进来一位中年人，站在门口几分钟就走了。我也没在意。下课后才知道那是县视学。他给我四个字的评语：不会教书。又过一些天，上课时进来了一位西装笔挺很神气的人物，由校长和教导主任陪着，在门口站了好半天才走。我下课一问，才知道，原来是省视学大驾光临。他给我的评语是，还没听到过这样讲课的。这话可以是好，也可以是坏。教导主任是我的朋友，对我说，'放心好了，他向我打听你是不是师范大学毕业的，怎么来这里教书，可见是欣赏不是鄙薄。'果然后来这位上级在教育局的会上提到我，夸奖了几句，什么生动活泼有创造性云云。其实我教书是一样，不过是他们两人的评价标准大不相同就是

---

[1] 《金克木先生访谈录》,《诗探索》1995年第4期。

了。一个要求依照固定模式。一个讲效率，可以不拘一格。我的价值也就随之改变了。"(《教师应考》)

　　暑期，回北平。至北大听德文、日文、法文课。"当时德文组教授中有翻译《牡丹亭》的德国诗人洪涛生，毕业生中有诗人冯至。尽管如此，也只有几个学生上课。我去听过一次洪涛生教授讲莱辛寓言。他自己到德文图书室去打字，打出一页课文，将复写纸印出的分发学生，也给我一份，没问一句话。日文组的教授有周作人、钱稻孙、徐祖正三位名家。学生也不多，其中一个是周作人的儿子。法文组的原来系主任是梁宗岱教授。他教毕业班，也只有几个学生，内含两个女生。他不去教室，在法文图书室上课。师生围在一张长方桌周围，用法文闲聊天。要查什么书就随手在书架上拿。主讲人是梁教授。总题目是法国文学。他讲的法文中夹着中文、英文、德文的诗句原文。大家嘻嘻哈哈。也没有课本、讲义。我去听过一次。大家看见我仿佛见到原有的学生。另有两位外国教员。一位是瑞士人斐安理教授。后来我才知道他最后成为日内瓦大学索绪尔以后教语言学的第三代。他在中国时还年轻，留起小胡子冒充老。他开过语言学课没人听，停了。随后到日本东京去才教语言学。我听他的课是法国戏剧。另一位是邵可侣教授，法国人。他的家世辉煌。祖父和伯祖父是学者兼革命者，一位是地理学家，一位是巴黎公社委员。他父亲是中学校长。"(《末班车》)

　　听邵可侣法语课，邵建议去听二年级课。"在'九·一八'时认识的一位世界语朋友把他在旧书店里买的一本书送给我，逼着我学。这是一本用英文写的法文自修书，一共三十课。从第十五课起读童话《小红帽》。书中说，学完后可以接着读伏尔泰的《瑞典王查理十二传》。真是诱人的前景。没多久，我居然利用刚能看书看报的英文能力把这本书学完了。自己去买了一本邵可侣编的《近代法国文选》接着读。可是无法矫正发音。……我去上邵可侣教的一

年级大班，学发音。我拿他编的《文选》去问他，他立刻叫我去法文组听他的二年级课。"（《末班车》）

听艾克敦朗诵艾略特《荒原》。"我听过他在演讲中高声朗诵艾略特的《荒原》，好像铁板铜琶唱苏东坡的'大江东去'。我真想不到《荒原》能够这样读。本来嘛，'四月是残酷的季节'这句诗就可以有种种不同的语气、意味。"[1]（《代沟的底层》）

读沙玄文章，迷上天文学。"偶然在天津《益世报》副刊上看到一篇文，谈天文，说观星，署名'沙玄'。我写封信去，请他继续谈下去。编者马彦祥加上题目《从天上掉下来的信》，刊登出来，当然是没有稿费的。那位作者后来果然在开明书店出了书，题为《秋之星》，署名赵辜怀。想不到从此我对天文发生了浓厚兴趣，到图书馆借看。"[2]（《译匠天缘》）

写话剧。"过了二十周岁，我试写一篇独幕短剧。题目想不起来了。舞台上有几个男女青年出没，各各不同。或独白，或交谈，或辩论，做出种种形象，提出种种奇谈怪论。人物上下转场时舞台灯光随情调而变色，还配上音乐。青年不一定都是大学生。所谈的人生问题一塌糊涂。"[3]（《不悔少作》）

与朋友合作，完成论文《世界经济和"九一八"》，获报酬。"从维也纳银行倒闭引起纽约股市风潮说起，讲到欧洲政治变化，再从欧洲'纳粹'的危险行动讲到亚洲日本的趁火打劫，还特别着重指出，中国的吃大亏在于不注意了解世界经济动向，不重视经济和政治军事的密切关系，所以必须对国人加强这种新知识的宣传，

---

① 艾克敦（Sir Harold Acton）1932 年起在北大任教，曾讲艾略特的《荒原》，暂此。

② 查天津《益世报》，未见《从天上掉下来的信》，疑即《天上人间——谈天第一信（上）（下）》。沙玄、赵辜怀，均为赵宋庆（1903—1965）笔名，后任教于复旦大学中文系。

③ 文中言"当时本世纪才过了三十三年"，暂此。

顺带暗中吹嘘了本刊的远见。文中的理论和资料都是人家的，只有文章是我们自己写的，特别是说了'九·一八'。"（《我的"偷袭"》）[1] "我跑了一星期北京图书馆，查抄外国杂志，拼凑出来，由他加上头尾，居然换来几十元。正当饭铺掌柜开口讨账时，我一次交他三元，对他的笑脸望也不望一眼就昂然出门。"（《文丐生涯》）

与朋友一起等待流星雨，商量翻译世界语字典。"一九三三年，我在北平（北京）见到报上说，这一阵特大的流星雨就要来了，过三十三年才有一次，如何壮观又难见。当时我开始对天文发生兴趣，一心想看，可是住在公寓里，是个大杂院，不便深夜一人独自在院中徘徊，便和友人喻君谈起。他邀我到他那里去看，因为他租的一间房是独院，房东住后院。院子不小，没有树，正好观天。可是两人通宵不睡，除看星外干什么，他又提议，翻译那本世界语注解世界语的字典，可以断断续续，与观星互不妨碍。……我花几个铜圆买了一包'半空'花生带去。他在生火取暖的煤球炉上，开水壶旁，放了从房东借来的小锅，问我，猜猜锅里是什么。我猜不着。他说，是珍珠。我不信，揭开锅盖一看，真是一粒粒圆的，白的，像豆子样的粮食。我明白了，是马援从交趾带回来的薏苡，被人诬告说是珍珠，以后就有了用'薏苡明珠'暗示诬告的典故，所以他说是珍珠。他是从中药店里买来的，是为观星时消夜用的。看流星雨，辩论翻译，吃'半空'和薏苡仁粥，真是这两个刚到二十二岁的青年人的好福气。"（《忆昔流星雨》）[2]

年底，施蛰存写信介绍，得识徐迟。"三十年代初期，我们都向《现代》杂志投新诗稿。主编施蛰存先生来信介绍，徐迟正在燕京大学借读，从郊外来城内和我见面，从下午谈到晚上，还请我吃

---

① 此文中有"话说'九·一八'后的一九三三年"，系此。

② 参《观星谈》（佚）。

一顿饭。以后他南下回东吴大学，见面只此一次，做了几年通信朋友。他上教会大学，西装革履，一派洋气，又年少气盛，一心骛新。我是蓝布长衫，不学无业，在古书底子上涂抹洋文，被朋友称为小老头。我们一谈话，处处是共同题目，共同兴趣，又处处是不同知识，不同见解。从中国到外国，从现代到古代，从文学、科学到哲学、宗教，无所不谈，无处不是矛盾对立。正由于这一点，彼此都像发现了新天地，越谈越有相见恨晚之意。"①（《少年徐迟》）

12月2日，蔡时济被捕，疑其将死于狱中，作《即事》诗。"泪尽何堪哭。心伤转不惊。有头皆罪犯。识字是灾星。止渴安求鸩。入山莫避秦。同怜亲尚在，南望白云深。"诗序云："癸酉冬，至友蔡君突遭禁锢。怀璧其罪，腹诽当诛，天王圣明，夫复何言！结习未忘，缀成四十字。代哭不成，书愤不敢，聊以记事耳。"注："蔡君即蔡大，当时任小学教师，为人告密而被捕。同案四人，无一共产党员，反而有一国民党员。天津《大公报》发表社论，点出蔡名。拘留数日即均获释。此时国民党宪兵第三团尚未调驻北平，捕人犹有顾忌，舆论亦有影响。不久，蔡即辞职南下。"（《即事并序》）②

---

① "因施蛰存介绍，我跑到沙滩的一条胡同里，找到金克木。经过自我介绍，互相认识。我看他那时住在一个小小的四合院里，一间朝北的南房中。没有火炉，他只有一只煤炉，独自一个人在北京当寓公。北京已经进入零度以下的冬天，他平素是在北京图书馆里过日子的，开馆进去，闭馆出来，那里有暖气，也有很好的食堂，喝水有喷泉。我们一起谈诗。他比我懂得多，我向他讨教到不少的东西。"徐迟，《我的文学生涯》，百花文艺出版社，2006年10月版，第91页。

② 此诗原刊天津《益世报》1933年12月10日，文字有小异。《泪》提及此事："一九三三年，我还只有二十出头的年纪，有一位好朋友突然被捕了。他是无缘无故受连累，所以不久便放出来。但我听到消息时以为入狱就不能活着出来，很伤心，又哭不出，便信口占了一首五言律诗，还加上一段小序。"

于道泉、于道源持梵文书来，劝从钢和泰学梵文，未往。"从三十年代初他兄弟二人突然夜间拿两本梵文书来要我去跟钢和泰学而我未去起，我已经多次拒绝过他的建议了。我知道他只惋惜而毫不在意，决不强迫别人。"①（《奇人不奇——记于道泉教授》（佚））

新诗陆续刊于《现代》。《诗四首》（秋思、晚眺、古意、眢井）刊《现代》1934年第3卷第1期。《诗二章》（黄昏、灯前）刊《现代》第3卷第6期。《旅人外四章》（旅人、愁春、生命、年华、默讼）刊《现代》第4卷第1期。

《天上人间——谈天第一信（上）（下）》刊天津《益世报》9月7日、9月8日"语林"。《"我们的世界？"》刊天津《益世报》10月6日"语林"。

1934年　23岁

春，听邵可侣二年级法语课，结识沙鸥，初见"保险朋友"。"读的第一篇是《阿达拉》。沙多布里盎的华丽的句子比我的水平高了一大截。那时刚出版了戴望舒的译本，改名《少女之誓》。我看过，但那不是我的书，没有拿来对照。又没有好字典，自己一个字一个字硬抠，准备好了再上课。教得很快。接着是卢梭的《一个孤独漫步者的遐想》。我觉得容易多了。也许是我的程度提高了。念起来不大费劲而且能摹仿口气了。课能上得下去，又结识了沙鸥，心里很平静。……刚开始认识卢梭时，有一次我离开教室晚些，是最后一个。出课堂门，眼前一亮。年幼的同学Z女士（按即保险朋友）手拿着书正站在一边，对我望着，似笑非笑，一言不发。"

① 据《于道泉年谱简编》，于道泉与金克木相识于1930年，1934年于赴欧，则此事应在1930年至1934年间。暂系此。《年谱简编》载《平凡而伟大的学者——于道泉》，河北教育出版社，2001年11月版。

（《保险朋友》）

与邵可侣同住。"我的那位送我法文自修书的朋友……忽然被捕。我不知道他已入狱，夜间还去访他。幸亏在大门口望见室内无灯，没有进大门，免受牵连。我把这事告诉邵可侣，说要搬家。他立刻建议我到他家里住。……不收房租，不管吃饭，要我在他假期旅游时替他看房子，有中文信件之类帮他处理，作为交换。"（《末班车》）

听闻家驷讲《熙德》。"忆昔旁听先生讲解法国古典诗剧《熙德》迄今已满五十六年矣。"（《答闻老》）[①]

习作补白。"心园毕业后曾经当过什么报纸的副刊编辑。常常缺稿子，就从这几大本帐簿中找点凑上，补空白，随意改变一个署名，每篇不同。究竟发表了一些什么，作者自己都不清楚。他有些见不得人的习作没有写在这本子上，幸而免了出丑。"[②]（《岁寒三友》）

与朋友黄力在副刊上编文学周刊，略有薄酬。后介绍此事的朋友辞职，遂中断。"那位编辑朋友[③]居然说服报馆老板，让我和朋友黄力在副刊地盘上编一个文学周刊，每月四次，没稿费，给编辑费六元。黄君是大学毕业，有资格。我发表过诗文，有能力。黄君

[①] 《答闻老》诗写于1990年7月，则五十六年前为1934年，系此。

[②] 《不悔少作》："在这样的氛围中，我只有提起小楷羊毫在'毛边纸'的本子上涂抹，一篇又一篇。毫无目的，也不是'习作'什么，不过为了排遣外界干扰而已。不料有位朋友当上某报副刊编辑，抢去我的本子，不征求同意便在缺稿时拿我的小玩意儿填充空白，随手代署上不同名字。好在我知道不会有人看，算是帮助朋友，也未抗议。"王克非编的，可能是《北平新报》。参马俊江博士论文，《二十世纪三十年代北平小报与故都革命文艺青年》，第36页。暂此。

[③] 应即王克非（心园）。《大公报》1934年2月22日"文坛消息"："北平新报附刊'文艺周刊'每星期三出版，闻系常在'现代'发表诗歌之青年诗人金克木所编云。"

还没找到职业，他父亲继续供给生活费。他邀我同住，不要我出房钱。这六元他也不要，全归我。……每月两三万字稿子，要分为许多篇，篇篇形式内容不一样，要求不低。没有外稿，有也不能用，没稿费。全靠我们两人自己一字一字写出来。……（按过了一段时间）工人取稿时带来一封信，是那位编辑朋友王君写的。原来王君有妻有子，报馆给的钱太少，从下月起他辞职转业去汉口了。当然我的六元钱也告一段落了。"（《文丐生涯》）

与保险朋友通信。教暑期夜班世界语。"不知怎么，过了些天，我又想起她来，又想做个实验。我去查电话簿。那时私家电话不多，很容易找。那个号码的住址栏有胡同和门牌，户名不是她的姓。我写了一封法文信。简单几句问候和盼望开学再见，附带说我在教暑期夜班世界语，地点在师大。"（《保险朋友》）

保险朋友来信。"忽然收到她从日本寄来一封信，居然是毛笔写的文言信。说是她姐姐从日本回来，'述及三岛风光'，于是东渡进了早稻田大学。附了东京一个女子寄宿舍的地址，说希望我将北大法文课情况'有暇见告'。从此通起信来。"（《保险朋友》）有诗记其事，"万种心情一笑里，东风吹送好音来"。自注云："卢女士同在北京大学旁听法文课，后赴日本东京进大学，以毛笔书文言信复法文信，由是订交，成为终身朋友。红颜青眼大减收信人颓丧，诗中所云盖记实也。"（《得卢君书却寄》）①

探望世界语者周达甫，结识何容。"我是去找只有二十岁的世界语者周达甫的。已经快中午了。忽然从相邻的一间屋里开门探身出来一个睡眼惺忪的人，说：'你们谈什么这样起劲？把我吵醒了。昨晚看篇文章直到天亮才睡。原想睡到下午，现在睡不成了。'这

---

① "卢君"即"保险朋友"，即"Z"。自注乃诗集编定时所为，"诗索解人，笺注为赘。然今读者不同往昔。为免讹传，稍减臆测，略注本事，兼附出典"。

人便是何容。"①（《何容教授》）

　　结识习世界语者杨克（杨景梅）、吴山（安偶生，Elpin）。"瑞士人普利华博士用世界语写了一本《柴门霍甫传》。汉译者是杨景梅。译本在抗战前由文化生活出版社出版，收在巴金主编的丛书中。译者曾在一九三四年来北京养病，和我常常相见。……杨介绍我认识朝鲜世界语者安偶生（以后化名王爱平）。三人见面后决定放弃中国普通话、广东话、朝鲜话，只讲世界语。柴门霍甫的希望在这里实现了，尽管只是'昙花一现'。"（《希望者》）"世界语原来是有个理想的。有共同理想的同志和单是讲一种理想语言的同志是不同的。仅仅把语言作为一种工具或手段的又不一样。三人一见如故是杨克认为有共同的理想。这是什么，谁也没说出来。究竟是不是思想上有共同之处，并未讨论过，好像是'心照不宣'，不需要商标、招牌的。"（《岁寒三友》）②

　　替邵可侣居间联络茶会，结识吴宓。"在邵可侣先生的热心联络下，有些法国人互相请客开茶会。留学法国的中国人也参加。有的教授还带了学生去。嫁给中国人的法国妇女也有随丈夫参加的。……会上人人用法文闲谈。有时青年男女做点小游戏或朗诵诗，弹琴，唱歌。最热闹时还排练过法文戏《青鸟》。我和邵先生同住一处以后，他便把这件事也交给我，由我发通知联系。别人请客也找我。"（《末班车》）"有一次，请客的主人是几位女士。忽然来了清华大学的吴宓教授。吴先生一人独坐在角落里，仿佛沉思，又不时面露微笑。我去和他攀谈，谈旧体诗，谈新出版的《吴宓诗集》，谈他的学生钱钟书。随后他寄给我的诗集，夹着钱钟书的小本诗集，说明两书一定要看后寄还。"（《保险朋友》）

---

①　周达甫生于 1914 年，则二十岁在 1934 年，暂此。

②　据《岁寒三友》，认识杨景梅似发生在 1932 年，《希望者》系于 1934 年，此以后者为准。

结识朱锡侯等。"我和朱锡侯认识是在一次法文谈话会上，那次是北大教授法国人邵可侣请客。""（按有人排练《青鸟》）我跟朱锡侯也参加了……我演的角色是火……朱锡侯演的是回忆之乡里的那个老人，话比较多，因为我记得我还和他开玩笑，他很少讲话，所以我说你这样是像个老人。可是我不太像火。……在法文会上认识了朱锡侯以后，又由他认识周麟，还认识了贾植芝，就是贾芝。因为朱锡侯跟我说他看过我写的新诗，他自己也写新诗，笔名叫朱颜，贾植芝的新诗署名叫贾芝，所以就有个题目可谈了，就谈新诗，因为那时候大家学法文嘛，就谈法国的象征诗，他的英文也很好，就谈英国的诗。"（《朱颜》）

秋，写《少年行》。"民国二十三年的秋天，在北京大学二院旁边的大学夹道的一家公寓里，有一间只能容一张床和一个桌子的小房，房里每天夜间有一个青年人在摇曳的蜡烛光下写诗。他这样继续不断的写了一个星期，写成了一首由许多不同体裁的短诗串成一个故事的五百多行的长诗。诗的题目是从旧诗里借来的现成的三个字：'少年行'。……秋天是北平的最好的季节，而那一年的北平之秋尤其使我觉得好，因为我的白天用来读法文诗和小说，晚间到西城石驸马大街借师范大学的教室教世界语，夜深了才回到东城的公寓里来静静的仰天观望闪烁的星辰；那时每星期有一次和一些学法文的人一起去用法文排演童话剧《青鸟》，每两星期还可以收到一封从东京寄来的新交的不见面的朋友的温暖的短札。这样，精神的安逸远胜过了物质的窘迫，我便舒下了从幼年以来的近二十载的一口抑郁之气；于是我结束了精神生活的少年一段，把我的许多朋友的事迹的典型演为诗歌，试给从'五四'到'九·一八'的一部分青年留下一个阴影。深秋的一个星期中，每夜我都借黯淡的烛光照明这十年来的他人的回忆，沉没在实际是很愉快的忧悒的气氛之中，组成我的宿命论的车轮式的人生观照的图案。"（《〈少年行〉

后记》）

10 月 21 日，清华世界语学会成立星期讲习班，参会。"自开学以来，经该会负责人郝威、赵正楷等多方努力，成立星期讲习班于十月二十一日召开全体大会……并闻暑期教员陈明德，现任教员杨景梅，师大世界语教员金克木君特于是日来校参加该会。"①

与杨景梅豆浆铺谈话，结识沈仲章（阿尔法），由此复识崔明奇（贝塔）、林津秀（迷娘）②。得沈、崔激励，欲学数学。"三十年代初期，我和杨景梅在北平沙滩北京大学附近一家豆浆铺上用世界语谈话，被沈仲章误认为意大利语，从此我认识了沈。"（《忘了的名人》）"又过了一个星期日，青年 A 才去（按沈之住处）。一进屋就见到另有一男一女在座。一看见他，都站了起来。……男的个子高些，瘦长条子，头发真乱得可以，上唇还留了一点胡子，讲话带点广东音，穿一身灰西服，也不很整洁。女的穿银灰色连衣裙，腰间束了一条宽带子，身材不高，圆脸。她也是广东人，在北京上过小学，所以能讲一口北京话。男的是北大数学系毕业，现在教中学，也爱好音乐，会弹钢琴。女的学画，从一个私人学油画，目前还在画炭笔素描打基础。……他受到阿尔法和贝塔的鼓吹，打算去北大也听听课。贝塔极力说他有数学头脑；即使不能正规学数学，也可以大致学一遍数学的理论和内容，并且自告奋勇要当他的数学导师。于是青年 A 真以为自己能学数学了。至少是还可以学点大学里教学的东西。"③（《数学难题》）

---

① 灵，《清华世界语学会近况》，《清华副刊》1934 年第 42 卷第 2 期，第 23 页。转引自焦徽，《近代中国世界语运动进程研究》，华中师范大学博士学位论文，第 151 页。

② 阿尔法、贝塔、迷娘的称呼，见《难忘的影子·数学难题》。人物的一一对应关系，参沈亚明《试解〈数学难题〉四友（上）——金克木与沈仲章：难忘的影子（三）》，前揭。

③ 暂系此。

认识彭子冈。"三十年代初期，我在申报《自由谈》看到署名子冈的一篇小文，文中提到她住在北平西城一家女子宿舍，捎带了一笔那个宿舍的房主。我想这大概就是《中学生》杂志征文中第一名的那个子冈，而这宿舍无疑是我的朋友曹未风新开的秋城女子寄宿舍。于是我去看这位决心花二十年时间译莎士比亚的朋友曹未风。他告诉我，子冈本名彭雪珍，是中国大学英文系的一年级学生。我立刻想到那是《中学生》上发表作文的苏州振华女中的学生，大概是叶圣陶先生的弟子。恰在我们谈话时，一位推着自行车的女孩子陪着另一位进了院子。同子冈在那篇文中说的一样，她把自行车向墙上一靠，便和她的朋友站在对面廊下谈起话来。曹未风说这就是子冈。隔着窗帘我认识了她。"[1]（《悼子冈》）

译 Johnso, W.B.《世界语文学概观》，刊《现代》1934 年第 5 卷第 5 期。"我在蔡方选那里看到一篇《世界语文学三十年》，是用世界语写的文章，介绍本世纪的世界语的翻译和创造。我借回翻译出来寄给《现代》，发表了，第一次得到了稿费。接着从蔡先生处借来英国人麦谦特用世界语创作的幽默小说《三英人国外旅行记》，译出来寄给《旅行杂志》，又发表了，又得到一笔更多的稿费。这算是我学翻译'出师'了，进入译匠时期。"[2]（《译匠天缘》）

出版译作《〈海滨别墅〉与〈公墓〉》，斯塔玛托夫著，克勒斯大诺夫世界语译本，世界语、汉语对照本，中国世界语书社，1934 年 12 月版。"原作者斯塔玛托夫（G. P. Stamatov）是现代保加利亚作家。他所喜欢采用的形式是短篇小说，他所作的工作是对人性黑暗面的无情的指摘和尖利的嘲笑，他底小说只是用来证明他又发现

---

[1] 彭子冈 1934 年入北平中国大学，此处言"一年级学生"，则在 1934 年至 1935 年之间，暂此。

[2] 《三英人国外旅行记》，发表时名为《三英人国外游记》，1936 年刊出，译成应在 1934 或 1935 年。

了人类底某一弱点。在他这儿我们找不到温情，但我们却不能不承认他底观察是异常深刻而他底冷酷也不是毫无理由的。……原译者克勒斯大诺夫（Ivan H. Krestanoff）是保加利亚人，世界语文坛底最好的翻译家之一。他底文体简练而生动，有一种难以企及的力量，特别是在他译的斯塔玛托夫底小说中。"（《引言》）"我和黄力给另一家报纸编了几期文学周刊……为了凑数，我从世界语译出了两篇短篇小说，《海滨别墅》和《公墓》。两位世界语者，蔡方选、张佩苍，办起了只有名义没有门面的'北平世界语书店'，出版了两小本《世汉对照小丛书》，一是蔡方选编的《会话》，一是我译的这两篇小说。我得到一部世界语译本《法老王》的上中下三大本作为报酬。这算是我的翻译学徒时代，没有拿工作换钱。"[1]（《译匠天缘》）

《诗选》（镜铭、十月之夜）刊《现代》第6卷第1期。《黑衣女》刊《文艺风景》1934年第1卷第2期。写旧体诗《拟闺怨四首》，疑当时未刊。

《观星谈》刊天津《益世报》1月5日"语林"。《冤状一篇》刊天津《益世报》3月2日"语林"。

1935年　24岁

杨景梅离开北平，临别赠言。"'Estu verkisto！'世界语者杨景梅送我到他住的公寓房间门外时这样说，这句用世界语说的话的意思是，当一个作家吧。"（《文丐生涯》）"你要确定学一样什么。总要有专门；不能总是什么都学，没有专攻。至于做什么，我看你做什么都好，学什么都可以学好，只是要学一样。现在若一定要我讲意见，我看你可以先当著作家，这是不用资格只凭本领的。当一个

---

[1] 《海滨别墅》《公墓》报纸刊出稿暂未查到。

著作家吧。在中国也许不能够吃饭，但也算是一门不成职业的职业，自由职业。我比你大几岁，阅历多些，希望你考虑我的话。"①（《岁寒三友》）

结识杜南星。"我初相识的诗人是一个身材不高，眼睛和嘴唇充分露着捷才的青年。十分健谈，毫无倦意。……他来北平，没有钱也没有职业，冷天穿一件宽大的袍子，暖天一件淡青色大褂，十分朴素。因为以法文为学，寄居在小石作邵可侣教授家里，每天一半读书，一半访友，见了人总是愉快自如，没有一点有贫苦所影响的表现，我到现在才知道这几乎是人所不能的事。贫苦压倒了多少友人，只有克木始终保持着他的笑傲的风趣。而且，他并不是优游卒岁的，他写诗，译文，热心地参加邵先生的法文座谈会和朱孟实的新诗座谈会，而某一个下午，他又去找我商量一起到大学课室里去听德文了。同时，因为不肯整天地蛰居，他认识了许多知识层的朋友，那相熟的程度真是快得可惊。宿舍院里和街路上常有对他招呼和立谈的。连邵先生的厨役也做东请他吃饭。这么一个与世相投的人，这么一个世界主义者，却能潜心默想，以文学上最高形式的诗歌为表现心思的工具，真可以说是两重人性之神秘的复合了。……他常常口占，有时在外面得句回去再写出来。我对自己的迟钝觉得惭愧。在我的杂乱的书桌上他是提笔不假思索就可以写出几千字。我们写过一些游戏文章，署了假名寄报纸刊副。但他写作的真正态度却是严肃不苟的。见了我手下的从开封和苏州寄来的小

---

① 杨景梅何时离开北平，回忆不同。据《希望者》："我曾介绍杨去见世界语者张佩苍和蔡方选。我从世界语译出保加利亚的两篇小说，《海滨别墅》和《公墓》，由蔡校后，由张用北平世界语书店名义出版了世汉对照的小册子，可惜出书时杨和安已离北京，没有见到。"则 1935 年前离开。据《〈韩素音和她的几本书〉更正》："那时，后来以 Elpin 为笔名的朝鲜世界语者在辅仁大学读书，杨景梅准备到法国去……这是 1935 年的事，韩素音已去欧洲了。"则 1935 年仍与杨景梅一起出现。暂此。

诗刊和催稿信，他即刻告诫我不可胡乱发表，否则我必会渐渐松懈下去，毫无成就。他把从西郊寄来请他填写的作家表给我看以做笑料。只有时寄稿给徐霞村戴望舒两先生，刊《每日文艺》和《新诗》，他说这已经是最大的'忍不住'了。"①

经沙鸥介绍，入北京大学图书馆工作。"和我一同听法文课的沙鸥女士本是学图书馆学的，由严主任（按文郁）请去当阅览股股长。她出主意，请法国人邵可侣教授向严主任推荐我，她再加工，让我当上她的股员。于是我得到机会'博览群书'。她讲话是'中英合璧'，还会说日文，又学法文。她还逼我学英文打字，用她的打字机，照打字课本学。中午休息时把我关在她的办公室里，她出去吃饭，半小时后回来考察我的作业，放我走。"（《北大图书馆长谱》）"在北京大学图书馆当职员，和一位同事对坐在出纳台后，管借书还书。那不到一年的时间却是我学得最多的一段。"②（《一点经历·一点希望》）

——转益多师。"书库中的书和来借书的人以及馆中工作的各位同事都成为我的老师。经过我手的索书条我都注意，还书时只要来得及，我总要抽空翻阅一下没见过的书，想知道我能不能看得懂。……我常到中文和西文书库中去瞭望并翻阅架上的五花八门的

---

① 南星，《忆克木》。刊《朔风》1939年第5期，修订后又刊于《文艺世纪》第1卷第2期。收入《松堂集》，新民印书馆，1945年4月版。文写于1939年，首句云"四年前"，系此。

② "出纳柜台负责借书和还书的是现任北京大学东方语言文学系的金克木教授。他偷听邵可侣教授的法文课，成绩高出正牌选课学生，邵氏把他邀到自宅里住，介绍他到图书馆打工。由于我经常和他隔着柜台打交道，竟成为直到90年代的五十多年的朋友。我还记得他跟我说过的一段传记式的旧事：当年有人给他推算生辰八字，预言他将来官运亨通，要掌'印把子'。他指着手里攥着盖在借书或还书的借书证上的橡皮图章说：'看，算命先生算得还算准，这不是掌了印把子！'"吴晓铃，《话说那年》，中国友谊出版公司，1998年2月版，第162页。

书籍，还向库内的同事请教。……书库有四层。下层是西文书，近便，去得多些。中间两层是中文书，也常去。最上一层是善本，等闲不敢去，去时总要向那里的老先生讲几句话，才敢翻书并请他指点一二。……这样，借书条成为索引，借书人和书库中人成为导师，我便白天在借书台和书库之间生活，晚上再仔细读读借回去的书。"（《一点经历·一点希望》）

　　——读书导师。"借书的老主顾多是些四年级的写毕业论文的。他们借书有方向性。还有低年级的，他们借的往往是教师指定或介绍的参考书。其他临时客户看来纷乱，也有条理可寻。渐渐，他们指引我门路，我也熟悉了他们，知道了'畅销'和'滞销'的书，一时的风气，查找论文资料的途径，以至于有些人的癖好。……这些读书导师对我的影响很大。若不是有人借过像《艺海珠尘》（丛书）、《海昌二妙集》（围棋谱）①这类的书我未必会去翻看。外文书也是同样。有一位来借关于绘制地图的德文书。我向他请教，才知道了画地图有种种投影法，经纬度弧线怎样画出来。他还介绍给我几本外文的入门书。可是我只当作常识，没有学习，辜负了他的好意。又有一次，来了一位数学系的学生，借关于历法的外文书。他在等书时见我好像对那些书有兴趣，便告诉我，他听历史系一位教授讲'历学'课，想自己找几本书看。他还开了几部不需要很深数学知识也能看懂内容的中文和外文书名给我。"（《一点经历·一点希望》）

　　——无言之课。"教授们很少亲自来借书。有一次进来一位神气有点落拓的穿旧长袍的老先生。他夹着布包，手拿一张纸向借书

① 借此书的是俞敏，见《送俞敏教授》。"说起相识的机缘，那是我在北京大学图书馆当职员管借书的时候。他是一年级学生，来借《海昌二妙集》。我一看借书条便问：'你下围棋？'他便立刻对我有了兴趣。于是海宁的范西屏、施襄夏两位清朝大国手成为我们的介绍人。他每来借书，我们必定隔着柜台谈话。"

台上一放，一言不发。我接过一看，是些古书名，后面写着为校注某书需要，请某馆长准予借出，署名是一位鼎鼎大名的教授。……我去对他恭恭敬敬地说，这些书我们无权出借。现在某馆长已换了某主任，请他到办公室去找主任批下来才好出借。他一听馆长换了新人，略微愣了一下，面无表情，仍旧一言不发，拿起书单，转身扬长而去。我望到他的背影出门，连忙抓张废纸，把进出书库时硬记下来的书名默写出来。以后有了空隙，便照单去找善本书库中人一一查看。我很想知道，这些书中有什么奥妙值得他远道来借，这些互不相干的书之间有什么关系，对他正在校注的那部古书有什么用处。经过亲见原书，又得到书库中人指点，我增加了一点对古书和版本的常识。我真感谢这位我久仰大名的教授。他不远几十里从城外来给我用一张书单上了一次无言之课。"①（《一点经历·一点希望》）

——论文门径。"又一次来了一位风度翩翩的女生②借书，手拿一叠稿子向借书台上一放。她借的是一些旧杂志。我让取书人入库寻找，同时向那部稿子瞥了一眼。封面上题目是关于新诗的历史的，作者是当时在报刊上发表新诗的女诗人，导师是一位声名显赫的教授。我大约免不了一呆。她看出我的注意方向，也许是有点得意，便把稿子递给我看。我受宠若惊，连忙从头到尾一页页翻看。其中差不多全是我知道的。望望引的名字和材料，再看几行作者的评论，就知道了大意。大约她见我又像看又像没看，就在我匆匆翻完后不吝赐教。她说，这是导师出的题目，还没有人作过，现在是

---

① 此教授可能是刘文典。金木婴言："写条子的应该是胡适，借书的是刘文典。"见张昌华《我为他们照过相》，商务印书馆，2017年9月版，第95页。

② 此人应为徐芳，见《送指路人》。"中文系的应届毕业生徐芳女士，新诗人。她的论文是《中国新诗史》，也是胡适指导的。她有意无意把论文放在柜台上让我看见，由此互相认识。"

来照导师意见找材料核对并补充。她还怕我不明白，又耐心说明全文结构，并将得意的精彩之处指给我看。……我由此又学到了一点。原来大学毕业论文是有一定规格的，而且大家都知道的近事也能作为学术论文的内容。"(《一点经历·一点希望》)

结识邓广铭，成为学术指路人。"有一天，一个借书人忽然隔着柜台对我轻轻说：'你是金克木吧？你会写文章。某某人非常喜欢你写的文。'……从借书证上我看出这个人是历史系四年级学生邓广铭。……从此以后，他来借书时往往同我说几句话。有一次竟把他的毕业论文稿带来给我看，就是他在胡适指导下作的《陈亮传》。……邓给我看论文是什么意思？我从未想起去走什么学术道路，也不知道那条路在何方。万想不到他是来给我指路的。"(《送指路人》)

——与邓谈学术，感叹时事。"有一次他在我下班时来，一同走出馆外，走向红楼，在十年后有'民主广场'之名而现在已经消失了的老北大操场上边走边谈。他谈起怎么写了一篇书评，评论一位名人的有关宋史的书。那时规定学生要做读书报告。他便交上这篇文，得到文学院长胡适赏识并鼓励他继续研究宋史。于是他写出《陈亮传》。现在发现宋史情况复杂，资料太多，问题不少，主要是对从东北南下的辽、金的和、战问题很难处理。……穿过红楼到了校门口分别时，我说，我们现在还是生活在宋朝。彼此苦笑而别。当时日本已占领东北，河北省已有一部分变相沦陷，几个月后就扩大到华北。'一·二九'学生运动由此爆发。再一年多全面抗战开始了。"(《送指路人》)

——邓带来傅斯年文学史讲义。"我拿回一看，不像讲义，是一篇篇讲演稿或笔记。开头讲《诗经》的'四始'，说法很新，但我觉得有点靠不住。看到后来种种不同寻常的议论，虽然仍有霸气，但并非空谈，是确有见地，值得思索。现在隔了大半个世纪，内容几乎完全忘了，但还记得读他比较唐宋诗那一段时的兴奋。真想不到能这样直截了当要言不烦说明那么范围广大的问题，能从诗看出作诗人的心情、思想、人品，再推到社会地位、风气变迁，然后显出时代特征，作概括论断。尽管过于简单化，不免武断，霸气袭人，但确是抓住了要害，启发思索。"（《送指路人》）

——邓约写文，作《为载道辩》，刊 1935 年 12 月 5 日天津《益世报·读书周刊》。详解"言志"和"载道"内涵，分剖周作人及其弟子文章，认为不可能完全做到毫不"载道"的"言志"，提倡、制造的"言志"，早已非是。"'周作人讲演，邓恭三（按邓广铭字）笔记'的《中国新文学源流》出版后引起轩然大波。周提出'言志'和'载道'对立，提倡晚明小品。……其实依我看，'言志'仍是'载道'，不过是以此道对彼道而已，实际是兄弟之争。他叫我写成文章看看。我知道他又借此约稿，便说，写也是白费力，你能登？他说：'你写，我就发，只看你怎么写。'于是我写出了《为载道辩》，将近万言，没署笔名，交给他。话虽说得婉转，对周仍是有点不敬，以为不会发表。可是全文登出来了，一字未改，占了整整一期。我没问他，毛子水主编和周作人对此文有什么意见。后来见面时他笑着说：'朱自清以为那篇文是毛子水写的。每月照例由毛出面用编辑费请客，四个编辑也参加。朱来了，对毛说，他猜出了那个笔名。五行金生水，所以金就是水。当然毛作了解释，说那不是笔名，是一个年轻人。'"（《送指路人》）"这可以说是我发表大文章的'开笔'。"（《蜗角古今谈·前言》）

译刘天华遗作演奏会说明书为英文。"一九三五年六月，在刘先生逝世三周年纪念日，由刘先生的学生们在协和礼堂开了一个刘天华先生遗作演奏会。会的节目说明书还是由沈仲章同学去找金克木先生译成英文的。"①

---

① 萧伯清，《忆刘天华先生补》，《音乐研究》1984 年第 4 期。

与 Z 相约做保险朋友。"我下了决心。既然到了好像是总得有个女朋友的境地，那就交一交东京这个女同学作朋友吧。是好奇，也是忘不了她。于是写了信……又说，还是她这个通信朋友保险。……没多久就来了回信。……'你只管把我当作保了险的朋友好了。'""真是心花怒放。有了个保险的女朋友。一来是有一海之隔；二来是彼此处于两个世界，决不会有一般男女朋友那种纠葛。我们做真正的朋友，纯粹的朋友，太妙了。不见面，只通信，不管身份、年龄、形貌、生活、社会关系，忘了一切，没有肉体的干扰，只有精神的交流，以心对心。太妙了。通信成为我的最大快乐。我不问她的生活，也不想象她是什么样子。甚至暗想她不如别人所说的美，而是有缺点，丑。"（《保险朋友》）

和吴宓《独游西山诗》，有谓："也知真意终能解，争奈蛾眉不信人。信里多情情易冷，梦中一笑笑难亲。"自注云："原诗题似是《独游西山》。和诗四首忘其三。此首记存，因吴追问其人，不得已以卢君告，实则仅初通信而已。"（《自遣次吴先生诗韵四首之一》）"再以后，我才告诉了吴先生，我的女朋友的事。他听后大为激动，大大责备我一通。在北平，在昆明，在武汉，几乎每次提到 Z 时，他都慨叹说我太不应该，总是我不对。我以为我正是照他的柏拉图哲学实行精神的爱的，为什么他反而不赞成呢？"（《保险朋友》）

与朱锡侯等组"饭团"。"三五年他忽然邀约我，说他跟周麟，还有王振基租了一个房子，小四合院，另外还有一个中学生，邀请我也跟他们一起住，另外王振基家介绍一个厨师，可以一起组织个饭团，房钱、饭钱大家分摊……这饭团之所以存在是朱锡侯的提议……其中有一个主要的目的，就是朱锡侯要把在桐城的范任范希衡的妹妹（当时叫范坤元①）找回来，找出来结婚。"（《朱颜》）

---

① 即范小梵。

结识杨周翰。"'一二·九'前夕，沙滩北京大学红楼旁边，有七八个学生租了一间房子，自己起火做饭吃，取名'窝头饭团'。……两个教师，一是我，一是杨周翰。他在饭团没有多久便到欧洲和外国人合作编书去了。他从瑞典寄来一封长信，述说初到时对欧洲的人和文明的观感。记得他说在接触欧洲普通人时感觉到了平静中的危机。那时希特勒上台已两三年了。"（《叹逝》）

经沈仲章推荐，随穆天民学"新疆话"，得识罗常培。"沈认识一个新疆人正在穷困中，便为他组织了一个夜班，借北大红楼一间教室，请他教新疆话，邀我参加凑数。于是我学会了阿拉伯字母和很难发的几个深喉音。这位穆先生不大会讲汉语。他编印讲义，教语法和会话，还给我起了一个阿拉伯名字。可笑我还没弄清学的是什么语。当时以为是维吾尔语，以后才知道也许还是哈萨克语，或则竟是另外什么语。这个夜班维持没多久，老师就回新疆了。有一位罗常培教授也参加学习。他是音韵学家，北大中文系主任，支援这个班可能是为了调查研究语音，结果是认识了我。"[1]（《忘了的名人》）

《春病小辑》（淹留、雪意、有遇、晨兴、听琴、风夜、灾祸、羞涩、夜行、神诰）刊《现代诗风》1935 年第 1 期。《少年行——献给所有我的死去的朋友》刊《文饭小品》1935 年第 3 期。旧体诗《乙亥杂诗三首》，似未刊。

《论诗的灭亡及其他》刊《文饭小品》1935 年第 2 期。《时间》刊《论语》第 75 期。《评〈宇宙壮观〉》刊天津《益世报》12 月 26 日"读书周刊"。《拟今人尺牍》刊《文饭小品》1935 年第 6 期。

"一二·九"运动。

---

[1] "'新疆话'夜班学习的书面语应是基于《御制五体清文鉴》的中古以后的维吾尔语。"沈亚明《金克木与沈仲章：难忘的影子（一）》，刊《掌故（第一集）》，中华书局，2016 年 6 月版。

1936年 25岁

与朋友观星。"我借到了英国天文学家秦斯的书一看，真没想到科学家会写那么好的文章，不难懂，引人入胜。于是我照着这书和其他书上的星图夜观天象。很快就认识了许多星座和明星。兴趣越来越大，还传染别人。朋友喻君陪我一夜一夜等着看狮子座流星雨。朋友沈仲章拿来小望远镜陪我到北海公园观星，时间长了，公园关门。我们直到第二天清早才出来，看了一夜星。"（《译匠天缘》）"织女星在八倍望远镜中呈现为蓝宝石般的光点，好看极了。那时空气清澈，正是初秋。斜月一弯，银河灿烂，不知自己是在人间还是天上。"（《遗憾》）①

译《流转的星辰》。"我认识了读过教会中学又是大学英文系毕业的曾君。他从英译本译出苏联小说《布鲁斯基》，要我给他看中文。我对照着读了一遍，觉得这样的译文水平我也能达到。译科学书不需要文采，何况还有学物理的沈君（按仲章）和学英文的曾君帮忙。于是我译出了秦斯的《流转的星辰》。沈君看了看，改了几个字，托人带到南京紫金山天文台请陈遵妫先生看。稿子很快转回来，有陈先生的两条口信，一是标星名的希腊字母不要译，二是快送商务印书馆，因为天文台也有人译同一本书。"（《译匠天缘》）

售出《流转的星辰》译稿，从北京大学图书馆辞职，赴南京。"把稿子寄给上海的曹未风，请他代办。他立刻去商务，可惜还是晚了。答复是已经收了别人的译稿了。他马上去中华书局，很快得到答复，出两百元收买版权。他代我做主办了手续。我第一次卖出译稿得了钱，胆子忽然大了，想以译书为业了。"（《译匠天缘》）"亚工②……忽然对我说，有一张到南京的免费车票，是双人的，

---

① 读、译秦斯书在此年前后，其他观星经历连类系此。

② 亚工即沈仲章。见沈亚明《金克木与沈仲章：难忘的影子（一）》，前揭。

可是只有一个人去。他问我能不能利用。那时我刚卖了一本天文学译稿，得了两百元，抵我几个月的工资。本来我可以请假游玩一趟再回来。沙鸥会批准的。可是我竟没想到，以为每年译两三本书便可生活，天南地北到处遨游，便留一个条子向沙鸥辞职，不告而别。现在想来，实在对不起她，太鲁莽，太少不更事。"（《保险朋友》）

拜访陈遵妫，加入中国天文学会。"我到南京便去拜访（按陈遵妫），刚好张先生（按钰哲）在他家，也见到了。陈先生对我很热情，不但介绍我去天文台参观大望远镜，还要介绍我加入中国天文学会。我说自己毫无根基，只是爱好者。他说，爱好者能翻译天文学书普及天文知识也够资格。我隐隐觉到天文学界的寂寞和天文学会的冷落，便填表入会。"（《天文·人文》）

由南京赴杭州，戴望舒来见。"一九三六年，从春到夏，我在西湖边孤山脚下的俞楼住了大约一百天。这在我是一段既闲暇又忙碌，既空虚又充实的时光。""一百天中我译出了一本《通俗天文学》，把稿子托上海曹未风去卖给商务印书馆，在抗战时期出过两版。戴望舒来杭见我译天文学，大为惊异，写出一首《赠克木》，其实是'嘲克木'。我也写了一首《答望舒》，刊登在徐迟和路易士主编的《诗志》上。……他刚从上海来，很快就回去，竟像是专程前来把我从天上的科学拉回人间的文学的。"[1]（《一九三六年春，杭州，新诗》）

读俞樾书。"曲园老人有诗句'花落春仍在'，应试时为考官激赏并为题春在堂匾额，故全集名《春在堂全书》。我读曲园著作是先读他的一些精彩对联，后读《右台仙馆笔记》，再后才读《古书

---

[1] 戴望舒《赠克木》中云："你绞干了脑汁，涨破了头，/弄了一辈子，还是个未知的宇宙。"（《灾难的岁月》，星群出版社，1948年2月版，第23页。）《答望舒》中云："知与不知，士各有志。""自知其不知乃是真知，/求糊涂的聪明人都是如此。/这样的人才有无比的痛苦，/自己的聪明和他人的糊涂要同时负担。"

疑义举例》，得到很大益处。至于《群经平议》《诸子平议》则未能学习。"①（《俞楼春仍在——敬悼俞平伯先生》）

浙江图书馆读《四库全书》。"我在杭州的浙江图书馆像借普通书一样，借阅过《四库全书》，才见到这名声大、数量多而品位不高的'官书'的真面目，果然抄校不精。"（《风义兼师友》）

3月，新诗集《蝙蝠集》由上海时代图书公司出版。"戴望舒来找我，除谈他即将编出的《新诗》杂志外，还说，邵洵美要出版一套《新诗库》，第一批十本，要我赶快编出一本诗集来交去。书出得很快，据说只印了五百本，寄给我五本作为全部报酬。……当时我是把全书当作一篇诗来编的。从第一首第一行'梧桐一叶落'起，到最后一首《题集尾》的末节中的'祝福，祝福，祝福'，中间有大小乐章，主题、变奏，是有编排格局的。……我有意征引了曹操、韩愈、杜甫、但丁、雨果等古人的诗句，用了'美人''香草'等小标题。……那诗集注明是一九三二到一九三五年写的。我还不到二十五岁。诗中情意是我的，没有造假，但说的可不都是我。大背景就是那几年的中国和世界，小背景不能指实，也无需索隐。扉页题的'吾友 XYZ'是谁，实在是无可奉告。既用未知数代号，我还能说什么呢？我要说的都在诗中说了，无法再用别的话说出来。现在说的也只是现在的话。"②（《一九三六年春，杭

① 读俞樾对联在小学毕业后，见前1926年。读其他各书，未知确切时间，暂此。

② "作者金克木原没有想到他会写分行排列的现代诗。他写了的，只是一首以'梧桐一叶落，海上土云生'为头两句的五言律诗。但他忽然的由旧诗把它绎成新体诗，于是他的第一首作诗是写出来了。""有的诗人是生就了旧型的，胡适是一个，有的人却是全新的，他第一口呼吸来的空气，便是欧美的风已吹了过来，旧大陆已满布了新的事物，那样的氛围中的空气，这样的诗人，多的是。而金克木君却是介乎两者之间的一个为难着的人。对于新的已有希冀，对于旧的，不满意的，镣铐样的紧紧束缚了他的，却还没有能力立刻除去。而整个《蝙蝠集》，却正有一个被镣铐锁着的人，怎样逃亡，又怎样立身，重新做人的一个故事，藏在中间。"商寿（按即徐迟），《读"蝙蝠集"》，刊《新诗》第一期，1936年。

州，新诗》）"无奈渺小的个人也脱离不了大时代的氛围，我又在无意中背负了五次革命失败①的精神压抑，用艺术形式表达感受时就不能不由小通大，由今通昔，并且由个人见时代了。"（《百年投影：一八九八——一九九七》）

徐迟邀至南浔家中，住月余，谈论天文、音乐。"他来信邀我去南浔他家。……我当时翻译《通俗天文学》，还缺一些，便坐在沙发里续译。徐迟给我一块小木板放在沙发上架着。我便伏在板上译书。他爱听音乐，有一些唱片。他对我的天文不感兴趣。我对一窍不通的外国音乐倒很想知道。他便滔滔不绝对我谈论。我仍然是不懂而好提出问题和不同意见。又是互相对立的谈论。我说，我不懂天文，看书懂了一点便译出来给和我一样的人看。你懂音乐，何不把对我讲的这些写出来给我这样的人看。我在他家住了大约一个月，译完了《通俗天文学》。他开始写介绍音乐的书。"②（《少年徐迟》）

夏，至南京，与女友同游莫愁湖，学划船。"我……拿起桨来向水里一插，用力向后一划，不料船不向前反而掉头拐弯。我忙又划一下，船又向另一边摆过去。她大叫：'你怎么划的？'……我怒气冲天，又不甘心示弱，便再也不看她一眼，专业研究划船。连划几下，居然船头在忽左忽右摆来摆去之中也有时前进一步，但转眼又摆回头。我恍然大悟，这船没有舵，桨是兼舵的。我也必须兼差。桨拨水的方向和用力的大小指挥着船尾和船头。明是划水，实是拨船。我有轻有重有左有右作了一些试验之后，船不大摆动，摆

---

① 指"戊戌""辛亥""五四""北伐""九·一八"。

② "我感谢的是金克木先生。……他说'你应该写一些音乐书，像丰子恺那样的'。我说：'我不能写，我只能抄，我又不能译得像样。'他说，'你抄，你可以抄，回头你声明一声你是抄的就行了。'……后来他又俏皮地说，'干脆，你也不用说抄，你犯不着说抄，你可以说，你造书，因为你不是用中文抄中文，而是从英文抄成中文的。'"徐迟编译，《歌剧素描·自序》，上海商务印书馆，1936年11月版，第7页。

动时我也会纠正，船缓缓前进了。"（《遥寄莫愁湖》）

春夏间种种情形，流露于友朋书札。"我正在办一个小刊物，约他写诗和《西湖通信》，他都没有动笔，只把旧作诗抄寄了许多篇来，未发表的一部分至今留在我的手中。他说从此一字不写了。因为他在新诗的内容上作了几种尝试，以为走不通，便毅然停笔，而在《文饭小品》上发表了他的《论中国新诗的灭亡》，这篇论文中显示出他对同时代诗人和自己的失望，但我觉得只是他热情太重希望太奢缘故。……他在信上也这样写：看过我的那首'春意'吗？那是我个人的恋爱，喜欢不即不离。你似乎不是这样。那么我送给你几句话：若以恋爱本身过程为目的，可以尽量沉溺于其中，只要身边有可靠的友人做看护。若欲使恋爱'成功'，非用手段不可。吴宓诗云：'始信情场原理窟，未甘术取任缘差。'以为如何？……他写给戴望舒先生道，'人生只有生殖与生存，理智和意志从来没用，艺术宗教都是欺人自欺，大家无非是逢场作戏。'"[1]

暑期，回北平，与杜南星相与谈笑。"一九三六年他北大毕业之前，北大宿舍东斋他的房间里有时会有我的大声谈笑从窗户里传出来。抗战时彼此隔绝，他发表过一篇怀念我的文章，战后我才见到。我几乎认不出文中的我了。"[2]（《代沟的底层》）

与朱锡侯等至北京大学听德语课。"北大……有一个大一德文，是卫德明教，这个卫德明是德国汉学家卫礼贤的儿子，又会中文，学问也不错。我估计选修德文的人一定不多，我们可以跑去听。……于是周麟一个，王振基一个，朱锡侯一个，连我四个人……我是最后坚持到底，不但把教的学完了，我把没教的那部分

---

[1] 南星，《忆克木》，前揭。

[2] "他一直到暑假才回到这大城里来，过沉静的译书生活，说文学已到没落的时代，读书日趋减少，科学书却风行起来，大家换一换方向也好。"南星，《忆克木》，前揭。

也学了。可是第二学期我们都不去了，我到西山去翻译我的天文学了，因为没钱了，要赚稿费了。"（《朱颜》）

作长期译书打算。"书（按《通俗天文学》）译出来，再托曹未风去卖给商务，又得一笔钱。回北京后，下决心以译通俗科学书为业……沈仲章拿来秦斯的另一本书《时空旅行》，说是一个基金会在找人译，他要下来给我试试。接下去还有一本《光的世界》，不愁没原料。他在西山脚下住过，房东是一位孤身老太太，可以介绍我去住，由老人给我做饭。我照他设计的做，交卷了，他代我领来稿费。教数学的崔明奇拿来一本厚厚的英文书《大众数学》，说他可以帮助我边学边译。"（《译匠天缘》）"《时空旅行》译出交稿，正是抗战开始前夕，连稿子也不知何处去了。……那时我在西山脚下租了一间房，每天除译书外便学外文，还硬啃一本《光的世界》，一本《语言学》，都是英文的。"（《遗憾》）

经沈元骥介绍，结识侯硕之。"我的朋友沈元骥知道了这件事（按与侯译秦斯同一书）以后说：'两个译者都是我的朋友，你们也作个谈天文的朋友吧。我来介绍。'……暑假刚开始，我收到清华大学侯硕之来信，约我去清华观星谈天。……那一夜，我们谈天说地讲电力，把莎士比亚诗句连上宇宙膨胀、相对论，谈中国和世界，宇宙和人生，文学和科学，梦想和现实，希望和失望，他不掩饰自己的抱负和缺憾。我的倾听表明我的佩服。他又说又笑，我真看不出他平时是个不爱说话的人。那时我们只是在人生道路上偶尔相逢的两个过客，一无顾忌，放心，信口，谁也不笑谁。"[1]（《记一颗人世流星——侯硕之》）

因邓广铭，结识傅乐焕、张政烺。"这时他已毕业留校，属于文科研究所，但还没有交出学生宿舍房间，所以有一次邀我晚上到

---

[1] 侯硕之译《宇宙之大》（即金译《流转的星辰》），开明书店 1935 年 12 月版。1936 年春金克木从北京大学图书馆辞职去杭，暑期才回，系此。

他住处去畅谈。我去时一看，室内还有两人，都是他的同班同学。一是傅乐焕，一是张政烺。……我发现他们虽然同班上课四年，所学却大不相同，都不是照着老师教的图形描画而是自辟道路。张熟悉古董古书。傅通晓中外史地。邓专心于中国中古史。可是彼此互相通气，并不隔绝。古典、外文，随口出来，全是原文，不需要解释，仿佛都是常识。他们对我毫不见外。明摆着我不懂德文和数学，也无人在意，好像认为会是当然，不会也没什么了不起。……后来我才知道，这种青年学者的风度不是随时、随地、随人都能见到的。"[①]（《送指路人》）

《美人辑第一》（美人、老牛）刊《绿洲》第 1 卷第 1 期。《亡魂》（美人辑第二）刊《绿洲》第 1 卷第 2 期。《答望舒》刊《诗志》1936 年创刊号。《情诗习作》（雨雪、肖像、邻女、招隐）刊《新诗》第 1 期。《忏情诗》刊《新诗》1936 年第 2 期。《鸠唤雨》刊《新诗》1936 年第 3 期。旧体诗《西山杂诗三首》，未见刊出。

《知识》刊《论语》第 83 期。《信仰》刊《论语》第 86 期。《对于"天文学名词"的刍荛之见》，刊天津《益世报》11 月 26 日"读书周刊"。

据世界语翻译之《三英人国外游记》刊《旅行杂志》第十卷第一、二、三、四、五、六期。

1937 年　26 岁

《伊戈耳战纪——俄罗斯的古史诗》刊天津《益世报》1937 年 1 月 21 日，署名吉久。"他（按邓广铭）要我写文章。……我说，我现在只看外国书。他说，谈洋书也行。不过报纸是天主教办的，

[①]　邓广铭 1936 年北京大学史学系毕业后，留校任北京大学文科研究所和史学系助教，系此。

别沾宗教，莫论政治，小小冒犯政府不要紧。于是我写了一些长长短短与书有关的文，每篇署上不同笔名。……记得我写过短文，据英译本介绍俄国史诗《伊戈耳远征》，谈俄国无政府主义女革命家的《薇娜自传》（近年才有巴金译本）。还引过法国汉学家马伯乐在《通报》上评郭沫若《中国古代社会研究》的话，发挥几句。他说郭有中国学者所缺少的'科学的想象'，这指的是什么？我借此把当时被通缉逃往日本东京的郭沫若的名字点出来。现在的人不会感觉到，以上说的这些在那时都是犯忌讳的，许多报刊不会登出的。"（《送指路人》）

参加朱锡侯、范小梵婚礼。"1937年2月1日，我和锡侯在北海董事会举行了简单的婚礼。尽管靠近春节，还是来了不少朋友，婚礼也举办得隆重而热闹。浦琼英、郑孝洵、朱光潜、孙荪荃、鲍文蔚、金克木、苏民生、华罗琛，还有锡侯的一些同窗好友如王振基、贾芝、李星华、周麟等，以及女诗人沙鸥，都参加了我们的婚礼。"[1]

4月，邵可侣编《大学初级法文》再版，序中谢及。"我除看房子外还为他校再版的《文选》校样，整理并校订他的讲义成为《大学初级法文》，由商务印书馆出版。他提议我也署一个名字。我认为不妥，说是只要在他的法文序中提到我就行了。"[2]（《末班车》）

编定《学文偶议》。"邓（按广铭）说，魏建功为开明书店编

---

① 范小梵口述《风雨人生》，收入朱锡侯口述，朱新地整理《昨夜星辰昨夜风——八十自述》，人民文学出版社，2011年8月版，第228页。

② 邵序中谓："Il tient à ses remerciements en particulier à M... et à M. Kin Ke-Mo qui en exerçant sa patience et sa sagacité sur des taches arides de mise au point, de collationnement et de traduction, s'est montré un parfait collaborateur. 特别感谢金克木先生，他是一位理想的合作者，富有耐心和洞察力地承担了审核、查对和翻译等繁琐工作。"邵可侣《大学初级法文》，商务印书馆，1937年4月版。法文由吴雅凌译为汉语。

一套小丛书，可以收我一本。我便选出一本几万字的《学文偶议》。不料稿交邓后，抗日战争爆发，稿子一直存在邓家，沦陷期中仍代保管。一九四八年我再到北京，邓才还给我。"①（《关于"伍记"》）

经历"七七事变"。因崔明奇催促，搭末班火车离开北京。"'七七'以后我在北平（北京）城里有天傍晚吃西瓜。我的新从偏僻外地来的母亲和一个二十岁的女孩子，一个从日本回国不久的朋友和我，四个人围坐在院中。忽然响起了一阵枪声，仿佛子弹从头上飕飕飞过。"（《"南渡衣冠思王导"》）"快到月底，忽然一位朋友从汽车行里不知怎么租到一辆小汽车坐着来看我。他催我立即上车跟他一同走，说那位午间宣布'与城共存亡'的最高守城人已经自己坐小汽车走了，我们还等着做亡国奴吗？不由分说，他把我拉上了车。……车出西直门时，城门已经关了一半，门洞里堆着不少沙包。出城到了往西北开的火车车站。站上很少人。买票上车后，车上人也不多。不久车就开了。……这是从北平开出来的末班车。以后再开出的车就是太阳旗下的了。这位朋友是崔明奇，后来在复旦大学任教授教统计学。我母亲刚从家乡来找我，住下还不到一个月，也只好跟着我逃难了。"（《末班车》）

逃难中丢失《金枝》译稿。"（按《金枝》）我只是看了一遍，也没有翻多少，可能翻了一两章试验。朱锡侯倒是送了一大摞稿子来……我匆忙走的时候，我所有的书连同他的稿子只好从邮局寄，可是邮局那时已经不能挂号了，我托一个同乡去寄……不挂号寄出去的，寄到武汉大学另一个同乡那里转，结果我所有的外文书跟朱锡侯的稿子等等统统从此遗失了，这是抗日战争中间一大损失。"②（《朱颜》）

---

① 文中云交稿后抗战爆发，暂此。

② 《故事和人》："我和于道源及朱锡侯合译的《金枝》一卷本竟未完成，在'七七'抗战开始逃难南下时连稿子也丢了。"

辗转各地，保险朋友信随至。"抗战开始了。我匆匆转道南下，先回老家。居然她从香港来明信片到我老家。因为我曾回过家一次，她来过信，知道地址，所以来明信片希望有人转给我。恰好我在离家前一天收到了。她还怕失去我的踪迹，怕我无法知道她到了香港。我到武汉，她也有信到武汉，因为她知道武汉大学有我的好友。我到长沙，她的信又追到长沙。我行踪不定，但到处给她去信。""'我有点怕。这个保险朋友有点太不保险了。'香港寄长沙的信中有了这句话。"（《保险朋友》）

在武汉①，听董必武讲演。"进来的是一位夹着一个旧皮包，穿着一身灰布军服，没戴军帽的、大约五十岁以上的人。上台后，远远一望，好像还有两撇八字胡。……他的话还有湖北口音，说话不慌不忙。开头不大像演讲，像是聊天，没有大声疾呼喊口号。他回顾了三次到武汉都是参加轰轰烈烈的大革命。第一次是武昌起义，推翻满清王朝。第二次是北伐战争，打倒军阀，没有完成，自己的阵营分裂了。这一次是抗日战争，规模更大，意义更深远。我记得，在他分析敌我形势和战况以后，宣传八路军已经渡过黄河直入敌后不久就会有捷报传来时，全场大鼓掌。最后他说到大家关心的国共合作问题。他斩钉截铁地说，共产党决不愿意民族分裂，自相残杀，国共两党过去合作过，现在又合作，将来还要合作，把日本帝国主义赶出中国以后还要共同建设一个独立统一强盛的新中国。"（《名人讲演（下）》）

听汪精卫讲演。"这是在董必武之前。两人演讲完全不同。论到说话，汪有一副好口才。普通话讲得没有什么广东口音。他大捧青年学生，又用说悄悄话的口气讲前方战况，最后忽然大声喊口

---

① 《敬礼，闸北的孤军！》中述武汉所见："从炎热的夏日到凛冽的寒风，每天过江轮渡上都有大批的军人从武昌到汉口，当汗流浃背的夏天，他们要背负全副武装，当滴水成冰的冬天，他们还只穿短裤草鞋。"

号，要一直对日作战'杀下去'，赢得掌声结束。他们两位讲话时，还没有台儿庄、平型关挡住日本兵的战役，毛泽东的《论持久战》还未出世。蒋介石在庐山会议的讲话《抵御外侮和复兴民族》好像是讲过了，但没有公开流传。汪的花言巧语暗藏着一片打不过日本的失败情绪。董老的平淡解说没有豪言壮语而有充分坚强的信心，不但抗战会胜利而且建设新中国也会成功，只需要全民族一致奋起不再分裂，不再内战。'董必武一席话完全压倒了汪精卫。'这是当时不少人都承认的。"（《名人讲演（下）》）

至长沙，先借住朋友家，后住《力报》社，写社论，看人编报。"我无处可去。经一位朋友介绍去当地力报馆白住吃闲饭。每天三餐干饭，加一餐夜宵供夜间工作的人。不论人数多少照例开一桌。我都跟着吃。也没人问。……有一回，社长想了一个社论题目，说了意思，我自告奋勇执笔。湖南人看重古文，我就写文言，加些四六对句。以后他便常常出题给我作文。有文言也有白话，加上新名词，新句法。这算是我付房饭钱。不料到离开时社长还给我稿费。一篇社论约一千字，一块钱。这成了我从长沙到香港的路费。"① （《保险朋友》）

在长沙，听徐特立讲演。"我们一到长沙就去看湘剧。……忽然音乐停止，台上出来一个人对观众说，请大家安静一下，有位老先生来跟各位讲几分钟的话。他一闪开，后面出现了一位身段不高的老人，头发灰白，身穿灰色军服，没戴军帽。他开口便说，'我

---

① 文中之社长应即康德。《次韵奉和康先生二首》自注："康君为长沙《力报》社长。抗战军兴而内哄未息。湘中所谓'锥子（甲）''皮刀（乙）'等派系暗斗仍烈。康君愤而作诗见示。故和诗云云，亦'借他人酒杯'也。"据冯英子《力报十年》："力报于一九三六年九月十六日创刊，由雷锡龄作社长，康德任总编辑……周有光、金克木、周达甫写过社论。"（《新闻研究资料》，1980年3月号）又据严怪愚《〈力报十年〉匡补》，当《力报》颇有起色时，雷锡龄即以此谋得小官，很少过问《力报》之事，则主持社务者当为康德。

是徐特立，从前在长沙师范当教员，现在是八路军驻长沙办事处主任。八路军就是当年的红军，大家还记得吧？'几句标准长沙口音的湖南话一说，顿时全场轰动。……徐老一到长沙，便去戏园子对群众演讲，宣传那时刚刚开始，而远在后方的湖南人还不清楚的抗日战争，还要让大家知道共产党、八路军是什么样子。这一点，董老、徐老都做到了。"(《名人讲演（下）》)

译《通俗天文学》出版，上海商务印书馆，1937年12月。"译这本书的动机很简单：国内近年来天文学方面的书籍虽然较从前较多，却大都是谈谈星座以及新发现的书，否则又往往过于专门，似乎还缺少一本较有系统而又不是课本的通俗天文学，这本书恰好够这条件，正可补我们的不足，因此译者不揣谫陋做了这件工作。"(《译者序》)

《论中国新诗的新途径》，刊《新诗》1937年第4期，署名柯可。①《论书评》刊天津《益世报》7月8日"读书周刊"。

抗日战争起。

1938年　27岁

至香港谋生。"我到香港是'逃难'去的，是去找饭吃的。所指望的是一位好友，就是介绍我陪Y南下的亚工。一则是实在无路可走，二则是实在想再见那位保险朋友。……到广州在街上闲游一天……搭上晚车，昏暗中经过荒凉的深圳，到九龙时已是万家灯火。由尖沙咀轮渡过海到香港。在一家小旅馆中放下行李，先去见

---

① 1984年4月4日致刘福春信："'柯可'是我的笔名，即K.K.（姓名缩写，世界语读法）。"刘福春，《金克木：几个"带伤"的文本——寻诗之旅（三）》，《新文学史料》，2018年第4期。金克木世界语全名为"Kinkemo"。侯志平、李建华主编，《中国世界语人名录》，前揭，第62页。

Z。准备第二天一早找亚工。他们都是我临离长沙前匆忙写信通知的。"(《保险朋友》)

与保险朋友夜谈。"这是一次特殊的谈话。她把信里不能讲的，也许是对别人都不能讲出来的，一件又一件向我倾吐。我也照样回报。从自己到别人，从过去到未来，从欢乐到悲哀，都谈到了。这是真实无虚的对话。我们的关系从此定下来了。没有盟。没有誓。只有心心相印。她有的是追她谈爱情谈婚姻的人，独独缺少真心朋友。那么，'你没有朋友么？我就是。我来补这个缺。'她的话，我一生没有忘记。我的话，我一生没有改变。可惜的是，我太没用了。一丝一毫没有能帮助她解除烦恼。除了写信，还是写信。就是信，也常常引起她烦恼，甚至生气，可能还伤心。"(《保险朋友》)夜谈后作诗，有云："忽漫相逢已太迟，人生有恨两心知。同心结逐东流水，不作人间连理枝。"(《香江杂诗六首》)

经曹未风介绍，至《立报》工作。"曹未风经过香港去英国，在船上给我一张名片介绍去见萨空了。萨所主持的《立报》刚从上海搬到香港。他见我手中拿着一本英文书，便说'你晚上来帮我翻译外电吧'。那晚上他只对我说了一下美联社的'原电'的种种简化说法怎么读，路透社的和报上一样就不必讲了。说完便匆匆走了……通讯社陆续来电讯，我陆续译出。快到半夜，他来了，翻看一下，提笔就编，叫我次晚再来。第二天晚上他对我说，他实在忙不过来，又找不到人，要我连译带编这一版国际新闻（约相当于《新民晚报》半版）。桌上有铅字号样本，还有报纸做样子。说完又匆匆走了。我又译又编，有了一条便照另一版编辑左笑鸿的样送给总编辑盛世强看。他一声不响看过对我望了一眼就去发交排字房。我很感谢他，不知这是规定。快到半夜时电讯猛然全来，我慌忙追赶，居然没误上版时限。第三晚萨便约定我当编辑兼翻译，一人干两人的活。我干得下来，可能是我在书库中看书打下底子。在长沙借住《力报》社，除有时代社长写社论外，曾去编辑室看人编报，见过样子。这一年（没有休息日）无形中我受到了严格的训练，练出了功夫，在猛然拥来的材料堆积中怎么争分夺秒迅速一眼望出要点，决定轻重，计算长短，组织编排，而且笔下不停（《立报》要求篇幅小容量大必须重写，规定只用手写稿），不能等排字工人催，不能让总编辑打回来重作。这一套无意得来的功夫后来我在印度鹿野苑读汉译佛教经典时又用上了。"（《如是我闻——访金克木教授》）

《周作人的思想》引争议，茅盾修改批评文章。"抗日战争初期我在香港，传言周作人投敌。我写了一篇小文发表，说的是周作人的思想，意思是，如传言属实，周的思想中已有根苗。从他的文章看不出多少民族主义，倒能看出不少对日本的感情。不知怎么，文章写得不好，惹出一篇批评，说我是有意为周辩护。恰好我正在登这篇文章的报馆，便去排字房找出原稿看。使我吃惊的是文中有不少骂人的话。那文风和几十年以后盛行的大字报类似。这些话都被编者用红笔涂抹又用墨笔勾去了，不过还看得出来。很明显，编者不赞成我没骂周作人，也不赞成那一位因此便骂我。这位编者久已是文坛上未加冕的'盟主'。我觉得他之所以成为'盟主'并非偶然。"①（《改文旧话》）

与戴望舒、徐迟，饯别准备出国的路易士（纪弦）。"我说我要出国了。大家都表赞成。对此，戴望舒是特别兴奋的一个。他为我讲了一些法国的情形，邀约了徐迟、金克木作陪，替我举行了一次饯别宴。"②

见许地山。"我曾到香港大学去望了望'冯平山图书馆'，还

---

① 文后注："'盟主'是'左翼作家联盟主席'的简化。主席三人：鲁迅、郭沫若、茅盾。文中说的是茅盾。"茅盾抗战时一度任《立报·言林》主编，则文中的"报馆"为立报馆。

② 路易士《三十自述》，收入《三十前集》，上海诗领土社，1945年4月版，第14页。

见到了馆长许地山，也就是我所佩服的作家'落华生'。"（《风义兼师友》）

作《戏拟〈抗战春秋〉题词》《调寄西江月》，《自注》云："拟作小说写在'一·二八''八·一三'上海两次抗日战争中之军民。十九路军抗战失败后，曾闻当时请缨报效为蔡廷锴将军幕外之宾之大学生杨景梅口述逸闻，故而于抗战全面爆发时动念，实无此能力，只作诗词引子。"[1]

年底，辞《立报》职，由香港至桂林，巴金与萧珊曾接待。"1938 年他辞去香港《立报》编辑之职到桂林时，就曾受到那时也在桂林的巴金和萧珊的热情款待。"[2] "杨刚向我提到过陈蕴珍，即巴金夫人萧珊。我在桂林见到她时，她还只能算是个大孩子，坐在那里一言不发打毛衣。"（《悼子冈》）

范长江请为记者做翻译。"有个外国记者来了，约定今天采访他。他有夫人随同，不好冷落了，所以也要采访夫人。女记者有了。可是男的会说英语，女的只会法语。正好碰上你，你去翻译。……女记者要她谈谈'贵国的妇女参政情况'。夫人顿时面容改色，答：'说来惭愧，我国妇女至今还没有选举权。我们正在斗争，一定要和男的一同参加政权。见到你们中国男女平行，真羡慕。你瞧，你们两人的鞋子都一样。'指了指我们穿的布鞋。女记者有点呆了。我们从来没有见过更没有投过什么选票，怎么欧洲妇女反而羡慕我们？……访问记在报上登出来，当然只有男的，夫人

---

① 据《希望者》，杨景梅口述逸闻如下："一九三二年'一·二八'上海十九路军抵抗日本军队时，他以学生身份去支援，认识了蔡廷锴将军。蔡还让这位广东同乡青年去办一件不便叫别人办的事：到租界上去见一位外国老太太。他回来见蔡传话后，蔡沉默了好久，说出两个字：'晚了。'不久就传出十九路军调离上海和局部抗战结束的消息。"《"南渡衣冠思王导"》系两诗于 1937 年，《挂剑空垄》系于 1938 年，暂此。

② 刘北汜，《学霁集》，宁夏人民出版社，1986 年 1 月版，第 191—192 页。

不过是陪衬，不论她是被访问还是访问人。男主女从，有什么平等？"（《新闻采访逸话》）

桂林大轰炸，与母亲一起"逃警报"。"我和母亲两人在一起。花几角钱买了一只鸭子。母亲刚安排好放上小火炉去炖，警报汽笛响了。……离城不过三两里路，紧急警报响了，一声一声短促连续，像喘气。这是敌机已到的信号。……拉着母亲跑到马路以外，见有一道干涸的沟，慌慌张张扶持母亲跳进沟里躺下。……轰然一声，又连续几声，仿佛觉得大地有些震动，连忙回头向后面桂林城一望，已是浓烟四起，半个城罩在烟火之中。飞机早已不见。……这时人声嘈杂，躺下的人都站了起来。有人不等解除警报就往回跑。我们还是随多数人等到汽笛长鸣，如一声长叹，表明敌机出境，才走回去。料想不到，炸了半个城，土木结构全起了火，恰好是从我们这条巷子分界。一边遭难，一边安然，我们正在安全的边界上。进屋一看，鸭子已经炖烂。"（《挨炸记》）

读陈寅恪文。"在桂林去广西图书馆借《历史语言研究所集刊》和《清华学报》《燕京学报》《国学季刊》，一本又一本，遍读所能找到的陈寅恪的文章。《集刊》的大气磅礴的发刊词显然是傅斯年的手笔。"[1]（《风义兼师友》）

为戴望舒主编《星岛日报·星座》及其他刊物写稿。《围棋战术》，刊《星岛日报·星座》第4期，1938年8月4日。《周作人的思想》，刊《星岛日报·星座》第11期，1938年8月11日，署名燕石。《忠奸之别》，刊《星岛日报·星座》第15期，1938年8月15日，署名燕石。《读〈鲁迅全集〉初记》，刊《星岛日报·星座》第17—19期，1938年8月17—19日。《"旧恨"？》，刊《星

---

[1] 《陈寅恪遗札后记》："我在一九三八年冬，到桂林的广西图书馆借出当时全部的《历史语言研究所集刊》，曾集中读过陈先生的文章，只能说是闻风而未兴起者。"

岛日报·星座》第 21 期，1938 年 8 月 21 日，署名燕石。《故都新讯》刊《星岛日报·星座》第 77 期，1938 年 10 月 16 日。署名止默诸文章如下：《救救孩子》刊《星岛日报·星座》1938 年 8 月 3 日。《试论抗战》刊《星岛日报·星座》1938 年 8 月 6 日。《我们要求胜利》刊《星岛日报·星座》1938 年 8 月 11 日。《论不够》刊《星岛日报·星座》1938 年 8 月 12 日。《举起胜利的旗帜》刊《星岛日报·星座》1938 年 8 月 13 日。《官僚的演变》刊《星岛日报·星座》1938 年 8 月 14 日。《敬礼，闸北的孤军！》刊《星岛日报·星座》1938 年 8 月 15 日。《传单战》刊《星岛日报·星座》1938 年 8 月 17 日。《"论游击队"补遗》刊《星岛日报·星座》1938 年 8 月 18 日。《军民通信》刊《星岛日报·星座》1938 年 8 月 19 日。《国际形势蠡测》刊《星岛日报·星座》1938 年 9 月 27 日。《读"国防论"》（上中下）刊《星岛日报·星座》1938 年 10 月 23 日、10 月 24 日、10 月 25 日。

《谈英美近代诗》刊《纯文艺》1938 年第 2 期，署名柯可。《正义的呼声与同情的返响：介绍一个世界语刊物"远东使者"》（附译《一位德国同志的来信》）刊《抗战文艺》1938 年第 2 卷第 3 期。

1939 年　28 岁

经陈世骧介绍，至刚搬到辰谿的桃源女中教英语。"我欣然应聘前往一处破庙加新房的中学去，见到那位当时当地颇有名望的老校长。……要我教四个年级，共四个班……四个班的课本是四个书店出版的，商务、中华、世界、开明，各有一本，体系各各不同，编法互不一样，连注音方法都有三种：较旧的韦伯斯特字典式，较新的国际音标，较特别的牛津字典式。离上课只有两三天，这几种课本我都没学过，必须赶快熟悉四种教学体系，还得找各班学生问明白学到哪一课，以前教员如何教的，立刻准备下一课的教案，免得老校长问起来不好答对。……好在我学英语是'多师是汝师'的，三种注音法我都会，几种语法教学体系我也还不陌生，估计两三天内还不会赶不及。……教了一学期下来，我发现四个书店的课本的四种体系，各有各的道理，却都不完全适合中学生学外语之用。处处讲道理，也行；'照本宣科'，谁也会；模仿也能学会外语；但我觉得不如灵活一点，有趣一点，'不费脑筋'，师生各自量力而行。这样试验的结果是学生没有赶我走。老校长大概放了心，没有找我谈什么问题。"（《谈外语课本》）

陈世骧又荐至湖南大学教法文。"他在湖南大学教英文，随学校搬到湘西。……大学迫切需要法文教员。他又推荐我，其实心里没有把握。我想是还有别的朋友在后面支持吧。大概学校因为实在找不到人，只好请我，仿佛有试聘来暂时应急之意。陈本来以为前任留下的课本是我帮助法国人邵可侣教授编的那本，哪知是用英文讲法文的外国书，更加不放心了。我却一点不知道，平平安安一课一课教下来。"（《教师应考》）

读欧美书。"那是在湖南大学的临时搭成的小木板房里。有位同事家属未来而书来了。他的一间小房容不下，便堆进了我的屋子。一箱又一箱，多半是他在欧美买了带回来的吧。这位教授的书把我困起来了。暑假我离开，秋间回校一看，连房子都没有了。原来日本飞机不知何故忽然光顾偏僻的湘西小城辰谿乡下，投几颗炸弹送给流亡的湖南大学。"[①]（《书城独白·作者前记》）

结识曾运乾，曾为谈学术。"我讲《史记》，只讲'八书'，从《天官书》讲起，其余的由学生自己看。我不是讲史学，也不是

---

① 据杨树达日记，此次轰炸或即该年 9 月 21 日一次。"敌机来辰谿，湖大校舍被炸，毁教室数间及教员宿舍四栋。"《积微翁回忆录·积微居诗文抄》，上海古籍出版社，2013 年 9 月版，第 153 页。

讲文学，时间不多，只能讲讲'书'。这些'书'，学生自己不会看。……《书经》，我讲'句读'，就是你们说的文法。《尚书》有《尚书》的文法，不像古文的文法。不通'句读'，怎么读古书？不通'句读'，《尚书》是'诘屈聱牙'，通了'句读'，《尚书》是'文从字顺'。……我这本讲义[①]就是点出了《书经》的'句读'，就是讲了《书经》的文法。……读古书先要识字，还要懂得古书的'句读'，才能进而究其理。不要先讲'今文''古文'之类，要先读本文。……现在人说古人著的书不'科学'。其实我们有一部古书非常严密，那就是《切韵》。陆法言的序非常重要。那里面有几句话，读通了才懂《切韵》，才能读《广韵》，学音韵学。'支、脂、鱼、虞共为一韵，先、仙、尤、侯俱论是切。'这两句话一定要考究明白。"（《记曾星笠先生》）

结识杨树达。"杨遇夫先生对我说，他正在研究《公羊传》。[②]我问是不是要发扬'尊王攘夷，大一统，春秋大义'。他说，正是由于抗战，他才想到要讲《公羊传》。我联想到'九一八'以后，黄晦闻（节）先生在北京大学随即开出讲'顾亭林诗'的课，也是为了发抒爱国之情，特别提出这位讲'天下兴亡匹夫有责'的学者的诗。……放暑假时我到杨遇夫先生处辞行。他第一句话就问：'关书拿到了没有？'我知道这是指下学年的聘书，便回答：'聘书已收到了。'他才满意地说：'那就好。'"[③]（《记曾星笠先生》）

结识柳午亭。"那时我并不知道教日文的柳午亭先生是柳直荀烈士的父亲，是中文系李肖聃先生的儿女亲家。柳先生迟至放假前

---

① 即《尚书正读》。

② 杨树达是年 7 月 23 日记："近日愤于国难，治《公羊春秋》，欲撰述条例，《春秋大义述》始此。"《积微翁回忆录·积微居诗文抄》，前揭，第 152 页。

③ 杨树达 11 月 21 日记："金克木来谈云：贵州、云南各书店，书到即售卖一空；群苦无书可买。"《积微翁回忆录·积微居诗文抄》，前揭，第 155 页。

一个月才到校，考试完就回家。他到校时正和我住同一排房子。我去拜访，只见他体格魁梧，满头白发，满面红光。他一见我以为是个学生，就说：'我下星期上课。'我说明邻居身份和来意，他才笑了。"（《记曾星笠先生》）

居湘，作《辰溪作三首》《己卯杂诗三首》，有谓"又当风雨怀人际，独卧空房倍可哀"，"从兹不敢问因缘，拄杖临风对暮天"。自注云："居湘西年余。时事日非，欧战已起，生活安而心情恶。方脱'多角'之困，又逢'三角'之嫌，复来宋玉'邻有女'之难。虽遁迹古书，仍未出现世。无可共语，寄怀于诗。蓬飘靡定，根托何方？非愿负人而不得不负。衷心何忍，沉忧在抱，言晦事隐而情显。语焉不详，不得不然也。"

暑假，从湖南辰谿到贵州遵义，见京剧女演员，作《卜居古播州》。"播州即遵义，母在此居蔡家。暑期往省，亦可谓归家。'柳为邻'指住处地名杨柳街。实为怀念邻女。仅晤一面而印象殊深。"（《自注》）[①] "她当着我这个生人还是难免有点矜持，眼梢和嘴角掩不住可能是女演员特有的美态。常人可以更美，但不会在一瞬间突出美态。好演员掩蔽不住这种练出来的功夫。学会的变成了天然的。对我坐着的这位不算美的美人不能说话，不露笑容，不对我看；于是我发现了，原来演员的五官都会说话，可惜我一下子译解不出来她是不是对我说了什么不是嘴里吐出来的话。"（《坤伶》）

昆明访罗常培，罗介绍见傅斯年，并见到李济。傅为指点学术

---

① 《告别辞》："贵州遵义。这在唐朝是播州，又据说在汉朝是夜郎国，要和汉朝疆域比大小，以此出名。那是一九四〇年，我失业无事做，决定不下出国还是不出国，和母亲住在朋友夫妇家里，每天出门去沿着一条小溪走到僻静处去看那清澈的流水和水中的游鱼。走来走去不知有多少足迹印在那里。有当时作的诗为凭证。"'当时作的诗'即《卜居古播州》，则言此事发生于1940年。《挂剑空垄》系于1939年，暂此。

进径。"'不懂希腊文，不看原始资料，研究什么希腊史？'他接着讲一通希腊、罗马，忽然问我：'你学不学希腊文？我有一部用德文教希腊文的书，一共三本，非常好，可以送给你。'我连忙推辞，说我的德文程度还不够用作工具去学另一种语文。……他接着闲谈，不是说历史，就是说语言，总之是中国人不研究外国语言、历史，不懂得世界，不行。过些时，他又说要送我学希腊文的德文书，极力鼓吹如何好，又被我拒绝。我说正在读吉本的罗马史。他说罗马史要读蒙森，那是标准。他说到拉丁文，还是劝我学希腊文。他上天下地，滔滔不绝，夹着不少英文和古文，也不在乎我插嘴。我钻空子把他说过的两句英文合在一起复述，意思是说，要追究原始，直读原文，又要保持和当前文献的接触。他点点头，叭嗒两下无烟的烟斗，也许还在想法子把那部书塞给我。""忽然布幔掀开，出来一个人，手里也拿着烟斗。傅先生站起来给我介绍：'这是李济先生。'随即走出门去。我乍见这位主持安阳甲骨文献发掘的考古学家，发现和我只隔着一层白布，一下子不知道说什么好。他上上下下打量我，也不问我是什么人。我想，难怪傅先生说话那么低声，原来是怕扰乱了布幔那边的大学者。谈话太久，他出来干涉了。傅回屋来，向桌上放一本书，说：'送你这一本吧。'李一看，立刻笑了，说：'这是二年级念的。'我拿起书道谢并告辞。这书就是有英文注解的拉丁文的恺撒著的《高卢战纪》。"[1]（《忘了的名人》）

初识向达。"一九三九年夏天我到昆明，在吕叔湘先生住处初次认识向觉明（达）先生，但这次还谈不上缔交。向、吕都是吴雨僧（宓）先生的学生，那时我和吴先生见面不多却相知不浅，所

---

[1] 《〈梵佛探〉自序》："我曾受史学家傅孟真（斯年）指引并鼓励从希腊语入手学习历史。因为抗战时乡间找不到书才学拉丁语从罗马史入手。随后印度忙于学梵语，以致始终未能学希腊语，让后来得到的希腊语的字典、荷马史诗、《新约》在书架上至今嘲笑我的遗憾。"

以大家一见都很容易熟悉。"（《由石刻引起的友谊——纪念向达先生》）

再见侯硕之。"那正是欧战爆发后不久。他完全失去了在清华园时的兴高采烈的气概。一副严肃而有点暗淡的面容使我很吃惊。他说，天文不谈了。在西南开发水电也没什么指望了，不知怎么才能为抗战出点力。"[1]（《记一颗人世流星——侯硕之》）

作《滇黔道上》《戏成三首》《岁暮偶成》，皆与学术及前途相关。有句云，"眼前徒见青山古，梦里频惊白发新"，"蜗角书空徒咄咄，蟹行在手尚津津。宵迎怪客疑无鬼，昼读奇书觉有神"，"却回雾里看花眼，还望江中上水船"。自注谓："暑期赴昆明得识诸学人，增从事学术信心，但无决心，以生活难定也。""'蟹行'昔指洋文横行，因中文竖行，今已不分。""'上水船'逆流行舟，艰难可想。'雾里看花'，不明朗也。"

暑假后归湖南，自学拉丁文。"那时我在迁到辰溪的桃源女中教英文，同时在湖南大学教法文。两校相距约十余里。我两边住，两边上课，自己还在看吉朋的《罗马帝国衰亡史》，并读凯撒的《高卢战记》原文，以求自学拉丁文。"（《记曾星笠先生》）"我试着匆匆学了（按《高卢战记》）后面附的语法概要，就从头读起来，一读就放不下了。一句一句啃下去，越来兴趣越大。真是奇妙的语言，奇特的书。那么长的'间接引语'，颠倒错乱而又自然的句子，把自己当做别人客观叙述，冷若冰霜。仿佛听到恺撒大将军的三个词的战争报告：'我来到了。我见到了。我胜利了。'全世界都直引原文，真是译不出来。"（《忘了的名人》）"两部书都读完了。当时真可说是大开眼界，而且发现希腊之中无罗马而罗马世界有希腊。随即多方设法找到蒙森的名著。"（《骰子掷下了》）

---

[1]　相见在昆明，又言"欧战爆发后不久"，系此。

热心话剧。"湖南大学的学生曾在一九三九年排演吴祖光的话剧《凤凰城》。导演是教英文的陈世骧（后来是美国加利福尼亚大学教授，一九七二年去世）。我们几个和他同辈的年轻教员也对这事热心。公演以后，校刊上登出刘弘度（永济）先生的诗。他回忆在东北大学教书时的往事。剧中主人公是东北大学的抗日学生，舞台上还出现了东北大学校长王卓然先生。那时导演给演校长的学生配上了白发白须，还拿手杖。解放后我见到这位老校长，身体健壮，完全不是剧中演的弯腰驼背的样子，心里不觉好笑。演这场戏时，大家都是很严肃认真的。校长皮皓白（宗石）先生也去看了。"①（《记曾星笠先生》）

至昆明，旅途有所作。《新晃县与旧晃县——湘滇旅途拾掇》刊《社会日报》1939 年 8 月 31 日，署名止默（亦刊 1939 年 8 月 25 日《星岛日报》，题《晃县印象——湘滇旅途拾掇之一》）。《殡葬——湘滇旅途拾掇》刊《社会日报》1939 年 9 月 9 日，署名止默（亦刊 1939 年 8 月 26 日《星岛日报》，题《殡葬——湘滇旅途拾掇之一》）。《黄果树与关岭场——湘滇旅途拾掇》刊《社会日报》1939 年 9 月 13 日，署名止默（亦刊 1939 年 8 月 27 日《星岛日报》，题《黄果树与关岭场——湘滇旅途拾掇之一》）。

《归鸿》，刊《星岛日报·星座》第 382 期，1939 年 8 月 25 日。《读史涉笔》，刊《星岛日报·星座》第 443—444 期，1939 年 11 月 21 日、23 日。

欧洲大战起。

---

① "在偏僻的辰溪，文化生活十分贫乏，湖大师生的戏剧、歌咏活动却很活跃，曾在校内和沅陵县公演多次话剧，内容主要是宣传抗日救国，如'好小子上战场''放下你的鞭子''黑子二十八''三江好''凤凰城'……一批青年教师陈世骧、金克木等积极支持这些活动，陈世骧并担任导演，皮宗石对此十分支持，有的还亲自去观看。"皮公亮，《我的父亲皮宗石》，《文史拾遗》，2013 年第 4 期。

1940 年　29 岁

居上饶，得保险朋友至瑞士消息，作《有感》《有忆》二首。"遥怜日内瓦，难得夜明珠。""一夕伤心语，十年扑面尘。"自注谓："'日内瓦'，已知卢君至瑞士。""怀念卢君，不见不忘也。"又有感于时事，作《锄草行》，"农夫锄草似锄人，大将斩人如斩草"，"人天消息窥难遍，生死盈虚存一间"。自注谓："在上饶见国、共、敌伪三方对立，知必将有变，遂匆匆离去。行前作此诗。次年果有'皖南事变'。末二句含自况之怀。"

七八月间，至重庆办赴印度护照，遇日机轰炸，翻译《炮火中的英帝国》。"我先找到同乡朱海观，告诉他我来办护照去印度。他哈哈大笑，说：'你要当唐僧去西天，先得学会钻地洞。日本飞机正在对重庆实行疲劳轰炸，日夜不停，逼迫中国投降。再说，英国和德国打仗，就怕后院起火。谁要去他的殖民地，印度，缅甸，签证一概不准。'话没说完，空袭警报响了。我只得随他去钻防空洞。这样，我在城里城外机关的公共的高级的低级的大大小小洞里钻进钻出，头顶上隔着地皮和房屋中过两颗炸弹，在生死关头徘徊，挣扎。……幸亏街头遇见萨空了，他介绍我译一本小册子《炮火下的英帝国》。我就在朱海观的床头小桌上，躲警报的空隙里，花一星期的工夫，匆忙译出来，预支稿费，狼狈逃出重庆。"（《未完成的下海曲》）

至遵义，读中外书。"一九四〇年秋天，我在贵州遵义闲住。那正是抗日战争的艰苦年代，夜间无电。我利用废罐头，翻过来在底上加工，放一些桐油，摆两根灯心草，点上火，就成了我小时候用过的油灯。战时食用油贵重，只好拿桐油代替。不很亮，但足够在灯下读书。我在书店买来一本《水经注》，是商务印书馆的《国学基本丛书》本，是仅有白文的通行本，夜间一字一句加圈点画符号读下去。白天读外国古书，晚上读中国古书。在冬天来到我离开遵义以前，居然两本书都读完了。对《水经注》佩服极了，仿佛读了一本百科全书。"(《呼唤〈水经注〉》)

见杨景梅之师黄尊生，时杨景梅与黄之子均已逝。"一九四〇年，亚洲欧洲战事紧张乌云蔽天，全世界即将进入猛烈战火，我到了遵义。浙江大学也迁在那里。我去找黄尊生教授。他邀我去一家小饭馆吃晚饭。贵州多阴天，又没有电灯，小屋里阳光黯淡，同外面的局势相仿，两人关系又是由于两个死者，谈话的气氛可想而知。他说了一句：'我不会再有儿子了。'还有一句没有说，我知道是，'也不会再有杨那样的学生了。'他是早期去法国留学，最早参加世界语国际会议的中国人，回国后在广州宣传并教授世界语，这时只是一位哲学教授。分别时我对他说：'我们都是希望者（世界语）'，用的是杨的世界语原话。他回答：'永远不要失掉希望。'"(《希望者》)

冬，居贵阳，有所见，有所思。"一位同乡为他的'住闲'的老姐夫租了一间房。我去和他一起住，二人自己生火做饭。这位五十多岁的老人是当兵出身……看见过蒋介石，听过孙中山演讲，字认得不多，也不大爱说话。他只记得孙中山很会讲话，指着山说，山上石头可以制造水泥，将来火车轮船到处走，老百姓能过好日子。从清末以来的政治家中恐怕只有孙中山一个人念念不忘革命成功得到政权以后必须建设还事先做规划。我在街头买到了王阳明写的《客座私祝》的石刻拓片，裱起来挂在墙上看。心想，他怎么能在贵州做比芝麻还小的官时能够大彻大悟，想出了'致良知'，这和他会用兵打仗有什么关系。……我又买了一本王阳明弟子的笔记《大学问》来看。自己明白，这样下去不行，到底要干什么，能干什么，怎么活？"(《未完成的下海曲》)

欲经商，又欲投笔从戎。朋友阻拦，带至柳州。"于战时经友人怂恿为商，欲在西南一大城市新建商场中觅一席之地，求以贸迁有无糊口。市场主者命一妙龄女子接待。先生不谙'生意经'，出语即讹，备受姗笑。彼姝意存鄙薄而妙语温存，尤所难堪，遂废然知返。逢一鞋店主人，沦落天涯，一见如故。承其指教，乃知市场风云较之战场尤为难测，断非无财无勇无谋无庇荫之书生所可问津。战事方殷，又谋投笔从戎。友人为借乘军车与下级军官结队同行。途中合唱'我们都是神枪手'，意气风发，恍惚有'一去不复返''马革裹尸'之概。"①（《自撰火化铭》）"那个人要你替他代卖无线电器材？你知不知道那是军用物资？那个来路不明去路不知的女的更可怕，躲得远远的还说不定会沾染上毒气，你居然敢去亲近？……后天随我们回广西，在柳州同老伯母团聚一些时光，把去印度的事确定下来。"（《未完成的下海曲》）

居贵阳时种种，见所作《次韵奉答黄君见怀》《庚辰杂诗五首》《漫兴》《偶成寄祁三》《送廖君奉母东行兼呈相知诸友十首》。诗有云："有桑八百田二顷，此身便可入山林。苟全性命遂初志，独怜无地可躬耕。""侧身市井学韩康，投老可羞为口忙。书剑飘零归去也，黄山顶上一炉香。"自注谓"居贵阳时无业，前途未卜，作诗遣兴。有入山隐居之意。""时已谋出国。同乡廖君兄弟家居柳州，母亦随去。……'学韩康'隐居经商，因又欲在贵阳从商。"又有《庚辰岁暮漫笔》，中谓"掉首难忘去国愁，千家箫鼓迓神庥"，则自注所谓"将赴昆明经滇缅公路出国前作"。

译《高卢日尔曼风俗记》。"右译文据该撒《高卢战纪》A. T. Walket 注拉丁原本。聊作练习，非敢问世，疏谬之处，伫候明教。……原文简明而隽永有风趣，此译自同嚼饭。然而原书之出迄今垂两千年，其事与人或在伤时者心目中犹类昨日，则此译未为多

---

① 欲投笔从戎事未知确切年份，暂此。

欤？二十九年五月一日记。"（译注 49）

《民族复兴与"文艺复兴"》刊《前线日报》1940 年 5 月 19 日、5 月 20 日。

皖南事变。

1941 年　30 岁

译《流转的星辰》出版，中华书局，1941 年 3 月。"本书翻译的体例非常简单：只是把原文一句一句改写成中文而已。……本书原为英国人写，其中例证多为英人便利而设，现一仍其旧；但请读者记住英国纬度较中国高（伦敦约比北平更北十度），所以有的英国看不到的星在中国南方可以看见。""本书的译成与出版曾得几位友人的助力，最后并承陈遵妫先生校阅一过，应在此声明衷心感谢。"（《译者题记》）

译《炮火中的英帝国》出版，署名维谷，大时代书局，1941年 4 月。"世人或责英对德意日不应姑息容忍一再让步，以致造成现在世界纷乱局面，英之所以对轴心国采取妥协政策实有其必然性，绝非偶然出此……作者指出，在炮火中的英帝国，在军事经济方面的弱点，英帝国现除海军尚能应战外，余均处于劣势，盖自一九三一年经济恐慌发生以来，政府注意力完全集中于经济问题的解决，重整军备至一九三七年方开始，一九三九年方入正轨。至经济方面重要者为粮食问题，长期战中，帝国绝不易对付。"[1]

编旧诗集，作序，署拙庵辛竹。"仆诗皆一时率意而成，鄙劣不足存，而竟存之者，存诗中之事与事中之人，非存其诗也。庚辰岁，既嗒然丧我，乃掇拾之，而少年所作已亡失大半，所存不及三之一矣。辛巳春暮，廖君、邹君为写印复本，分寄友人。行行益

---

[1] 《图书月刊》1941 年第 1 卷第 5 期"新书介绍"，末署"（书）"。

远，即以为相念之资耳。嗟夫！幼而失学，长无所成，心事蹉跎，朋侪星散。空中传恨，倘同竹坨之词。壮夫不为，甘受子云之诮。辛巳暮春三月识于柳州。"（《拙庵诗拾·旧序》）

自柳州经贵阳至昆明。"几个月后我从柳州到了昆明。经过贵阳时，头天晚上到，次日一早就送我上了去云南的另一辆货车当'黄鱼'（司机私带的客人）。"（《未完成的下海曲》）

数访吴宓。"金克木来，盘桓倾谈终日。……金克木读宓近年诗稿。宓则读彼之石印《诗集》。彼旋以诗中人卢希微小姐（Sylvie）之照片多枚示宓，而述其历史及心情。盖此小姐屡次曾对金倾心，而金之态度为'我决不与伊婚。让伊去嫁她的表兄。故上次伊自日内瓦来函，我复信云：我已死去。——我爱伊深至，为此爱作了这许多诗诉苦。而终不肯婚伊。这样做法，我正可维系着伊对我的爱情。我将随便娶一能煮饭洗衣之太太，买一丫头来做太太，亦可。'""金克木来，携访袁昌，托催省党部速发克木之护照。……云大散步。克木述'Gulliver's Travels'一书之内容。送至青莲街而别。""与金克木步谈。金述萧乾离婚事。""旋金克木来，共著谈。谈《石头记》及其他小说，并占卜等。"①

访向达、沈从文、巴金、萧珊，识刘北汜、汪曾祺。"（按与向达）真正开始熟识是在一九四一年夏天。我去印度，又经过昆明。汤锡予（用彤）先生去乡间，无缘得见，我便去访汤先生的学生向先生。他住金鸡巷五号，是一个小院子。他听说我要去印度，很高兴，对我热情接待。"（《由石刻引起的交谊——纪念向达先生》）"一九四一年郁郁出国，途经昆明，因访沈从文，得识刘北汜，遂去金鸡巷见已在桂林巴金处见过的陈女士。在金鸡巷的小楼上几

---

① 《吴宓日记》第 8 册，生活·读书·新知三联书店，1998 年 3 月版，第 83、99、104 页。时分别在 5 月 25 日、6 月 10 日、6 月 20 日、6 月 21 日。"卢希微小姐（Sylvie）"即"保险朋友"。

位青年'言笑晏晏'谈今论古，指点江山，无所顾忌，实为平生一乐。"(《拟寓言诗记（一）》)"我初见刘北汜是在沈从文处，和他一起在座的还有另一位西南联大学生，那便是汪曾祺。"[1]（《拟寓言诗记（二）》)

毛子水托人为办赴缅甸签证。"抗战时他在西南联大。我经昆明出国，他托人替我办了去缅甸的签证。我去看他，他胃痛，躺在床上。问他需要什么，他说：'给我买一本莎士比亚吧。'后来我从印度托人带了一本剑桥大学版的小字单本《莎士比亚全集》给他，也不知带到了没有。"(《北大图书馆长谱》)

经缅甸到印度，得间入仰光图书馆，途中观星。"出国后，在缅甸，我去仰光图书馆看书，第一次见到披着袈裟的和尚在一页一页翻读贝叶经文。"[2]（《风义兼师友》)"后来我乘船经过孟加拉湾时，在高层甲板边上扶栏听一位英国老太太对我絮絮叨叨，忽见南天的半人马座、南鱼座、南十字座——显现，在地平线上毫无阻碍，在海阔天空中分外明亮。"(《记一颗人世流星——侯硕之》)

至印度，在加尔各答任《印度日报》（中文）编辑，与周达夫同住，一心对欧洲文化追根溯源。"我到印度是朋友周达夫介绍到加尔各答的一家中文报纸当编辑的。他从国际大学随那里的研究院长'维杜'教授（Vidhushekhara Bhattacharya Shastri）到加尔各答大学研究院。教授当梵文系主任。他和一位藏族人协助他校刊《瑜伽师地论》梵本，对照汉译和藏译。我到后租一间大屋子和他同住。他写了三个大字贴在屋内：'梵竺庐'。其实那只是二层楼的一

---

[1] "这次他（按金克木）在昆明停留的时间不长，来访次数却较多，因为金鸡巷五号当时还住有他的另一位朋友，来一次，可以同时看望两家，对他说来也是一举两得的事情。他是安徽寿县人，矮瘦的身材，却极健谈，很快就和我们熟了。"刘北汜，《学霁集》，前揭，第192页。

[2] 文中有"一九四一年我到缅甸的仰光暂住"，系此。

室，谈不上什么'庐'，是冒牌的陶渊明的'吾亦爱吾庐'。我虽到天竺，但那时印度还是大英帝国的殖民地。我脑中没有离开从罗马帝国上溯希腊追查欧洲人文化的老根的路，还不想另起炉灶攻梵典。周君颇感寂寞，一心要拉我做伴，同去钻研大堆大堆还多半在贝叶形式的抄本之中的梵典。我也没有胆量去做这种沙漠考古式的万里长征，对这庐名不过笑笑而已。"（《梵竺因缘——〈梵竺庐集〉自序》）

《拟寓言诗五章》（风信鸡、知了与蚂蚁、青蛙与黄牛、城里的狗、乌鸦与狐狸）刊《抗战文艺》第 7 卷第 4—5 期。"四十年代初期我在印度，忽接刘北汜君来信，说是他在西南联大毕业后到西南某地一家报馆编副刊，要求我紧急支援。我想起学法文时背诵的拉封丹寓言诗，遂戏作拟寓言诗五首寄去。将古诗现代化，并非有意讽刺具体的人和事。"（《拟寓言诗记（一）》）

《诗二首》（《澜沧江上》《怒江》）刊《贵州日报》1941 年 9 月 12 日。《昆明作二章——赠北汜、文涛》刊《贵州日报》1941 年 10 月 6 日。"这期间他写了几首诗，发表在联大冬青文艺社在《贵州日报》上由我编的《冬青》诗刊上。"[1]

《辛巳秋作》，至印度后第一诗："无端佛国寄萍踪，再倩游丝寄转蓬。亲舍望穷千里目，觉心记取五更钟。庐名梵竺前修远，梦忆邯郸影事空。纵有因缘皆苦谛，何劳残雪舞回风。"自注中云："末两句谓无心与在欧之友重续前缘。"[2]

新诗《烟·酒》刊《平报》1941 年 6 月 12 日。《孤儿》刊《平报》1941 年 6 月 3 日。

---

[1] 刘北汜，《学霁集》，前揭，第 192 页。"冬青"诗刊，当时尚名"革命军"诗刊。祝淳翔先生提醒，此四诗又以《寸戈辑》为总名刊 1945 年 8 月 20 日《中华日报·中华副刊》。

[2] "在欧之友"似即"保险朋友"。

德国进攻苏联。太平洋战争爆发。

1942年　31岁

春，加尔各答，见温源宁、叶公超。"我在印度人的诗会上认识他（按温源宁）时，听他低声念出中国诗'杨柳青青江水平'，忘了太平洋上正在弹火横飞，忘了他除了那四句诗以外讲的是英语，忘了他穿的是西装，竟仿佛会见了一位宋朝或明朝的词人、文士，那么温文尔雅。后来我又在一位朋友请他吃晚餐时做陪客。看他向饭店侍者要了一小杯碧绿的杜松子酒，举起杯来，好像叹口气似的说：'真没想到在这里吃到这杯酒。'我简直疑心是做梦进了《世说新语》了。'正不知一生能着几两屐！'他说的英语也使我闻所未闻。那么自然随便，轻轻的低语，和他的中国话一模一样。法国的蒙田，英国的艾狄生，中国的陶渊明，化为一个人来到我的面前了吗？我如入梦境，竟不知道怎么和这样一个人谈话。……后来叶公超去英国代替他，经过加尔各答时我又做了陪客。他指着餐厅中跳舞的人群问我：'像不像萨克雷的《名利场》？'我本想回答：我想到了托尔斯泰的《战争与和平》。可是没有说出口。叶先生的言谈举止，讲的中国话和英国话，都和温先生的神气完全两样。叶才像是去宣传抗战的。他后来告诉我，在伦敦，他标出的中国抗战形象是一个手持步枪的农民。"（《代沟的底层》）

与哈罗德·艾克敦相见，共译卞之琳诗。"青年（按金克木）又去同艾克敦先生说了几句。这位英国人本来沉默不语，一脸严肃，这时忽而睁大眼睛，问起陈世骧。青年回答说已去美国了。不料他接着问：'卞之琳、何其芳有什么新作？'青年回答：卞之琳、何其芳和李广田，这三位合写《汉园集》的汉花园（沙滩）诗人听说都去延安了。他刚好收到一本卞之琳的新出版的诗集，是在前线写的，名《慰劳信集》。……在艾克敦的房间里，青年给他译卞之琳的给前线士兵的一首诗。诗中有个'准星'，他不知英文叫什么，随口照字面译出来。不料这使听的人大为兴奋。'什么？这是什么？我知道，一下子说不出。你看我这个军人。你说得好，瞄准的星星。哈哈！'……第二天青年看到他时，他正在房间里乱转。地上放着一口箱子。他非常愤慨地对青年说：'我接到命令，马上飞锡兰（斯里兰卡）。战争啊！战争啊！这也好，我可以离开这地方。我不愿留在这里。可是我们的译诗完结了。只好等战后了，我想念那些中国青年诗人。中国的一切我都喜欢。'"（《四十三年前……》）

至印度远征军基地，见郑洞国将军。"他的话很少，眉宇间隐隐有忧色，显得憔悴，说是一切事情可以和秘书及参谋长谈。……那时美国的史迪威将军是中美英联合的中国战区的参谋长，驻印军归他指挥。他不在这里，白上校便代表了他。于是中将司令要听上校参谋的话，郑军长便不上前线视察，免得要先通报那位外国参谋，只好守在基地管他的'八大处'了。……我们三人不约而同都想到，原先怪郑不上前线，原来内有隐情。……参观坦克以后又看丛林打游击的训练。我们都觉得美国兵打游击还要这么讲究吃喝，怎么能打败日本兵？应当请八路军来教教这些美国军人游击战。"（《将军》）

结识杨芳洁[①]。"太平洋战事起后，英国政府手忙脚乱匆匆成立对日战时宣传机构，缺人。重庆的中国政府派人去帮忙，于是他（按杨芳洁）来到加尔各答。我在那里和他相识。他穿军服，住在'大饭店'里，时常邀请我去陪他吃不花钱的西餐，说是他有胃病，

[①] "杏影原名是杨芳洁，又名杨守默；笔名有里奇、公孙哲、爱欲生等。1911年生于中国四川简阳县……30岁，杏影到印度加尔各答盟军总部。"谢征达，《"好人好书"杏影》，《联合早报》，2018年8月30日。太平洋战争1941年12月起，暂此。

无法多吃，可以请客，劳我代吃。他说，英国人日文不行，靠他工作，但只给他少校名义，可见'天下乌鸦一般黑'。"（《废品》）

了解印度教育情形。"我没见有印度人办的用本地语言教学的学校，只见大学和学院，都用英文，市内也看不到印度小学。怎么是只有高、精、尖，没有基础，难道基础在外国？只有圣贤，没有凡人？官方用语当然是统治者的英语。在这以前是古波斯语。是不是一千年以前才是用梵文作官方用语？靠不住。印度自古就用拼音文字，然而文盲一个不少。英语好像是通行语，但街头巷尾老百姓不会英语的多的是。北方各地人的交流语言是不规范的印度斯坦语。这有向左行和向右行的两种文字写成有同有异的规范文学语言，一名乌尔都语，一名印地语。书上讲的印度各种各样。现实见到的另是一样。"（《梵竺因缘——〈梵竺庐集〉自序》）[1]

了解印度古书传授情况。"文字之盲的'文盲'确实多，连拼音文字也不会读写，书本之盲的'书盲'倒不算多，因为他们的书主要不是用眼睛看的，而是用耳朵听的。从古以来就是这样。佛经一开头都是'如是我闻'，凭口头互相传授。……五十年前我在印度看见文化传统的又断又不断的破碎情景，文盲快要兼'书盲'的危险信号。对此，我本不明白，还是几位印度朋友提醒我的。他们是有眼光的有心人，还是忧天的杞人呢？印度从古没有'书同文'，只有各种拼音文字，假若文盲再加上'书盲'，视听全断，没有了说书人和听书人，各色史诗都不再传唱了，只剩下迎神庙会使人不致全盲于传统了，那会是什么样子？会不会史诗重演而不自知？以旧为新？"（《说书人》）

结识师觉月。"到加尔各答不久，我就由友人介绍到师觉月教授家里去拜访。'师觉月'是他自己取的中国名字，是意译他的姓

---

[1] 至印度后各种情形，回忆多无确切日期，据具体情况推定。

名三个字。这个姓并不表示他的'种姓'，而是祖上得过的一个称号，正像'泰戈尔'这个姓一样。婆罗门种姓支派的'姓'是不拿出来的，'内部掌握'，不对外人说的。照英国人习惯用的'姓'也像英国人一样是用些祖先称号顶替的。氏族的'百家姓'讲究得最厉害的，无过于中国，可上溯三代以至多少代。印度却不是这样，只有他们自己人才一望而知，心里明白；外人除非熟悉了他们的各地不同习惯，是不容易明白的。这是第一课，是师觉月教授给我上的。后来又见到各种各样的印度人，才慢慢有点开窍，知道光凭书本不行。无论古、今，欧、印，书上总是讲不清，各有自己一套'密码'，局外人难以一下子解译出来。"(《"汉学"三博士》)

见到"不可接触者"。"他紧贴着墙，低着头，弯着腰，右手向上举到额际，做出行礼的姿势，一直不放下来，左手拿着一块布样的东西靠紧臀部，仿佛是藏着什么宝物，生怕被我们看见。整个的人也是缩得小而又小，唯恐被发现似的，偷偷摸摸地钻进来。……原来这是一个极其瘦弱的老人。头上的短发全白了，胸口凹进去，手臂和腿上好像根本没有肌肉，真是一层皮包着骨头。全身光着，只在下身腰部和两腿间缠着一块不白的白布。……后来我才知道甘地把这些人叫做'哈利真'，意思是'神之子'，而且甘地的一身也是按照这种人的形象打扮的，只在下半身裹一块布。"(《不可接触者》)①

见有犹太血统的托莱坞明星。"她个子不高，又很瘦，面色淡黄，头发乌黑，有点像中国人。一对灵活的大眼，一双嫩弱的小手，走路像跑步，看来她也许只有二十岁，也许还不到。她披在身上的印度女服'纱丽'和裹紧上身的短袖衬衫也不能使她显得年纪大些。这和我在电影里看到的她一比，除了脸型和神气以外，简直

---

① 文中有谓"我刚到这天竺古国不久"，暂此。

是两个人。可是我一看就认出来，因为在电影里她遭受悲剧性打击时的伤心表演和她此刻开拍新片前的自然流露不知为什么竟有相似之处。……过几年我偶然见到一位看印度电影的朋友，忽然想到问他那位女主角后来怎样了。……他说的话是：'她有犹太血统。'"[①]（《托莱坞明星》）

认识"地下工作者"。"（按教印地语的老师带来）一些油印的传单，主要内容是甘地的入狱前最后一次大会讲话。……这在当时是不许发表的违禁品，我们也无法邮寄国内；寄回去，在战时情况下，也不会有什么地方能发表，只能传阅。……到下次上课时间，敲门进来了一位中年人。矮矮的，头戴小黑帽，服装整齐，一望而知是个帕西人，就是说，拜火教徒，古波斯人的后裔。……（按来人言）他入狱了，作了'坚持真理者'（这是印度字）。我们这里只是入狱有自由，可以自愿入狱。此外，我们又能做什么呢？只有这种不要自由的自由。现在要被捕是很容易的。大家心里都明白。……英国人心里也很明白。"（《地下工作者》）

与印度朋友交谈，知"不列颠心理"。"当我在二十年前初到印度的时候，常听到印度朋友们说，在印度有一些人具有'不列颠心理'，就是说，用英帝国主义的观点看事情。我还知道有些印度人早就在叫什么'大印度'口号，想把印度周围受过印度古代文化影响的国家全包括进去。"[②]（《痛斥干涉者》（佚））

见印度文化内情。"（按陆扬言）金克木40年代在印度求学三年，接受的几乎是私塾式的教育，而且当时印度恰恰是从殖民地转变成独立国家的转折时期，他接触了各种各样的人，真正进入了印度文化的核心，因此他更注重研究文化，尤其注重印度文化与中国

---

① 文中有谓"后来几年我多在乡间，很少看到电影"，则此当为去鹿野苑前事，暂此。

② 暂系此。

文化、西方文化间的比较研究……让陆扬印象深刻的是，金克木反复讲过一个故事：'你看婆罗门教宣扬牛是神圣的，但我可以告诉你，我在印度亲眼目睹在神庙后面杀牛，鲜血淋漓……''他在讲述的时候，手举着，眼神就停在那里。在他看到那个场面的那一刻，他心中文化的表层破灭了。'"①

外交协会在加尔各答成立分会，聘为驻印分会理事。②

初学印地语。"那时周君（按达夫）为了引我'入毂'，不断从大学借书来给我看，又请一位印度朋友来教我北方通行语即印度斯坦语或印地语。"（《梵竺因缘——〈梵竺庐集〉自序》）"去年十月间，为了偶然的缘故，我和异地重逢的老友刘宗翰兄请了一位印度朋友，每周教我们两回印度的'北方话'的民间国语——印地语（Hindi）。断断续续三个月间，总算把一本'印英自修读本'念了一遍，但因为不用心学，又是业余，自然是完全没有学会。"（《我的童年》译后记）③

略窥中、欧、印哲学门径，有"三作"。《壬午春作》："三十年华一瞬中，虚空粉碎见虚空。有情难视冤亲等，无我方知誓愿穷。大劫初来天地闭，世缘既了死生同。从兹不作穷途哭，云自归山鸟

---

① 贾冬婷，《金克木，猜谜的人》，《三联生活周刊》，2012 年 7 月 18 日。暂系此。《三自性论·译者附记》："沙门对婆罗门的抗议不仅是理论的，而且主要是行动的。他们在反祭祀，倡戒杀，这一点上明显的指出当时社会上所争执的主要是对牛的态度问题。追进一步，这就是把牛看做祭天牺牲还是与人平等的生物的问题。揭穿了说，这就是把牛当做食粮看的游牧社会的人所具有的生活态度和把牛当做生产工具看的农业社会的人所具有的生活态度之间的冲突的问题，也就是社会上新与旧的生活方法，态度，思想的冲突的问题。从此便发生了一连串对婆罗门的制度与思想的反对理论。"

② 《大公报》重庆版 1942 年 9 月 26 日，"推广国民外交——外交协会设纽约办事处，又在加尔各答成立分会"。

③ 译后记写于 1943 年，故系此。此记只初版中收入，以后版本均删。周达夫请人教印地语，未知确切时间，暂此。

出笼。"自注:"太平洋大战起后始致力读印度古今文及哲学书,故此诗多用佛语,但末两句仍近道家言。哭穷途者阮籍也。"《枕上作》有云,"难遣人间意,安知天地心",自注谓:"是时略知中、欧、印三方哲学思想,兼感时事,未能忘情,彷徨歧路,故作此诗。"《壬午秋作》自注:"读欧阳竟无文知其说涅槃于中庸,糅合儒佛,因试作此诗。"

寄徐迟外文书籍。"在印度的加尔各答的金克木还寄我希腊文的课本和文学书籍,供我学习和阅读。……金克木那年还在印度的加尔各答留学,我们是通信的。应我的要求,他替我买到了希腊文的《新约圣经初级课本》,寄来重庆。"①

译泰戈尔诗寄徐迟,有"译者附记"。"此为泰翁去年(一九四一)病故后,今年出版的他的英文诗集中第一首。本集大半为诗人自己所译,皆从未编入其他英文诗集。编订大体依照诗人的四个时期的作品次序,颇可代表其各方面,而不仅如《新月》《园丁》《吉檀迦利》等的只限于一面。诗中提到的迦梨陀娑为古印度之大诗人,即著名诗剧《莎恭达罗》著者。……一九四二年九月六日译于加尔各答,寄徐迟。他正在重庆到处朗诵抗日诗歌。"(《黑洞亮了》)②

写《甘地论》,编定成书。"甘地专对本国人说教,又遭了我们十一年前误加以'不抵抗主义'的头衔,至今仍恐在我们大多数国人的误解与轻视之中,因此我决定来译甘地。'自传'太长,而且需要大量注解,于是抽暇先译'建设方案'。译了起头,朋友说这

---

① 徐迟,《我的文学生涯》,前揭,第 309、315 页。"留学"不确。

② 《黑洞亮了》"译者新语":"残书旧纸里发现这篇译稿,好像从未发表。也许已有别人新译,我没见到。"此译曾发表于《大刚报》(汉口)1946 年 11 月 28 日,无"译者附记",多一"译者注":"迦利陀莎(KALIDASA)古印度诗人,常被人比拟做印度莎士比亚。学院方场(College Square)为加尔各答之书店街,面对加尔各答大学。"

样不行，必须先加点说明，于是我便写下了一段对话。接着又想写成另外一本小册子叫'五天对话'，但朋友看了认为恐怕要白花工夫，于是我又搁下了。隔了一些时才又接着写，并且拼在'建设方案'前面，但还未成熟，这时又有一些朋友特别热心，希望我完成此书，我也觉得作了一半似乎耿耿于心，遂译完'建设方案'又补上几篇东西做附录。"（《后记》）①

11 月 24 日，徐迟致徐霞村信，谈《甘地论》。"兹奉上金克木的《甘地论》，请你先读一遍，找个机会，提出送审，这是帮金克木的忙，我也特别勇于向你申请。本拟那天上午和你谈这一个问题，你读了他的东西就知道他是如何的写出了一本好书来。"②

接待穆旦、杜运燮。"运燮兄良铮兄在印均数见，运燮兄并曾同往游鹿野苑，故对弟在印情形当可转达，惟对近年余之变化不悉耳。"（《致沈从文》）"（按穆旦）抵印后至中国军营养病，又到加尔各答游玩，住金克木处。"③"他邀我们到附近的佛教圣地去游览，那里有好几个与唐玄奘留学有关的地方，是佛教圣地。如那烂陀有个有名的大学，唐玄奘曾在那里留学。……金克木对佛教了解很多，做了我们的导游。在那里的旅游主要是看一些圣迹，如佛教圣地鹿野苑、恒河上的佛教圣洞等。我们还去过恒河上的印度教圣地，观看了许多经典的雕塑。"④

---

① 此为 1943 年《甘地论》初版时的后记，写于 1942 年，后收入各种文集时，均删除，只有部分摘录。

② 徐小玉，《徐迟致徐霞村的两封信》，《新文学史料》1998 年第 3 期。

③ 穆旦档案之《历史思想自传》。易彬，《穆旦年谱》，中国社会科学出版社，2010年 12 月版，第 65 页。

④ 杜运燮，《西天缘》残稿，见《不是序——书前的话》，收入《热带三友·朦胧诗》，中国戏剧出版社，2006 年 6 月版，第 4—5 页。

1943 年　32 岁

始学梵文。"今年初，在国际大学执教的吴晓铃兄偶然告诉我他从前开始学梵文的美国课本，我接着便在加尔各答的帝国图书馆里找到了这本书，便一面抄一面读，居然把不敢尝试这号称最繁难的文字的心理打破；……在半年之间，在与古书学问完全无缘的工作余暇，靠了师觉月博士（DR. Prabodh Chandra Bagchi）不时解释疑难，居然我把这本'梵文初步'自修完了。接着应该读'梵文读本'，可是又是美国课本，在印度，尤其是战时，又只有到图书馆去抄。幸而周达夫兄远在浦那给我借了一本寄来，才使我的学印度古文的尝试没有像学白话一样的一步就完。"（《我的童年》译后记）"我又犯了老毛病，由今溯古，追本求源，到附近的帝国图书馆阅览室去借用英文讲解的梵文读本，一两天抄读一课，再听周君天天谈他来印度几年的见闻，觉得'西天'真是广阔天地而且非常复杂。"（《梵竺因缘——〈梵竺庐集〉自序》）

欧阳竟无去世，作文纪念。"欧阳大师早岁学通内外，承千祀既绝之薪传；晚年论畅儒宗，启东西圣人之秘奥；抉唯识于法相，说涅槃于中庸。'般若瑜伽之教，龙树无著之学，罗什玄奘之文'，始基重奠于季世，心香宜享于奕叶。西方之学既穷于杀劫，东方学之光大于东方，其在斯乎？其在斯乎！"[①]"史氏的《佛教逻辑》和欧阳的《藏要》诸序是将我引向佛学之门的。由此我才能略懂曾在哈佛大学及列宁格勒大学任教授晚年到鹿野苑隐居的印度憍赏弥居士的指教，对佛藏与佛教实际以及梵语和梵学稍窥门径。……再赘几句话补说我在大约五十年前读到欧阳大师文章后所受的启发。这可以概括为知道了要依论解经。此后我逐渐又明白了要由律判教。

[①]　此文未见，引文据《纪念欧阳竟无大师》。"我的那篇短文署名辛竹，刊于印度出版的中文《印度日报》的《中印研究》副刊上。"

我读了史彻巴茨基的书发现了从欧通印的哲学之路。于是以佛教哲学发展为中心而寻印度哲学思想历史轨迹，以印度为枢纽而寻中国和欧美日本的思想途径的相通与相异。"(《纪念欧阳竟无大师》)

报社辞职，将赴鹿野苑，作《自题小照》。"都道疯狂，真个是装模作样。全不记从前雨打风吹，一腔肮脏。短命子渊，谢公丝竹，便空中传恨，也难豪放。已矣中年，叹一朝失足，从今只有当和尚。到来生原形毕露，脱胎换骨，再细算这一篇糊涂账。"自注云："去鹿苑前作，未悟前非。'肮脏'，兼亢直、污垢二义。'子渊'，颜回之字。'谢公'，谢安。'丝竹'云云见《世说》。'空中传恨'，用朱彝尊词语。"

至贝拿勒斯（古名波罗奈城）鹿野苑。"不久就爆发太平洋大战。缅甸、新加坡很快沦陷。加尔各答成为前线。中、英成为盟国。中国的'远征军'由缅甸进入印度，有了一个训练基地。美军也来到这个基地。飞越喜马拉雅山成为中国对外的唯一通道。大批中国人来来往往。加尔各答熙熙攘攘。我见到了各种各样的中国人。本来唱'独角戏'的报社社长兼总编辑忙得不可开交，天天在外面应酬。编辑部由我唱'独角戏'。这时周君（按达夫）去孟买大学准备戴博士高冠了。我不能适应热闹环境，便到佛教圣地鹿野苑去过半出家人的清静生活。"(《梵竺因缘——〈梵竺庐集〉自序》)

梵文与印地语交叉学习。"这时，在国际大学研究中文的乞寂法师和国际大学印地语学院的院长二吠陀先生的指点，我才发心到印度旧式修学梵文私塾的中心，印度教第一圣地波罗奈城来。藉许多友人的帮助，我的心愿竟获实现。可是没有在印度教圣地，却到这佛教圣地，距波罗奈城七英里的鹿野苑来，偷度几个月的自私生活。一到鹿野苑后，除了自己读'梵文读本'以外，又把'白话'拾起来，找一位先生来教印地语。可是乞寂法师推荐的一部'摩诃婆罗多'大史诗的白话本绝了版，我手边除了国际大学的印地语季

刊以外，就只有该刊编者二吠陀先生译成印地语的泰果尔翁的'我的童年'。于是我便念它。"（《我的童年》译后记）

攻读梵典，翻阅汉译佛藏。"我住在印度的佛教圣地鹿野苑的招待香客的'法舍'里。那地方是乡下，有两座佛教庙宇，一座耆那教庙宇，一所博物馆，一处古塔的遗址和一段有阿育王铭刻的石柱，还有一个图书室。这图书室里有一部影印的碛砂板佛教藏经，我发现这几乎无人过问的书以后，就动手在满是尘土的一间小屋子里整理，同时也就一部一部翻阅。这只能叫做翻阅，因为我当时读书不求甚解，而且掉在印度古语的深渊中不能自拔，顾不上细读这浩瀚而难懂的古代汉译典籍。"（《谈谈汉译佛教文献》）"我每天下午去（按图书室）看报并翻阅藏经，才开始明白了所谓汉译佛教经典是怎么一回事。几乎可以说是上午用印度字读梵文，下午用汉字读梵文。"（《风义兼师友》）"这时才知道欧洲从古希腊毕达哥拉斯起就和印度不知怎么结下了不解之缘。双方不仅语言，而且思想，有相通脉络。反而是中国虽有大量翻译却进来得太晚，彼此各自成型格格不入，思想难得通气，往往以己解人。"（《如是我闻——访金克木教授》）"双方确是隔着雪山，但有无数羊肠小道通连，有的走通了，有的还隔绝，真是一座五花八门好像没有条理的迷宫。"（《梵竺因缘——〈梵竺庐集〉自序》）①

居鹿野苑情形。"住香客房，与僧徒伍，食寺庙斋，披阅碛砂全藏，比拟梵典，乃生超尘拔俗之想。"（《自撰火化铭》）《西来二首》有云，"花宫遗址无忧柱，鹿苑斜阳窣堵波"，"寂寞何堪尘土里，徒余脉望识神仙"。自注谓："'鹿苑'即鹿野苑。佛成道后在此初次说法，度五弟子出家。'窣堵波'，塔之音译。……'脉望'，古传，蠹鱼三食神仙字，化为脉望。"又有《次韵奉酬习君见赠》，

---

① 回忆中读印度古典和了解印度实际情况有所交叉，系年为难，读书情形系此年，读人、读物情形系1944年。

有云"千祀薪传应未绝，一楼风月好安居。他年豹变知非我，此日龙潜勿用渠"。注有云："习君曾在云南大理中国文化书院研究哲学，来访，共谈德、中、印三国哲学承赠诗，故次韵和之。"

随愊赏弥（法喜老居士）习梵文、巴利文。"适有天竺老居士隐居于此，由'圯桥三进'谓'孺子可教'，乃试以在欧美学府未能施展之奇想，以'游击战'与'阵地战'兼行，纵横于天竺古文坚壁之间，昕夕讲论，愈析愈疑，愈疑愈析，忽东忽西，忽今忽古，亦佛亦非佛，大展心胸眼界。老人喟然叹曰：毕生所负'债'（汉译为'恩'），惟此为难'偿'（汉译为'报'），今得'偿'矣。"（《自撰火化铭》）

——初识。"我初见这位老居士是在一九四三年。……我到小屋去见他，只见屋内一张大床像个大炕，上面铺着席子，摆一张小炕桌。靠墙是书架，一望而知最多的是泰文字母的全部《大藏经》。屋里剩下的地方只能在窗前放一张小桌子，两个小凳子。他大概是在屋后自己做饭。一天吃一顿，过午不食，遵守戒律。'法光比丘对我说了你的情况。在这战争年月里，一个中国青年人到这冷僻的地方来学我们的古文，研究佛教，我应当帮助你。四十三年以前我也是年轻人，来到迦尸（波罗奈）学梵文经典，以后才到锡兰（斯里兰卡）寻找佛教，学巴利语经典。'他说着忽然笑起来，'都是找我学巴利语、学佛教的，从没有人找我学梵文。能教梵文的老学者不知有多少，到处都有。我四十三年前对老师负的债至今未能偿还。你来得正好，给我还债（报恩）机会了。'"（《父与子》）

——考验。"（按两次没有准点出现，未入门。）这回我才明白了，临走时把表和他的钟对准。第三次去时，先在门口张望一下那正对着门口的闹钟，才知道我们的钟表快慢不一样，他的钟还差两分。我站在门外等着，看见闹钟的长针转到十二点上，才进门。他仍然眯眼望一望钟，这回没有赶我走了。"（《父与子》）

——听讲《清净道论》。"英国优婆夷（女居士）伐日罗（金刚，这是她自取的法名）要我讲《清净道论》的'四无量'。法光比丘也来。你也来听吧。你学过一点梵文了，听得懂的。学佛教从'四无量'开始也好。'慈、悲、喜、舍'，知道吗?"（《父与子》）"女居士来了，一手拿书，一手举着一盏带白瓷罩的大煤油灯。锡兰（斯里兰卡）的法师一同来到，手里拿着一本僧伽罗字母印的书。女居士的书是罗马字本。我的书是印度天城体字母本。一部书有四种字母（包括缅甸字母就有五种）的印本，但暹罗（泰国）字母本放在书架上，老居士晚间不看书，因为眼睛不好，他也用不着看书。"（《维也纳钢琴学生》）"和尚宣读一段巴利语原文，老居士随口念成梵文，这显然是为我的方便，也就是教我。然后用英语略作解说，这是为了英国女居士。接着就上天下地发挥他的意见。他说眼睛老花，煤油灯下不能看书，全凭记忆背诵经典。有的句子他认为容易，就不重复说什么；有时一句偈语就能引出一篇议论，许多奥义，夹着譬喻，层出不穷。这也正是《清净道论》的特点。我才知道，原来印度古书体例就是这种口语讲说方式的记录。"（《父与子》）"我从未想过'讲经说法'能这样生动活泼吸引人，简直是谈古论今。"（《维也纳钢琴学生》）

——登堂。"熟悉了以后，白天也让我去，两人在大炕上盘腿坐着对话。他很少戴上老花眼镜查书。先是我念、我讲、我问，他接下去，随口背诵，讲解，引证，提出疑难，最后互相讨论。这真像是表演印度古书的注疏。……他1900年到波罗奈城，住在吃住不要花费的招待香客和旧式婆罗门学生的地方，向旧式老学者学习经典，主要是背诵，并不讲解，更不讨论。他说现在要把学的还出来，传给中国人；而且照已经断了的古代传统方式。他说：'照轮回转世说，我是会托生到中国去的。下一辈子，我大概是中国人了。'"（《父与子》）

——入室。"在鹿野苑跟在美国苏联教大学后退隐乡间的印度老人法喜居士学读古书。先是东一拳西一脚乱读，随后我提出一个问题引起他的兴趣。他便要我随他由浅追深，由点扩面，查索上下文，破译符号，排列符号网络，层层剥取意义。本来他只肯每天对我背诵几节诗，用咏唱调，然后口头上改成散文念，仿佛说话，接着便是谈论。我发现这就是许多佛典的文体，也是印度古书的常用体。改读他提议的经书，他的劲头大了，戴上老花镜，和我一同盘腿坐在大木床上，提出问题，追查究竟。他还要我去找一位老学究讲书，暗中比较传统与新创。……当时我们是在做实验，没想到理论。到七十年代末我看到二次大战后欧美日本的书才知道，这种依据文本，追查上下文，探索文体，破译符号，解析阐释层次等等是语言学和哲学的一种新发展，可应用于其他学科。"（《如是我闻——访金克木教授》）

——习《波你尼经》。"这经在印度已经被支解成一些咒语式的难懂句子，本文只有少数学究照传统背诵讲解了。老居士早有宏愿要像他早年钻研佛经那样钻出这部文法经的奥秘，可惜没有'外缘'助力。碰上我这个外国人，难得肯跟他去进入这可能是死胡同的古书。在周围人都不以为然的气氛下，我随他钻进了这个语言符号组合的网络世界。那种观察细微又表达精确的对口头文言共同语的分析综合，连半个音也不肯浪费的代数式的经句，真正使我陪着他一阵阵惊喜。照他的说法是'还了愿'。我陪他乘单马车进城送他走的时候，在车上还彼此引用经句改意义开玩笑一同呵呵大笑，引起赶车人的频频回顾。"（《学"六壬"》）"是他在给我讲梵语时提出试验'左右夹攻'《波你尼经》，指导我和他一起试走他自己一直没有机缘尝试的途径。也是他提出对沙门的见解，更是他使我能亲见亲闻一位今之古人或古之今人，从而使佛教的和非佛教的，印度的和非印度的人展现在我面前。"（《〈梵佛探〉自序》）

——国际视野。"这位老人只用他所精通的一种印度古语和他自己家乡的一种印度现代语写文、著书，可是头脑中却阅历过三种截然不同的文化：美国资本主义文化，苏联社会主义文化，印度古代文化。他的书架上是全部暹罗字母的巴利语佛教三藏，还有印度古典，其中插着他在苏联时读的俄文'战争与和平'。他坚持印度古代文化中和平思想的传统，是公开地激烈地批评印度教最流行的圣典'薄伽梵歌'为鼓吹战争的书的唯一人物。不过，他在口讲指画古典之余，也热心谈论中国的抗日战争和苏联卫国战争，关心中国人民和苏联人民的正义战争的胜利。他说：'今天世界上最有智慧的人是谁？斯大林。'至于美国文化呢？他说：'有色人种不是人，这就是标准美国思想。能校出英文字母O字是不是排印倒了头，这就是美国的名教授。'他在哈佛大学辛苦校印的佛典'清净道论'，只带回了最后的校样，而书在美国却至今不能出版。他在印度重印这书，哈佛大学就要和他打官司，控告他侵犯版权。"（《回忆印度鹿野苑和憍赏弥老人》）

　　——民族自尊。"为什么本国古文要请外国人当教授呢？过去说，本国学者不能用英语教课，不懂西方近代一套所谓科学，现在国际驰名的印度学者潘达迦具备了一切条件为什么不能当这个教授呢？难道印度学者在印度本国都不能当印度文的教授吗？在印度本国教印度古文都非请外国人不可吗？这不是对全民族的极大侮辱吗？这不是对印度文化的极度蔑视吗？实在说不过去的不公平引起这一场激烈的抗议，迫使英国当局不得不承认潘达迦教授的地位。从此印度大学中的印度古文教授就一直由印度本国人充当了。这大约是十九世纪末的事，是憍赏弥老居士对我谈的。我至今还记得老人谈这事时的激动口气。"（《"汉学"三博士》）

　　——甘地轶事。"'愿我俩同受庇佑。愿我俩同受保护。愿我俩共同努力。愿我俩的文化辉煌。永远不要互相仇恨。唵！和平！和平！和平！'这种咒语式的诗不止一篇，是在读《奥义书》前后照规矩必须吟诵的。《奥义书》一词是意译，原义是'近坐'，即师徒两人靠拢秘密传授。此诗中的'我俩'指的是师徒二人。……第二句'保护'一词的常用义是'吃'，但这里只能是'护'。不料印度人也会读错，不知是有意还是无意。据说当年'圣雄'甘地所创立的一所'道院'中，'同道'人在聚集吃饭时都要先合唱这首古诗，因为里面有'吃'一词。告诉我这件事的印度老人是老甘地的朋友，可能也在那里吃过饭。他说过以后不禁大笑。我也跟着笑了起来。"（《改文旧话》）

见印度现代"三大士"，阿难陀，罗睺罗，迦叶波。"本世纪初，憍赏弥老居士是第一个南下'楞伽'（斯里兰卡）求佛法的。随后便是那'三大士'。……我去见这位阿难陀'大士'。刚说了几句话，他表示希望我继续研究巴利语的佛教典籍。我还没有来得及答话，一位斯里兰卡和尚来了，有事和他谈。他对我望了望，我不等他说出话就起身告辞了。""这位（按罗睺罗）'大士'却没有穿'法服'，而是普通印度人装束，也就是一身不整齐的西服。原来他曾继老居士之后到列宁格勒大学任教，在苏联住了一段时期，不但由和尚变为居士，而且成为马克思主义者了。""（按迦叶波'大士'）除了著作以外还从事教育，在波罗奈城的印度教大学里讲佛教。他的志愿是恢复佛教的那烂陀大学，即玄奘住过而久已成为废墟的那烂陀寺。"（《现代"三大士"》）

听迦叶波"大士"讲《奥义书》。"算来我读《奥义书》原本已是四十三年以前的事了。当时印度仅有的几位佛教比丘之一，迦叶波法师，为斯里兰卡的来印度鹿野苑的几位比丘讲主要的《奥义书》。他们的共同语言只有巴利语和梵语。两者都是印度古语，一俗一雅，可以互通。他便用雅语梵文讲雅语梵文经典。因为他们都是佛教徒，读这'外道'经典只为见识见识，而讲解者也只是幼年'读经'学古文时念过，改信佛教后不再钻研，所以讲得飞快。"（《读徐译〈五十奥义书〉》）①"主要是讲解词句，不发挥，不讨论内容。讲书常有口头习惯语，不久就熟悉了。'懂了吗？''应当这样理解（如是应知）。''所以这样说。''为什么？（何以故？）'等等。讲书也有个框架结构，一段段都大致相仿，不久也听惯了。一对照原书的古注，再查看玄奘等译的经、疏，恍然大悟，悟出了古今中外的一致性，仿佛在黑暗中瞥见了一线光明，感到这些都不能完全脱离口头语言习惯。"（《现代"三大士"》）

"汉学"三博士师觉月、戈克雷、巴帕特教授种种。②"本世纪初期，印度有三位'汉学'博士，都不是到中国学习汉文得学位的，而且学习目的也不是研究中国而是研究印度本国，学汉文为的是利用汉译的佛教资料。他们留学的国家正好分别是法国、德国、美国，博士论文题目全是有关佛教的。应当说，他们不是'汉学'博士而是印度学博士。……研究本国的宗教、哲学、历史，甚至语言，都要去外国留学，才能得博士学位和当教授，这不是愉快的事啊。英国人把印度的哲学贬得那么低，简直是原始人的文化思想；德国人又捧得那么高，简直是和康德、黑格尔同一流派；这是怎么回事？戈克雷博士到德国去研究佛教哲学，师觉月博士到中国北京大学来讲印度哲学（一九四八年），都不是偶然的吧？"（《"汉学"三博士》）

寄徐迟泰戈尔《艺术之意义》，徐迟译为中文。"原文由友人止默，自印度寄来，他曾嘱我郑重移译。只能勉力为之耳。……'友人止默'即金克木教授，他在寄来的英译本的梵文字汇旁边，作好了中文注释。所以我译到梵文字汇时，是早已译好的，否则那些是我译不出来的。"③

---

① 《读徐译〈五十奥义书〉》写于 1986 年，则四十三年前为 1943 年。

② 上结识"三大士"，此结识"三博士"，并非同时，暂此。

③ 徐迟，《我的文学生涯》，前揭，第 348 页。

译谭云山英文《印度国际大学中国学院》成中文，刊《印度日报》。"谭于 1943 年 11 月 20 日印度国际大学中国学院《时事月报》专文版记道：'此中文译稿，系加尔各答《印度日报》主笔金克木所译载于该报者。'"[①]

与一女友通信，作《蝶恋花》，有云，"少年总被蹉跎误，待得归时，忘却来时路。风雨满城无意绪，仰天不见鸿来处"。"四十年代初期，我正在印度乡间'修道'。可惜凡心未断，忽然给别人介绍的国内一位女子去信，得到了冷漠的回答。我又写一封信寄到昆明，请她的一位教中学的朋友转去。这位转信人显然看了我的信，给我来信说一定照转，还加了几句随便写上的话。不知怎么，原定的对象没有消息，转信人成为我的通信朋友。一来一去，愈谈愈热闹。"(《女友》)[②]

《甘地论》，美学出版社 3 月出版，署名止默。[③]辨析甘地所思所行的历史文化根源，指出将"不害主义"译为"不抵抗主义"乃别有用心的误解，结合中国抗战，掘发中印文化相通之处，勾勒出"圣哲"形象，提示印度独立和中国抗战的深层内核。较此后版本，此版收入翻译的《建设方案之意义与地位》，并有"甘地致蒋委员长函""甘地致美国人民函"及"甘地致日本人民函"三附录。"《甘地论》实际是最早而且是在'梵竺庐'那间屋里写的。那时太平洋大战爆发，印度在中国成为热门话题而老甘地又以'反战'罪名入狱。我便写了一些对话说明事实真相是印度人要求独立，要

---

① 郁龙余，《禅院孤灯 参透奥理——金克木的梵学研究》，《中国社会科学报》，2014 年 2 月 10 日。

② 乡间"修道"自 1943 年，《挂剑空垄》系此诗于 1942 年，二者稍矛盾，暂此。

③ "在印度的金克木，经我约稿，寄来了一本十万字的《甘地论》，署名止默。我发了稿，在印钞票的重庆印制厂排印、出书。此书印刷得当然比一般书要更好些。"徐迟，《我的文学生涯》，前揭，第 317 页。

求英国交出政权，并澄清对所谓'甘地主义'的误会。"(《梵竺因缘——〈梵竺庐集〉自序》)"甘地所主张者并无主义之名，只是古印度的信条之一，这个古梵字 Ahimsa 照英译改为中文，可称'非暴力'。但在佛教小乘说一切有部的七十五法中有此一法，真谛玄奘二师皆译为'不害'……意思就是不用暴力害人。名字虽是消极的，甘地应用起来却是积极的。他将这信条大肆扩充，化为有血有肉的运动。这运动虽称为'消极抵抗'，意义却是积极的。其古梵字 Satyagraha 的名称，依我们古译，应为'谛持'或'谛执'。谛者真理，持者坚持，即坚持真理之意。为显明起见，再加运动二字。其英文译名应译为'文明反抗'，意即不用武力而反抗，另一名字即为世界俱知的'不合作运动'。"[1]

《当代印度丛刊弁言》刊《读书通讯》第 67 期，1943 年 6 月 1 日。《介绍甘地翁早年两巨著》刊《读书通讯》第 73 期，1943 年 9 月 1 日。

译史车巴茨基《佛教逻辑序》刊《读书通讯》第 64 期，1943 年 4 月 16 日。

1944 年　33 岁

遇至印开会之李方桂，鼓励继续从学憍赏弥。"李方桂教授来参加印度的东方学大会，我陪他见那位老人以后，他鼓励我学下去。"[2]（《梵竺因缘——〈梵竺庐集〉自序》）"李方桂罗莘田两先

---

[1]　凡引及每条同题书或文，不另标篇目。

[2]　《大公报》重庆版 1942 年 12 月 22 日："印度史学大会，全印东方学大会，印度语言学会，英皇家孟加拉亚洲学会等四种学术会议，邀请我国中央研究院推派代表出席。中央研究院已接受此项邀请，决定由历史语言研究所语言学专家李方桂氏来印参加。"

生后又蒙先生远予策励，益增汗颜矣。"[1]（《致沈从文》）

随人经行。"我住在招待香客的'法舍'里，每天在太阳西下时赶到中国庙的'香积厨'里独自吃下中午剩的菜饭，再出庙门便看到'摩诃菩提会'建的'根本香寺'前面大路上有'过午不食'的和尚居士或零散或结伴奔走。我加入其中来来去去，由此明白，古时释迦佛带着弟子罗汉菩萨的'经行'原来不是中国魏晋风流人物的'行散'。中国古名士吃五石散求长生以致全身发燥，不得不宽袍大袖缓缓走动。样子飘飘欲仙，其实是要解除药性引起的烦躁。'经行'是印度人所习惯的运动，不是治病，更非闲散，乃是大步流星仿佛竞走。于是我也练成这种习惯，'散'起步来不由自主便紧张移动两腿，毫无悠闲气派。"（《告别辞》）"那时住在鹿野苑的憍赏弥老居士也遵守同样的戒律习惯，到傍晚就拿起杖来上大路。我经常陪着他走。"（《现代"三大士"》）

悟世内世外是一体。"鹿野苑是乡下，没有电灯，天一黑就只有星光闪烁，加上时圆时缺的月亮。地上有蛇爬行，天上有秃鹫飞，夜间野兽嗥声此伏彼起。可以想见古印度林居野处的修行人在树下坐禅修道时的环境，了解三衣、一钵、一杖为何不可缺少。我早眠早起，夜不出户，遥望黑暗中星斗推移，恍如在世外，又明知在世内，这才感觉到当初佛讲'苦'讲'寂灭'的语言内涵。出世入世并无分歧。纸上千言无非一语。"（《告别辞》）

随德玉老和尚化缘。"他在国外大约有二十多年了吧，这时已接近六十岁，可是没有学会一句外国话，仍然是讲浓重湖南口音的中国话。印度话，他只会说两个字：'阿恰（好）'和'拜提（请坐）'。……老和尚旅行并不需要我帮多少忙，反而他比我更熟悉道路，也不用查什么'指南'。……老和尚指挥我在什么地方下车，什么地方落脚，什么地方只好在车站上休息。我们从不需要找旅

---

① 罗莘田，即罗常培。

馆，也难得找到，找到也难住下。我这时才明白老和尚的神通。他是有目的有计划的，他带着我找到几处华侨商店，竟然都像见到老相识的同乡一样，都化得到多少不等的香火钱，也不用他开口乞讨。"（《鸟巢禅师》）

见在印修苦行的"鸟巢禅师"。"他是温州人，到'西天'来朝圣，在这佛'涅槃'的圣地发愿一定要见佛，就住下修行。起先搭房子，当地居民不让他盖。他几次三番试盖都不成，只能在野地上住。当地人也不肯布施他，他只能到远处去化点粮食等等回来。这里靠北边，近雪山脚下，冬天还是相当冷。他急了，就上了树，搭个巢。可是当他远行募化时，居民把巢拆了。他回来又搭。这样几次以后，忽然大家不拆他的巢了。反而有人来对着大树向他膜拜。……原来这一带被居民相信是印度教罗摩大神的圣地，所以不容许外来的'蔑戾车'（边地下贱）在这里停留。尤其是那棵大树，那是朝拜的对象，更不让人上去。'后来不知怎么，忽然居民传开了，说是罗摩下凡了。神就是扮成这个样子来度化人的。你们这位中国同乡才在树上住下来了。居民也不知他是什么教，修的什么道，只敬重他的苦行。'"[①]（《鸟巢禅师》）

请青年比丘讲经。"从锡兰（斯里兰卡）新来了一位青年比丘（和尚），据说是学问很好，来朝拜圣地后不久就回去。我藉此机会请他给我'说法'，讲了一篇短短的巴利语佛经。他只会僧伽罗语、巴利语、梵语，所以只好用梵语讲巴利，好比用文言解白话。他的讲法仍是传统的注疏式，等于改改拼法和语法变化，翻译一遍词

---

① 鸟巢禅师法号善修。"近处参观既毕，德玉师前导南行赴一英里处之罗摩巴窣堵波（Rama Bhar Stupa）。该窣堵波已倾圮，唯余瓦砾，颇高，如小山。上有二大树，有中国僧人善修法师在一树上结庐苦修，已历多年。德玉师与彼相识，呼之下树相见。予赠资为袈裟费，拒不收。予等为摄影二帧，乃归。"李承俊，《印度古佛国游记》，商务印书馆，1940年3月版，第61页。

句。经文中也没有多少可供分析的词源和语法，他讲了一遍就停下。我以为还要'说法'，哪知已经算是结束了。有一句稍为深奥些，好像可以有不止一种解说。我便提出问题，希望引起讨论。他又把讲过的话重新说了一遍，对我望着，似乎是说：这不是很明白吗？为什么还不懂？当然我的口语能力很差，无法用外国古文说明我的思想，只能用古文范围内的词句；而他也出不了这个圈子。尽管运用自如，说得很流利，他仍跳不出如来的手掌心。于是我满意地起身合掌告别。"（《西藏朝圣者》）

与斯里兰卡老学者同吟咏印度古诗。"青年比丘向我介绍，这位是新从'楞伽'（斯里兰卡）来的大学者，深通梵文和巴利经典。接着，老法师在路上便宣讲了两句说梵文古诗优美无比的话，随即高声咏诗，唱的调子和印度的大致一样。我一听，原来是迦梨陀娑的名诗。这一节是开头，我也会背，就跟着和起来。我们两人一唱一和，声震空荡荡的原野，青年比丘却没有随声附和。"（《西藏朝圣者》）

见憍赏弥之子高善必。"我到一九四四年才见到高善必博士。……他在孟买工作，在浦那住家；白日研究数学，晚间研究历史；周末搭火车回家住一个星期日，校勘一部古诗集；真是忙人。"高言："应当感谢你们中国人，给我们保存了那么多古代文献。除新疆、西藏已发现的以外，一定还有。可惜我们两国现在都没有研究自己文化的好环境，更谈不到互相研究。交通方便了，可是比一千多年前还更隔绝了。知道有宝物也无法见到。你们有文献，比我们强；但我们的文物也不少。什么时候才能沟通呢？你信不信？文化交流从来不会是单方向的，不过表现出来的不同。说到研究，我们只怕比你们还要难些。无数的书还是手抄本呢。"（《父与子》）

与少年人做梵文练习。"我正走在路上，忽然迎面来了一个少年，开口就用梵文对我说了这几句简单的话。……我好像受到了突然袭击的考试，但看得出这个少年不过十二三岁，还是个孩子，也许是用我作对象练习梵文，应考的不是我，而是他。我的答复就是对于他说梵文的评语。他说得简单，我答得更简单，两人共同作口头语法练习。"(《鹿苑三少年》)

遇自小习梵文的孟加拉少年。"他站在旁边只说了几句话，发音还好，孟加拉语特有的读音改成波罗奈城发音了，却又没有学上北部方言的特有的读音，说的是正规的读书古音。……我摊开的书是《瑜伽经》，有一个复合词我正在分析，还不能确定怎样才对。他忽然开口念那几句，我便试着问他那个复合词，他随口就分析出来，好像背诵注解一样，连经句意义都说了。我大吃一惊。……这孩子看出我的脸色，自己说了。他把读过的古书向我报了名，都是小时候在家里背诵的。他来波罗奈城是奉父亲之命，来从一些'论师'学正确音调，并且朝拜恒河圣地，了解圣地情况，不久就要回去。……他说的梵文，尽管也是些短句子，但是，口齿清晰，句型多变，很像口语，不是文法练习。……我已经见过两位旧学者，一位年轻些，给我讲过迦梨陀娑一章诗，一位年长些，给我讲过《小月光疏》(语法)的一章。他们书背得很熟，口讲梵文却都还不如这个孟加拉小孩子自然，急了说不清，就要讲印地语。"(《鹿苑三少年》)

跟锡金男孩学习印地语。"我在鹿野苑见得多的小朋友是那个锡金小男孩。他只有十岁，没念过书，很机灵。他父亲是那个小博物馆的看守。大概他们家里说锡金土话，所以他只会讲不合书本语法的口头印地语。他常到中国庙来。实际上他是教我口头印地语的小老师，对我讲的话很多。他那不照语法规则变化却很生动的口头语和加尔各答街头的'市场印地语'是一类。这才是印度通行的口头语。"(《鹿苑三少年》)

德里青年比丘与谈。"在我们佛教徒眼中，印度教徒并不更宽大，伊斯兰教徒并不更窄狭，基督教徒也不是处于中间。……佛涅槃快两千五百年了。你不觉得在这里对着我是回到两千多年以前吗？你在鹿野苑没有想到遇见佛度五比丘，为他们讲'四谛、十二因缘'吗？怎么到了德里想的不是大英帝国，大印度帝国，却是莫卧儿帝国呢？"（《德里一比丘》）

见人拜和尚，和尚不还礼。"拜佛、拜和尚却不分国籍，一见就拜。和尚们一概不理。中国和尚对我解释：'他们自拜福田，干我何事？'原来拜僧即是拜佛，礼拜是求福；若一还礼，那就'折杀'了，不但无福，反会有灾。因为凡夫俗子怎能'消受得起'？我一想，这倒是东方这几国的共同逻辑，从古传下来的。这是出自严格的身份、等级、报应不爽、因果分明等等一整套思想体系的。"（《西藏朝圣者》）

坐二等半车厢，有所思。"头、二、三等车厢有严格分别。三等车厢是'统舱'式，多半是里面什么也没有，大家挤在一起席地而坐。老甘地是乘这种三等车的。……为了一些身份不便乘三等而又不愿花钱或花不起钱乘二等的客人，铁路公司特意设了一种二等半车厢，取名为'中间'车厢。其实这才是三等车，那名为三等的实际是四等。……工资不高的职员和知识分子大半搭这一等车。我正是这二等半车厢的乘客。……我在二等半车上的许多经历使我不由得感觉到，那时的普通中国人在普通印度人眼中是完全不必顾忌的。他们顾忌的倒是自己人，首先是要分类'定性'，再定对待态度；对中国人却用不着这一套，思想上没有束缚。当然，对其他外国人，例如英国人，更有顾忌，不过那种人不会乘坐'中间'车厢。"（《二等半车厢》）

7月，杨刚经印赴美，交谈。"我在大公报驻印记者郭史翼的办事处见到她。那真是一见如故。我实在不明白她为什么那么看得起我。我后来才觉得真有点对不起她的好意。我对她说：'你改名为刚，可并不是真刚强。你的傲慢与偏见太多了。你真能忘记自己是女性吗？还是不要那么刚强吧。'坦率的谈话，从世界大势到生活小事。真不知两人怎么会谈得来的。"①（《悼子冈》）

秋，罗常培经印赴美，相见。"他（按罗常培）赴美的外汇，是卖书换来的，仅够旅费，但他途经印度时，曾分赠给他的学生吴晓铃、金克木、周达甫三人印币，各二百卢比，解囊相助，这使他的学生很感动，至今不忘。"②

陈梦家、赵萝蕤夫妇二人去美国，途经印度，做短暂驻留，相见。"梦家先生夫妇经印去美亦曾一见。"③（《致沈从文》）

为未见面女友担保办赴印签证，遭拒。"她写来一封带点感伤的信。以后我们照旧通信。她还托去美国的同事给我带来云南大头菜。不久，抗战胜利，她就没有了消息。……我庆幸有过这样一位女友。她使我在长期乡居中得到安慰，遭除枯寂。我们在信中没有谈情说爱。我当时想要的只是她这样爽快谈心的女朋友。"（《女友》）

习学及感情种种，见于《鹿苑作二首》。有谓"香草应滋九畹好，浮生已觉万缘空"，"往时圣哲经行迹，寂寞而今生绿苔"。注云："前诗中忆及女友，或仅有一面之缘，或竟缘悭一面。……后诗言鹿苑。"《别鹿苑道中作》有谓，"林间徒羡双双鸟，梦里难禁漠漠心"。又《甲申岁阑》："却把出家当在家，年年庙里度生涯。罗裙到处怜芳草，人间何缘见法华。梵呗唐劳赓绝响，浮生无那误

① 据华东师范大学宋俊娟硕士论文《杨刚传论》，杨刚经印赴美在 1944 年 7 月，系此。

② 白吉庵，《罗常培传略》，《文献》1983 年第 1 期。

③ 陈梦家、赵萝蕤 1944 年经印赴美，系此。参子仪，《陈梦家先生编年事辑》，中华书局，2021 年 6 月版，第 175—176 页。

绳蛇。飞鸿来处无消息，漫对闲云数暮鸦。"注云："末言女友无一面之缘，终于音书亦绝。"[①]

1945年　34岁

6月12日，致信沈从文，论学并及在印各种经历。（以下破折号开头，均自《致沈从文》）

——所思所学。"在鹿苑得遇明师，梵文巴利文均入门，现代印语（国语）则未深究，仅由其国语译本转译泰翁《我的童年》。译后由吴晓铃夫人石真女士以孟加拉原文校改一过，现在商务排印中。此外，前年徐迟曾在渝代出小书一册，想亦早见及？来印成绩只此而已。读书三天打鱼两天晒网，欲其真通，非埋头不动干三五年不可，而今之环境心情均不能，其无所成盖可必矣。所读偏文哲方面，惟梵诗过于倚赖文字美点，有如中国旧诗，虽以同源之西洋文字译之，除公认之少数德译外，英译均不行，故亦实无法转为华言。佛教典籍中，如什师奘师所译，文义兼顾，散文有时铿锵胜于原作，然一及韵文（如旧译佛所行赞之类）诗味全失。中论、俱舍等言理之作，达意而已，差堪相副，义净之能，一百五十赞佛颂亦觉偌屈，可见其难。而梵文学几全为韵律之作，介绍之功戛戛乎其难哉！《五卷书》偶见卢冀野君译为文言，不知何据，风味全失，曾以四言佛经体译故事，六言译诗句，成二篇即弃去，将来再动手当作白话。吠陀近读数章译为六言八言，实难信雅。晓铃兄专攻梵剧，或当有成。弟所读偏重哲学，或则介绍较易，但佛教以外仍需锤炼新词，亦颇为难。来印前二年忙于与学问无关之'新闻'，后

[①] 《挂剑空垄》系此年。疑将下年之事移至此年，见致沈从文信。又据《女友》，"抗战胜利，她就没有了消息"，则音书绝在抗战之后。诗注为后作，移后为前，当属常事。

二年内又仅二冬用之读书，实则仅有一冬真正从师攻世界最难之巴你尼文典，如是而望其有成，不亦难乎？"

——印度情形。"至于当代印度文坛则颇为萧条，印语杂志不多，好者尤少，报纸无副刊，加以方言（文字）太多，穷苦人太多，文盲太多，销数有限，作者无稿费，物质上已难多产。而新风未普，旧日之传统体裁仍有势力（如其电影，千篇一律，且多神话片），杰出者亦寥寥。民众所嗜仍是三百年前之白话之宗教史诗。方言文学中，孟加拉语（泰翁所用）较胜。石真女士在国际大学专攻已两三年，可谓已告成功，现已开始从事选译。国语中之回教语诗因为前朝官话较为纯粹，印地语则非口头语之诗尚流行，口语文学方在创造，至西印古甲拉第语（甘地用语），马拉提语，及南印各方言文学亦各有所长，未能深知，但大多不脱前人窠臼，总其原因，印度虽交通发达，经过百年以上之工业化，而其人民多数仍为千年以前之生活思想，加以宗教缚锁，习俗难移，文学亦随之而似缺一五四运动矣。"

——感情诸事。"树臧兄（按王树藏）消息闻之甚为欣慰，前杨刚过印时已曾言矣，马耳（按叶君健）来时又说其不可靠。今既有所归，无论他人谓之何，如愿即是幸福。弟自昆明一见之后，未能忘怀，并无他意，只觉歉疚于心。杨刚曾问'是否有报复之意？'自忖实无。今闻证实此讯，如释重负。卢君（按保险朋友）近闻已在日内瓦与使馆中人订婚，或已结婚。此乃大幸事，弟亦随之而获'解放'。第不知萧郎（按萧乾）知之否耳？其表兄（追之十余载）去岁亦在渝与粤女结婚。此一重公案告一段落，所余者萧与某两个聪明的傻瓜而已。年来认识一女友，现在昆明南菁教书，姓贺，燕大学生，曾欲来印，不意最近签证被拒，牢骚之至，理科学生（文字就信看也不错），北方人，当年埋头读书，及年华逝水，然后恍然，欲追欢乐，业已过时，其人甚为爽直，其情极可同情，虽未谋面，已成良友，几步卢君（通信五年）之后尘。然八小时之航路虽短，而一纸之签证为难。倘苹果不落向地球，据说地球必落向苹果，倘两不相下，则最好是来一人把苹果吃去。接先生来信后曾去信问她愿不愿见先生，如先生有熟人认识她，盼便中照拂，因自傲之人转而自毁，极其容易也。今之女人心理似均转趋一辙矣！（介绍新环境新朋友，介绍与杨刚通信谋去美以慰之。）"

——家国之感。"国内情形此间由《大公报》可见一二，传闻所及，亦颇黯然，眼所见到者或尚较国内为多。一出国门即耳目大异，如去重塞，且深知国之重要，尤其处于此时此地。故对国内极为关切而无如何。弟本欲去欧洲一行，今岁即打消此意，一则年事已长，不便长此漂流，家母渐衰老，不能长在友人家中寄居。二则国家多事，自己不争气，走到天边亦复受罪受气（无心肝者当除外），心中不安也。本预备三冬读书，秋间去浦那专读主要经典（婆罗门教），不意近来心情大乱，很想返国。当然贺君来印不成亦一刺激，加以曾在重庆目睹怪现状，今变本加厉，返国亦只有去昆明，而不欲去渝（家母在筑）。现在此并无牵挂，不读书，不做事，不安心，则不如归去。去国四载，不知满街吉普之金碧路上仍能容一无足轻重之人否耳。此间所购数箱梵籍，惟有俟战后交转运公司运上海。但如飞回国，则十八公斤行李，下机后样样须买，深恐不免冻馁矣。返国奉母乃第一义，目前尚犹豫未决，三两日内如决定时，行期总在年底以前国内大热闹之时欤？有暇祈将国内情形示知为幸。"

——遥寄文章。"此间友人出一《中国周报》（弟不负责），其'文艺之页'编者为李极光兄。曾出泰翁八五诞辰特辑，有弟一文'创造的统一'及石真自孟加拉原文译诗，尚有未发表之泰翁访华照片，兹将画页抽印者寄奉一份。故人良多，当增感慨。诗文未便一次寄，贺君与渝徐迟处似皆有一份。弟并在该刊发表《少年行丙》（上），未完成之旧作，永远不完成矣。先生所提及之'小报'为何性质？倘心情较佳时或当寄短对话谈印度文哲之类，政经则不易谈不能谈也。"

译泰戈尔印地语译本《我的童年》出版，商务印书馆（重庆），1945 年 7 月，署名止默。"泰翁原著是孟加拉语，据说用的又是一种新颖特殊的文体，虽然原译本是用的同系的方言而译者又是亲炙泰翁的学者，便经我既未研究泰翁，又并未读会印度文的人冒然来译，译完了自然大不放心。这书有一本英译，译者赛克斯女士（Miss Mariorie Sykes），虽然也是'寂乡'（Santiniketan，国际大学所在地）的同人，但译笔显然不如印地语译，而且两译也有许多地方不同，所以我译完后虽取来对照改了一些错误，但仍保存原来的翻译笔调和章节，句法。这以后我把这译本完全交给了正在国际大学泰翁研究所专攻孟加拉语文学的吴晓铃夫人石素真女士用原文校改一遍。承她不惮烦的悉心细校，才使我的译文整个改观。"（译后记）

浦那见教印度古文者。"西南部德干高原的浦那就有'新迦尸'的称号。在这些地方，走进私塾去，往往可以看见一张虎皮铺在地上，上面坐着一位老师，嘴里滔滔不绝流水一样说着古文，面前一张纸也没有。学生坐在旁边，偶尔手中拿本书或本子，倾心听讲。这就是'邬波尼煞昙'这个词的原意——'坐在附近'。这个词现在已经成了世界闻名的许多印度古代哲学典籍的名字（译意是'奥义书'）。……这些学塾的存在就表示了一种矛盾。一方面有些人是要用这造成一种隔绝时代的藩篱，另一方面也有不少人是要用古文去对抗新学校中一切用外国文的教育；一方面有人苦心孤诣要保全本民族的古代文化免于衰亡，另一方面有更多的人被新式学校的学

费'闭门羹'赶到这儿来求免费教育。"(《印度文化古城贝纳勒斯》（佚））[①]

入浦那图书馆，住东方学研究所，听高善必谈校勘。"我到浦那，在潘达开东方研究所的'潘达开藏书室'中看这历史上第一位印度籍的大学梵文教授的书，好像进了上世纪末到本世纪初的世界'梵学'公园。书全摆在架上，自由取阅。印度现在还有大量抄写本没有印出，因此图书馆重视收藏贝叶写本。五十年前印度学究还习惯于口传经典，用半古半今的语言解说，和我幼年所受'家教'及'私塾'情况类似。那时我觉得仿佛进了古代，看到有字无字的活图书馆。"(《风义兼师友》)"我在浦那 Bhandarkar 东方学研究所住的时候，每天听到隔壁高善必的校勘讨论。"(《伐致呵利〈三百咏〉》)

与戈克雷校梵本《集论》。"在浦那和印度戈克雷教授校写《阿毗达磨集论》。他帮我读梵文，我帮他校勘。贝叶经文照片放在长几中间，我二人盘腿并坐木榻上，他面前是藏文译本，我面前是玄奘的汉译。起先我们轮流读照片上的古字体拼写的梵文。读一句后各据译本参证，由他写定并作校勘记。这书实际是一本哲学词典。不久我们便熟悉了原来文体和用语。我也熟悉了玄奘的。有一次在他念出半句后，我随口照玄奘译文还原读出了下半句，和梵本上一字不差。他自己读了汉译才相信。于是我们改变办法，尽可能用还原勘定法。他照藏译读出梵文，我照汉译读出梵文，再去用梵本三方核定原文。这一来，效率提高，速度增加。……不过三个月，他便将残卷校本和校勘记写出论文寄美国发表了。序中提到我，但没说这种方法。"(《如是我闻——访金克木教授》)

与郭克雷（按即戈克雷）谈论向达寄至刻石。"他（按向达）

---

① 文章发表于1955年，言"十年前"，则至浦那时间应是1945年。以下浦那诸事，或有发生于1946年者，连类系此。

在西北发现了一个经幢刻石，上有梵文刻字，拓了下来，将照片寄给当时在印度国际大学的周达夫（按即周达甫）先生。周将照片寄给浦那的郭克雷教授，因为他既研佛学，又通汉文。郭克雷教授很快就判定是《缘生经》，字体是古婆罗谜体，时代可能在十一、十二世纪。但是另几行汉文却读不成句。当我去浦那和他同校西藏收藏的《大乘阿毗达磨集论》梵本残卷的照片时，我们又研究那张残石照片。梵字和我们校的照片中的字体相去不远，只是字太小，又模糊，但很容易便可发现其中'缘生'字样。……奇怪的是下面的汉字。字体是楷书，容易认，但横竖左右都不成句，也不是佛经常用语，而且首尾残缺。后来我提出一个解释是左行横读，起头是'日在角一'，是记刻经幢的日期和人事的，但作为'角宿一'解仍旧不大通，不合中国记年月日习惯，也不是印度的习惯。"（《由石刻引起的交谊——纪念向达先生》）

12月26日，罗常培致函胡适，举荐金克木。"闻伯希和、马伯乐相继逝世，生之好友林藜光亦病逝巴黎，均为病时营养不足所致。林为国人治梵文之最有成就者。……林死后，其次当思及金克木与吴晓铃，故盼先生得暇复之。"[①]

《风雨天竺序曲》刊《诗文学》1945年第2期。

《创造的统一——试论泰戈尔》刊《中国周报》1945年4月15日，"泰戈尔八五诞辰纪念特辑"。6月，于加尔各答完成《〈吠檀多精髓〉译述》。秋，稿《说"有分识"（Bhavaṅga）——古代印度人对"意识流"心理的探索》。稿《梵语语法〈波你尼经〉概述》。《试论梵语中的"有——存在"》初稿。

第二次世界大战结束。抗日战争胜利。

---

① 耿云志主编，《胡适遗稿及秘藏书信（41）》，黄山书社，1994年12月版，第273页。

倘若遮掩比起沉默更为有利，

不能懂我的话，我觉得很满意。

——迦利布

中编　为师时代

（1946—1981）

1946年　35岁

于道泉建议赴英。"战后他知道了我和一位印度教授合作校勘出梵本《集论》，便介绍我去剑桥大学和一位德国教授合作。我明白其实是他自己又想同我合作什么实验。战前我曾和他的弟弟谈过，认为世上真能懂得他的人也许只有我们两个，但决不能同他合作。战后我和他的小妹妹说到时好像她也同意我的看法。我终于未去欧洲而从印度回国，当然不是由于这个，也不觉得又一次拒绝他的好意而心中有什么不安。"（《奇人不奇——记于道泉教授》（佚））

5月21日，函于道泉。"昨寄一信未发即接来示，知已与H教授面洽妥弟赴英事，毋任感谢。惟弟同时收到家母一函，知家母已随友人全家由贵阳去上海，约7月下旬可到沪，为此，则弟不能在印久候，必先至沪安家以后再赴欧。""藏梵汉字典计划弟极为赞成，不知已写卡片者除 MAHĀ VYUTPATTI 外，尚有何材料？Rahdar 之十地经 Desabhurnika 之 glossary（梵藏汉蒙）巴黎书店书目中尚有之，已引用否？弟亦集有梵汉（哲学）卡片数百张（皆玄奘译），并有印人之藏梵对照附 index 书数种，将来可供先生用。日内弟如获得《辨中边论颂》梵本残卷照片，若可以校刊时，并拟请先生合作，由藏文对勘作 glossary。此书可有梵、藏、玄奘、真谛四本对照，且在哲学上极为重要。弟意先为一本书作 glossary，然后逐一扩充配合；先全用旧译，然后加以修改补充。不知先生以为如何？"[①]

回国奉母。受法舫法师所托，带信给太虚法师。"那是一九四六年，我从印度回到上海。离印时法舫法师交给我一封信，托我面交玉佛寺的太虚法师。……大和尚笑嘻嘻对我说，今天正好有几位

---

① 王尧编著，《平凡而伟大的学者——于道泉》，河北教育出版社，2001年11月版，第446—447页。

居士布施斋饭，希望我'随缘'参加。我明白这是不能拒绝的，好比放'焰口'时向饿鬼施食。我突然回国奉母，毫无联系，说不定会成为饿鬼，也有受斋的资格。于是分享了玉佛寺的一顿素斋。再也料不到太虚和尚结合周游列国的见闻和改革佛教旧习的宏愿，在吃斋时忽然向我提出要我当众讲几句话。突然袭击之下幸而我有防身法宝。我便将西藏保存大量佛典梵本已经证实之事说出，并说若能照欧洲人刊行巴利语佛典之例刊行梵语佛典，将中国所藏数量多而质量高的印度古典公开给世人，合成梵、藏、汉三大藏经，这不仅是对佛教，对印度，而且对世界文化思想的推动也会是一大贡献，因为除中国人和日本人以外，世界上其他国人读汉译及藏译佛典总是比读巴利语和梵语原文更吃力得多，有四种语本对照更好。二次大战后欧美哲学思想若得印度和中国的直接交流，必将有突飞进步。这可以说是'功德无量'。"（《和尚》）

欲至武汉大学任教。"我一到上海，见到郑振铎先生时，他就说推荐我到大学教梵文，但未能实现。曹未风告诉我，吴宓先生在武汉。一联系，不久便得到电报说学校已决定聘我。"[1]（《教师应考》）

10月，与母亲、蔡时济、沈仲章、崔明奇、林津秀、吴晓铃、石素真等游虹口公园。随后与沈仲章、崔明奇、林津秀游苏州大公园（今苏州公园）。[2]

10月27日，至武汉大学。"旋金克木自沪飞至，即同午饭。下午陪金至半山楼住居。又步湖滨，且至系中坐谈，示以《课程

---

[1] 9月19日，致吴宓函。"适接金克木函。示济（按刘永济），决聘为教授。……作函复金克木，邀聘。"《吴宓日记》第10册，生活·读书·新知三联书店，1999年3月版，第135页。

[2] 据沈亚明《试解〈数学难题〉四友（上）——金克木与沈仲章：难忘的影子（三）》，前揭。

表》。夕，同访戴镏龄夫妇。"①

11月26日，访吴宓。"金克木来，力赞宓独编撰《文学与人生》。勿与昌合编《文副》，俾精纯一贯，免贻世讥，且《大公报·文学副刊》盛业难继，而胡适、杨振声、沈从文等之主编《大公报》文史、星期文艺等，亦难与之抗衡。"②

沈从文谈及。"北大于1946年复员后，我经常见到沈从文先生，从文师对金先生是赞不绝口的。"③

入武汉大学哲学系。"到校后，吴（按宓）先生说，他原是要我到外文系教梵文。文学院长刘永济先生把我安排在哲学系教印度哲学，因为那是必修课，又是缺门。梵文作为选修课，再加上一门印度文学（第二年改为佛教经论研究），就达到教授能至少开三门课的要求了。刘先生和我曾经同时在湖南大学，我知道他，想不到他可能知道我。可是吴先生认为，我教语言文学他有信心，到哲学系去，他不放心。我说，到哲学系对我更合适。因为我觉得，除汤用彤先生等几个人以外，不知道还有谁能应用直接资料讲佛教以外的印度哲学，而且能联系比较中国和欧洲的哲学，何况我刚在印度度过几年，多少了解一点本土及世界研究印度哲学的情况，又花过工夫翻阅汉译佛典，所以自以为有把握，其实不见得，不过是少年气盛不知天高地厚罢了。"（《教师应考》）

讲课风采。"金克木先生是1946年武大迁返珞珈后才来武大的。作为新来的年轻教授，又特为哲学系四年级开出几门新课：'梵文''印度哲学史''印度文学史'，很快就把同学们吸引住了。而金先生特有的渊博、睿智和风趣，以及他曾是'五四'诗人和长

① 《吴宓日记》第10册，前揭，第157页。

② 《吴宓日记》第10册，前揭，第173页。文中的"昌"，乃程千帆。程千帆原名逢会，改名会昌。

③ 吴小如，《心影萍踪》，上海教育出版社，1998年11月版，第40页。

期游学印度等的不平凡经历，特别是他同情学运的政治倾向与时代敏感，更使他与同学们之间毫无隔阂。不仅课堂上讲课，他的思想活泼新颖，如原以为很枯燥的'梵文'课，也讲得妙趣横生；而且在课堂外的无拘束交谈，更是中外古今，谈到中、西、印文化精神各个方面的异同比较，谈及他在印度游学时的特殊见闻（如甘地、泰戈尔的光辉业绩和感人故事；又如森林中一些修行、讲道的老婆罗门的茅棚里，不仅有大量经书，还有康德、黑格尔的著作和马克思的著作等），谈及前苏联科学院院士 Th.Stecherbatsky 的学术成就及所主编的《佛教文库》的重大贡献等，诸如此类，对我来说，都是闻所未闻，激发起广阔的研究兴趣。"[①]

与周煦良、唐长孺、程千帆、沈祖棻为友。"这是新结识不久的四位教授，分属四系，彼此年龄不过相差一两岁，依长幼次序便是：外文系的周煦良，历史系的唐长孺，哲学系的金克木，中文系的程千帆。……程的夫人是以填词出名的诗人沈祖棻，也写过新诗和小说。她是中文系教授，不出来散步，但常参加四人闲谈。……他们谈的不着边际，纵横跳跃，忽而旧学，忽而新诗，又是古文，又是外文，《圣经》连上《红楼梦》，屈原和甘地做伴侣，有时庄严郑重，有时嬉笑诙谐。偶然一个人即景生情随口吟出一句七字诗，便一人一句联下去，不过片刻竟出来一首七绝打油诗，全都呵呵大笑。……珞珈山下在一起散步的四人教的是古典，而对于今俗都很注意，谈的并非全是雅事。……雅俗合参，古今并重，中外通行，是珞珈四友的共同点。其实这是中国读书人的传统习惯。直到那时，在许多大学的教师和学生中这并不是希罕事，不足为奇。大学本来是'所学者大'，没有'小家子气'和'行会习气'的意思吧？"（《珞珈山下四人行》）

苏雪林赠《蝙蝠集》。"一九四六年我到武汉大学教书时，女作

---

① 萧萐父，《吹沙二集》，巴蜀书社，1999 年 1 月版，第 385 页。

家苏雪林教授笑眯眯地拿出一本书给我，说：'大概你自己也没有了吧？'这就是那本《蝙蝠集》，上面还有她的签名。"（《一九三六年春，杭州，新诗》）

于道泉寄萨特书至。"记得在四十年代中，第二次大战结束后不久，友人于道泉先生从巴黎寄给我一本法文小书《存在主义》。大概是萨特的《存在主义和人道主义》。我当时正在教印度哲学史，所以匆匆一看之下，觉得有些好像是佛教哲学中讲过的。那时我看罗素教授讲的哲学也觉得同法称菩萨讲的有相通之处。这就是我在自己的新涂抹的画底上加颜色的缘故。这是无法避免的，也是不必避免的。"[1]（《〈存在与虚无〉·〈逻辑哲学论〉·〈心经〉》）

《医生》《云》刊《大公报（上海）》1946年10月1日"文艺"。《记事珠》刊《大公报（上海）》1946年10月15日"文艺"[2]。《留给我的孩子》刊《大公报（上海）》1946年11月25日"文艺"。

《印度师觉月博士来华讲学》刊《武汉日报·文学副刊》1946年12月9日。《揭发与掩埋》刊天津《益世报》1946年11月19日"益世副刊"，署名止默。

1947年　36岁

校程千帆译陈寅恪《韩愈与唐代小说》。"译成，承友人金克木先生校正，谨此致谢。"[3]

5月31日，据高善必1945年校印本译毕《三百咏》中的六十九首，后刊于《文学杂志》第二卷第六期。"《伐致呵利三百咏》（Bhartṛhariviracitaśatakatrayam）即《世态百咏》（Nītiśataka，

---

① 萨特《存在主义是一种人道主义》发表于1946年，暂此。

② 较收入书中版本，多一小序："有所遗忘，扪珠则忆之。"

③ 《程千帆全集》第七卷，河北教育出版社，2001年5月版，第36页。

直译《正道百咏》），《艳情百咏》（Śṛngāraśataka），《离欲百咏》（Vairāgyaśataka），是印度最流行的梵文诗集，几乎和我们的《唐诗三百首》一样成为普遍传诵的学诗入门。就体裁而言，它既非史诗的朴素的俗调，也不是其他诗人的雕琢的雅曲，而是比较少堆砌做作容易为一般人所欣赏的自然的诗，在这方面是同类却较它更深刻而且高超的，在古印度文学中恐怕只有迦梨陀沙（Kālidāsa）留下的几本诗和剧。所以，除了诗文夹杂的故事书如《五卷书》（Pañcatantra）外，《三百咏》和迦梨陀沙的《罗怙世系》（Paghuvaṃśa）、《鸠摩罗出世》（Kumārasambhava）在印度成为千余年来读梵文的范本，并不是偶然的或出于'钦定'的结果。《三百咏》是短章的总集，因此更容易记诵。同时，诗的内容并非完全是主观的抒情而大半是客观的说出一个道理或说明一种情形，又正是印度人所酷好，而且是充满教训短章的梵文学的特色。于是由这流行的《三百咏》的内容中我们更可以窥见为诗的背景而更受诗的影响的印度人的生活与思想。"（《伐致呵利〈三百咏〉》）

遭遇"六一"惨案。"学生宿舍突然深夜被军队包围，开枪打死三个学生，捕去五位教授：工学院机械系的刘颖，外文系的缪朗山、朱君允（女），历史系的梁园东，哲学系的金克木。"（《珞珈山下四人行》）"这五人中没有一个是共产党员。估计逮捕原因是我们应了学生邀请在反饥饿反内战的'和平大会'上发表了演说。另一同时演说的陈家芷教授，因为警觉，在军警临门时跳后窗逃避，没有被捕。这次惨案遭到全校以至全国人激烈反抗。当局不得不把逮捕的人都释放。"[1]（《由石刻引起的交谊——纪念向达先生》）

写信与向达谈"式"。"一九四七年向先生发表一文，提到出土的'式'。我便写了一封信给他，说明'式'是古代占卜用具，分为天盘、地盘，以天盘在地盘之上旋转，加上日、时、干支，求

---

① 此事《大公报（上海）》6月3日有报道，"武汉六一惨案　宪警逮捕武大师生"。

得'四课''三传'，旧称为'大六壬'。古时有实物，但很早便以手指关节代替地盘而将天盘在心中默想，'三传''四课'等等全在心中。这便是所谓'袖占一课'。这种'掐指一算'的占卜法和由《周易》以来用蓍草（最后改为铜钱）排八卦的占卜法是中国的两大系统，和原始的甲骨占卜系统不同。这三大系统都和中国、印度以及世界其他处的'星命'是两个不同门类。中国以星占卦的是'奇门遁甲'，但又不仅占命。至于所谓'先天太乙神数'则徒有其名，还不如'奇门遁甲'有书为证。……向先生将信摘出在上海《大公报》的《文史》周刊上发表，加上标题《说式》，并作了按语，说明原委，痛斥国民党反动派倒行逆施，对待学者和青年学生横加迫害凌辱。这一次我们两人不仅是学术交往也是道义上的朋友了。"[1]（《由石刻引起的交谊——纪念向达先生》）

与学生交流。"金先生多次公开表态支持当时的学运，'六一'惨案中又是被捕五教授之一，与同学们的感情更接近一层。我在8月秘密离校时，曾去金先生家告辞，他送我三本甘地著的书，依依握别；我回到成都后主编《西方日报·稷下副刊》，曾发表过《甘地论刀剑主义》等文，与金先生通过信，还得到他寄赐一篇关于梵文学的文章，发表于《稷下》。"[2]

冬，吴同宾持沈从文信至。"有朋友吴同宾来汉，特介绍他来看看您。他本在清华读书，能写极好文章，两昆仲和我都极熟。还盼您当他个小弟弟看待。北方事从他口中可知道一些。您工作不知还顺手没有？雨生、雪林、登恪、壮猷、袁、扬诸先生均望便中道

---

① 提到的文章及向达按语，均见1947年8月13日《大公报·文史周刊》，文章题目为《论"式"的运用》。按语中有谓："金先生于六月一日被捕'坐关'三日，大约是三日或四日出狱，五日便写了下面的一封信。这正足以见出金先生之胸襟坦荡。"

② 萧萐父，《吹沙二集》，前揭，第385—386页。金寄《稷下》文刊于1948年，见下。

意。北平已成一死城，大家守在这个孤立据点上，情形比武汉似不同些。"[1]

《印度文学史略引言》刊《大公报·文史周刊》1947 年 3 月 26 日。指出印度文学史研究困难的原因，设想一种可行的察考方式，简述不同时代和文类作品的基本情形。"童子从师，为师所养，晚年修适，复为人师。这样循环不息，如薪火传，文献师徒共享，著作无私有权，至今日印度，经千余年的衰颓时期之后仍然未绝。由于种姓的排他性和固定的循环人生理想，印度文献的流传便只重口授，'尽从闻中入'；后来典籍繁多时也只以写本相传，并无刊刻流通。通俗的史诗与流行的教义也只以歌曲传播。虽有帝王的铭刻是例外，却并无大量典籍的刊刻如我们的石经，更无如向歆父子天禄阁校定异文之事，而伏生口述二十八篇却是正常的情形。……在这许多困难之下而讲印度文学史，我们只有换一个看法。把年代表文苑传的想法去掉，把著作权的现代观念忘掉，只把已有的文献看做一个区域内的人民的几千年间精神活动与社会活动的产物。把作品的性质认为多时多人的集体出品。有的作品显然非一人一时之作，这样看固然不错，即显然是个人作品的，其中也包括着许多执笔前已生长的成分，而那位执笔写定我们现在考订本之根据者，也不见得就是创作这作品于一定形态的本人。'知人论世'在印度文学史中无法占主要的地位。一个生长的活文学的遗迹——作品——才是我们的依据。一类文学的生长僵化与接枝，才是讨论与叙述的主题。看森林中的树木，不看天才的奇花异卉，是我们的态度。读印度哲学史要在历史的背景上研读本文，不能徒讲宗派。读印度文学史也要在一类的发展上观其作品，不能分别作者。"

《龙树回诤论新译引言》（上中下）刊《大公报·文史周刊》

---

[1] 《沈从文全集》第 18 卷，北岳文艺出版社，2002 年 12 月版，第 481 页。

1947 年 6 月 4 日、6 月 18 日、7 月 2 日。拟译龙树回诤论之引言，结合国际研究进展，说明翻译原则，指出龙树的关注重心，提示佛教理论家的特点。"确定依循几个原则：第一是尽量白话，并揣摩原文语气。因为既然不以文字琢磨见功，便应该以说话明白为第一，试试如何。……其次，尽量直译，尽量不变原文语法，但全不改动是不可能的。在构造上如是差异的梵汉之间，势不能不有增字解经之处。……第三，本论中术语虽少，但佛教术语与逻辑用语仍有。原则上，把普通语尽量换成现代语，以试验可否成功。专门语，汉译已成原语的中文替代字且又通行，而且实在不能有现代现成语需要铸造新词的，便袭用旧译而在字旁加点，表示是旧译。……这几条翻译的原则出发于一个共同点，便是使读译文的人如读原文。这又有两方面：一则读译文容易懂又可看出原文如何；二则读原文时译文可以帮助。""龙树以及他的继承人圣天只是用文字言说否定一切，充分利用'辩证法'指出一切的矛盾，一切的不能永恒，不能独自存在，而自己却并不要建立什么，甚至破完了，自己也完了，所以究竟还是无所破。这样，岂不是道地的虚无主义？到底这破尽一切的空能不能本身反映一个不空的绝对？在一切的假名之下还有没有绝对的本体存在？龙树圣天对此默然，也只能默然，只是说对空也不能执着，'空亦复空'，而且下一警告说：'不能正观空，钝根则自害，如不善咒术，不善捉毒蛇。'……不过佛教理论家决不以说明为满足，最重要的还在行动。他们的'存在'也并非抽象的概念中的'存在'而是具体现实基于'现量'的。这也正是整个印度思想的特点：向世间现见方面（Becoming）分析，由'世间现量'到'出世现量'，却不向纯粹理智方面（Being）发展。龙树空谈理论，便有密宗去以做法事补充。瑜伽一派，顾名思义便是以瑜伽修行为本。知道本体不算真知，还得达到亲证，化而为一，这便是涅槃。没有行动的理论，不但不是佛教，简直也不是宗教了。"

《吠檀多精髓（Vedāntasāra）》（上、下）刊《学原》第一卷第七、八期。介绍吠檀多产生的背景及《吠檀多精髓》的体系和内涵，点明印度学者的口传传统，指出印度思想重修行的特点以及与西方和中国的差异。"这样声势浩大的吠檀多的理论几乎是主要建筑在一个人的学说上。他便是商羯罗大师（Śaṅkarācārya）。他是朱熹一样的集大成的人物。像朱熹一样，生在佛教大盛之后（八九世纪，我们的晚唐），吸收了佛教理论而将佛教完全拆了台。""吠檀多即 Vedānta 一字来自 Veda+anta 即吠陀之末尾（或解为吠陀之终极）。……吠檀多派认为吠陀的真义即在由悟道以得解脱，并非祭祀的繁文缛节；因此，讨论如何由思想及精神亲证（realisation）以得解脱的奥义书便成了主要的经典。这些经典在吠陀的末尾，因此这一派理论称为'吠檀多'（吠陀卷末）。若不依这具体解释，则说成'吠陀之终极'，说这一派理论才是吠陀圣典的终极目的。""古代印度（甚至今日仍一脉不断）学者都是口耳相传，写书是后来的事，印书更是近代才自欧人开始。因此，我们说写书，读书；印度人说讲书，听书；因此经典称为'所闻'，而读书研究叫做'传闻'，他们是以耳朵和声音为入道之门的。""西方哲学称为求知（philosophia），东方思想重在亲证（sākṣātkāra, realization）。中国思想重在躬行实践，大而治国，小而立身，不重庞大严密的理论系统。印度思想虽然在后来的发展中，尤其是佛教的'阿毗达磨'及正统的正理等，也愈趋愈向庞大严密的系统化，但早期经籍所纪录的思想仍是素朴的修行指教，零星的暗示警语。""修行亲证……可以分做三项来说：一是修行以解脱为最上目标，二是解脱是超出生死轮回，三是轮回源于业报。……离开了修行本位，来探索印度思想，专选择其有力量，有独到之处，甚至在现代思想标准下也站得住的部分，自然是很有利益的办法，而且也许是最好的一条路；不过要认识印度思想而这样做却难免多少回避了一点真相。"①

译《高卢日尔曼风俗记》刊《文学杂志》第十一期。"恺撒用第三人称客观叙述自己亲身经历并指挥的战事。那种干净到不染纤尘的文笔，冷静到丝毫不带感情的语气，体现了大将和统帅的风度，也还不是这书的现代意义。书中显示的战略决策，战术分析，使用反间计瓦解敌人等固然值得重视，但尤其有意思的是这位大帅的重视全面搜集信息。七篇书中第六篇有不少节是描述高卢人和日耳曼人的社会风俗。充分了解对方的人情才能战而胜之并统而治之。若只管打仗胜利，不通人情，纵使消灭了战场上的敌军也不能安安稳稳统治下去。这大概就是恺撒和亚历山大以及成吉思汗不同的地方。这也正是当代战略政略的新发展。这一部分我曾逐句直译出来题为《高卢日耳曼风俗记》，在《文学杂志》上发表。"（《武人的文才史学》）

《霜天晓角》刊《文讯》新 7 第 5 期。《心病》刊《诗创造》1947 年第 5 期。《少年行丙》并《"少年行"后记》刊《诗音丛刊》1947 年第 1 期。《小夜曲》刊《侨声报》1946 年 12 月 2 日"星河"（后刊《诗创造》1947 年第 1 期）。《古庙》刊《大公报（上海）》1947 年 4 月 29 日。

《论通俗小说何以流行》刊《湖北论坛》第三卷第三期，一九四七年三月，署名止默。《创造的统一——试论泰戈尔》再刊《观察》第 3 卷第 8 期，1947 年 10 月 18 日。《留学问题·第一流大学问题》刊《观察》第 3 卷第 12 期，1947 年 11 月 11 日。《论"式"的运用》刊《大公报·文史周刊》1947 年 8 月 13 日。《周末信箱：批评"周末观察"兼论目下办刊物之难》刊《周末观察》1947 年第 2 卷第 3 期，署名止默。共同署名之《我们对学潮的意见》刊《观察》第 2 卷第 15 期，1947 年 6 月 7 日。

---

① 收入《印度文化论集》时，易名为《〈吠檀多精髓〉译述》。

1948 年　37 岁

2 月 5 日、2 月 26 日，与吴宓交谈。"与金克木谈宓北上行止。克木劝稍缓再定，盖宓此去'精神上负担甚大'云云。此言实获我心。""金克木认为仍当前往。盖（1）清华终须往践约。（2）F.T.（按陈福田）等，对宓已深知互喻。宓与 F.T. 各霸一方，毋相侵越。宓今如姑太太回娘家小住，不与嫂娣谈家务。故此时回清华于时最宜。（3）不往，无理由可对清华说出。……故宓必须去清华，若事急，尽可早日南归也。"[①]

新诗多人合集英译出版预告，选诗七首。所收作者另有戴望舒、胡风、卞之琳、冯至、艾青、田间、陈敬容、杜运燮、穆旦、王辛笛、丁耶、绿原、郑敏等。"一百五十多首新诗，已由中央大学外文系助教方应旸君花了两个月时间，于三月底全部译成英文，将由该校艾礼教授（Ahmed Ali, *Twilight in Delhi* 一书作者，巴基斯坦人，最近已离华。）润饰并作序，然后在英国印行。"[②]

至北平，因邓广铭，见胡适、陈寅恪。"那是一九四八年四五月间，我从武汉到北平（因为内战激烈铁路不通，只有搭飞机）。见到老朋友邓广铭时，他非常高兴，引我在北大校长室里见到胡适校长，听他异常兴奋地对我谈他对中国佛教史的见解达半小时以上，因为另有约会才中断。邓先生还说，他将借用胡校长的汽车去清华大学接陈寅恪先生进城到中山公园看牡丹花，请季羡林先生作陪，也邀我参加以便认识他们两位。""那一天赶上了天气晴朗，风和日丽，陈先生并不是一点看不见，至少是能分辨光影形象。在中山公园的茶座中，我们四个人围坐一个桌子饮茶。陈先生兴致很好，谈了不少话。现在我只记得一条。他说的大意是人取名号也有

① 《吴宓日记》第 10 册，前揭，第 328、344—345 页。

② 《大公报（上海）》1948 年 4 月 29 日，"英译中国新诗将在英国出版"。

时代风气。光（绪）宣（统）时期，一阵子取号都是什么'斋'，一阵子又换了什么'庵'。"（《陈寅恪遗札后记》）

拜访朱自清。"我写了一篇《为载道辩》，对周作人的《中国新文学的源流》提意见。据邓说此文受到朱自清先生注意，后来果然在朱的一篇文的注中提到。为此我在一九四八年五月到北京时曾去清华大学见过一次刚出门要去医院的朱先生。"[①]（《关于"伍记"》）

结识徐盈。"直到一九四八年，我在北平先认识了徐盈，那是由于我的老朋友郑伯彬，也就是杨刚的被日本飞机炸死的丈夫的弟弟。我们在一起谈的是战时和战后的华北经济。"（《悼子冈》）

5月22日，与唐季雍结婚，胡适证婚。"语文学者、诗人金克木与唐季雍廿二日在平北大孑民堂结婚。胡适证婚，他说：'北大有一特别制度，就是允许青年偷听。金先生当时不仅听一门，而且听很多门。他已成为中国今天很好的语文学者了。北大的负责人在这一点上很安慰。目前时局不好，青年吃住困难，住在校外专门来校偷听的，也就慢慢地少起来了。'胡校长希望北大维持这个偷听制度，使优秀的年青人自修，进而成为学者。胡并留金在北大任教。"[②]

拜访陈寅恪。"婚后过了几天，我便和季雍同去清华，首先拜访陈寅恪先生并见到陈夫人唐晓莹（筼）。两人都一点也没有老

---

① 朱自清提到《为载道辩》的是《诗言志辨》，开明书店，1947年8月版，第48页。

② 《大公报》上海版，1948年5月25日"胡适赞扬偷听制度"。程千帆云："隔了两三年，胡适希望金克木到北大去，当时北大有季羡林，还有一些懂梵文、印度文、乌尔都文的先生，金克木在武汉大学如果讲中国哲学还有朋友，如果讲印度哲学，就他一人，所以他也很想去北大。当时唐长孺有个妹妹叫唐季雍，在北大哲学系读书，金克木要调到北大去的时候，唐长孺就对他说：我有个妹妹，还没有结婚，如果你们见了面，觉得很好，也可以谈。后来金克木到了北大，一谈就觉得很好，就要胡适给他们证婚，他们就结婚了。"《程千帆全集》第十五卷，河北教育出版社，2001年5月版，第28页。

态。我将唐长孺交我转呈的论文《白衣天子试释》奉上，说了武汉大学的一些人的近况。其中自然有陈先生的弟弟陈登恪教授（他用陈春随笔名作小说《留西外史》嘲讽留欧学生）和他的好友吴雨僧（宓）及刘弘度（永济）等教授。……他对我轻轻问，是不是念了Saddharmapundarika。他说这《妙法莲华经》的梵文名字慢而发音很准确。我回答，没有，但读过 Mahābharata（大史诗）。本想接下去讲，《法华经》用的是通行语，不是规范梵文，印度学者不会教，而且佛教在印度灭亡已久，少数学者知道的佛教是巴利语的佛教，也不懂《法华经》。不过我想对陈先生说这些话岂非'江边卖水'，就没有说出口。"（《陈寅恪遗札后记》）

回武汉。7月3日、7月18日两见吴宓。"金克木赠北京桃脯一小包（宓以转赠薇三子黄岷江 Gerald），并约往茶叙，进果点。述在平结婚始末及所遇友生情形，且出示照片多枚。知金克木亦决往北大不可留矣！克木述沙鸥乱中置房产，积金条，将往美国作寓公矣。""金克木明日奉母北上，就北京大学教职，今晚来辞别。宓请商出处。金克木劝宓，若武大命宓代济行文学院长事，可声允代至开学为止，决不实授。若济病后自欲退休，或被逼卸除文学院长职，则宓可径引去。或赴成都，或归清华，应视时局为定。若夫西北、中山等大学之文学院长，尤不可往就。云云。宓决从之。"①

入北京大学，任教东方语言文学系，与向达住同一宿舍。"一九四八年我到北京大学来，和向先生住同一宿舍，因此有机会常见面，更了解一些他的为人。向先生为人耿直，说话不多而中肯要。我曾在湘西住过约一年，对那里的风土人情略有所知。我觉得向先生和沈从文先生都带有浓厚的乡土气息和他们自己的民族性。他们使我对中华民族构成的特性的理解开了一个窍。我以为若仅仅以所

---

① 《吴宓日记》第10册，前揭，第389、393页。

谓'炎黄子孙'的黄河流域中段上古时期的汉族来认识是远远不够的。春秋战国时就已开始了民族的扩大和形成，即使'中原'也不是例外。若不改变古老的'蛮、夷'或'夷、狄'的陈旧观念，恐怕很难真正了解我们自己的国情、人情。"（《由石刻引起的交谊——纪念向达先生》）

拜访俞平伯。"我一九四八年从武汉大学转到北京大学来以后，曾去老君堂俞先生住处拜谒，得到先生手书自印的《遥夜闺思引》。这是先生作的长篇五言诗并序。大约是作于沦陷期间吧？诗继承中国诗歌传统，以儿女语言寄托爱国心情，诗字两美。……对平伯先生也是先读他的新诗，后来又读他的散文。《燕知草》《杂拌儿》都给我久不能忘的印象。再后才读到《读词偶得》，好像忽然窥见读诗新法，亦即旧法。……认识俞先生之后只能说对他的为人有个印象，深感读其书必须知其人。"①（《俞楼春仍在——敬悼俞平伯先生》）

函告田德望有关吴宓事。"田德望来，述金克木函述，闻清华人言，以宓今春失信未归，今后不能任宓再返清华矣"。②

郑振铎撰《文艺复兴》"中国文学研究号"《题辞》，言及。"关于梵文学和中国文学的血脉相同之处，新近的研究呈现了空前的辉煌。北京大学成立了东方语文学系，季羡林先生和金克木先生几位都是对梵文学有深刻的研究的。"③

联名发表停教宣言。"改革币制以后，物价和我们薪给被冻结了，物价虽然被冻结，我们绝不能照限价购得我们的食用所需，因此我们每月收入不过维持几天的生活。当然，我们宁可饿死而不离开工作岗位，但是我们和我们的眷属在为饥寒所迫的时候，难于安

① 读俞平伯书未知确切时间，暂此。
② 《吴宓日记》第10册，前揭，第405页。
③ 《文艺复兴》"中国文学研究号"，1948年9月10日。

心工作。政府对于我们的生活如此忽视，我们不能不决定自即日（十月二十五日）起忍痛停教三日，进行借贷，来维持家人目前的生活，特此宣言。"[1]

与魏建功、周祖谟、吴晓铃、张建木讨论字典（《新华字典》雏形）编纂体例。"那是人民解放军已经包围北平（北京），我们在魏家的大厅屋中草拟新字典的构想。老式房屋内光线不强，我们在朦胧中高谈阔论，涉及英文中的约翰逊博士字典、牛津字典、韦伯斯特字典以及黎锦熙主持多年未能成书的《中国大辞典》等等。城外传来的炮声仿佛给我们打击节拍。我们当时想不到所拟字典的前途，但有一个信念：中国的未来系于儿童和文盲，危险在于无知。语言文字是普及教育的工具。字典是语言文字的工具。我们不会别的，只能咬文嚼字。谈论字典等于谈论中国的前途。炮声使我们的信心增长。"（《关于"伍记"》）

《印度文法理论的基本问题》（上中下），刊《申报·文史》，1948年5月15日、5月22日。介绍梵语语法理论的基本经典，说明印度经书的特点，指出梵语中名词出于述词的语法原则，由此考察这一理论中隐含的印度思想根苗，并及东西方思想的互相影响。"古印度人口头传授经典，不写下来，不重文字，只重视声音符号的语言，以为语言存在于口头声音。他们从语音表现的词搜查语根，分析语法，建立结构体系。这里出现了一个哲学思想问题。名词（概念）在先还是动词（行动）或称'述词'（述说行为的词）在先，即，是不是名出于动？有两派争论，以主张'名出于动（述）'的胜利而结束。全部语词归于不到两千语根，全是动词，即'述词'。""基督教在拜占庭罗马帝国时期改变了原来希腊（地中海）的文化思想。东方影响了西方。伊斯兰教入印度，影响了印

---

[1] 《大公报》天津版，1948年10月25日，"北大八二教授宣述困苦　今天起停教三天"。

度人本来的哲学思想。佛教入中国也影响了中国人的传统思想。两者都是从西到东的影响。这三大系的文化思想都有前后两大时期的差异。如不把前后时期分开对照以见其有同（传统）有异（变化），研究思想史就难以深入思想内涵而停留于排列组合。"（《〈梵佛探〉自序》）"依印度文籍流传习惯，一种学说累积到成了定型之后，便有一书将以前的层次全抹去，代替所有前身而自为一'经'。在这种情形下，《八章书》即《波你尼经》便成了这一类书中独存的一部，无法再溯其源。"①

《古诗"玉衡指孟冬"试解》，刊《国文月刊》1948 年第 63 期。依据古典天文知识，结合原诗及拟诗，推定《十九首》中"玉衡指孟冬"并非指季节，而是言一日的时刻。"在这种观察计算季节和时刻的方法为读书人常识的时代，由固定时间的斗的方位可以知道季节月份，反之，若知道了季节月份，则从斗的方位又可以知道时间的早晚。……'玉衡指孟冬'正是用的这种指时刻的说法。诗已经一再明白说是秋天，又说半夜该指秋（申酉，西）的星已指到冬（亥，北）了，这不是说已过了夜半的两三时辰之后么？……我的结论是：由全诗已说秋天，可知'玉衡指孟冬'是说一日的时刻而不是说一年的节令。就时刻说，孟秋或仲秋的下弦月时（阴历二十二、三日，或后一二日），夜半与天明之间，玉衡正指孟冬（亥，西北），同时月皎星明。""这个说法即景解文，一点用不着改字曲说，也不背《淮南子》《史记》所记的定时节习惯，又合乎天文的理论与实际。比较前人与时贤之说似乎较少牵强。"

《流星》刊《新诗潮》1948 年第 1 期。《秋歌》刊《文讯》新 9 第 3 期。《旅居印度作》刊《中国新诗》1948 年第 3 期。

---

① 此文后收入《印度文化论集》，改题《梵语语法理论的根本问题》。书中标"原载申报《文史》周刊，一九四七年"，查《申报》，知发表于 1948 年，5 月 15 日、5 月 22 日。

《西方人之梵文研究》，刊《西方日报》1948年5月4日"稷下"。《秘书：地狱变相之一》，刊《星岛日报·文艺》第40期，1948年8月30日。

译《太戈尔诗一首》刊《诗创造》1948年第2卷第1期。译史车巴茨基《佛法论引言》刊《世间解》1948年第7期。

1949年　38岁

《默祷》刊天津《益世报》1949年1月17日。首节："从没有平原的土地／到没有山地的平原，／像滑雪一样的没有弯曲，／却有时陡然来个转折。／滑下去吧！／像奔驰到海的河流。滑下去吧！"

4月9日，北平文化界发表宣言，声讨南京反动政府盗运文物，参与。[1]

8月5日，参加北平世界语者在北京饭店举行的世界语座谈会，被推为全国世界语团体筹备会的发起人。[2]

9月5日，北大教职员联名发表宣言，痛斥美帝白皮书，签名。[3]

9月27日，联名发表贺信，拥护人民政协三大文件和一切决议。[4]

9月29日，支持《义勇军进行曲》作为国歌。"文学院曾参加过'一·二九'的两位先生，金克木和汪篯兴奋的说：'义勇军进行曲在中国唱了十多年了，老头小孩都会唱，从'一·二九'一直唱到解放战争胜利，和法国的马赛歌那样，我们只要一听或一唱这歌声，斗争热情就鼓舞起来了。他可代表这一伟大革命时期的民族

---

[1] 《人民日报》，1949年4月11日。
[2] 《光明日报》，1949年8月6日。
[3] 《人民日报》，1949年9月5日。
[4] 《人民日报》，1949年10月4日。

精神，把它作为国歌最有意义了'。"①

　　9月30日，参加首都世界语者座谈会。"会上大家首先谈到如何运用世界语报导中国新民主主义的革命和建设，以及如何与苏联、东欧新民主主义国家，和北朝鲜等国的世界语者建立紧密的连系，为世界持久和平与人民民主共同奋斗。并就世界语组织问题交换意见。"②

　　自此年始，专读一种书。"我连续几年专读一种书只有两次。一次是在一九四九年到一九五一年，专读马、恩、列、斯和毛主席的著作，得了不少益处。另一次是在四十年代前半，在印度读印度书，包括汉译佛典。"③（《如是我闻——访金克木教授》）

　　为学生讲辩证唯物主义与历史唯物主义。"根据华北高教会的上述规定，北大校务委员会第十五次常委会议制定了学校政治课教学方案。该方案说，本学年全校课程应以政治课程为重点，各科系学生及研究生均要必修。同时，指定本校34位教授、讲师助教担任政治课教员。名单如下：教授：许德珩、张志让、王铁崖、楼邦彦、樊弘、郑昕、胡士华、夏康农、罗常培、钱学熙、金克木、冯至、唐兰、芮沐。"④

①　《光明日报》，1949年9月29日。

②　《光明日报》，1949年10月4日。

③　参看《奥卡姆剃刀》："《资本论》，笛卡儿四条全合，且和牛顿、伽利略相同。一、排除不可靠的说法。二、将资本分析到最简单的单位，商品，再解剖其中的价值和劳动。三、从此开始一步步引向最复杂的资本主义社会结构及其运转。四、任何一点也不漏过。"

④　赵宝煦，《师生互助　教学相长——北京大学初设政治课的回忆》，《北京教育（德育）》2009年第10期。据此文，辩证唯物主义与历史唯物主义课在1949年即开设，系此。"（按季羡林言）'金克木很聪明……'他举了两个例子，一是金先生只有小学学历，却能当上北大教授；二是金先生是教梵文、印地文的，却能在北大礼堂给全校师生大讲辩证唯物主义和历史唯物主义。"卞毓方，《天意从来高难问——晚年季羡林》，中国文联出版社，2009年8月版，第42页。

加入九三学社。"金公是解放初期参加九三学社的老社员。那时许德珩先生和金公都在北京大学执教并讲授政治课。许老对金公的学识与才华十分钦佩，亲自发展他加入了九三学社。"①

与向达谈陈寅恪《经史》诗。"我看到这首诗大约是在作者写出后不很久，正是北京各大学的政治学习开始后的热闹时期，也就是朱文所引叶圣陶一九四九年三月十四日的日记所说情况以后，在广州解放后的几个月里，正合陈诗中'竞作鲁论开卷语'，人人处处谈学习。……看后我们两人都没有说话。过些时还是我先开口。谈些什么，全忘了。如必须交代，大概是：我说，'陈先生还是陈先生。'我还说，'诗最好不要传观。'陈在瑞士听过列宁演讲，可能是这次向告诉我的。我说：'他可能是见过列宁的唯一中国人了。'我们认为，陈在反对国民党迫害学生的声明上签过名（登在上海出版的《观察》杂志上），不去台湾，不会去香港，不过也不会回北京，恐怕是'一生长做岭南人'了。最后这句话一定是我说的，不是向先生的口气。过不多久我就把诗的前两句忘了。再过些时只记得末句'说瓜千古笑秦儒'了。不料这一句缠住了我，每过几年，大约七八年吧，就会忽然冒出来，不由自主地想，又该'说瓜'了。"（《记"说瓜"》）②

《对改革高等教育制度的管见》刊《进步日报》1949 年 3 月 27 日。《试论印度革命》刊《进步日报》1949 年 6 月 12 日。《关于印度语文的研究》刊《进步日报》1949 年 8 月 24 日。

中华人民共和国成立。

---

① 牟小东，《智者金克木先生》，载《佛教文化》2000 年 Z2 期。许德珩与金克木同时授课，从上条，系此。

② "说瓜"典出卫宏《诏定古文尚书序》："秦既焚书，恐天下不从所改更法，而诸生到者拜为郎，前后七百人。乃密种瓜于骊山陵谷中温处，瓜实成，诏博士诸生说之。人言不同，乃令就视，为伏机。诸生贤儒皆至焉，方相难不决，因发机，从上填之以土，皆压，终乃无声。"

1950 年　39 岁

1 月 8 日，参加第三次世界语座谈会，被推选参与筹备工作。①

3 月 5 日，参加戴望舒追悼会。②

3 月 26 日，参加首都世界语者集会，"欢迎最近自欧洲返国的世界语者叶君健（马耳）同志"。③

5 月 21 日，参加首都世界语者集会，"会上大家就中国世界语协会的组织问题普遍的交换了意见"。④

11 月 1 日，联合上书，抗议美帝侵略台湾、朝鲜。⑤

11 月 5 日，参加首届初级世界语讲习班开学典礼，讲话。⑥

11 月 7 日，联合发表"北京诗歌工作者抗美援朝宣言"。⑦

任"中国人民保卫世界和平反对美国侵略北京大学支会"学习部长。⑧

11 月 6 日始，参加北大师生员工展开抗美援朝保家卫国宣传工作。"剧艺组在杨晦、金克木先生的指导下，已印出了'不屈服的汉城'，'群魔乱舞'，'唇亡齿寒'等十余剧本，并协助各系级演出了各种快板、活报和歌剧等。"⑨

11 月 23 日，北京大学发起拒听"美国之音"公约，签名。⑩

---

① 《光明日报》，1950 年 1 月 9 日。

② 见戴望舒母亲给女儿戴瑛的信。自王文彬，《雨巷中走出的诗人——戴望舒传论》，商务印书馆，2006 年 6 月版，第 347 页。

③ 《光明日报》，1950 年 3 月 27 日。

④ 《光明日报》，1950 年 5 月 22 日。

⑤ 《光明日报》，1950 年 11 月 4 日。

⑥ 《光明日报》，1950 年 11 月 5 日。

⑦ 《人民日报》，1950 年 11 月 7 日。

⑧ 《人民日报》，1950 年 11 月 18 日。

⑨ 《光明日报》，1950 年 11 月 14 日。

⑩ 《光明日报》，1950 年 11 月 24 日。

12月17日，参加柴门霍夫博士九十一岁诞辰纪念仪式。①

与邓以蛰谈戏剧演员。"我偶然问过美学家邓以蛰，他从前看戏多看谁演的戏。他微笑附耳低声对我说：'小翠花。'那已经是五十年代，所以彼此'心照不宣'，不谈下去了。他是清代名书法家邓石如的后人，在清华大学主讲多年美术史。对于算不上艺术的表演，我想他是不会多看的。"②（《魂步·晚上好》）

译《三自性论》刊《周叔弢先生六十生日纪念论文集》，1950年自印本。"世亲菩萨的《三自性论》(*Trisvabhāvanirdéśa*) 梵文原本在尼泊尔发现后，曾由日本山口益校刊于《宗教研究》（一九三一），又由比利时布善（Louis de La Vallée Poussin）校刊于《汉学与佛学丛刊》(*Mélangěs chinois et bouddhiques* 第二卷，一九三三），又由印度苏季子·穆克基（Sujut kumar Mukhopadhyaya）校刊（一九三九年单行本）。汉译缺。藏译有二本，一标世亲菩萨造，一标龙树菩萨造。其中一本多出二颂。今参照二本，模仿旧译体，译出如右。……三自性的理论是唯识宗学说的重要部分（因此藏译之一指为龙树所造，显然错误），很明显的是在小乘有宗（实在论者）经大乘空宗（虚无论者？否定论者？）驳倒之后，由大乘有宗（极端唯心论者）建立出来的新理论。这是承认'空'的教条而加以新释，因而把它容纳在新理论系统之内，由此把以前的一正一反向前发展，结成更庞大的扶持原来正统的新理论体系。"（《译者附记》）

《谁敢放火·消灭它》，刊《大众诗歌》1950年第12期。《这不是刽子手的世界》刊抗美援朝诗、歌、画丛刊第一辑《中朝人民战歌》，人民出版社，1950年12月15日出版。

抗美援朝始。

---

① 《光明日报》，1950年12月18日。

② 暂系此年。

1951年　40岁

3月4日，签名发表拥护世界和平理事会的宣言和决议的声明。"五大国举行会议并缔结和平公约是巩固世界和平与保障国际安全的迫切必要的步骤；五大国的任何一国政府都没有丝毫理由拒绝签订这一和平公约，无论任何政府拒绝参加缔结这一公约，就完全证明它是不要和平，坚持侵略战争，因而也就是我们全人类的公敌。"①

参加抗美援朝宣传。"北京大学金克木教授搜集了当地材料，在两天内编写演出了'清明泪'，受到农民热烈的欢迎。"②

联合致函《人民日报》，表示必须继续加强抗美爱国工作，打击美国侵略者。③

参加九三学社"八一"庆祝大会。④

10月21日，参加九三学社集会，"热烈庆祝毛泽东选集出版，并纪念中国人民志愿军出国作战一周年"。⑤

信之舢板。"一进入五十年代，我同时进入了第二个信的高潮。我明白了以往种种譬如昨日死，从出生起就一切都错，所以对当前一切是不疑坚信，将问号和'为什么'从头脑中驱逐出去。""一个波涛又一个波涛，我仗着信的舢板浮沉了十几年，终于几乎淹没，忽然成为非驴非马有罪无名的一种可疑动物。我仍然保持着坚信不疑而认自己永远错误的态度安然无恙随众浮游。信确实比疑好。无论如何遭践踏，始终稳如路上之石。邻居刚会说话的两岁娃娃对

---

① 《光明日报》，1951年3月4日。

② 《人民日报》，1951年4月22日。

③ 《人民日报》，1951年7月7日。

④ 《光明日报》，1951年8月3日。

⑤ 《光明日报》，1951年10月23日。

我大喝一声'低头',我欣然照办,私心以为能使他高兴自己也高兴。"(《冰冷的是火》)

《题"日日夜夜"》刊《为了和平》,正风出版社,1951年5月版。

《〈关心群众生活,注意工作方法〉读后记》刊《新建设》1951年第2期。《学习学习再学习》刊《人民日报》7月5日。《人民解放军教育了我》刊《新观察》第三卷一期。《马克思主义的光辉照出了历史的真面目——读〈武训历史调查记〉以后》刊《人民日报》9月2日。读者来信《应加强宣传美国侵华罪行和我国人民抗日的功绩》刊《人民日报》9月2日。《政治学习必须解决实际问题》刊《人民日报》11月2日。《我要学习些什么?》刊《九三社讯》1951年第5期。《毛主席万岁,祖国万岁》刊《九三社讯》1951年第6期(标"转载天津日报")。

1952年　41岁

1月12日,参"三反"相关会,发言。[1]

2月7日,出席对古巴诗人吉里安的欢迎会。[2]

4月1日,参加座谈会。"马寅初校长主持召开有关朱光潜教授的思想座谈会。曹联亚、郑昕、孙承谔、汤用彤、杨人楩、向达、金克木、季羡林、文重等参加了会议。大家一致认为,应进一步帮助朱光潜教授提高和加深对自己资产阶级思想的认识。"[3]

4月16日,参加座谈会。"马寅初校长召开座谈会,对周炳琳

---

[1] 《光明日报》,1952年1月21日。

[2] 《人民日报》,1952年2月8日。

[3] 《北京大学纪事(1898—1997)》(征求意见稿)(上),北京大学出版社,1998年4月版,第448页。

教授进行帮助。汤用彤、钱端升、向达、罗常培、孙承谔、金克木等二十位教授参加。新从朝鲜归国的曾昭抡、张景钺教授也赶来参加。"①

5月11日，中缅友好协会成立，任理事。②

5月底6月初，高善必来北京参加亚洲及太平洋区域和平会议筹备会议，相见。"一九五一年，印度和平友好人士高善必博士一见到我就说：'我来到北京，在天安门前和长安街上一走，看到那么多笑脸，一切关于新中国的谣言都一扫而空了。能强迫人哭，不能强迫人笑。笑是装不出来的。'"③（《父与子》）"高善必这次来华正值中印两国的蜜月期。他到京后，郭沫若作为中科院院长在家里设宴款待他。……金克木还在聚会上把自己刚刚翻译发表的印度诗人伐致呵利的古诗送给他。……几天后高善必又请金克木到自己下榻的北京饭店吃饭。高善必有个朋友，中文名字叫白春晖，在燕京大学学过中文，后来一直在印度外交界供职。高善必一见面就担心地问金克木：'我的朋友白春晖说你犯了错误。'金克木一愣：'我犯了什么错误？我还教马克思主义呢！'……高善必还详细讲述了法喜居士自杀的前前后后。""这次见面的主要话题之一是高善必想要校一部《谚语格言集》。这部书的梵文原本藏在拉萨的一所寺庙里。他的另一个朋友印度人罗睺罗曾经趁到中国访问的机会，在拉萨拍到过几张梵本的照片。高善必希望金克木通过政府关系搞到此写本，哪怕是清晰一些的照片也好。……金克木有点蒙，对这件事的性质揣量不好，不知道是否涉及国家机密。就含糊地答应以后领导问到时，自己会把西藏梵本的存世情况及其重要性做一

---

① 《北京大学纪事（1898—1997）》（征求意见稿）（上），前揭，第449页。

② 《人民日报》，1952年5月12日。

③ 亚洲及太平洋区域和平会议筹备会议于1952召开，"一九五一年"应为误记。

说明。"①

9月11日至20日，出席九三学社第二次全国工作会议，当选第三届中央学习委员会副主任委员。②

学俄语，与朱光潜交流学习心得。"记得五十年代初期大家都学俄文时，朱光潜教授用力最勤，见效最快，不久便能看书。他曾告诉我可以从读契诃夫的戏剧开始。我没有听从而去读托尔斯泰写的小故事。有一次我们去听一位苏联教授讲课。我见他在我身旁闭目静坐，知道他不是偷闲入梦，而是在凝神细听，检验自己能力。随后我问他能听懂多少。他说大概一半吧。于是我们交流了几句关于俄语和英法德语的异同难易的想法，真有又进入一个似曾相识的新天地之感。我们同意听语言和看书一样，能不能预先对内容有所了解是个关键。又一次，我们又去听一位苏联专家讲演。这位教授一开口便是：'伟大的弗拉基米尔·伊里奇·乌里扬诺夫·列宁教导说'，接着便是一段熟悉的语录，随后是阐发讲述。没多久，不出所料，另一位伟大人物的语录接着来了。由于这些语录我们都学过，所以听俄语也差不多句句清楚，听讲等于温书。听完了，我们不由自主相对一笑，都说，这回听懂一半以上

① 陈晓维，《好书之徒》，中华书局，2012年8月版，第104—106页。书中述相关事，据金克木"关于高善必的材料"。材料私人所藏，未见原件。金克木写此类材料应该很多，但所见极少。"几十年写了总有几十万字的'自我批评'吧，据说是没有一句'触及灵魂'。我疑心自己只怕根本就没有灵魂，怎么'触及'？自己又怎么'触及'自己灵魂？"（《书外长短·小引》）这些检查文字，促成了后期某些文章的写作，"如果没有五十年代以来不断的思想检查、交代，使我不得不一次次回忆自己的思想来源，见过的人，读过的书，现在我哪能记得六十年以前读的书？"（《回忆屠格涅夫》）

② 参《九三学社历史资料选辑》，学苑出版社，1991年11月版，第127—132页及第140—144页。公示第二次全国会议名单时，已标为中央学习委员会副主任委员，何时当选未知。

了。"①（《玻璃门外三则·其二》）"在全国学习俄文大潮之中，我读到这位世界级的大作家为农民编写的《识字课本》和一些小故事，这时才直接地接触到他自己的语文风格。从此上溯几十年，到我十来岁时读到他的小说《三死》的译文时莫名其妙的心灵震撼，真像是有点缘法似的。"（《托尔斯泰日记》（佚））

参加九三学社北大支委会活动，时谈国际形势。"院系调整后，金老和我都当选为九三学社北大支委会委员，定期在游国恩先生（游老是当时支委会主席）家开会，这一届约有三年时间，故有缘饫聆金老分析国际形势。尽管大家所知的新闻都是从报纸上看来的，但金老分析力极强，目光尤为犀利，就好像看人下棋一样，金老不但比别人多看出若干步棋，甚至能预测终局的输赢。金老话说得极快，然而珠走玉盘，字字清晰入耳，再加上解颐妙语层出不穷，庄谐互见，使听者忘倦，有时竟不愿散会。"②

天文学会恢复，参会。"大约是一九五〇年，我忽然收到一份通知说是天文学会要恢复，在北京的会员开会，要我参加，召集人是戴文赛。他当时是北京大学数学系教授。我实在毫无资格参加，只是因为会员录上有我的名字，所以得到通知。恰巧在一个会上遇见了华罗庚，我向他谈起此事，自觉惭愧，以为是笑话。哪知他却极力鼓吹我出席，说是要支持他的数学同行戴文赛。于是我厚着脸皮到景山东街旧北京大学理学院去开会。陈（按遵妫）、张（按钰哲）等天文台的人都不在北京。果然到会的会员只寥寥不到二十人吧。可是其中明星灿烂，好像是有钱宝琮和几位坚持默默研究中

---

① 朱光潜致吴耕莘，"每天还要花点工夫学俄文……已勉强翻字典看书"。《朱光潜全集》第 10 卷，安徽教育出版社，1993 年 2 月版，第 32 页。编者系此信于1953 年，则学习当在其前，暂此。

② 吴小如，《心影萍踪》，前揭，第 40—41 页。院系调整在 1952 年 6 至 9 月间，系此。

国天文学史的学者。我既感不安又明白了华罗庚怂恿我实在不是为任何个人而是为科学界，能加上我这样一分微尘也比没有好。"①（《天文·人文》）

图书馆见向达。"他是一九五二年北大和燕京大学等校合并以后的第一任馆长，史学家。有一次我去图书馆，见他正为将要买到一些旧田契之类文献而高兴，说，这些都是从废品堆里搜寻出来的。大概这也是一九五七年他受批判的一条罪行。"②（《北大图书馆长谱》）

《思想改造学习随笔》刊《人民日报》1 月 16 日。读者来信《"速成识字法"的教学原则值得所有语文教师重视》刊《人民日报》1 月 20 日。《国人皆曰可杀》刊《人民日报》3 月 2 日。《消除我们自己的思想污毒》刊《人民日报》3 月 12 日。《回忆印度鹿野苑和憍赏弥老人》刊《人民日报》5 月 25 日。《读"五四运动"——谈知识分子和工农相结合》刊《新建设》1952 年第 8 期。

1953 年　42 岁

与向达谈陈寅恪出处。"汪籛南下请陈北上时，我和向觉明（达）私下谈话，都断言陈必不来，不来更好。迎陈是应有之举而又是无益之事。汪回来后我见到，也没有提，不再像初认识他时那样谈陈先生了。"③（《陈寅恪遗札后记》）

---

① 1952 年秋，中国天文学会重新登记会员并整顿改组。据《竺可桢日记》1952 年
12 月 14 日："下午乘车至新北大北亭数学系开北京天文学会分会，到戴文赛、
金克木，测量局赵进义、卢晋康、李进海及新会员杨开寿、陈云等。"《竺可桢
全集》第 12 卷，上海科技教育出版社，2007 年 12 月版，第 742 页。与文中所
言时间有别，暂此。

② 暂系此年。

③ 汪籛 1953 年 11 月至广州请陈寅恪北上，系此。

与徐盈谈写作《中国工业人物志》。"我和徐盈见面较多的时候是四十年代末期到五十年代初期。我们谈得最起劲的私事是我劝他积极写这部工业人物志。以新闻记者的文学笔调写近代中国在千辛万苦中创办'实业'的人物,从在天津塘沽办久大公司制造盐碱的范旭东和范的合作者,化学工业的前辈科学家侯德榜写起。他立志写这本书,是因为他认为那些为中国的工业化,也就是现代化,出过全力的人都是对历史的有功之臣。没有现代工业、技术和科学,单凭犁锄种地,只会有托尔斯泰式的社会主义。"[①](《徐盈的未刊小说》)

1954年　43岁

与席泽宗谈中国古代天文学史问题。"3月1日竺可桢通知我,让我收集中国历史上的新星和超新星资料。我向戴(按文赛)先生谈过后,他非常支持,并介绍我去见北京大学东语系金克木教授。金先生曾翻译过美国天文学家纽康姆的《通俗天文学》,也是天文学会会员。金先生对我说过的一段话,我至今记忆犹新。金先生说:'你要做翻译,那比较简单;要做中国天文学史,那可是无底洞,钻进去一辈子也做不完。'"[②]

学乌尔都语,并开始授课。"一九五四年北大东语系从印度聘请了四位专家来系任教。其中有一位安曼德先生,是说乌尔都语的。当时东语系没有乌尔都语,也没有会乌尔都语的中国教员。于是金先生先向阿曼德学习乌尔都语,编写了教材,然后于当年招收

---

① 1953年过渡时期总路线提出,要在相当长的一个时期内实现国家的社会主义工业化。暂此。

② 席泽宗,《回忆戴文赛先生》,《中国国家天文》,2009年第2期。

了一班乌尔都语学生，创办了这个班。"①

与马坚谈教育问题。"已故的马坚教授生前常对我说，当教师必须有一满桶水，学生才能得到大半桶水，若教师只有半桶水，学生就只能有小半桶水了。我不赞成他的话，认为那样师生传下去，越过越少，最后只剩几滴水了。我说，教师有三个钱，要教会学生怎么得出四个钱，这样才能越过越多。他也不赞成我的话，认为是空谈。现在我明白了。他是从阿拉伯文翻译《古兰经》的，讲的是读经教经。经是不可超越的。教的多，学的少，靠的是以后自己学习慢慢增加，无穷无尽。我讲的是读史，教不完，只能教入门，学生自己学，所以我的学生往往超过我。"②（《师范乎》）

8月18日至25日，参加中国作家协会会议，并作专题发言。③

10月19日，参加周恩来招待尼赫鲁酒会。④

11月25日，参加九三学社座谈如何积极及稳步展开学术界的资产阶级思想批判问题。⑤

译泰戈尔《我的童年》，人民文学出版社10月再版，署名金克木。"这本《我的童年》是他的晚年作品，是他为幼年读者写的一篇回忆录。他在书中表现了自己幼年时代的精神生活，以及当时的家庭和社会。字里行间也流露出他对桎梏儿童身心发展的教育方式的抗议。在文学形式上他创造了用儿童语言写出的富有诗意的散文体裁，在孟加拉语文学中开辟了新的境界。……现在把这译本的一些错字改正，加上三幅插图，重新出版。当中印人们友好和文化交流日益增进的今天，这当然是不无意义的。"（《后记》）

---

① 殷洪元，《忆金克木先生》，《民主与科学》，2001年第4期。

② 马坚1946年始北大任教。暂此。

③ 《人民日报》，1954年8月29日。

④ 《光明日报》，1954年10月20日。

⑤ 《光明日报》，1954年11月28日。

《印度文学——人类文化的一所宝库》刊《文艺报》1954年第19号。

译《莎维德丽》刊《译文》1954年第10期。

1955年　44岁

《正义的斗争一定胜利》刊《光明日报》1955年8月27日，署名前有"中缅友好协会理事"。"果阿是从古就属于印度的一块土地，果阿人民都是印度人。在印度经过长期艰苦斗争已经获得独立的今天，印度人民不能容忍葡萄牙殖民主义者继续占领他们的土地，这是我们完全了解而且同情的。……我的印度老师憍赏弥老人就是生长在果阿的。他毕生致力于印度民族独立运动，并不曾因为他倾心研究佛教而脱离政治。"

陈寅恪致唐长孺信，言及金克木夫妇造访事。"前数岁曾托令妹季雍女士及金君克木转达钦服之意，想早尘清听矣。寅恪壮不如人，老更健忘，复以闭门造车之学不希强合于当世，近数年来仅为诸生讲释唐诗，聊用此糊口。所研索者大抵为明清间人诗词及地方志乘之书，而旧时所授之课即尊著所论之范围，其材料日益疏远。"①

《印度文化古城贝纳勒斯》刊《旅行家》1955年总第11期。《中印诗人的唱和》刊《新观察》1955年第14期。《批判梁漱溟关于印度文化和哲学的谬论——兼论梁漱溟反动哲学的组成》刊《新建设》1955年第10期，后收入九三学社中央学习委员会编《学习参考资料：资产阶级学术思想批判》（第5辑）。

---

① 《陈寅恪遗札后记》："陈信写明是九月十九日，当即一九五五年九月十九日。此时陈先生在中山大学讲课，著《论再生缘》，研究钱谦益和柳如是的事迹，以后出书即《柳如是别传》，与信中所说相符。"

泰戈尔《俄国书简（摘译）》刊《译文》1955 年第 11 期。

1956 年　45 岁

2 月，当选九三学社第四届中央委员会委员。

3 月 26 日，填"中国天文学会会员调查表"。备注云："本人拟申请退会。本人以前曾爱好天文学，翻译过'通俗天文学''流转的星辰'。但近年来已不再从事天文学，现在工作也与天文无关。是否仍保留会籍，抑退会，请组织上考虑。"[1]

3 月 28 日，当选中国人民政治协商会议全国委员会学习委员会委员。

5 月 26 日，参加世界文化名人迦梨陀娑、海涅、陀思妥也夫斯基纪念会。[2]

6 月，北京图书馆作纪念迦梨陀娑演讲。[3]

9 月，高等教育部评定为二级教授。[4]

12 月，成为高教部认定的语言文学委员会委员。[5]

译《云使》出版，人民文学出版社，1956 年 5 月。"古代印度最伟大的诗人迦梨陀娑……不会是五世纪以后的人……'云使'是一首抒情长诗，也被列为印度古诗的'六大名诗'之一（但有人把大诗限于叙事诗，其中便不包括'云使'）。写的是一个小神仙想念妻子，托云给她带信。""从迦梨陀娑的作品中我们可以看出作者的

---

① 拍卖资料，见 https://auction.artron.net/paimai–art0046730841/。后一括号，仍有字，但图片不清晰。大意为没有研究过印度天文学，以后也没时间研究。

② 《人民日报》，1956 年 5 月 27 日。

③ 《光明日报》，1956 年 6 月 8 日。

④ 1956 年 9 月高等教育部"一二级教授工资排队名单"。

⑤ 《北京大学纪事（1898—1997）》（征求意见稿）（上），前揭，第 510 页。

惊人的想象力和敏锐的观察力。……迦梨陀娑的作品传入中国远在七百年以前。西藏和印度的学者在翻译佛教经典时就把'云使'的藏文译文收进了'丹珠'部。（在第一百一十七帙，曾由德国学者校刊。）这不能不算做中印古代文化交流中的一件美谈。"（《印度的伟大诗人迦梨陀娑》）[1]

《印度阿旃陀壁画》刊《旅行家》1956年第8期。《苦力》刊《读书月报》1956年第2期。《关于印度诗人迦梨陀娑》刊《新建设》1956年第9期。《尼赫鲁的"印度的发现"》刊《人民日报》9月25日。《光辉的笔——纪念世界三大文化名人》（金克木，冯至，戈宝权）刊《新观察》1956年第10期。

1957年　46岁

北京大学开设东方文学课，讲印度文学。[2]"那一年金克木先生只有四十三四岁年纪，他身材不高，且清瘦，秀气的脸上架起一副近视眼镜，但却表现出资性卓荦和温文尔雅的样子。他衣着朴素，但很整洁利落，一身半旧的深色衣裤，既合体又似一尘不染。……金克木先生讲课既流利又沉稳，他像讲古老的异域故事那样娓娓而谈，把我们带进了一个遥远、陌生又迷人的艺术世界，而这个古老国度里的古老文学是我们闻所未闻的。"[3]

汤用彤接受记者采访，谈北京大学科学研究潜在力量尚未充分发挥，言及。"金克木教授现在忙于教他不擅长的乌尔都语，可是

---

[1]　《印度的伟大诗人迦梨陀娑》是这一版本的前言。同名文章刊《译文》1956年第5期。

[2]　《人民日报》，1957年2月27日。

[3]　课为东方语文系、中文系和历史系开，此为中文系学生回忆。见马嘶《燕园师友记》，北京燕山出版社，1998年4月版，第98—99页。"四十三四岁"不确。

他的专长，他多年从事研究的却是梵文和印度哲学。"①

青年艺术剧院排演印度剧《沙恭达罗》，为作报告。②

春，与徐盈谈其小说。"一天傍晚，徐盈从党校来到我家，见面就拿出一卷稿纸，要求我能看就马上看……故事很简单，大致是村里生产出了问题，大家解决不了，最后还是请教一位老农才有结果。用意非常明显，是为'旧知识分子'说话。""现在你寄到哪里，哪里也不见得会马上发表。恐怕不合时宜。……现在农业合作化已经完成，老农的经验不管用了。老话没有人听了。我们的思想赶不上时代了。人还没老，脑袋老了。学校里已经有不少的会，有人演讲，还有人贴大字报。我不看，不听，不讲，只教外语课。……你现在是学生，不是作家，暂时放下笔杆，学习，学习，再学习。"（《徐盈的未刊小说》）

5月，参加中国作家协会全国文学翻译工作会议，发言。③

6月21日，参加九三学社社内整风，发言。"会议通过决定，号召全社展开反右派斗争和进行社内整风；并发表声明撤销储安平代表九三学社担任光明日报社务委员会委员职务和追究章伯钧和储安平擅自篡改光明日报政治方向的责任。"④

7月5日，参加继续揭露右派分子顾执中会议，发言。"金克木指出：被顾执中接收后的印度日报就天天大写社论骂共产党，这个报纸继承了顾执中的传统，一直到现在还在骂共产党，这个报纸已经在印度华侨面前信誉扫地。"⑤

8月3日、4日、7日、8日、11日，参加九三学社第十八次、

① 《光明日报》，1957年3月15日。

② 《光明日报》，1957年3月18日。

③ 《人民日报》，1957年6月2日。

④ 《光明日报》，1957年6月22日。

⑤ 《光明日报》，1957年7月6日。

十九次、二十次中央常委扩大会议。"批判九三学社主席许德珩关于批发'撤消高等学校党委制'的错误记录、近二年来他所一贯坚持的大发展和长时期以来他的个人专断作风等重大错误。"①

10 月 20 日，参加九三学社北京全体社员大会，发言。"对薛愚、袁翰青、董渭川、杨肇燫等四个右派分子进行了有系统的揭发和批判。……金克木在会上批判了右派分子诬蔑三反、肃反、思想改造等五大运动借以挑拨知识分子和党的关系的胡说，并且在批判中详尽分析了右派分子一贯使用的三种卑鄙手法：（1）拢统地含混地攻击；（2）歪曲事实；（3）以个别掩盖全体。"②

参加批判储安平大会，发言。"九三学社中央和本报于 24、25、28 三日，联合举行大会，系统揭露和批判右派分子储安平。储安平在担任九三学社中央宣传部副部长及本报总编辑期间，曾利用职权猖狂地向党、向人民、向社会主义大举进攻；6 月 1 日并公然在中共中央统战部座谈会上，发表臭名昭著的'党天下'谬论，猖狂地攻击我们国家的根本政治制度。"③

参与北京大学历史系世界近代现代史教研室组织的"文化史专题讲座"，讲印度哲学。④

《中印人民友谊史话》出版，中国青年出版社，1957 年 11 月。"《中印人民友谊史话》是五十年代赶任务'急就'出来的。外文出版社出版英译本⑤和印地文本及孟加拉文本时情况有变，删去了头尾。印度出版的英译本也照样没有当代部分。"（《梵竺因缘——〈梵竺庐集〉自序》）"这本小册子里所说的古代印度是指我国古代所

---

① 《人民日报》，1957 年 8 月 29 日。

② 《光明日报》，1957 年 10 月 24 日。

③ 《光明日报》，1957 年 11 月 30 日。

④ 《光明日报》，1957 年 12 月 22 日。

⑤ 杨宪益译。

说的印度，不限于今天印度共和国的疆域，因此，有些现在属于阿富汗或巴基斯坦的地方也算在古代印度地区之内，没有一一区别开来。……写这本书时曾尽量查考了原始材料，也利用了现代中外学者的一些研究成果；不过因为要照顾到通俗小册子的体裁，所以没有引证原文，注明出处，引用当代学者的研究结果时也没有注明。"（《后记》）

《国庆节（七律二首）》刊《诗刊》1957 年第 9 期。

《吠陀诗句的古代汉译》刊《人民日报》1957 年 2 月 16 日。

《"向祖国致敬"》刊《文汇报》1957 年 6 月 17 日。《梨俱吠陀和阿闼婆吠陀》刊《译文》1957 年第 8 期。

译《云使》收入汉藏对照本，民族出版社，1957 年 12 月。

"反右"运动起。

1958 年　47 岁

2 月 27 日，参加民主党派座谈会，写关于响应上海十七名科学家倡议的响应书。"中国各民主党派中央决定在各民主党派内部进一步开展整风运动，继续进行根本的自我改造，以适应我国社会主义事业大跃进的要求。"[1]

3 月 1 日，参与通过九三学社"社会主义竞赛决心书"，加入九三学社五年工作规划小组。[2]

3 月 6 日，参加中共中央统战部邀请各民主党派在京中委举行的座谈会，发言。"过去我总认为思想改造是长期的，这次要限期完成又红又专。在签名之前不能不考虑的。从个人主义观点考虑，觉得难；从社会主义立场考虑，就容易了。有人说我们签了名，就

---

[1] 《光明日报》，1958 年 3 月 1 日。

[2] 《人民日报》，1958 年 3 月 2 日。

是骑上马了。的确是骑上马了，而且是骑的千里驹。三国时候刘玄德跃马过檀溪。我们为什么不能跃马前进！如果我们还带着资产阶级个人主义的大沙包，两脚悬空，自然沉重得不能跃进。"[1]

3月8日前后，写大字报。"仅涂长望、潘菽、周培源、裴文中、赵九章、游国恩、魏建功、杨钟健、张席禔、金克木等十个中委就连夜写出大字报五十四张，截至昨天下午为止，已贴出大字报七百三十八张。"[2]

3月11日，参加翻译工作座谈会，提出个人跃进规划。[3]

4月25日，参加民主党派座谈会，汇报向党交心运动情况。[4]

7月18日，参加痛斥美国的侵略罪行，支持黎巴嫩、伊朗座谈会，发言。[5]

夏，参加全国政协学习委员会召开的学习组联组会，发言。"1958年夏天，有一次全国政协学习委员会召开学习组联组会，各民主党派都有代表在会上讲话，主题是谈思想改造的体会。记得金公的发言很精彩，他说人们往往用正看望远镜的办法，看人家的毛病十分具体，清清楚楚；对待自己的缺点则倒看望远镜，既远又小且模糊。他还风趣的谈了知识分子的习性难改，犹如当时印度发现的狼孩，从小在狼群中长大，及至回归人群，不时地还要发作兽性。"[6]

对人谈《红楼梦》问题。"路上谈起俞平伯先生整理的《八十回本红楼梦》，我说经过俞老的校订是书大概可以接近原貌了。金

① 《光明日报》，1958年3月8日。
② 《光明日报》，1958年3月13日。
③ 《人民日报》，1958年3月13日。
④ 《人民日报》，1958年4月28日。
⑤ 《光明日报》，1958年7月18日。
⑥ 牟小东，《智者金克木先生》，前揭。《将军》："他（按郑洞国）说记得我在'反右'时说过，望远镜可以从两头看，一头看去变大变近，另一头看去变小变远。"

公立即反驳说：不然，我看《红楼梦》大可重新整理研究，比如书中第一回开头就说：'此开卷第一回也。作者自云：因曾历过一番梦幻之后，故将真事隐去，而借'通灵'说此《石头记》一书也；故曰'甄士隐'云云。……'这些话似乎不像小说的正文，很可能是正文以外的评语，被抄书人抄混到正文里了。"[1]

《点滴成江河——读"下放豹澥随笔"》刊《红专》1959 年第 15 期。"九三学社机关刊物《红专》（即《民主与科学》的前身）创刊之际，我们发表了著名世界史专家吴于廑先生的一篇散文《想起了潘二爷》，内容是作者下乡劳动中怀念爱护他的一位老农，字字亲切动人。金公与吴先生是老朋友，吴先生又是金师母中学时代的老师，我们请金公在吴文之后配上一篇读后感。金公毫不犹豫，欣然命笔，题为《点滴成江河》，文笔明快，谈锋犀利，与吴文珠联璧合，相得益彰。后来，吴先生来京，还特地向金公感谢。"[2]

12 月，当选九三学社第五届中央常务委员、宣传部长。[3]

《东风压得西风倒》，收入《我们和阿拉伯人民：文学研究增刊》，人民文学出版社，1958 年 7 月版。

《大跃进中的小体会》刊《红专》1958 年第 1 期（创刊号）。《必须脱胎换骨》刊《文汇报》1958 年第 20 期。《交心——改造的起点》刊《争鸣》1958 年第 6 期。《正确认识和贯彻党的教育方针》刊《红专》1959 年第 7 期。

"大跃进"运动起。

---

[1] "1975 年，上海印出了胡适所藏《脂砚斋重评石头记》（即'甲戌'本。金公所指出的上述一段文字，恰好是书中'凡例'的一段话，果然不在正文之内。）"牟小东，《智者金克木先生》，前揭。俞校《红楼梦》人民文学出版社 1958 年 2 月出版，系此。

[2] 牟小东，《智者金克木先生》，前揭。此处发表时间记忆有误。

[3] 参《九三学社历史资料选辑》，学苑出版社，1991 年 11 月版，第 179—180 页。

1959年　48岁

4月，当选中国人民政治协商会议第三届全国委员会委员。

郭沫若请教梵文问题。"契字有时可以成为偈的同义语。关于这个'契'字，我曾经请教过季羡林和金克木两位同志：据云：'四句颂在梵文为 Karika，与偈陀同义而稍晚；是否与契相当，不能断定'。我看两者是相当的。"[1]

见吕澂。"由于有青年来对我谈佛典，随后才从劫余残书中找出这《藏要》本《楞伽阿跋多罗宝经》（《入楞伽经》）。这是吕秋逸（澂）居士校刊的。由此又想起五十年代末期和吕先生的会面，感觉到好像还有债没有还。于是翻开书来看。哪知一读之下不禁如经中所说：'譬如巨海浪，斯由猛风起，洪波鼓冥壑，无有断绝时。'"（《再阅〈楞伽〉》）[2]

为拉贾戈帕拉查理改写，唐季雍译，金克木校《摩诃婆罗多的故事》作序，中国青年出版社，1959年6月。扼要介绍印度古书情况，点出《摩诃婆罗多》在其中的位置，分析其形成和流传过程，说明作为背景的印度神话和社会及思想情况，介绍改写者的生平与用意。"大史诗的印度现代语和英语的改写本很多；拉贾先生的改写本是比较好的一部。它的优点是把大史诗的故事写得很生动，涉及的方面较广，有些地方直接用了原书的词句和笔法，多少反映了一些原书的风格。当然，在故事情节的选择和表达方面，改写者不能不受到自己的观点的限制，随时流露出自己的思想。"

《痛斥干涉者》刊《光明日报》5月4日。《诗歌琐谈》刊《文学评论》1959年第3期。

---

[1]　郭沫若，《六谈蔡文姬的〈胡笳十八拍〉》，《光明日报》，1959年8月4日。

[2]　具体见面时间待考。文中提到"五十年代末"，暂此。

1960年　49岁

2月22日，首都文化界人士发表对美国帝国主义阴谋劫夺我国在台湾珍贵文物的抗议书，签名。[1]

北京大学东方语言文学系招收第一批梵文巴利文本科生，授课。"1960年到1965年，他（按季羡林）与金克木教授合作，开设梵文、巴利文专业，每人每周四课时。"[2] "我们这个班是现代中国大学首次开设的正规梵文巴利文班。由季羡林和金克木两位教授执教，学制五年。教材都是两位老师白手起家，亲自动手编的。当时的教材都是刻写油印的。梵语语法方面，季先生的《梵文语法讲义》是依据德国学者斯坦茨勒的《梵语基础读本》编译的……以尽可能简约的文字篇幅容纳尽可能多的语法规则，成为一部便于梵文学者随手查阅的梵语语法手册。而金先生编写的《梵文文法》主要讲述梵语构词法和各种语法形式的意义和用法，对于初学者尤为实用。"[3] "当时教我们专业课的是季羡林教授和金克木教授，两位老师轮流上课，一年级时季先生讲语法，金先生讲例句。语法讲完以后，开始选读梵文名著。季先生讲梵语文学名著，包括民间故事、小说、戏剧、诗歌等。金先生除讲梵语文学史以外，还讲印度古典哲学和文艺理论方面的名著。到五年级，金先生继续讲梵文课，季先生开讲巴利文。"[4]

授课风格。"季先生总是抱着一大堆事先夹好小条的书来，按照计划讲课，下课铃一响就下课，绝不拖堂；金先生则是一支粉

---

① 《文物》，1960年第3期。

② 蒋忠新，《梵文文学翻译家季羡林》，《中国翻译》，1983年第5期。

③ 《黄宝生自述》，社会科学文献出版社，2017年6月版，第24页。

④ 韩廷杰，《念师恩　讲梵文　钻佛学》，《东方早报》，2007年12月7日。

笔，口若悬河，对下课铃充耳不闻，例行拖堂。"① "季先生的梵文是从德国学来的，金先生的梵文是从印度学来的，所以，他讲的课是走印度的传统道路——他能背很多梵文诗歌，得意时还能像我国老先生唱古诗一样，他能摇头晃脑唱梵文诗歌。一个梵文问题，让季先生讲很简单，让金先生讲可就复杂了。季先生五分钟就能讲清的问题，让金先生讲起码要半个小时。……因为两个人讲课风格很不一样，时常闹点小矛盾，金先生说季先生的讲课方式是'资本主义'的，季先生很不服气，说：'我这资本主义总比封建主义好吧？'北大党委统战部得知二人的关系后，曾经劝告季先生：'金先生是我们的统战对象，您应当和他搞好团结。'"②

参加九三学社会议，起草报告。"过去九三学社每次开全国性大会写工作报告之类的文件，作为宣传部长的金公总是参与讨论并执笔。他才思敏捷，提起笔来不假思索，千言立就，真是倚马可待。1960年，九三学社四十三天神仙会的总结报告的主题思想是'反求诸己'，写得很有质量，博得社内外的好评。这其中就有金公的辛勤劳动，因为他是主力。""我问过金公：您完成一篇文章之后，如果要另写一篇文章，是否要间歇一个阶段再写？他说：不需要，只要有二十来分钟的思考，就可以起草另外一篇。这是我在报社工作时的常事。"③

与陈大燮交流围棋。"记不清是不是在六十年代初，在开会后的夜间，我到休息室兼游艺室去，只见灯火通明，仅有一人独坐围棋桌前摆棋子。近前一看，果然是陈老。他正专心研究，一手拿着棋子在桌上轻敲，竟不抬头。过了一会才转眼望我说：'我不看也

① 蒋忠新言，见钱文忠《智慧与学术的相生相克》，《文汇读书周报》，2001年9月29日。

② 韩廷杰，《念师恩　讲梵文　钻佛学》，前揭。

③ 牟小东，《智者金克木先生》，前揭。

知道是你。没有第二个人能这时来这里看棋这么久。我昨夜下一盘棋输了。今天复盘看看是哪里下错了。'我说:'你还能记住昨天的棋?'那时他的年纪已过花甲或古稀了。我是称赞他的记忆力老而不衰。他不自以为老,误会了,以为我是讲下棋水平,回答说:'到一定程度都能复盘。'"[1]（《九三弈士》）

1961年　50岁

《辞海》词条撰写。"汤用彤同志尽管自己因瘫痪而不能握管,但仍毅然接受了填补《辞海》中印度哲学史空白的任务,他商请金克木同志担任了执笔编写的工作,而他自己则对稿子逐条看过。"[2]

搭乘末班车。"大约在六十年代初或五十年代末即所谓'困难时期'。在北京西郊的北京大学有一些教授进城,忘记是开会听报告还是看戏受教育,回到动物园公共汽车总站时,已过夜里十一点半,眼看着末班车开过去,跑步也赶不上了。……忽然有人发现,停在一边的公共汽车中有一辆空车的驾驶室里坐上了人。于是一哄而上堵在车前,有人就去敲车门。……车门开了。那位比较年轻的教授果然向驾驶员要过车票,执行自愿的任务。有人还开玩笑说:教授卖车票,可以进什么世界纪录大全了。他当然料不到随后他们还会创造更多的纪录,都是'史无前例'的。上车后才知道,这是开去准备明天早晨两头对开的第一班车。这不是末班车,是头班车。"[3]（《末班车》）

---

[1]　暂系此年。

[2]　杨祖希,《花开不忘浇花人——献给关怀和支持〈辞海〉问世的同志们》,《光明日报》,1979年10月3日。1961年10月《辞海》(试行本)出版,暂此。

[3]　"困难时期"在1959年至1961年间,系此。

1962年　51岁

4月19日，中国亚非学会成立，当选理事。[①]

北戴河度夏，见俞平伯及夫人。"一九六二年在北戴河作家协会的度夏之处又见先生及夫人，得读题《牡丹亭》新作，对汤显祖有情理交融词意并茂的解说。许夫人还给我讲解了有些词句的寓意。夫人携有乐器，还说，若不是到此稍感不适，尚可哼哼小曲。可惜我是纯粹外行，而且不久他们即还京，以致未饱耳福。"（《俞楼春仍在——敬悼俞平伯先生》）

9月13日，参加庆贺中国人民解放军空军部队击落美制蒋匪帮 U-2 飞机重大胜利集会，发言。[②]

1963年　52岁

《说"有分识"（Bhavaṅga）——古代印度人对"意识流"心理的探索》，刊《现代佛教》1963 年第 3 期。辨析"有分识"概念，部分佛教名相得以贯通，并与西方所言意识流对比解说，虽用旧典，实为新探。"是故'毗提'者，乃对认识之心理过程之分析，即有分之波动也。而有分者未波动之潜意识也。以刹那生灭故，有分乃如暴流，除入灭尽定外，皆无断时，惟时以外缘起波涛而作毗提。毗提亦刹那现灭。然此一刹那即与物共同之一'色刹那'，乃可与心之活动中分而为十七'心刹那'。起毗提时，有分流断。毗提既终，无论外缘由眼等五门或由意门而入，倘势用力强，则有返缘，折入有分。此返缘原名为'彼缘'（tad-ārammaṇa）。有分流中，起波相逆，及波平时，反为彼缘。以是力故，于有分中藏业异熟。

---

① 《光明日报》，1962 年 4 月 20 日。

② 《人民日报》，1962 年 9 月 14 日。

惟入禅定及得道果无复返缘，更无异熟达于未来。'心法'八十九（或一百二十一，见后），布于毗提各段，随欲色等界而异。异熟心法藏于有分，于毗提中乃有显现。有分如暴流，为毗提波涛所断，断而未尝断。毗提念念灭（除禅定外），亦若波涛不断。如是一显意识，一潜意识，构成吾人之心理过程（潜意识或下意识之存在，现代西方人始有说明者，然异说纷纭，或日趋怪诞。佛家以释业报轮回，乃推演其刹那生灭之教理，创有分说，似与之暗合，而远为朴实近情）。""毗提既明，乃知有分为根本识。是以《摄论》无性释及《显识论》谓此'有分'即'阿赖耶'。然此有分，既释毗提，更解业报，轮回所由。《阿毗达磨义摄》称此为'除毗提'（或毗提解脱，巴 vīthimutta，梵 vīthimukta），于第五品，复为广说。此指有分，于人一生，为识根本。一生之中，常缘一境。此有分识，复具三名：于初生时，名为'对结'（巴 patisandhi，梵 pratisandhi），联结此生，以及前世。于一生中，皆名有分，生诸毗提，储诸异熟。及命终时，名为'坠落'（巴 cuti，梵 cyuti）。是时有分，转以今生，诸业异熟，为下世缘，乃有变相，现示所趣，或为恶趣，或上生天。即此坠落，转为来世初生对结。是故彼世'有分'，即为此世'坠落'；今生'对结'乃由前生造业'坠落'。如此相联，轮转无已。有为善业，具恶有分，堕于恶趣，必俟坠落，始有转变，以今生业，获来世报。毗提势用，善恶喜恶，以及有分，往往不侔，一为今生，一属前世，意识显潜，应有异也。凡具势用，应有返缘，既储异熟，当获业报。刹那生灭，果复为因，因果相嬗，无由断绝。惟修禅定，及证道果，乃免斯难。"

1964 年　53 岁

《梵语文学史》出版，人民文学出版社，1964 年 8 月。"本书是一九六〇年写出的讲义，一九六三年作了一些修改和补充，曾于一九六四年印出，作为高等学校文科教材……书中所说的印度是古代印度，大体上就是玄奘在《大唐西域记》卷二开头所说的，'天竺之称……今从正音，宜云印度'，定下来的古称天竺或身毒的区域。……梵语指的是古代印度通行的文言，包括了比古典梵语更古的吠陀语。书中涉及的语言有和梵语关系密切的佛教南传经典所用的巴利语，还有佛教北传经典的一部分所用的雅俗合参的语言，但未能包括耆那教的一些经典和其他一些文献所用的俗语，只是提到几部俗语文学作品和耆那教经典概略。书中论述的时代是从古代印度有文学作品留下来的上古时期起，到大约十二世纪。"（《前言》）"这本书一望而知是依照当时的教科书规格和指导思想编写的。然而我没有放弃自己原先的原则，一是评介的作品我必须看过和读过，没看到的则从简；二是处处想到是中国人为中国人写，尽力不照抄外国人熟悉而中国人不熟悉的说法。因此我只能以语言为范围而且只能写梵语文学的古代部分。"（《梵竺因缘——〈梵竺庐集〉自序》）

校殷洪元译《印地语语法》书稿。"1962 年领导上交给我这个任务，让我把全书译成汉语，作为高等学校教科书的教学参考用书，我用了将近两年的时间才把全书译完……教研室主任金克木教授审阅了全部译稿，提出了许多宝贵的意见。"[1]

12 月，当选中国人民政治协商会议第四届全国委员会委员。

1965 年　54 岁

节译印度古典文论三篇《舞论》《诗镜》《文镜》刊出，《古典

---

[1] 《印地语语法·译序》，商务印书馆，2016 年 1 月版，第 9 页。

文艺理论译丛》（十），人民文学出版社，1965年4月。"《舞论》（戏曲学）（Nātyas'āstra）是现存的古代印度最早的、系统的文艺理论著作。作者相传是婆罗多牟尼（Bharata-muni，即婆罗多仙人），这只是传说中的戏剧创始人的名字。成书的确切年代至今未定，一般认为大约是公元二世纪的产物；但书中引了一些传统的歌诀，可见书的内容及原型应更早于成书年代，可能在公元以前。有两种传本，各有不止一种不同写本。……《舞论》是一部诗体（歌诀式的）著作，只在很少地方夹杂散文的解说。它全面论述了戏剧工作的各个方面，从理论（戏剧的体裁和内容分析）到实践（表演程式等）无不具备，而主要是为了满足实际工作的需要，起一个戏剧工作者手册的作用。""《诗镜》（Kāvyādarsá）是古代印度同类书中现存的最早的两部之一。作者署名檀丁（Dandin），同一名下还有一部小说《十公子传》。《诗镜》是共三章，诗体，共六百六十节诗。……从本书内容可以看出这是古代印度早期文学理论的一个总结，实际是一本作诗手册。这一时期所着重的只是在形式方面，即'诗的形体'，所以着重在修词；后人才讨论到'诗的灵魂'，即文学的本质或特性。印度古典文学中所谓诗，常是广义的，指文学，但比现在我们所了解的文学的意义为狭。它指的是古典文学作家的作品，以我们现在称为史诗的《罗摩衍那》为最初的典范。""《文镜》（Sāhityadarpana）是十四世纪的著作，是古代印度文学理论中后期的综合论著。印度的梵文古典文学及其理论到此已经基本结束，后来虽有个别较有地位和影响的理论家，但没有重大的发展。……《文镜》的作者毗首那他（Viśvanātha）企图总结过去的文学理论，全面论述所谓文学（sāhitya，以前只称为诗，kāvya），并且评论前人的意见，提出自己的主张。"（《后记》）①

---

① 此处所引为刊出时的"后记"，《古代印度文艺理论文选》出版时，另有"引言"，两处略有小异。

给黄宝生文章打分。"在五年级的一次开卷考试时，我选译了印度古代宗教哲学诗《薄伽梵歌》中的 20 首诗，然后写了一篇译后记，运用阶级和阶级斗争的观点分析批判这部宗教哲学诗，结论是'它的全部内容是唯心的，反动的。印度历代统治阶级都利用它，作为巩固剥削制度和麻醉劳动人民的工具'。但是，金先生给我打的分数是 4 分。显然，这说明金先生当时的思想还是比较冷静的。因为金先生教过我们《薄伽梵歌》，他在讲解中并没有对这部作品采取简单的全盘否定态度。"[1]

第一批梵文巴利文本科生毕业。"我们在学习梵文的五年过程中，既接受了季先生德国模式的教学方法，也接受了金先生口耳相传的印度模式的教学方法。季先生侧重训练我们的理解和阅读能力，而金先生则同时训练我们的口耳反应。……他在课堂上常常按照印度人的方式，吟唱梵文颂诗给我们听。这是金先生的绝活之一。有幸听到金先生的吟唱，加深了我们对梵语的语感和对优美的梵语语言的欣赏能力。金先生也一直主张我们背诵梵文，他自己是开口就能背梵文颂诗的。他讲课时，总是生动形象，引人入胜。高年级时，他讲授深奥的《金七十论》《波你尼语法》时，都是深入浅出，融会贯通，使人掌握要领；讲授文学作品《迦丹波利》时，很长很长的复合词，有好几行，都是修饰语，他逐一分析，把长长的句子剖析得一目了然，还告诉我们像这样的长复合词，译成汉语，必须拆成一个一个短句，才能适应中国人的阅读习惯。"[2]

母亲病故，向达送葬。"一九六五年我的母亲病故时，向先生是唯一前来送葬的朋友。这使我不胜感念。这也表现了他的为人。因为无论照当时的情势或则他和我的私交，他都毫无必要这样做。

---

[1] 《黄宝生自述》，前揭，第 41—42 页。

[2] 郭良鋆，《师恩深如海——纪念金克木先生逝世一周年》，《南亚研究》2001 年第 1 期。

但是他一闻讯便来了。他这样做既不是出于公谊，也不是出于私情，而是出于他的个性，只是要为他所认识的一位邻人老母送葬。"（《由石刻引起的交谊——纪念向达先生》）

8月6日，参加政协欢迎李宗仁和夫人茶会。[1]

1966年　55岁

6月，成为"资产阶级反动学术权威""历史反革命"，经历批斗。"对那位教授的首次批斗是在外文楼上大会议室中。楼道里，从一层起直到二层，都贴满了大字报。还有不少幅漫画，画着这位教授手执钢刀，朱齿獠牙，点点鲜血从刀口上流了下来，想借此说明他杀人之多。一霎时，楼内血光闪闪，杀气腾腾。这样的气氛对一个根本不准发言的老人进行所谓'批斗'，其激烈程度概可想见了。结果是参加批斗的青年学生群情激昂，真话与假话并举，吐沫与骂声齐飞，空气中溢满了火药味。一只字纸篓扣到了老教授头上。不知道是哪一位小将把整瓶蓝墨水泼到了他的身上，他的衣服变成了斑驳陆离的美国军服。老先生就是在这样的情况下被勒令'滚蛋'走回家中去的。"[2]

抬石头，偶然大笑。"那是一九六六年夏秋之交，大学里如同

---

① 《人民日报》，1965年8月7日。

② 季羡林，《牛棚杂忆》，中国工人出版社，2009年7月版，第15页。据卞毓方《季羡林：清华其神·北大其魂》，江西教育出版社，2007年7月版，第104页，文中"那位教授"即金克木。后引《牛棚杂忆》，涉及金克木处，不另说明。"'文化大革命'开始后，我的两位老师都被'打倒'了。北大东语系又把我们叫回来，对两位老师进行批斗。主持会议的人说：'他们是杀人不见血的刽子手'。当我们上台发言念'最高指示'时，两位老师都鞠躬认罪，像往常一样，季先生穿着褪色的中山装，金先生穿着很旧的对襟小褂，他们面黄肌瘦，深度驼背，很显然，他们受了不少苦。"韩廷杰，《念师恩　讲梵文　钻佛学》，前揭。

开水锅，热闹非凡。不知怎么也有冷清的时候，有的地方会忽然平静无事，人都不知集中到什么地方去了。有一天，我正在和一些'牛鬼蛇神'搬运石头……和我同抬一筐的是化学系的傅鹰教授。两人不发一言，全心全意劳动。来回抬了几趟，不知怎么，突然寂无人声。在墙下卸完石头，抬头一看，只剩我们两个人。其他人不知哪里去了。竟没人给我们打招呼。我们也没有抬头看过周围的人，只低头劳动，入于人我两忘的高级禅境。这时猛然发现如在荒原，只有两个老头，对着一堆石头，一只筐，一根扁担，一堵墙，一片空地。""不约而同，两人迸发出一阵哈哈大笑。笑得极其开心，不知为什么，也想不到会笑出什么来。笑过了，谁也没说话，拾起扁担，抬起筐，照旧去搬运石头。不过，这一阵笑后，轻松多了。不慌不忙，不紧不慢，石头也不大不小，抬起来也不轻不重，缓步当车，自觉劳动，自然自在，自得其乐，什么化学公式佛教哲理全忘到九霄云外去了。这真是一生难得的一笑。开口大笑，不必说话，不用思想，超出了一切。是不是彼此别有会心？不一定。"（《三笑记》）

劳动与批判交替。"一九六六年又是这群流星朋友降临之年，赶上了我们正在创造'史无前例'的历史。那年十一月里还没有正式'牛棚'，有的只能算是预备班。我夹在一些修字号的书记和资字号的权威中间，到一个农村去白日劳动，晚间接受批判。那时只能低头认罪，哪敢抬头望天，都忘了头上有青天了。"（《忆昔流星雨》）

处理藏书。"从印度托运回来几箱书，又在武汉、北京稍稍聚集了一些。碰巧买到几函日本版《大藏经》和金陵刻经处刻印的旧书。不料'史无前例'，我自己把许多书送去废品收购站七分钱一公斤出售化为纸浆了。原因是我搬家让房，住进两间小屋，原来经过自称'儿童造反队'的几位小将检阅后乱堆在一起的书无处可堆，只好和我本人一样照废品处理了。"（《书城独白·前言》）"没舍得送这几部洋书回炉（按指吉本《罗马帝国衰亡史》、蒙森《罗马史》、恺撒的拉丁文附英文注释的《高卢战记》），但也只是记着几十年不见几乎对面不相识的老朋友而已。"(《骰子掷下了》)

与陈信德一起劳动。"这一天到这里报到劳动的只有我和陈两人，都有花甲左右的岁数。分派劳动的工人挠了一下头，然后举手向前一指，说：'对面有片空地，堆的都是废品，你们去整理一下。'……有一次忽然来了一队穿军服的红卫兵女将。为首的站在路口，叉着腰，大声问：'你们是什么人？'刚好我和陈抬着一筐土走过去，他在前，我在后，正走到她的面前。陈不慌不忙，不抬头，不停步，回答：'牛鬼蛇神。'没阻拦，通过了。我衷心佩服。若是我，一迟疑，免不了接受'飒爽英姿'的一耳光奖赏。另一次遇上同样情况，是监督劳动的工人阻拦了我们。为首的气势汹汹问他：'你是什么人？'回答很干脆：'无产阶级。'这四个字起了作用，我们照旧劳动不止。"(《废品》)

忽见孔乙己。"到一九六六年我拔草、清除垃圾、打扫厕所时想起来的小说人物只有孔乙己。'我是孔乙己吗？'五四时期的小说已经几十年不看了，但儿时描红写的'上大人孔乙己'和说'多乎哉，不多也'的《论语》句子的落魄文人还从小到老跟定了我。"(《〈活动变人形〉书后》)

无产阶级"文化大革命"起。

1967年　56岁

监督劳动。"我们这一对难兄难弟，东语系的创办人，今天同为阶下囚。每天八点到指定的地方去集合，在一个工人监督下去干杂活。十二点回家，下午两点再去，晚上六点回家。劳动的地方很多，工种也有变换，有时候一天换一个地方。我们二人就像是一对能思考会说话的牛马，在工人的鞭子下，让干什么干什么，半句话也不敢说，不敢问。"①

　　劳动，又得大笑。"有一天，留在空空一座大楼里劳动的只有三个人。我，教日文的刘振瀛和一位嫁给中国丈夫的日本女人，她取的中国姓是李。我们的任务是擦窗户。……后来要站上窗台去清除上层积垢，两个老头都面有难色。虽是二楼，摔下去也不是玩的。还是她，自告奋勇，一跳便站上去。我给她递工具。……任务完成，她一回身便往下跳。我出于本能，不自量力，伸手去保护。哪知她心里也不踏实，跳下时怕往外倒，竟向内侧着，一见我伸手，转身一躲，反而维持不住平衡，一下子靠到我的手臂上。我本是无心中举臂，并未用力，也跟着一歪。幸而她不到三十岁，我也不过五十多，脚跟还站得稳，都没跌倒。旁边的刘出于意外吓了一跳。三人定过神来，不由自主同声哈哈一笑。……我记到现在，因为这是我的第二次老来开心大笑。"②（《三笑记》）

1968年　57岁

　　劳动改造。"到了太平庄以后，我们被安排在一些平房里住下。……门窗几乎没有一扇是完整的。屋里到处布满尘土，木板床上也积了很厚的土。好在我们此时已经不再像人。什么卫生不卫生，已经同我们无关了。每屋住四个黑帮，与我同屋的有东语系那一位老教授……我干了几天活以后，心理的负担，身体的疲劳，再加上在学校大批斗时的伤痕，我身心完全垮了。……押解人员大发慈悲，命令与我同住的那一位东语系的老教授给我打饭，不让我去栽秧，但是不干活是不行的，安排我在院子里拣砖头石块，扔到院

① 　季羡林，《牛棚杂忆》，前揭，第69页。
② 　文中云此为与傅鹰一次大笑之后"不到一年"，系此。

子外面去。"①

　　进"牛棚"，劳动加批斗。"囚禁在牛棚里，每天在监改人员或每天到这里要人的工人押解下到什么地方去劳动。……但是劳动并不是我们现在惟一的生活内容，换句话说，并不是惟一的'改造'手段。……劳动不行怎么办呢？济之以批斗。……牛棚里是根本没有什么午休的。东语系那位老教授，就因为午饭后坐着打了一个盹儿，被牢头禁子发现，叫到院子里在太阳下晒了一个钟头，好像也是眼睛对着太阳。"②

　　背诵语录。"在出发劳动之前，我们必须到树干上悬挂的黑板下，抄录今天要背诵的'最高指示'。这指示往往相当长。每一个'罪犯'，今天不管是干什么活，到哪里去干活，都必须背得滚瓜烂熟。任何监改人员，不管什么场合，都可能让你背诵。倘若背错一个字，轻则一个耳光，重则更严厉的惩罚。"③"约在一九六八年，我和金先生同住在一个'牛棚'里……那个时候时兴背语录。监管人员不时突然袭击令某人背某条语录，背时如有遗漏或错误，即遭呵斥，重者责打。……金先生平时不大背语录。有一天晚上，监管人员突然光临，查背语录。……轮到金先生时，监管人员故意让他背一条挺长的语录。……金先生不慌不忙，镇定自若，高声朗诵，竟一字不差。"④

① 季羡林，《牛棚杂忆》，前揭，第81、82—83页。

② 季羡林，《牛棚杂忆》，前揭，第91、103、111—112页。

③ 季羡林，《牛棚杂忆》，前揭，第93页。

④ 殷洪元，《忆金克木先生》，前揭。徐城北《说"背诵"》(《光明日报》1987年4月19日)："北京大学东语系有位金克木教授，他的背诵曾使造反派们哭笑不得。原来，他仅仅取了'老三篇'的'立意'，却化成自己的习惯语言(甚至还有习惯语调和手势)去进行宣讲！应该庆幸，金教授没有被认作是'恶意攻击'，因为在长期教学生涯中，其'博学却不强记'在学生中是出了名的。"徐说法与殷有异，或是不同情形。

1969年　58岁

　　劳动改造期间，见人读外文书。"二十年前我和一些'牛鬼蛇神'同去郊区劳动改造。有一天清晨，我在仅有芦席围着的露天厕所里发现一个人手拿一张撕下的外文书页在看。我正在极力忘掉学过的外文而怕忘不掉，怎么还有人怕忘掉呢？这人就是徐继曾。"（《叹逝》）

　　赴江西南昌县鲤鱼洲筹建农场。"六十年代末，七十年代初，整整两年我有幸逢上了极为难得的经历。用无限的紧张压碎有限的思维。超负荷的体力劳动替代微弱的脑力运转。通宵夜战'五·一六'。划破午夜长空的紧急集合号。急风暴雨中和天上地下的泥泞搏斗。冰天雪地里修堤露营埋锅造饭急行军。我在打谷场上曾一连二十多小时不眠不休，最后才有一位工人看出来，说，不要等替工了，回去睡觉吧。夜间大雷雨，我一个人落后，湿淋淋跌跌撞撞暗中摸索回去，居然没有被狂风吹倒。最后进仓库宿舍时人人视而不见，如逢鬼影。真是稀罕的感受：生如死，有若无。"[1]（《译匠天缘》）

　　听领导谈阿波罗号登月。"有一回在那种旷野学校里，我和许多人坐在地上听一位大领导的训话。他高呼：'美国人到月亮上去抓一把土回来，能解决失业问题吗？'当时我非常佩服他的想象力，不知道他说的是事实。"[2]（《倒读历史》）

---

[1]　"昨日和今日，全校 20 个单位 1658 人分批出发到江西南昌鲤鱼洲北大试验农场种地，改造思想。"《北京大学纪事（1898—1997）》（征求意见稿）（上）1969年 10 月 27 日条，前揭，第 685 页。当在此前后至鲤鱼洲，系此。

[2]　阿波罗号 1969 年 7 月登陆月球，系此。

1970年　59岁

江西鄱阳湖畔鲤鱼洲农场劳动。"1970年前后，我在江西鄱阳湖畔鲤鱼洲'五七干校'劳动。"(《译匠天缘》)"有幸得到种种劳动经历。单就农田说，我从选种育秧插秧挠秧施肥收割一直到晒谷收场全套从头到尾都动手动脚干过。在烈日曝晒的谷场上用光脚走来走去踢翻滚烫的稻谷真是别有一番滋味。谷子干到什么样可以入仓？我也学会了用牙一咬便知干燥程度。开头只怕插下秧去不活，总想多望两眼，总是慢得落到最后致受讥笑。看到收来稻谷不知一万斤粮食有多大一堆。到自己也抬起一包包稻谷，又记下人家秤上的斤数时，我竟也能一眼望去略估数量。在谷仓中学会用长温度计测温，凭眼看手摸便能大致分别'珍珠矮'等许多不同品种。在拾穗时见到像芦荻一样的奇异的杂种稻和根上再生的新谷。此外还有种种劳动风光，例如我赶外来偷谷的猪失败才知猪狡猾，月夜看场听蒙族老同事讲沦陷区旧事等等，数也数不尽。紧张加紧迫。还有'要准备打仗'的实战训练一次又一次。时刻会有的突击行动，夜战，午战，难关一道道，我也一一度过了。我仗的是信而不疑，心中无问号，精神果然能变物质。通宵夜战抬土后天亮时能连吃六个萝卜馅大包子，还能高歌正步加跑步回草棚军营不知疲倦。可以用当时口气说：这才是'干校'，这才是'五七战士'。"(《冰冷的是火》)

劳动改造感想。"我想到自己，自己在湖底造田的两年。在大风雨中用沙筑路，冲了又修，修了又冲。挑泥上大堤去为水闸筑坝。挑两筐泥一倒就被风雨吹撒下来，再挑上去，再流下来。水与泥俱飞，人与泥一色。真有愚公移山的气概。那时的理论是'不算经济账，要算政治账'。'要的不是物质财富，要的是精神财富。'这就是为劳动而劳动。这才能改造出唯有体力劳动至上的世界观。

（'不问收获，但问耕耘'，'不谋其利'，'不计其功'，真是古老的世界观啊！）"（《〈活动变人形〉书后》）

讨论外语问题。"二十年前在江西鲤鱼洲北大分校劳动时，外语系科的人合组一个连。由于开始招工农兵学员到大学进行'上、管、改'，领导说，学外语的人可以重捡起外语了。有一次，恰巧杨周翰、殷葆书和我对坐在草棚中相距不过一米的双层床的下铺上，偶然提到了翻译。我问，'倚老卖老'在英文中有没有对应的话。大家想不出来。我说，我们把'封、资、修'的东西忘得差不多了。三人都不由得笑了起来。各人笑得不一样，但都是真正开心的笑。"[1]（《叹逝》）

1971 年　60 岁

农场撤销，回京。"我沉默着度过了一生中最少说话的两年，成为地地道道的无人过问的废品，不因不定罪的准犯人，居然无病无灾。直到开始感到心肺胃全不正常四肢无力时，才奉命离开鄱阳湖畔回北京。这正是我跨入虚岁花甲诞辰的前夕。"[2]（《冰冷的是火》）

回京日常。"孩子们全上山下乡在'广阔天地'里接受'再教育'。只有我和老伴在两间小屋的残余书堆中相会。我又学会了煮饭烙饼炒菜生炉子从机器井打水，直到试用三种方式炖小沙锅红烧肉。对于出了什么大事我不闻不问。尽管身体已大不如前，我还是

---

[1]　据《北京大学纪事（1898—1997）》（征求意见稿），鲤鱼洲北大分校1970年开始招收工农兵学员，系此。

[2]　"校党委会讨论决定：江西鲤鱼洲北大实验农场撤销，将农场和德安化肥厂移交给地方办，在农场劳动的教职员分批撤回。"《北京大学纪事（1898—1997）》（征求意见稿）（上），前揭，第707页。

深深怀念用体不用脑事事听从人不必自己想的无忧无虑的快乐，对于还要自己再用头脑有一种莫名的恐惧。这时我差不多达到了忘记书本也不大识字的高级水平。什么拼音象形左行右行洋文中文统统陌生，对堆在屋里的残余书籍翻也不想翻。脱离了六十年的字纸生活而在百尺竿头更进入'无文'的最高境界是我向往的目标。"（《冰冷的是火》）

林彪事件。

1972 年　61 岁

见徐盈、彭子冈、沈从文。"由于一九七一年发生了意外大事件，第二年许多人都放松了。'五七干校'也陆续不声不响了。我进城时才想到去徐家看他们。恰好接着来了沈从文，还带来一包酱肉。在他家吃了一顿他们夫妇亲手当面做成的饭。这时我们全不是作家了，当然也全不谈书本，更不涉政治。子冈滔滔不绝讲儿子徐城北怎么去新疆。她说到儿子还会写毛笔字作旧诗时，三个男人都好像没听见，谁也未加评论。"（《徐盈的未刊小说》）

看画有感。"大约是一九七二年之后，我偶然遇上了一位旧识前辈文人。他邀我同去故宫看新展出的画。那时看展览的人很少。他和我一幅又一幅看中国古画，还不时低声议论，竟有两个小时之久。他已年过七十，我也满了六十岁，居然不知疲倦。我听他从独特的视角谈人物画，发出特别的见解。有时我问他问题，他多不答复。他好像是对我讲了他无处去讲的对艺术尤其是古代人物画的与众不同的看法。他爱重复说的一句话是'猜谜子'，意思是许多人看画谈画是猜谜，不求实证。这使我想到，原来我们观察

艺术往往是猜谜。这岂止是对艺术？"①（《百年投影：一八九八——一九九七》）

宣布为平常人。"有一次会上（一九七二年）当众宣布我还是平常人以后，我终于能够安然以废品身份终老。"②（《冰冷的是火》）

1973年　62岁

被迫考试。"一天夜里我得到通知要立刻去一个教室。……随即有人拿着一卷纸走过来散发。我一看纸上油印的字，都是数理化考题，才恍然大悟，是一场考试。……有些人在看，有些人在写，有些人站起来，走过去，交卷就走。我自然也要学习交白卷的革命行动，何况那些题目我也不懂，便心安理得交卷走了。"③（《教师应考》）"金先生说：接到卷子，他毫不犹豫地在右上角分数栏中打

---

① "前辈文人"疑为沈从文。1972年沈从文七十岁，金克木六十岁，"猜谜子"沈文中常用。暂此。

② "原东语系教研室主任金克木在解除'托派嫌疑'后，精神振奋，表示：'谁对梵文、巴利文不懂，有什么问题，都可以来找我。'他还开始着手编校《汉语印地语字典》和《乌尔都语汉语字典》。"《"批林整风"运动》，http://theory.southcn.com/dswk/ghls/shzygmjs/200311200994.htm。未知作者，待考。

③ "1973年12月30日上午，国务院科教组、北京市革委会文教组召开会议，确定对北京十七所高校的教授、副教授进行一场考试。上午刚开完会，就组织专人在清华大学出题，考题则是从1973年全国高校招生的数、理、化考题中挑选，选定后即印考卷，紧急送往各高校。下午至晚上，各校即以开座谈会的名义，事前没有通知，骗教授们到会议室或教室，突然宣布考试，并特意强调依据旧教育制度的考试方法，规定考场上不许交头接耳，要求两小时内交卷。一些在校的工农兵学员出现在考场，充当临时监考人，无形中就变成社会上流传的'学生考教授'的版本。""北大教授金克木说：'用这样的题考工农兵，完全是刁难，是有意阻碍工农兵上大学。'"陈徒手《"文革"期间北京出题考教授小记》，载《掌故》（第一集），前揭，第202页。

了个大零蛋，交卷走人。我笑着问：为什么要自己打零分？他说：他们不就希望这个结果吗？我让他们高兴高兴。"[1]

1974年　63岁

重读《论语》。"到七十年代初期忽然要'批孔'，于是又读。那时从干校回城不久，读到书中说'何必读书然后为学？'好像正是对当时的我说的。又读到'割鸡焉用牛刀'。'四海之内皆兄弟也。''老而不死是为贼。''既来之，则安之。'都像是对我说的，我也很感兴趣。再读和没再读不一样。"[2]（《答问"喜欢什么书"》）

沈祖棻作《岁暮怀人》四十二首，忆及。"月黑挑灯偏说鬼，酒阑挥麈更谈玄。斯人一去风流歇，寂寞空山廿五年。"程千帆笺有云："止默善清谈，朋侪中罕匹也。"[3]

与人谈文化。"'文革'还没结束，北大宿舍楼盖起来，我和金先生是邻居，经常串门，当时没什么可谈的，就是谈文化的事情。我印象比较深的是他问问题，让我回答。他有时问我，你是学经济的，印度的社会压迫，最底层最痛苦，但农民起义在印度很小，没有大规模的农民起义，后来的数次农民起义和反英结合起来，这是什么缘故？我不太清楚，我设想可能跟文化有关。他说对，印度之所以没有大规模的农民起义可能是和印度的宗教对社会思想的影响有关的。"[4]

---

① 《随缘做去，直道行之：方广锠序跋杂文集》，国家图书馆出版社，2011年11月版，第43页。

② 1974年1月开始"批孔"，系此。

③ 《沈祖棻诗词集》，江苏古籍出版社，1994年8月版，第282页。

④ 厉以宁在《金克木集》座谈会上的发言，载《深圳晚报》2011年6月5日。据平新乔《学生的荣幸》（http://pkunews.pku.edu.cn/pub/pkunews/ztrd/jjxyxbnzt/3499-240089.htm），厉以宁1974年搬入蔚秀园，系此。

与徐祖正相与谈笑。"'文革'末期，我从江西乡间回来，不再是'五七战士'，搬在他住的宿舍园子里，才在清晨园外散步时见到他。有一次我对他提到三十年代初在北京教英文的几位中外男女人士，他都熟悉。当年那些人在我的青年眼光和他的同辈眼光中都各有不同趣味。我一提到，彼此所知的人和事一样而所见所闻所感不同，四顾无人，不禁两人同时哈哈大笑。那一笑，对我是久别，对徐先生是稀客。"（《记徐祖正》）[①]

"批林批孔"运动起。

1975年　64岁

3月12日，参加孙中山逝世五十周年纪念仪式。[②]

重新大量读书。"'文革'以后，七十年代中，我不读书已有十年，除工作需要外不读别的书已有二十多年。这时到图书馆一看，中国书，外国书，不论什么文，全成了'似曾相识'。自己觉得如同一张白纸，照说是可以画最新最美的图画，不幸我这张白纸好像是只能画出不新不美的图画。只好从头再来，再认字，再读书，可是不觉苦，反觉乐。这时没有负担，任意胡看书，不管懂不懂。不料在白纸上一切颜色平等，古今中外通了气，看古文如看外文，中外成为古今。愈分别，愈通连。愈求其同，愈显其异。愈判其异，愈见其同。又糊涂，又明白。于是禁不住要提问题谈古今了。"[③]

---

① 暂系此年。

② 《人民日报》，1975年3月13日。

③ "那是七十年代末，他身体还可以，每天从蔚秀园走到东校门附近的教师阅览室去看新书和杂志。……北大盖了新图书馆后，金先生便天天去新馆，不但阅读印度学方面的书籍，还阅读大量西方各种新的学术思潮方面的书籍，例如符号学、信息学、比较人类学等等。他见到我，又开始滔滔不绝地跟我谈起这十年国外印度学发展的情况，告诉我要关注哪些领域的研究，选择课题等等。"郭良鋆，《师恩深如海》，前揭。1975年，北京大学图书馆新馆投入使用，系此。

（《蜗角古今谈·前言》）

与吴组缃谈《金瓶梅》。"在'文革'后期，他曾被指定写一篇论《金瓶梅》的文字，说是因为不准别人看这部书，所以只能由他来写。他拿稿子给我看。我随手在后面加了《圣叹外书》，说这是我所见过的，那时还很少的，对这部小说的古今评论中，从来未有的'大手笔'。"（《雪灯——悼吴组缃教授》）[1]

1976年 65岁

与俞敏谈梵文。"七十年代末期，他忽然给我一封信，问到与梵文有关的问题。我去图书馆查到资料抄译给他并提了意见。于是他来找我谈话了。他研究梵汉对音。那是钢和泰提出，汪荣宝首先应用于一篇著名论文中的。我对他谈了我的想法。最近我才知道德国人研究中国纳西族的东巴文献的消息，联想到欧洲人研究梵文文献以及中外许多专家研究中国古韵，才恍然悟到我说的对他们全是外行话。专家的构拟古音系除中国传统外还是欧洲古文献学的十九世纪以来的传统，而我所谈的是另一条道上的语文学。彼此都对，因为不是一回事。"[2]（《送俞敏教授》）

周恩来、毛泽东去世，"四人帮"倒台。

1977年 66岁

与梁思庄交谈。"七十年代我和她住的较近，常见面。初见时，没说几句话，不留意提起她父亲，我看她好像要照当时习惯给父亲'戴帽子'，连忙说，我的新学识的开口奶是《饮冰室文集》和《新

---

[1] 暂系此年。

[2] 1970年代末，逐渐开始恢复学术工作，暂此。

民丛报》。历史人物是属于历史的。很快我们就可以不拘形迹谈话了。"① (《北大图书馆长谱》)

与严济慈交谈。"七十年代末八十年代初,严先生忽然兴高采烈宣传科学了。有一次我便想到了这部书,向他提起。他笑了起来,说,'那时我还是大学生,编出书来,卖给商务,得了稿费,是三百元吧,我就毕业去法国了。'"(《混合算学》)②

党中央正式宣布"文化大革命"结束。

1978年　67岁

2月,当选中国人民政治协商会议第五届全国委员会委员。

转任北京大学与中国社会科学院合办南亚研究所教授。

重新开始读书写作。"大约一九七八年以后,我才再到图书馆去公然看一点不是指定非看不可的书。许多年没有这样看书,从前学过的几乎全忘了,世上的新书和新学全不知道。无论中文书、外文书,看起来都是似曾相识。我仿佛返老还童,又回到了六十年以前初读书的时代,什么书都想找来看看。图书馆中新书不成系统,东一本,西一本,外国刊物也不容易看到。那时我不能算是读书,只是像好奇的小孩子一样看书。看着,看着,随手写下一点小文,试试还会不会写十几年或几十年前那样的文章。笔也呆笨,文也不好。"(《旧学新知集·自序》)

对来访者谈。"我与他的相识,开始于1978年秋。……我去北大,贸然登门拜访了先生。虽是第一次见面,但颇有一见如故之感。当他得知我是搞鲁迅研究的,便直言不讳地对我说,毛泽东

---

① 暂系此年。
② 暂系此年。文中严济慈的书名应为误记,参1925年"小学毕业,读《混合算学教科书》"条注。

的'三个伟大'把问题说完了，你还怎么搞法？又问：安徽对'桐城派'有什么看法？你想过没有，'八股文'为什么影响时间这么久？与方苞'古文'的关系如何？等等。一连串的提问，使我感到先生'才气逼人'，弄得我有点手足无措，难以应答。"①

朱锡侯介绍张曼菱认识。"1978年秋天，朱伯伯夫妇来到北大，带我去探望他的老友金克木，郑重地拜托金先生指导我。"②

11月20日，参加向达追悼会。③

《说"有分识"（Bhavaṅga）》再刊，张曼涛编《现代佛教学术丛刊26 第3辑6 唯识思想论集 唯识学专集之四》，大乘文化出版社，1978年11月版。

1979年　68岁

学日语。"七十年代末，我快七十岁了，忽然读日文。可是不行了。尽管学得不慢又能领会，独自啃得起劲，却随学随忘，记不住了。……学了一点点，我的微末企图也算实现了，尝到了日本人讲话作文的语气味道，不仅是说'初次会面，多多关照'。本来就没敢存直接读夏目漱石的奢望。《我是猫》《哥儿》连题目都没有传

---

① 王献永，《智者的魅力——敬悼金克木先生》，《江淮论坛》，2000年第5期。《文艺的地域学研究设想》提到桐城派问题："桐城派作为古文流派是出于一地而不限于一地。为什么姚鼐禀承方苞、刘大櫆能兴起一种文风和文学理论？桐城文风的长期不衰，这是不是和清代桐城所产生的官宦文人有关？清初三朝元老、《明史》总裁（主编）张廷玉是桐城人。国外已有人著书以社会学观点调查桐城张家。桐城方氏大族的方苞既是时文（八股文）一大家，又是古文名家。明清之际的思想家方以智是桐城人。清代文字狱《南山集》案的藏名世是桐城人。方苞曾因此案牵连入狱。"

② 张曼菱，《北大回忆》，《长江文艺》，2014年第5期。

③ 向达1966年去世，追悼会1978年举行，《光明日报》1978年12月2日有报道。向达追悼会签名本上有金克木签名，系此。签名本私人所藏。

神译法，不学日文也能知道。这也不是学会普通日文就能领会的。我只是有一个不好的习惯。读文学作品若一点没接触过作者所用语言，不明语气，就觉得不大舒服。不能读原文也得知道一点原来是什么样子。读译文会忽而想起原来该是什么样子。"①（《无声的惊雷》）

通读奥斯汀原文。"我也是到七十年代后期才通读她的六部小说原文的。许多评论我几乎一点不知道。我只是有个感觉，那正是当时英国本土普通老百姓中一部分人没落的遗照。这样的人也许是再也没有了。这样的心还有没有？'傲慢'哪，'偏见'哪，'理智'哪，'情感'哪，难道仅仅是书中那几个人的心吗？这位女作家不是仙子。她跳不出当时英国及世界形势的如来佛手掌心的。不是那样的时候不会出那样的人。"②（《无声的惊雷》）

重新对围棋产生兴趣。"'文革'后我和九三副主席、北京大学教授王竹溪偶然谈起围棋，见到他手抄的日本棋谱，便借来看，重新产生棋趣。但我只能打谱，从不上阵，知道所有会下棋的人都不愿和'未入流'对局。"③（《九三弈士》）

10月，当选九三学社第六届常务委员。

《印度大史诗〈摩诃婆罗多〉的楔子剖析》（附《蛇祭缘起——〈摩诃婆罗多〉第一篇第三章》）刊《外国文学研究》1979年第3期。《印度的绘画六支和中国的绘画六法》（据《古代印度文艺理论文选》前言中的一节改写）刊《读书》1979年第5期。《概念的人物化——介绍古代印度的一种戏剧类型》，写于1979年11月，刊《外国戏剧》1980年第3期。《韩素音和她的几本书》刊《读书》1979年第6期。《〈韩素音和她的几本书〉更正》刊《读书》1979年第9期。

---

① 暂系此年。

② 暂系此年。

③ 1979年九三学社召开第三次全国代表大会，暂此。

1980年　69岁

作《晚霞》，未见发表。"注意！这夜气中的生机，愁眉中的笑意，/傍晚的黎明，高声的细语，为起身的休息。/莫迟延，/不远，不远，/春色无边。"

与朱光潜谈其《文艺心理学》。"朱的原书和理论构想实际上是从亚里士多德的《诗学》发展下来的，对于艺术和心理本身并未着重而且理论只到二十世纪初期他的留学时代。这一点，我和他也偶然私下谈到过。那已经是七十年代末，他决定把余年送给黑格尔和维柯，没有心思谈这问题了。"① （《魂步·晚上好》）

指导郭良鋆做研究。"那时，我在哲学所，与黄宝生合译了恰托巴底亚耶的《印度哲学》。金先生对我说，研究印度哲学的真正切入点是正理派哲学。叫我可以先翻译较晚的一部介绍正理哲学的梵文著作《思辨概要》（Tarkasamgraha），熟悉了正理派的主要哲学术语，再深入下去，便容易了。我听取金先生的意见，翻译了梵文《思辨概要》，虽然篇幅不长，但这是自己梵文翻译的处女作。这篇译作发表后，始终受到国内研究因明逻辑的学者们的欢迎和好评。后来，金先生又将自己珍藏的达鲁瓦（A. B. Dhruva）校勘的梵文本《入正理论》借给我，说可以做梵汉对照。"②

《谈谈汉译佛教文献》刊《江淮论坛》1980年第5期。提出一种佛教文献分类（阅读）方式，即按对内与对外，确认著述者的读者对象，指出佛教理论的修行特征。"（按佛教文献）可以大别为二类，一是对外宣传品，一是内部读物。（这只是就近取譬，借今喻

---

① 朱光潜1980年2月25日致陈望衡信，"今年拟译维柯的《新科学》"。《朱光潜全集》第10卷，安徽教育出版社1993年版，第488页。暂此。

② 郭良鋆，《师恩深如海》，前揭。《印度哲学》出版于1980年，谈话当在此前后，系此。

古，以便了解；今古不同，幸勿误会。）不但佛书，其他古书往往也有内外之别。讲给别人听的，自己人内部用的，大有不同。……古人著书差不多都是心目中有一定范围的读者的。所谓'传之其人'，就是指不得外传。……佛教文献中的'经'，大多是为宣传和推广用的。……'内部读物'首先是'律'。各派自有戒律，本是不许未受戒者知道的。原来只有些条文（'戒本'），其他应是靠口传，不对外的。……算在'论'里的一些理论专著，有的实是词典，如《阿毗达磨集论》，或百科全书，如《阿毗达磨俱舍论》。……至于秘密部的经咒，本身当然是对内的，而应用却往往对外，借以壮大声势，提高神秘莫测的地位。""有一点应当指出，佛教理论同其他宗教的理论一样，不是尚空谈的，是讲修行的，很多理论与修行实践有关。当然这都是内部学习，不是对外宣传的。"

《古代印度文艺理论文选》出版，人民文学出版社，1980 年 1月。节译古代印度文艺理论《舞论》《诗镜》《韵光》《诗光》《文镜》五种。"《韵光》是大约九世纪的著作，书中有诗体歌诀和散文说明。作者署名阿难陀伐弹那（欢增）。他究竟只是书中散文说明部分的作者，还是同时是诗体本文的作者，至今未有定论。……《韵光》在印度古典文学理论的发展史中占有极其重要的地位。它把以前的形式主义的注重修词手法的理论传统打破了，创立了一个系统完整的关于'诗的灵魂'的理论。它吸收了一些语言学和哲学的论点作为依据，进一步发展了从《舞论》以来的'味'的理论，将这一方面的理论探讨大大推向前进，从而影响了几乎所有后来的文学理论家。……它显然是印度古典文学理论发展过程中分别前后期的重要里程碑。""《诗光》作者曼摩吒大约生于十一世纪。……他的这部综合前人论诗学说并自抒己见的著作在印度从古至今享有很高的声誉，可以算是最流行的一部古典文学理论读本。……《诗光》的作者正是处于盛极将衰的时代，因此他的书可以看作是古典

诗论的一个总结。"①（《引言》）

端木蕻良赠所著《曹雪芹》，作《题小说曹雪芹上册三首》以答。"一枚顽石堕情天，参透宫中无字禅。掩卷怃然头自点，红楼梦是镜花缘。""谁绘人间百态图，漫天星斗一灯孤。何须彩笔托仙梦，自有千年不朽书。""荒唐言语泪辛酸，智慧痴愚一例看。欲索解人施棒喝，茫茫风雪现僧冠。"

《寄所思二章——为纪念诗人戴望舒逝世三十周年作》刊《诗刊》1980 年第 5 期。

《从鉴真东渡传梵本谈起》，刊《读书》1980 年第 6 期。《试论梵语中的"有——存在"》，1979 年据 1945 年稿改写，刊《哲学研究》1980 年第 7 期。

1981 年　70 岁

鼓励年轻人写作。"要写，一定要写。……不一定要写大块文章，有一点就写一点。也不一定要专门写，平时修课的作业，课程的报告，认真地做，就可以是好文章。……写好了，就投出去。退稿也没什么了不起，可以再投嘛。写多了，就会有提高。……从现在就开始。不要等！等什么呢？……不要学黄季刚，总是等，等到最后，把时机都错过了。"②

11 月 12 日，参加孙中山诞辰 115 周年纪念仪式。③

《记〈菊与刀〉——兼谈比较文化和比较哲学》刊《读书》1981 年第 6 期。介绍本尼迪克特著作，指出文化人类学的作用，说明其工作方式。"没有一个人能只是一张白纸或一台机器一样的生

---

① 《舞论》《诗镜》《文镜》三篇要点已见发表时，不另。
② 陈纳，《金克木先生的"不要等"》，《解放日报》，2012 年 1 月 20 日。
③ 《人民日报》，1981 年 11 月 13 日。

物的人，而是从生下来就要接受无形的社会传统教育的社会的人。每个人的心理状态不能只是生理的，而必然同时是社会的。社会学、社会心理学、社会语言学等所研究的各有一个方面，而人类学则从文化即民俗的方面来观察研究，分析个人不自觉也不自主的，从小就接受下来的风俗习惯、行为规范、道德观念等等。……许多零星的似乎彼此不相关连的小事，其实往往是社会文化大系统中的构成部分，彼此大有关系。经济的、家庭的、宗教的、政治的等等行为都是互相渗透的。人类学者并不专门研究其中一个方面，而是要找寻人们在日常生活中的行为所内含的前提。人都是戴着眼镜看事情的，看法指导行为。人类学者就要分析研究这些不同眼镜的镜片，并且归纳出类型。"

修订《梵语语法〈波你尼经〉概述》，刊《语言学论丛》第7辑，商务印书馆，1981年7月。介绍《波你尼经》的出现背景，阐述体例，分析其语法体系，兼及照语法体系编排此书的《月光疏》，随时点出两书的独特形式并与中国相关文献比较。"《波你尼经》是一部概括全部梵语语法的'经'体的书，是用符号语言编成口诀仿佛咒语的封闭的书。……我不认为这仅仅是教人学习梵语的手册，而认为是概括表述当时知识界内形成的通行语（梵语）的规范，是一种文化思想建构的表现。波你尼总结前人成果编成口诀，一为容易记诵，二为可以保密以见'神圣'，三则是自觉发现了（实是建构了）规范语言的总的结构体系，以为是发现了语言的规范，亦即思想文化的，亦即宇宙一切的规范，因而必须作成'经'体，赋予神秘性。这部《经》和我们的《内经》《参同契》有类似之处。现在我又觉得这部语言符号的文法书更类似形象符号的《易经》。两书虽都以符号组成，但所蕴含及传达的信息和传达信息的方式彼此不同，而符号网络的构成及内含的思想根源却有相通之处。"（《〈梵佛探〉自序》）"《波你尼经》从语词的声音变化分析梵语，得出

'词根'及其发展变化的规律，但他的书不是一般教学用书，或者说，是供背诵记忆的课本，而不是供学习理解的课本。连古代印度人也不能只靠背诵它学会梵语。……这书是口口传授不立文字的口诀。古代印度许多书都是靠背诵传授而不写下来的，因此记音的字形并不统一而语音却统一而不能差。梵语即雅语是不许变的，变了的便算是各种俗语。前者是文言而后者是白话。印度重字音而不重字形，这和我国古代情况恰好相反。……《疏》的难懂并不亚于《经》，甚至有时还超过《经》。我们由此也可以看出'经'和'疏'体裁的特点。两者以及其他语法著作，还有哲学和科学的'经'体、'疏'体著作，都显然不是给外行读懂而是供本行内部学习讨论的。"

《〈印度文学和世界文学〉译文题记——略谈比较文学》（附《印度文学和世界文学》），写于 1980 年，刊《外国文学研究》1981年第 2 期。《泰戈尔的〈什么是艺术〉和〈吉檀迦利〉试解》刊《南亚研究》1981 年第 3 期。《古代印度唯物主义哲学管窥——兼论"婆罗门""沙门"及世俗文化》，刊《江淮论坛》1981 年第 4期。《〈蛙氏奥义书〉的神秘主义试析》，刊《哲学研究》1981 年第6 期。

光明又黑暗，仿佛明暗山。

——迦梨陀娑

下编　神游时代

（1982—2000）

1982 年　71 岁

退休。"七十岁开始可以诸事不做而拿退休金，不愁没有一碗饭吃，自由自在，自得其乐。要看书可以随便乱翻。金庸、梁羽生、克里斯蒂、松本清张，从前哪能拜读？现在可以了。随看随忘，便扔在一边。无忧无虑，无人打扰，不必出门而自有天地。真是无限风光在老年。"[1]（《老来乐》）

对张曼菱谈其小说。"语言好。这是很大的优势。文学的很大一半就是语言嘛。但我看你的小说，一到要害的地方，你就跳过去了。不知道是故意的，还是没发现。读者最想知道的地方，你闪过去了。我估计那就是你的真实生活，你不愿意全部抖出来。可是写小说，这就是'文眼'，是最精彩的地方，你必须贡献给读者。……还有，你不会写对话。你的对话不行，太简洁，生活里没有这样对话的。对话是小说的重要部分。"[2]

9 月 14 日，参加九三学社中央常务委员会会议，发言。[3]

重阳前一日，作《鹧鸪天——读〈柳如是别传〉》："寒柳金明俱已休。那堪回首旧风流。纵横盲左凌云笔，寂寞人间白玉楼。情脉脉，意悠悠。空怀家国古今愁。何须更说前朝事，待唱新词对晚秋。"

《三谈比较文化》刊《读书》1982 年第 7 期。由古代印度传至中国的佛教文献整理，追问佛教文化如何传入和接受，其中的思想和哲学部分怎样被吸收，又是如何中国化的，提及韩愈的意义与

---

[1]　"尤其七十岁上办了退休，无须再上课堂为学生讲课了，剩下的正事也只有写文章了。"徐城北，《海阔天空金克木》，《北京青年报》，2010 年 12 月 25 日。年龄按实岁，暂此。

[2]　张曼菱，《北大回忆》，前揭。张曼菱小说处女作《有一个美丽的地方》发表于《当代》1982 年第 3 期，暂此。

[3]　《人民日报》，1982 年 9 月 17 日。

三教合一问题。"进来的新文化必定对原来社会中至少是某一集团有利，最终导致对社会结构的稳定和发展有利，才能被转化吸收成为新文化的一部分。这也不是少数统治者或则知识分子所能决定的。……在中国，特别是在汉族中，这（按佛教文化中的思想成分）怎样能适应原有的文化形态？说来话长，只要指出一个要点：这种理论的强有力的'随机'性。看来是僵死的教条却有无比的灵活性。它可以是承认'一切存在的都是合理的'，因为有前定的因；又可以肯定翻天覆地的大变化，因为既有前定的未知的因决定，又有今世种下来世的因的可能。……那些佛教的基本论点如'无常''无我''缘生''空''有'之类，大概从来也没有真正照原样进入中国哲学，进入的是转化了的中国式理解，往往是新术语、旧范畴。……真正提出佛教'文化移入'后新文化思想的第一人是反对佛教的韩愈。他要'人其人，火其书'，其实不过是为了和尚'不出粟米麻丝以奉其上'；他反对出家人不生产以养活帝王、官僚。他的《原道》的第一句话'博爱之为仁'，就不像孔仲尼的话而像释迦牟尼的话。韩愈是善于'扬弃'的，他的哲学体系经过晚唐、五代，在几个政权并存的宋代完成了，经过了蒙古族统治的元朝大帝国以后成为明清两代承认的'道统'。汉代知识分子是儒生加方士，以后又经过长期变化，知识分子成了儒生加道士加和尚。'西游演了是封神'，三教合一，《红楼梦》里也一样。"

《〈梨俱吠陀〉的三首哲理诗的宇宙观》刊《哲学研究》1982年第8期。直译《梨俱吠陀》中的三首诗，点明由吠陀开始的因中有果思想，在与中西常见思维的对比中导引出与诗中因果观相应的时空观和宇宙观。"三首诗对宇宙本原（因）及其演化（果）作了不同的探测和说明，但对于因和果之间的关系却只反映当时的简单认识，只看出分解和胎生。这也是因为'因中有果'的体系是不分割因和果的。这种'常见'后来一直为许多派哲学思想所共有，尤其是在近代、现代占统治地位的吠檀多派中更是如此。……印度的哲学思想中历来不把时空作为从数学推理出来的抽象概念范畴，而是当作有实物可证知的。说空间总是以方向代表。专指空间的空（ākāśa）是实的，不是空无所有（śūnya），后来还成为五大基本元素之一，与地、水、火、风并列。……吠陀诗中提出的关于时空的问题在后来发展的哲学思想中逐渐明白了。几乎是大家公认的，他们所讲的宇宙是有限的但又是'无始'的，因而也是无终的，是有限而无穷的。几乎各派互相争论时都共同承认这个前提条件，都默认所讨论的只是时间中的这一段和空间中的这一块，然而其全体是无始无终无边无界的。……我们所习惯的时间和空间是线性的，是直线图形的，而印度思想家心目中的时间和空间是环形的，是曲线图形的，是球面的。他们惯于说'轮'；'法轮''转轮王''轮回'等由佛教而为我们熟知。循环往复，不能定哪里是始点或终点，因为每一点都可以是始或终，因此是'无始'。他们看事件是循环的，因而时间、空间也是曲线的。……我们习惯的对宇宙的分析最后达到基本粒子而且想无限分割下去。印度思想家却认为'极微'已经'邻虚'，是可分而又不可分的'刹那生灭'的，或则是同整个宇宙一样的对立物统一的浑然一体。"

《〈梨俱吠陀〉的送葬诗》刊《北京大学学报》1982 年第 4 期。直译《梨俱吠陀》第十卷中的送葬诗，指出诗歌背后的印度文化成因和由此形成的精神特征和表现形态。"《梨俱吠陀》时代和社会中的人对死的看法与后来的很不相同。当时只认为死者是到祖先世界去了。诗中并没有悲伤的感情，也不认为死是最大的痛苦。没有生死轮回，自然也不需要超脱生死的解脱。那时的人对于生是眷恋的。死者由火送走，或由地收去，重要的事是保护生者。送葬诗中不是哀悼死者，而是庆幸生者活了下来，祝他们长命百岁。在那时人的思想中，生死之苦的想法还不存在。……这种思想的影响却并没有随'吠陀社会'死亡，可以说是一直存留到现代。印度一般人对生死的看法并不都是像出家人的文献中说的那样，却是像为世俗人用的文献中那样，非常乐于生，而且对死也不十分悲伤哭泣。这似乎是从《吠陀》一贯传下来的。……印度古代文化不是单一的，上古时期已经如此。不仅南北印度有别，而且北印度的印度河流域文化和恒河流域文化也不同，印度河流域或'五河'流域，也不是只有'吠陀文化'。即使就'吠陀文化'或一般说的'雅利安'文化而论，也不是那么单一的。……古代印度是一个很广大的地域，不可能只有一种单一的种族和文化。但是，印度的特点是，许多纷歧的文化特点却能被吸收于一个统一体内，因此矛盾对立而又融合，彼此似乎'和平共处'的现象贯串在印度文化发展史中。"

译《伐致呵利三百咏》出版，人民文学出版社，1982 年 1 月。"我曾在一九四七年根据高善必一九四五年校印的一个注本译出了这《三百咏》中的六十九首诗，并在前面作了介绍，发表于《文学杂志》第二卷第六期。……全国解放后，高善必访华时，我告诉他这件事。以后他把一九四八年的'精校本'和一九五七年他校勘的一个颇为博学的注本寄给了我。现在我的译文和诗的序列都依据他的'定本'，诗义的解说则参看他所校的两种注本和孟买版的另一个很流行的注本，按照我的理解处理。""关于历史上的这位作者生平只能存疑。只有作者时代决不能比七世纪更晚，而且可能还要早得多，则是可信的。……作品中的作者确实有鲜明的人格。高善必校出的二百首诗的思想内容和情调风格是一致的。这些诗中显现着一位有血有肉有灵魂的诗人。"(《引言》)

《〈梨俱吠陀〉的咏自然现象的诗》刊《国外文学》1982 年第 2 期。《〈梨俱吠陀〉的祭祖诗和〈诗经〉的"雅""颂"》刊《北京大学学报》1982 年第 2 期。《续谈比较文化——记人类学家密德》刊

《读书》1982 年第 3 期。①

1983 年　72 岁

4 月，搬至朗润园。"北京大学另一处'文革'前教授、学者们的公寓——朗润园，现在也已腾出五套公寓分给了金克木、周植成、季镇淮、程民德等老教授居住。"②

5 月，当选中国人民政治协商会议第六届全国委员会委员。

答人问中国会不会倒退。"你看《水浒传》一开头，就是'洪太尉误走妖魔'。石碣一移开，那些天煞星地煞星出世了。现在就是'洪太尉误走妖魔'。中国的局势还会不会收？收什么？都走出来了，就要在这世间好好闹一场。"③

拒绝改编《梵语文学史》。"1983 年，季羡林先生主持国家社科项目《印度文学史》，由北大东语系和我们外文所从事印度文学研究的人员合作编写。……金克木先生已经写过《梵语文学史》，出版于 1964 年。当时，我想了个办法，去找金先生，对他说我可以为他代笔，按照这部文学史设计的字数，将《梵语文学史》稍加改编，纳入这部文学史。然而，金先生不同意，他说你们还是自己写吧。"④

指点学生研究和生活。"1983 年我要去斯里兰卡进修巴利语，也是金先生指点我去学习《经集》，并且将他手头的巴利文文本《经集》送给了我。这本书陪伴着我度过两年留学生活。而且我还

---

① 自此年始，因发表文章多且绝大部分已入集，不再全举，只对部分文章重点介绍，录佚文和代表性作品的发表或写作时间。

② 《光明日报》，1983 年 4 月 15 日。

③ 张曼菱，《北大回忆》，前揭。张 1982 年毕业，此述毕业后相见，系此。

④ 《黄宝生自述》，前揭，第 97 页。

不时地想起临行时，金先生对我的嘱咐和关心，教我如何在国外生活和学习。他对我说：你选学《经集》，一定是老师单独对你讲课，所以，课前一定要充分预习，这样，上课就能有的放矢，也听得明白。生活上自己做饭好一点，要当心疟疾和痢疾，现在你打预防针了，比我那时候强。不管怎样，一定要保证每天吃一个鸡蛋、一杯牛奶，这样身体就有抵抗力。千万不要为省钱，舍不得吃，营养跟不上，身体就会顶不住。"①

12月，当选九三学社第七届中央委员。

《关于汉译佛教文献的编目、分类和解题》刊《南开学报》1983年第3期。提出一种从比较文化角度着眼，不脱离宗教实际，能为一般读者阅读的汉译佛典整理方式，对编目、分类、解题、校注各有说明。其中分类拟十类分法（佛陀传说、佛陀语录或流通口诀、教团组织、教派历史、宗教信仰、宗教文学、理论体系、修行方法、术语汇集、秘密仪轨），解题建议分简繁两种。"像明朝智旭的《阅藏知津》和日本小野玄妙的《佛书解说大辞典》那样的题解不需要重作了。那是'属内'的，是给懂行的（或说'受戒者'）看的。现在要有'属外'的做法。……（按解题）一是简式。大体上要指出这部书的性质、形式、内容要点、文献地位（与其他书的关系）、社会功能（在中国社会历史上的作用）、读法等等，但不是每部书都全说到，每一项也只须讲要点。有的书大，而说得少，有的书小，而说得多。……二是繁式。这可以说是简式的扩大。例如《心经》的解题，就要说到全名《般若波罗蜜多心经》中的'般若波罗蜜多'是从'六波罗蜜多'独立出来的，原义大有发展。它称为'心'，确是核心，由此可以扩大到佛教的全部理论和实践，甚至可以涉及到印度社会思想的历史发展全貌，从分析世界到神秘主

---

① 郭良鋆，《师恩深如海》，前揭。

义。还可指出其中的三个层次：（一）理论体系，（二）人（菩萨、佛），（三）咒。……解题不是提要，想知道内容可以查《阅藏知津》。难在要从各类中找出互相关联的体系，分别发现其中主要典籍，提纲挈领，有详有略，而不是逐本书地去讲解，因此这是最难的一步工作。这需要'辨章学术，考镜源流'。"

《略论甘地在南非早期政治思想》刊《南亚研究》1983年第3期。分析甘地南非早期政治思想，探究成因，辨析思维特点，观察此后影响。"从甘地自述的在南非的早期政治活动中考察他的政治思想，可以看出这时期所形成的是有统一核心的一个思想模式。英国资产阶级的法制思想是核心，斗争目标是印度人与英国人在同一帝国的法律中地位平等（首先是在南非巩固立足点），斗争的战略思想是费边大将的持久渐进，战术思想是力求将分裂的印度人统一起来，并争取最多的人直到包括对方在内的所有的人到一条战线上，尽量避免损失力量，就是说避免伤害，因此必须用全体能懂的语言和行为。总之，甘地的政治活动，从决策到一件小事（例如是否乘人力车，及化装逃出警察局），没有一处不是从实际出发并考察到实际效果的。他能冷静分析要打死他的帕坦人（阿富汗人）的心理和客观因素。他常会突变，前后矛盾，说，情况改变，昨天是犯罪的事，情况一变，今日是高尚行为。他由此而成功，也由此而死亡。如他所说：'对公众为服务而服务如同在刀锋上行走。'……唯有甘地能在语言和行动上使印度广大人民懂得他提出的要求因而团结到一起，因此他成为领袖，得到'圣雄'（Mahatma）即'伟大的灵魂（精神）'的称号并被呼为'父亲'（Bapuji）。""从他的言论以及他自己认为的思想来看，他显然是将宇宙究竟归之于精神；可是从他的行动所显示的指导思想来看，他是周密考察客观条件及变化规律并作出预测然后制定决策的，并且对转变关键和预兆信息有惊人的敏感。因此，可以说他的思想体系及核心是西方的，英国式的，而他的思想化为行动时却是东方的，印度式的。这样外东方而内西方，似乎矛盾不可解，也许是东方哲学不同于西方哲学的一个重大差别。在东方哲学传统中这类矛盾没有什么不可解，甚至是平常的。"

《略论甘地之死》刊《南亚研究》1983 年第 4 期。分析戈德塞为何刺杀同为印度教徒、思想共同点众多的甘地，展示印度文化传统的历史复杂性及其在现代的影响。"两人对印度教所传的文化传统的理解不同。以《薄伽梵歌》(神歌) 为例。戈德塞接受其同乡前辈铁拉克的解说，认为这是以修行'业瑜伽'为主 (即以行动为中心) 的教导，而且照本文意义理解为教导战争并且不惜杀死本族尊长及亲属的理论。甘地却说这是指精神斗争，是从思想上教导伦理道德修养的'非暴力'理论。戈德塞遵循史诗和往世书所传的印度教，认为主旨是神消灭魔，战斗是中心思想，不过战斗要无私，即凭'神意'。他学的政治是大史诗里的政治，是无情斗争的事实，不是外加的伦理道德解说；'神意'就是道德。他在供词中竟然自认是学习大神黑天诛杀国王童护。甘地恰恰相反，以为精神力量能胜过物质力量，伦理道德和生活方式及信念才有价值，有意义，是主要的。戈德塞认为历史是既成事实 (不可磨灭的'业')，近一千年的非印度教徒统治是不能忘记的，反对宽容与妥协。甘地却认为历史已成过去，其意义在于其精神内容，因此历史可以照现实需要加以解说，不必纠缠过去事实。两人的理解都是在史诗和往世书中有根据的。两人的一生表现出世界观的根本不同而且都不单纯。甘地的思想言论是唯心的，但是他的行动却往往是唯物观点指导下的，时时处处考虑现实情况联系最终目的作决策，所以得到群众而成功。戈德塞的思想有唯物的方面，相信物质力量，但是他的行动是唯心的，以为个人英雄行动可以改变历史，终于孤立而失败。甘地宣传印度人有精神力量超过统治者，自信是强者；失败者不应自居失败，可以拒绝合作置统治者于困境（如罢工、抗税），无武器也能战胜。他首先要鼓舞士气，唤起民族自信心。戈德塞则根本否认这种历史观，认为印度教徒将近千年被统治已经弱了，不能再弱下去，要提倡勇武，鼓吹战斗，不应'讲道德，说仁义'。因此他认为甘地削弱了自己人，成为障碍，必须除去。……这两种思想，抽象说来是根本出发点相同，但具体表现却是互相对立，互相冲突，终于两人同归于尽。印度历史由此翻开新的一页。"

《略论印度美学思想》刊《哲学研究》1983 年第 7 期。察考印度美学思想依据的材料，分析发展道路，说明基本范畴，勾勒基本模式，数处或可作为了解印度文化的进路。"神的实际功能是生活和愿望的一个象征。神的变换不仅标志上层保护人的崇拜对象变换，也标志生活、思想、感情的变换。""印度哲学思想中有一独特的现象，现实的'法、利、欲'和非现实的'解脱'并列为人生四大目的，而且人之一生也分为四大阶段以配合，在'解脱'出世之前必须入世。作为纯粹欢乐幸福的精神的'喜'成为人生的也是艺术的最高境界。艺术欣赏得到同修行入定一样的精神境界。这成为近一千年间印度美学思想的主要线索。""（按艳情）这个词就所指的内容说译成汉语'艳情'是相当的，但是意义和作用却大不相同。在中国诗中这是低级的，在印度诗中这反而是高级的，甚至有时成为主要的'味'。……印度诗人把对神的虔信和男女爱情合为一谈。据说这里面不能有欲望。这自然极难得到外人的体会。可是若不了解这一点，不但对于印度的诗，甚至对于文学、艺术、宗教、哲学、文化等都会往往难于明白。"

《〈日本外交史〉读后感》刊《读书》1983 年第 9 期。由所谈之书联系自己抗战时期的经历，提示注意中日之间的异同，分析日本文化特点，指出应致力了解日本。"日本人是有独特传统的民族。看起来日本古代受中国文化影响，近代又学英国，又学德国，战后又有一股美国风，仿佛是个外来文化大杂烩。……宗教上既拜佛庙，又拜神社，也不拒绝基督教。在外人眼中，日本人既有文明礼貌一面，又有野蛮残忍一面，既深沉，又浅薄，很难理解。其实这种二重性正是日本民族的特色之一。""印度有种姓，中国讲门第，日本重等级，三国文化传统都不具备近代资本主义商品交易中的'平等'。日本人似乎尤其如此：我胜，你听我的；我输，我听你的；必须分出高低上下。佛教讲'平等'，但那是承认不平等的'平等'，是承认入世的出世，是一种巧妙的综合，所以能适应这三国传统而发展。佛教的根本教义和基督教的'原罪'说法截然不同。'无明'不是上帝。出生无罪。大家有罪就平等了。印度、中国、日本在文化思想上都有自居为'大'的因素。这里包孕着危险的一点：不胜即负，非上即下。但另有一点：这三国都善于吸收并融合外来文化成为自己的。佛教恰恰本身也有这兼容和同化的'自大'特色，所以能溶入三国文化，和原在印度创始时的以及传入其他国的不一样。"

《印度文化论集》出版，中国社会科学出版社，1983年10月。"本书是我发表过的关于印度文化的一些论文的结集，大部分是论述古代哲学和文学的。有些是几十年前的旧稿，有些是根据旧稿改写的。……我对印度古代文献当初一开始涉猎，就感觉到原来自以为知道的多不可靠，而许多常见到的表述又往往同实际情况不尽符合。印度古籍和中国古籍类似，历来解说纷纭，断章可以取义，'六经'可以注我，容易作'各取所需'式的引用和解说。近代和现代的西方人和印度本国人的一些说法各有各的来源和背景，不能一概认为信史和结论。……我讲印度的古代，心目中并没有忘记印度的现代，甚至我是为现代而追寻古代的。印度有'古之古'和'今之古'；可以由今溯古，也可以由古识今；古今之间有异中之同，又有同中之异。西方人论述印度文化也有各自的不同说法，都各有'来龙去脉'，不可一概而论。……研究必须尽力依据原始的文献和文物的资料，并力求利用现代的科学发展所得结果来照明；却又不应牵强附会以标新，必须依据实事以求是。印度文化中最触目的是极对立的可以统一而仿佛和平共处（马克思早已指出这一点）。在中国古代文化中，往往可以看到向两极端猛烈摆动的情况。印度标榜'一'，中国标榜'中'，其实两国的文化都既不是单一，也不是中庸。我们不能把文献中的口号和理想当作实际。"（《自序》）

《〈梨俱吠陀〉的独白诗和对话诗三首解析》刊《外国文学研究》1983年第1期。《谈符号学》刊《读书》1983年第5期。《谈诠释学》刊《读书》1983年第10期。《谈〈文明与野蛮〉和人类学的发展》刊《读书》1983年第11期。《要有点特色》刊《国外文学》1983年第2期。《〈读书〉三年》刊《读书》1983年第1期。

1984年　73岁

年初，周煦良去世，作《悼亡友周君》。"倾盖论交忆珞珈，西装道服并袈裟。蟹行贝叶同宣读，断简残编共叹嗟。池号幻波波有梦，集成漱玉玉无瑕。剧怜摇落秋风后，又向天涯送海槎。"自注云："'珞珈'，珞珈山，武汉大学所在地。'幻波池'，见小说《蜀山剑侠传》。周携来此书，因共论通俗小说。'漱玉'，李清照词集名。此处指诗人沈祖棻，已先故。"

7月至9月间，中国文化书院筹备成立，参加会议。①

帮年轻人校阅译稿。"金老一向关心国外新学科的发展动态，也热心向国内介绍新知识，这一次也是同样。他不顾年高事忙，为

---

① 陈越光，《八十年代的中国文化书院》，生活·读书·新知三联书店，2018年8月版，第268—269页。

译文逐字校阅，提出来许多宝贵建议，使翻译少走了不少弯路。此书得以译出，可以说完全有赖于金老的赐教。"[①]

《读书·读人·读物》刊《读书》1984年第4期。自陈少、懒、忘的读书经验，由此而推至读人、读物，思路跳荡，见解通透。"我读书经验只有三个字：少、懒、忘。我看见过的书可以说是很多，但读过的书却只能说是很少；连幼年背诵的经书、诗、文之类也不能算是读过，只能说是背过。我是懒人，不会用苦功，什么'悬梁''刺股'说法我都害怕。我一天读不了几个小时的书，倦了就放下。自知是个懒人，疲倦了硬读也读不进去，白费，不如去睡觉或闲聊或游玩。我的记性不好，忘性很大。我担心读的书若字字都记得，头脑会装不下；幸而头脑能过滤，不多久就忘掉不少，忘不掉的就记住了。……读得少，忘得快，不耐烦用苦功，怕苦，总想读书自得其乐；真是不可救药。现在比以前还多了一点，却不能用一个字概括。这就是读书中无字的地方比有字的地方还多些。""我读过的书远没有我听过的话多，因此我以为我的一点知识还是从听人讲话来的多。其实读书也可以说是听古人、外国人、见不到面或见面而听不到他讲课的人的话。反过来，听话也可以说是一种读书。也许这可以叫做'读人'。""我听过的话还没有我见过的东西多。我从那些东西也学了不少。可以说那也是书吧，也许这可以叫做'读物'。物比人、比书都难读，它不会说话；不过它很可靠，假古董也是真东西。……物是书，符号也是书，人也是书，

---

① 池上嘉彦著，张晓云译，《符号学入门》"译者序"，国际文化出版公司，1985年12月版。王献永《智者的魅力——敬悼金克木先生》（前揭）："84年初，外文专业的一位本科生，拿着一本日本作者用日文写的《符号学入门》找先生给看看，是否有翻译价值，先生看了不仅认为很有翻译价值，而且亲自动手，逐字逐句地予以理顺、贯通，并注意克服了译者对其文学内容方面不太熟悉的缺陷。"

有字的和无字的也都是书，读书真不易啊！"

《"书读完了"》刊《读书》1984年第11期。谈在面对巨量图书的情形下，如何选择读物，又如何了解这些读物。"只就书籍而言，总有些书是绝大部分的书的基础，离了这些书，其他书就无所依附，因为书籍和文化一样总是累积起来的。因此，我想，有些不依附其他而为其他所依附的书应当是少不了的必读书或则说必备的知识基础。""想要了解西方文化，必须有《圣经》（包括《旧约》《新约》）的知识。这是不依傍其他而其他都依傍它的。……对于西亚，第一重要的是《古兰经》。没有《古兰经》的知识就无法透彻理解伊斯兰教世界的书。又例如读西方哲学书，少不了的是柏拉图、亚里士多德、笛卡儿、狄德罗、培根、贝克莱、康德、黑格尔。不是要读全集，但必须读一点。……又比如说西方文学茫无边际，但作为现代人，有几个西方文学家的书是不能不读一点的，那就是荷马、但丁、莎士比亚、歌德、巴尔扎克、托尔斯泰、高尔基，再加上一部《堂·吉诃德》。""照这样来看中国古书……这样的书就是：《易》《诗》《书》《春秋左传》《礼记》《论语》《孟子》《荀子》《老子》《庄子》。……读史书，可先后齐读，最少要读《史记》《资治通鉴》，加上《续资治通鉴》（毕沅等的）、《文献通考》。读文学书总要先读第一部总集《文选》。如不大略读读《文选》，就不知道唐以前文学从屈原《离骚》起是怎么回事，也就看不出以后的发展。""一个大问题是，这类浓缩维他命丸或和'太空食品'一样的书怎么消化？……看样子没有'二道贩子'不行。不要先单学语言，书本身就是语言课本。……这类书需要有个'一揽子'读法。要'不求甚解'，又要'探骊得珠'，就是要讲效率。……我以为现在迫切需要的是生动活泼，篇幅不长，能让孩子和青少年看懂并发生兴趣的入门讲话，加上原书的编、选、注。原书要标点，点不断的存疑，别硬断或去考证；不要句句译成白话去代替；不要注得太多；不要求处处都懂，那是办不到的；……有问题更好，能启发读者，不必忙下结论。"①

《〈摩诃婆罗多插话选〉序》刊《南亚研究》1984年第4期。介绍收入书中的《摩诃婆罗多》（大史诗）插话，指出其主题，兼及形成过程和编排特点，解说其中人物，揭示背后的信仰体系，说明翻译的意义。"这一大部书的编集者的心中是有一个统一的思想方向的。编集者可能不止一个人，甚至有许多人，但是他们和各篇原始作者、听众、读者都是一部流传的大作品的共同创造者。……大史诗中反映的共同信仰体系，可以说是以社会中人的不平等关系的永恒性为中心，这就是所谓'法'（或'正法'）。在大史诗中，'法'是天经地义，一切以'法'为准。'法'是社会传统秩序的代号。人生而不平等，这就是信条。……人是生而不平等的，但又不是一个人必然在另一个人之上的统治关系（奴隶除外）。一群人对另一群人不能有平等对待的关系，但又不都是上下的关系，更多的是高低的关系。标尺是法术、武力、计策并重。彼此之间没有平等契约关系。……值得注意的是'法'又允许了'非法'，甚至需要'非法'。框架是不能改变的，但是其中的成分、个体却是可以在框架中变动的。这种变动可以凭借自力或他力，却不一定是武力，因为框架中的不平等关系不一定是上下统治的关系而往往只是高低的关系，是力量大小的对比关系。改变的力量从何而来？除武力、欺骗、恩赐等等以外，有一种对'法力'的信仰，也就是对巫术的信仰，特别是对语言巫术和'苦行'巫术的信仰。这一信仰和对'法'的信仰互相补充。'法'是固定的永恒框架，法力（苦行）是改变本身地位而在框架中自由活动的力量。因此，'法'既是永恒的，又是可变的；'非法'并不是'法'的否定，而是它的补充。"

---

① 11月5日，《读书》杂志召开座谈会，发言，意思与此文略同。谈话内容刊《从中外古今名著中汲取知识》，《读书》1985年第1期。

《艺术科学丛谈》编定，涉及信息美学、符号学、民俗学、语义学和社会科学研究常识等。"这本小册子里的一些文章带有读书札记性质，却又是谈话体裁，笔调也不一致，内容没有系统化，所以名为'丛谈'。""《科学研究常识四讲》和谈民俗学、人类学、语义学几篇原是一九八一年我对当时还是北京大学研究生的胡海燕同志的谈话录音。一九八四年承北京大学社会学系的潘乃穆同志不辞辛苦据录音记下来，作为资料油印供人参阅。因此，语气和其他篇有些不同。其他篇都是一九八四年写的。油印材料中有些部分经《文史知识》编辑同志摘出，曾在该刊一九八四年发表。"（《后记》）①

《比较文化论集》出版，生活·读书·新知三联书店，1984 年6 月。"近几年写的一些文章，继《印度文化论集》之后，合成一集；因为所论述的不限于印度，题名为《比较文化论集》。""我追索儿时的问题，由今而古又由古而今，由东而西又由西而东，过了几十年；世界和中国都有了很大的变化，前面所说情况已成历史；问题也不能那样提了，但不等于解决。……这些文章可以说是我在七十岁时回答十七岁时问题的练习，只是一些小学生的作业。这些习作也算是我交给我的小学老师和中外古今的，可得见与不可得见的，已见与未见的，各种各样的，给我发蒙的老师们的一份卷子。"（《自序》）

译《印度古诗选》出版，湖南人民出版社，1984 年1 月。"所谓'选'，并不是在印度古诗中选出最好的精华，而是选其几个重要方面的一些例子，由此'一斑'还不足以见'全豹'，但是印度古诗的面貌特征也可以由此见其仿佛。""所谓'古'，也不是指现

---

① 采访时曾提到这批文章："我只是打了个旗帜，或者说钻了个空子，抢先讲了一些别人还没讲的话。一旦看到后来者如雨后春笋，我就不讲了，浅尝辄止而已。"徐泓，《既新进又传统——记金克木先生》，《光明日报》，1991 年10 月19 日。

代以前，而是指约一千年以前。那时印度有通行的文化语言，称为梵语，即'雅语'，仿佛我们的文言。另有些'俗语'，也接近'雅语'，例如佛教文献中用的巴利语。梵语中最古的文献是《吠陀》，用的语言更古老，称为'吠陀梵语'或'吠陀语'。这里选的诗是从吠陀语、梵语（或称古典梵语）、巴利语的文学作品中选出来的。""印度的最古文献是《吠陀》，其中最早的是《梨俱吠陀》和《阿达婆吠陀》。……这些诗尽管有宗教和巫术意味，但仍应算是文学作品，因此不能不译一些。……史诗是印度的蜚声世界的大著作，有著名的两大史诗，《摩诃婆罗多》和《罗摩衍那》，以及十八部作为历史的'往世书'。这里只收了《摩诃婆罗多》的一个著名插话。……这一插话在印度传诵最广，地位最高，大概是因为它宣扬了'三从四德'性质的封建道德，同时，也有相当高的文学价值。……格言诗是印度古代文学的一个特色。……这里选了三部书的，其实都是集子。《法句经》是巴利语的佛教经典之一，是佛陀的语录。……《三百咏》署名为伐致呵利所作，但流传的几百首中只有约二百首可推定为原来的集子。……这里收了二十一首以见文人作的这类诗的体式。为教育儿童将格言谚语诗和故事编在一起的《五卷书》已有汉译。另一部较晚的模仿《五卷书》的《嘉言集》，是教梵语的教科书性质，很流行。这里从中译了二十三节诗。……史诗已经表现了叙事诗和戏剧性的诗的体裁，抒情诗还需要有点样品。《三百咏》中有不少是抒情诗，但是，可以说是世界公认的印度古代抒情诗的高峰的是大诗人迦梨陀娑的《云使》。这诗只有一百十五节，我已经译出，于一九五六年由人民文学出版社出版，再版还未见出，因此这里把它收进了。《妙语集》是较晚的由一位佛教和尚编选的诗集（约在十二世纪）；原来的写本在西藏，还有个写本在尼泊尔；原书名直译是《妙语宝藏》。……现在从中译出十四首，以见晚期连佛教徒也欣赏的抒情诗。"（《序》）

《〈梨俱吠陀〉的招魂诗及有关问题》刊《燕园论学集——汤用彤先生九十诞辰纪念》，北京大学出版社，1984 年 4 月版。《谈清诗》刊《读书》1984 年第 9 期。[1]《读〈中国古代文学英华〉》刊《读书》1984 年第 12 期。

1985 年　74 岁

写诗寄徐迟。"一九八五年初，徐迟夫人陈松女士离开世界后，我写了一首绝句寄给正在悼亡中的徐迟：南浔、香港、莫干山，忽漫相逢五十年。泥上偶然留爪印，莫言天上与人间。"（《诗人的再生》）

3 月，担任中国文化书院导师，为书院"中国文化系列讲习班"讲课，题为"研究中国文化史的方法"。[2]

约钱文忠谈。"我第一次见金先生，是在大学一年级的第二学期，奉一位同学转达的金先生命我前去的口谕，到朗润湖畔的十三公寓晋谒的。当时，我不知天高地厚，居然在东语系的一个杂志上写了一篇洋洋洒洒近万言的论印度六派哲学的文章。不知怎么，金先生居然看到了。去了以后，在没有一本书的客厅应该也兼书房的房间里（这在北大是颇为奇怪的）甫一落座，还没容我以后辈学生之礼请安问好，金先生就对着我这个初次见面还不到二十岁的学生，就我的烂文章，滔滔不绝地一个人讲了两个多小时。其间绝对没有一句客套鼓励，全是'这不对'，'搞错了'，'不是这样的'，'不能这么说'。也不管我听不听得懂，教训中不时夹着英语、法语、德语，自然少不了中气十足的梵语。直到我告辞出门，金先生

---

① 钱锺书在致人信中谓《谈清诗》，"装模作样，欺晄后生"。《钱锺书致钟来因信八封注释》，《江苏社会科学》，2000 年第 3 期。

② 陈越光，《八十年代的中国文化书院》，前揭，第 60、338 页。

还一手把着门，站着讲了半个小时。一边叙述着自己身上的各种疾病，我也听不清楚，反正好像重要的器官都讲到了；一边还是英语、法语、德语、梵语和'这不对'，'搞错了'……最后的结束语居然是：'我快不行了，离死不远了，这恐怕是我们最后一次见面了。'……当时的感觉实实在在是如雷贯耳，绝非醍醐灌顶。"①

与钱文忠谈学问。"后来，我和金先生见面的机会还很不少。每次都能听到一些国际学术界的最新动态，有符号学、现象学、参照系、格式塔、边际效应、数理逻辑、量子力学、天体物理、人工智能、计算机语言……这些我都只能一头雾水傻傻地听着，照例都是金先生独奏，他似乎是从来不在乎有没有和声共鸣的。除了一次，绝对就这么一次，金先生从抽屉里拿出一本比三十二开本还小得多的外国书来，指着自己的铅笔批注，朝我一晃，我连是什么书也没有看清楚，书就被塞进了抽屉。此外，照例我也没有在金先生那里看到过什么书。……慢慢地我发现，除了第一次把我叫去教训时，金先生谈的主要是和专业有关的话题，还很说了一些梵语，后来的谈话却全部和梵文巴利文专业如隔霄汉，风马牛不相及，天竺之音自然也再也无福当面聆听了。金先生似乎更是一个'百科学'教授。每次谈话的结果，我只是一头雾水之上再添一头雾水。"②

梵文班学生听吟诵梵文录音。"蒋（按忠新）老师带来一盘带子。放前先说，季先生、金先生都很忙，不宜打扰。这是一盘金先生从前录的带子，大家可以学习。金先生的梵文是跟印度婆罗门学

① 钱文忠，《智慧与学术的相生相克》，前揭。钱读 1984 年梵文班，文中言"一年级的第二学期"，系此。参安迪《单说金克木的"胡子"》："望八之年的老先生能一口气谈上几小时，毫无倦容，谈兴依浓。往往你已告辞，他边说边送你从书房走到门口，这几步路却可能要走上半小时还不够。可金先生却总是说自己老了，眼花、耳背、气喘，甚至不久于人世了。（据说这样的话他已说了好几年了。）"《文汇读书周报》，1992 年 6 月 13 日。

② 钱文忠，《智慧与学术的相生相克》，前揭。连类而及，系此。

的，基本路数和我们中国过去背诵四书五经差不多。带子一放，金先生的梵文吟唱如水银泻地般充满了整个教室，教室里一片寂静。我至今记得金先生的吟唱，可是至今无法描绘那种神秘、苍茫、悠扬、跌宕……带子放完，课堂里仍是寂静。最早出声的是周同学，却只有两个字：'音乐。'……我们一直认为梵文是世界上最难听的语言。现在我们明白了，为什么梵文是圣语，为什么梵文有神的地位。这是一种什么样的美啊，'此音只合天上有'，要怪也只有怪我们自己实在凡俗。""金先生的梵文吟唱则是对 1984 级梵文班同学学习梵文的自信心的一次美丽却严重的打击。大家不再抱怨什么了，梵文不仅不难听，相反她的美丽是那么地撼人心魂，但是谁都明白了，这份彻心彻肺的美丽又是那么地杳不可及。1984 级梵文班过半数同学要求转系，就发生在这场吟诵之后不久。"①

与人谈戏曲教学问题。"1985 至 1987 年，我指导过一位日本早稻田大学戏剧系毕业的女硕士。她当时想攻读博士学位，专诚向我问业，学习中国戏曲。有一次开完会，与金老同车返校，金老问起我的近况，我据实以告。金老慨然叹道：'好极了，你把你会的本领一定要全部交给她。将来等中国戏曲失传了，甚至绝了种，我们就派人到日本去跟她学，还可以学到一点真东西。'我听了心里半晌不是滋味。果然，自从这个女孩子回日本后，我就再没有教过戏曲了。"②

为《中国大百科全书》撰写"印度梵语文学"条目。③

《印度哲学思想史设想》刊《哲学研究》1985 年第 8 期。通过

---

① 钱文忠，《智慧与学术的相生相克》，前揭。连类而及。

② 吴小如，《心影萍踪》，前揭，第 41 页。金克木《历史的断层》有云："本世纪初，据说日本人预言过，中国人学中国学要到外国去，这不会成为事实吧？"

③ 余章瑞，《快造出"没有围墙的大学"——访中国大百科全书出版社》，《人民日报》，1985 年 8 月 7 日。事或在前，据报道时间。

解题、背景、依据、主题、读解、篇目六方面，设想一种印度哲学思想史的编写方式，指出印度社会发展情形，说明文献形成过程，提示注意其间的种种具体，设定编写原则，拟定大致篇目并加以解说。"《印度哲学思想史设想》只是在已有的哲学史框架外的一种构图……能不能用比排列组合更统一而明白的表述法来绘思想发展的地层图？明白过去的思想是为理解现在的思想打底子，又为照见未来提供方向。解说历史往往是自觉或不自觉的解说现在。解说现在又往往是投射向未来。"(《〈梵佛探〉自序》)"考察哲学思想首先自然是依据文献。在古印度，个人是不被重视的，往往只留下一个名字，甚至连名字也没有。不少文献是世世相传，代代修订，层层积累的。因此不能照讲欧洲哲学家或则中国秦、汉以来的历史人物那样讲古印度的书和人。文献就是有发展变化的人。要像分析一个人那样分析一部书。这还不够，还得根据文物考察哲学思想。……注意到文物还不够，还得依据社会风俗即人群活动来考察哲学思想。……因此，考察古代印度的哲学思想，以口头流传的和写下的文献为主要依据，又必须以沉默的文献（文物）和行动的文献（民俗）为依据或参照。对这三种文献读解出其结构和意义，互相参照而发现其内在系统，才比较可以看出印度哲学思想的全貌，也比单独依靠流传下来的写本为可靠，因为印度是十九世纪初才开始印刷古书的。""任何抽象思想之所以能为人群接受，必然是对其生活、行为能起作用，也就是回答了他们的思想上和实际生活上的问题。……哲学思想不是个人的事。历史上没有无人理睬的个别人的孤立的思想会流传下来。因此，把种种哲学思想体系作为对一种主题的种种答案，为种种人所接受、传播，比较合乎实际。"

《谈外语课本》刊《读书》1985年第12期。谈教外语的经验，提出教师、学生、课本的三角构成，强调外语学习内容为先，示意如何从本国语学外语。"教师、学生、课本构成三个角。教师是起主要作用的，但必须三角间有线联系，循环畅通；一有堵塞，就得去'开窍'；分散开，就成三个点了。这又是一个立体的三棱锥，顶上还有个集中点，那就是校长，他代表更上面的政府的教育行政和当时当地的社会要求。……三棱锥的核心是学习目的。""读古书和外国书有同样难处。看起来读书是从形式达到内容，其实往往是从内容达到形式。学外语若没有文化内容（包括思想、知识）的准备，只学形式，往往事倍功半，半途而废。……实际上，我们在自己语言中已经学了不少外国语……若外国词语积累得多，又习惯于外国文化中的一些说法以至想法，学起外语来就会比较容易；同外国人'对话'也会较容易了解人家并使人家了解自己……也许除了文学作品较复杂以外，其他都可以先从本国语中学外语。"

12月，《旧学新知集》编定，作序。"近两三年来的一些文章，加上三十年代的一篇和四十年代的一篇，合成一集，题名《旧学新知集》。""一九八一年先把一些同一范围的新旧文章合成一集，题名《印度文化论集》，交去出版。很惭愧，没有几篇像样的，还不如在这前后出版的三本翻译，可以沾原作的光。一九八三年将新写的一些文章又合成一集，题名《比较文化论集》，也出版了，里面有不少是《读书》刊载过的。现在编成的这一集，其中很多也是《读书》上刊登过的。加上两篇旧的，是因为有人向我提到而原来刊载的杂志现在不易找到，内容和近来写的有点关系。""我从小到老读书一直没有读进去，原来是因为不明白读书就是读各种世界解说，书中世界并不就是生活的现实世界。又只知道把读书当作解说世界，却不知道读世界也是读书，读解说。"①

《旧巢痕》出版，署名辛竹，生活·读书·新知三联书店，1985年12月。从自己出生写起，追溯家族往事，细写童年所见种种，

---

① 《旧学新知集》迟至1991年10月出版，其间思想变化较大，故以编定时间为志。

述自己学习成长情形，以一巢而见时代一斑。"我有一个曾经同我形影不离的朋友。他喜欢自言自语似的对我谈他的出身和经历，说话时沉没在回忆之中几乎忘了我这个听话人的存在。这些断断续续的仿佛独白的谈话，本来不曾引起我的兴趣，而且听得久了更不觉有什么新鲜；却不料这位朋友竟先我而向世界告别；在怀念故友的心情中，我才渐渐把那些听熟了的片断故事和人物联缀起来。"[1]（《小引》）"二十世纪七十年代末期，我发现自己身心俱惫，确已步入老境，该是对自己而非对别人作检查、交代、总结的时候了。于是我从呱呱坠地回忆起，一路追查，随手写出一些报告。"[2]（《何处取真经》）

《中国书的三期变化》《从北京城谈到中国文化》刊《瞭望》周刊海外版 1985 年试刊。《古诗三解》刊《文史知识》1985 年第 10 期。《谈读书心理学》刊《读书》1985 年第 9 期。《〈汉梵对勘金刚经〉小引》刊《南亚研究》1985 年第 2 期。

1986 年　75 岁

接受采访，评价钱锺书、李泽厚。"有位学者曾于 1986 年春天初访金先生，当金先生问及现在的文化热中哪些人在青年人中最有影响时，告曰：老的首推钱钟书与金先生，年轻些的无敌于李泽厚。金先生评价道：'李泽厚才情有余而根基不足。钱老是大学问家，但有好掉书袋之癖，厚厚 4 本《管锥编》，我看了一本足以达

---

[1]　此版小引，语已在虚实之间，但可见当时心情。此后评点本《旧巢痕》，小引删去。

[2]　"《旧巢痕》写于 1979 到 1981 年间，1985 年三联出版了这部回忆录，署名是金克木先生的笔名辛竹。"多吉，《〈旧巢痕〉评点本，金克木自写自评自省自娱的一部奇书》，https://book.douban.com/review/12612696/。

旨.'(《青岛大学文理学院报》1994.3.8）"①

　　与徐城北谈李世济、梅兰芳。"艺术探索关键是要'合适'，即'适度'。年轻时希望狂飙突进，中年以后则需要水磨工夫。二者要统一在一个人身上，要统一在一出戏里，这不容易。而李世济的《陈三两爬堂》是做到了这两个统一的。"②徐言，想站在八十年代青年的立场上为梅兰芳说话。云："不对，绝对不要考虑站在什么人的立场上和替谁说话。你只说你心中要说的话。这样不企图代表任何人，写出之后兴许能让更多的人喜欢。"言及梅兰芳当年受齐如山等辅助，对京派京剧做了突破。云："这就是梅当年遇到的第一次文化冲突，用新的文化观突破旧的文化观。……第二次来得很快，梅兰芳去了上海，汲取了海派文化当中好的一面。""日本不算，因为都在亚洲，同处在东方文化的覆盖下……去美国和去苏联，这才艰难，因为文化的背景不一样。你好好比较一下，因为去美国和去苏联还不一样。先去美国再去苏联，可能是一种情况；先去苏联再去美国，就可能是另一种情况……"③

　　3月31日，参加全国政协六届四次会议，发言。④

　　4月17日，致何新函，谈神话等。"西方人以希腊神话为标准，以之解古印度神话，由此以为中国缺神话。其实古希腊、印度神话本皆零星散见，不过希腊、罗马古人组成系统故事，叙述较早，而中国的《山海经》《天问》等未得发挥。先民神话今日世界上正在有各种新阐释。我们亟需照古希腊人那样，将零星化为系统，加以

①　徐明祥，《听雨集》，华艺出版社，1997年4月版，第30页。

②　徐城北，《生命秋天》，陕西师范大学出版社，1998年9月版，第57页。1985年李世济做中国京剧院承包团团长，后与徐城北合作编剧《武则天轶事》。暂此。

③　徐城北，《紫禁来归》，新疆人民出版社，1997年5月版，第155—156页。据文章，谈李世济与梅兰芳同时，亦暂系此。

④　《人民日报》，1986年4月1日。

叙述，以新观点作通俗化，不尽归之于野蛮、愚昧而抹杀。多年来承袭西方人旧说需要先列事实予以澄清。"①

《怎样读汉译佛典》刊《读书》1986年第2期。由四部曾广泛流行的鸠摩罗什译佛典，引出其所译另几部重要的书，分析特色，察考影响，探索读汉译佛典的初步门径。"阿弥陀佛（意译是无量寿佛或无量光佛）出于《阿弥陀经》。这是净土宗的主要经典。观世音菩萨出于《妙法莲华经》（简称《法华经》）。这是天台宗的主要经典，也是读的人最多的一部长篇佛经。禅宗几乎是同净土宗相等的中国佛教大宗派。这一派的主要经典是《金刚经》，同时还有一些讲'禅定'修行法门的经典。至于那位著名的居士维摩诘则出于《维摩诘所说经》（简称《维摩诘经》)。这是许多不出家当和尚的知识分子最喜欢读的佛经。……若要从这四部书再进一步，可以续读鸠摩罗什所译的另几部重要的书。一是《弥勒下生经》和《弥勒成佛经》。弥勒是未来佛，好像犹太人宣传的弥赛亚和公元初基督教的基督（救世主），南北朝时曾在民间很有势力，后来又成为玄奘所译一些重要哲学典籍的作者之名。二是《十诵律》。当时印度西北最有势力的佛教宗派是'一切有部'。这是他们的戒律。不过这不全是鸠摩罗什一人所译。若想略知佛教僧团（僧）组织和生活戒律的梗概，可以先略读此书。三是《大庄严论经》和《杂譬喻经》。这是宣传佛教的故事集。前者署名是古印度大诗人马鸣，实是一个集子。四是几部重要的哲学著作，最著名的是《中论》《百论》《十二门论》。这些产生了所谓'三论宗'。这些书比较难读，需要有现代解说。同类的还有《成实论》，曾产生了所谓'成实宗'。《大智度论》和大小两部《般若波罗蜜经》，前者是后者的注解，有一百卷。……鸠摩罗什译的讲修'禅'的书有：《坐禅三昧

---

① 杨子江编纂，《何新批判——研究与评估》，四川人民出版社，1999年1月版，第372页。

经》《禅秘要法经》《禅法要解》。他的门徒道生是主张‘一切众生皆有佛性’和‘顿悟’并且能‘说法’使‘顽石点头’的人，实际上开创了禅宗中‘顿’派的先声。”“翻译是两种文化在文献中以语言交锋的前沿阵地。……鸠摩罗什不仅通晓梵、汉语言，还了解当时双方文体的秘密，因此水到渠成，由他和他的门徒发展了汉语中书面语言的一种文体，起了很长远的影响。”

《读〈大学〉》刊《读书》1986 年第 3 期。指出《四书》产生的背景，解析《大学》结构，探究朱学异代盛行之因。“在南宋将亡，蒙古人将作为历史工具而摧枯拉朽完成天下大统一之际，真正的伟大思想家不能不关心天下大势，不能不谋求出路。他们也许找的很不对，但非找不可。朱熹找到的总结大纲就是《四书》。四部书中的纲领是《大学》。……蒙古太祖元年是一二〇六年，朱熹死后仅六年。以朱熹和他所属的阶级、阶层、集团的眼光看，当时正是天下必然要复归于治，要‘定于一’。怎么治？一统于什么？怎样看待当前的各国和未来的一统江山和人民？怎样一统？一统后怎样？不一统又怎样？这就是朱熹抬出讲‘修身’直到‘治国’‘平天下’的纲领文献《大学》的背景，已超出了程颐所谓‘入德’的范围。……宋朝廷禁朱熹‘伪学’，说他暗袭‘食菜事魔’的民间宗教（承袭祆教的摩尼教、明教），甚至连《四书》朱注都查禁，虽有诬词，也不无缘由，是怕他‘越位’提出的政纲。由此可见当时回答时代主题时相争之烈，决不可只注意统治集团的人事纠纷和私人政治斗争的表面现象。”①

---

① 潘雨廷当年论及此篇，云：“金与我不同，金的根基在哲学，我的根基在科学，这也是薛先生给我的影响。”“旁敲侧击当然可以，金文尚未抉出朱熹立《大学》的关键处。”张文江有问：“我感觉金克木文尚属为了现在，先生的工作就是现在，直接触及内容，故不易过时。”《潘雨廷先生谈话录》1986 年 3 月 31 日条，作家出版社，2019 年 10 月版，第 99、100 页。

《谈读书和"格式塔"》刊《读书》1986年第10期。结合自身经验，提出看相望气式读书法，并云可以"读人"练习之。"最好学会给书'看相'，最好还能兼有图书馆员和报馆编辑的本领。……其实这三样也只是一种本领，用古话说就是'望气术'。……就是一望而见其整体，发现整体的特点。用外国话说，也许可以算是一八九〇年奥国哲学家艾伦费尔斯（Ehrenfels）首先提出来，后来又为一些心理学家所接受并发展的'格式塔'（Gestalt 完形）吧？""从前'看相'的人常说人有一种'格局'。这和看'风水'类似。……不论是人还是地，确实有一种'格局'（王充说的'骨法'），或说是结构、模式。""若能'望气'而知书的'格局'，会看书的'相'，又能见书即知在哪一类中、哪一架格上，还具有一望而能迅速判断其'新闻价值'的能力，那就可以有'略览群书'的本领，因而也就可以'博览群书'，不必一字一句读下去，看到后头忘了前头，看完了对全书茫然不知要点，那样花费时间了。""现在……要练这种'略览'又'博览'的'望气'工夫比学武术和气功还难。……有个补救办法是把人代替书，在人多的地方练习观察人。这类机会可多了。书和人是大有相似之处的。学学给人作新式'看相'……为的是学读书，把人当作书读。这对人无害，于己有益。'一法通，百法通'，有可能自己练出一种'格式塔'感来。"

《文化问题断想》刊《中国文化报》1986年第23期。讨论思考文化问题的三个提纲，一是人在历史中的作用，一是中国吸收外来文化需经变压，一是中国文化对外来文化强烈的选择性。"历史既是不随人们意志为转移的，又是人们自己做出来的。文化的发展大概也是这样。我们还不能完全掌握历史和文化的进程，但是我们已经可以左右历史和文化，施加影响。若不然，那就只有听天由命了。""历史上，中国大量吸收外来文化有两次。一次是佛教进来，一次是西方欧美文化进来。回想一下，两次有一点相同，都经过中间站才大大发挥作用。佛教进来，主要通过古时所谓西域，即从今天的新疆到中亚。西域有不少说不同语言的民族和文化。传到中原的佛教，是先经过他们转手的。……哲学、文学，直接从欧洲吸收而且有大影响的，是经过严复和林纾的手。两人翻译都修改原著，林纾还不懂外文。此外许多文化进口货是经过日本加工的。""中国人对于外来文化，不但要求变压，还有强烈的选择性。……我们中国从秦汉总结春秋战国文化以后，自有发展道路，不喜生吞活剥而爱咀嚼消化。"

《难忘的影子》出版，署名辛竹，生活·读书·新知三联书店，1986 年 6 月。主体为 1928 年至 1931 年间在北平的自学过程及结交的朋友。"《难忘的影子》写的是大学生，都是过去的人和事。现在人，尤其是青年，恐怕有点不大相信是真的了，所以叫做小说很合适。"（此书收入《孔乙己外传》时结尾的"评曰"）

《天竺旧事》出版，生活·读书·新知三联书店，1986 年 6 月。记 1942—1946 年在印所历所学，多有对此间文化的深入领会。"我在老病之中难以伏案工作，也往往回头看看走过的道路，路上出现了一些本来是一瞥而过的人。这些来去匆匆路遇的过客中有的连名字我也不知道或则记不起来，可是不知为什么他们的印象却鲜明地储存在记忆中而忽然再现，也想随手记下一点来，可是以不名忆不名按体例说实在够不上称回忆录，也说不上是随笔或笔记；那末就算是仿制品吧。……第二次世界大战期间在印度时的一些事的零星回忆，名之曰《天竺旧事》。"（《小引》）"以上这些小文中，《小引》和前四篇是一九八一年写的。前三篇在香港《新晚报》发表过。第四篇《鸟巢禅师》在《法音》杂志刊登过。其余的都是一九八四年写的，只《父与子》一篇在《团结报》发表过。文中说的人和事都是真实的，不过细节不能记得那么清楚、准确，说法也不一定对。"（《附记》）

《艺术科学丛谈》出版，生活·读书·新知三联书店，1986年6月。

诗集《雨雪集》出版，湖南文艺出版社，1986年5月。收入《蝙蝠集》后、新中国成立前的诗作，其中《春病辑（十首）》与《蝙蝠集》重复。

《谈格式塔心理学》，刊《读书》1986年第1期。《"歧义语法"小引》[①]，刊《江淮论坛》1985年第1期。《〈玉台新咏〉三问》，刊《文史知识》1986年第2期。《印度画家阿·泰戈尔的美学思想略述》刊《外国美学》1985年第1辑。《文艺的地域学研究设想》刊《读书》1986年第4期。《诗作为传达信息中介——古诗形态学研究设想之一》刊《读书》1986年第5期。《诗如何传达信息——古诗形态学研究设想之二》刊《读书》1986年第6期。《美术三疑问》刊《读书》1986年第9期。《从设立语言学系谈到科学发展趋势》刊《群言》1986年第7期。

1987年　76岁

3月30日，参加全国政协六届五次会议，发言。[②]

6月19日，与扬之水谈徐梵澄、金庸等。"梵澄是一九四四年去的印度（此前蒋介石到印度访问，欲与之修好，答允派两位教授去讲学），同行者为常任侠，但二人下飞机后便反目了。常是左倾的，徐无党无派，但决不左向，于是各奔前程。""（按梵澄）以后就到了阿罗频多·高士的修道院。阿便是《神圣人生论》的作者。他是哲学家，也是社会活动家，搞暗杀和恐怖活动，后受到英统治者的追捕，乃逃到南印度的一处法属地，得到一位有钱的法国女人

---

① 入集时改题为《谈歧义语法》。

② 《人民日报》，1987年3月30日。

的资助，办起一座修道院，他就做了教主，著书立说。后'修炼得道'，便不再开言，只是撰述。一年与弟子们见一面，也是不说话的。他在印度的地位是极高的，被称为'圣人'，卒于一九五〇年。他到晚年差不多就是个神经病了。""金庸的作品，他（按金克木）全部找来读过（有的是儿女们为他从小书摊上租到的）。他说，金是讽刺武侠的，他笔下的武侠，个个像堂·吉诃德，形式和内容是古的（传统的），但现代意识渗透其中，实是借古讽今。""又谈《红楼梦》，谈《金瓶梅》（法译本、英译本），谈《聊斋》；谈宗教，谈密教'神人合一'……在在皆是话题，每每独出新见。"[①]

6月20日，扬之水约写徐梵澄译《五十奥义书》评，复信。"《奥义书》聚讼纷纭，实难置喙。译者徐，评者巫（按应为巫白慧），皆在印时素识，更不便说话。……《奥义书》类似中国的子书，《诸子集成》，直到后代仍有作者，本是通名。十九世纪末二十世纪初德国有位学者以康德之学加以解说，后又联上黑格尔，印度学者大为欢庆，也随之联系。这和今日中国尊孔实无二致。他们所书只指几部，徐译有五十，多去有一百零八，甚到有二百多记，不是一时一地一体系。现代所讲不过都是古为今用，一涉及此点，岂能说话？故我实不欲说，非仅不敢说也。而且书已多年不读，徐译稿，编者曾来问我，我只嘱勿改勿批，不作引言。"[②]

6月29日，写就徐梵澄译《奥义书》书评。"接金克木先生电话，云评《奥义书》之稿已写就，嘱我往取。"[③]

7月6日，与扬之水谈过去读过的书和青年时代恋爱事，有言。"老年人最怕什么？最怕寂寞，现在几乎没有什么能够在一起说话

---

① 扬之水《读书十年》（一），百花文艺出版社，2019年8月版，第72—73页。

② 扬之水《读书十年》（一），前揭，第74—75页。

③ 扬之水《读书十年》（一），前揭，第79页。

的人，而一看见你，就觉得很投缘。"①

7月23日，扬之水至金家，谈话。"金先生说，我们家就她（按指夫人唐季雍）一人牌子硬，是西南联大出来的，金的两个女儿一个儿子都未上过正规大学。""说起钱钟书，金夫人说，这是她最佩服的人。金先生却说，他太做作，是个俗人。"②又10月29日："记得金克木先生说过，钱先生最早是在林语堂主持的一份副刊上写出幽默小品的，用的是'英国式的幽默'。只有将一切看破，方幽默得起来。不过金先生又说，钱是俗人（道此语已非一次），是做出来的名士，且对他的掉书袋颇不以为然。"③

9月10日，扬之水拜访。"无意间谈及赵萝蕤，他告诉我，赵的父亲是燕京神学院院长赵紫宸，她的丈夫陈梦家原是金陵神学院的牧师，后报考清华研究院，打听得研究古文字最易出名成家，便做了容庚的学生，就在那时与赵相识。"④

10月19日，李庆西与扬之水往访。"扬之水丽雅带我去见金克木先生，骑着自行车，从东城骑到海淀。金先生住北大朗润园，家里房子好大，却空空荡荡，连个书架都没有（一点不像大学者的居室）。当时就奇怪，没好意思问。坐下来便谈书稿事情。那些年，金先生给《读书》写过不少补白短文，长则不过千言，短的仅二三百字。我喜欢他那些文字，想拿过来编一本书，当时我和育海兄策划一套'学术小品'丛书。金先生打趣说，你真会动脑筋，这些竹头木屑也能派用场。我一向口舌木讷，那天竟马上接口说，文章意思不在长短，《世说新语》的文章比你的还短小（'竹头木屑'这典故就出自《世说新语》）。这番恭维话一下把老先生逗乐了。这

---

① 扬之水《读书十年》（一），前揭，第81页。

② 扬之水《读书十年》（一），前揭，第85—86页。

③ 扬之水《读书十年》（一），前揭，第145页。

④ 扬之水《读书十年》（一），前揭，第116页。

样就跟他谈好了《燕口拾泥》这集子的出版事宜。"①

10 月 31 日，参加"梁漱溟思想国际学术讨论会"。②

《文化三型·中国四学》刊《读书》1987 年第 1 期。指出世界文化的三种类型（希伯来—阿拉伯型、希腊—印度型、中国—日本型）和中国文化的四个方面（公羊学、南华学、法华学、阳明学），由对照而显明特点，比较其间异同。"中国重现世，因此重人，可是中国传统说的'人'不等于前二型文化所认为的人。第一型的人是归属上帝的灵魂，大家都有原罪。第二型的人是无拘无束各自独立或则各自困在'业报'中一切注定的人。中国的是另一种'人'。""《春秋公羊传》既是汉朝今文经学的要籍，又是清朝龚自珍、康有为等改革派想复兴或改造的经典。书的内容是史论，制度论，又是表现诠释文本的方法，又是由口传而笔录的对话及思考过程的文体。……'尊王'思想在日本明治维新中起过作用。'大一统'（不仅原意）的说法我们现在还在用。既有历史意义，又有现代意义，可作很多新解说。《南华经》即《庄子》，正是现在国际间哲学语言中所谓'寓言''隐喻''转义'的书。《逍遥游》《齐物论》，古今有多少解说和应用？不久前还在人们口上说和心中想。就其意义的多层复杂和文化影响的巨大说，岂止是道教的主要经典？是否可以说是一部流行的处世秘诀？其中的宇宙观也未必不能像《老子》那样和现代天文学及物理学挂钩。《法华经》全名《妙法莲华经》，原文本的语言是文白夹杂，内容是包罗万象，和印度孔雀王朝佛教之间有很大距离。……其中的'三乘'归一（三教合一）以及观世音（包公、济公、侠客）闻声救苦是中国文化思想的

---

① 李庆西，"在场/不在场八十八"，朋友圈 2020 年 8 月 17 日。扬之水《读书十年》（一）1987 年 10 月 19 日条："候李庆西至，一起往金寓。"系此。

② 《光明日报》，1987 年 11 月 1 日。

一部分。……至于王阳明（守仁），近来才在国内有人提到，不以唯心论而摒弃。王学是有大众影响的。日本明治维新志士曾应用王学。……中国'人'的理想形态，既不同于希伯来的'选民'，也不同于希腊和印度的'英雄'。王阳明属于这种孔子（至圣先师）式的具体而微的'完人'（包括缺点），也属于神化的老子（太上老君）式的'仙人'（包括俗气）。"①

《燕啄春泥》出版，人民日报出版社，1987年8月。主体为写于1984、1985、1986年间杂文，涉及当时各种社会和文学现象，另有刊于《读书》的《谈武侠小说和侦探小说》《"书读完了"》。"近三年间写了一些杂文，大多数发表在《北京晚报》的《百家言》栏里，少数在《中国文化报》《北京日报》《瞭望》《人民文学》《文艺报》和天津《今晚报》的副刊上，现在集在一起。加上《读书》上的两篇较长的文章，本拟用一篇杂文的题目作书名：《请禹治文化》。这些文章虽很杂，但都是讲文化的，讲'通'的；这个书名可以大体概括，表示我的愿望。用形象语言说，我希望在文化上少修长城阻隔，多开运河通连。但终于题名《燕啄春泥》，还是正规一点好。"（《后记》）

编选、合译《摩诃婆罗多插话选》出版，人民文学出版社，1987年3月。"《摩诃婆罗多》是印度古代一部大史诗。本书是其中一部分插话的选译本。""这部大史诗曾经被认为世界上最长的史诗，共有十八篇，号称有十万'颂'（诗节）。它并不是单纯的史诗，实际上包括了三种内容：一是史诗故事本身，二是许多插话，三是关于法制、风俗、道德规范的诗体著述。插话可以独立成篇，而且文学性较强，所以选成一集。……这本选集所选插话共十五篇，当然不能说是包罗了所有优秀的插话；大史诗第一篇和第三篇中也

---

① 《六经注我》中云："经过元代大变化到明代，王守仁又提出知和行的理论。这个知行问题一直传到孙中山的'知难行易'，到《实践论》才算结束辩论。"

还有不少很好的插话未能选入。但是基本上显出了插话的面貌，可以算作一个缩影。最著名的几篇插话已收了进来。""翻译依据的本子是所谓'精校本'，但是史诗本来是流动不定的，所以这实际是一个推定本，和任何一种流行传本章节词句都不完全相同。"（《前言》）①

《我们的文化难题》刊《读书》1987年第10期。

1988年　77岁

1月30日，参加中国文化书院和北京大学比较文学研究所共同举办的台湾作家王拓见面与学术研讨会。②

唐长孺除夕寄诗，时唐目近盲。金有和，因显衰飒，唐又有诗来，"似有劝慰之意"。唐诗："负鼓盲翁百事虚，更无才力应时需。乾坤次第开新貌，日月缠绵到岁除。广座杯盘人散后，山城爆竹梦回初。商量七十余年事，乞向书丛问蠹鱼。"金和："七七春秋付子虚，微躯此日尚何需。少年衣食马牛走，老境盲聋岁月除。愧对文坛陪座末，甘离教席赋《遂初》。衰翁千里犹酬唱，应笑执筌未得鱼。"唐又诗："扶衰却病事全虚。那有神方应急需？偶为谈玄开卷帙，欣看新绿上阶除。门前山色风吹去，帘外桃花梦觉初。海阔天空春浩荡，忘情飞鸟与潜鱼。"（《珞珈山下四人行》）

《悼子冈》刊《文艺报》。"金克木《悼子冈》（《文艺报》88.03.05）一文，感人肺腑，为近年来少有的好悼文。文短而意深，子冈其人活现纸上，且旁及杨刚、高灏、肖珊这几位女性。'一个从向往革命到投身革命而对革命却充满热情而理解不足的天真的女

---

① 此《前言》是《〈摩诃婆罗多插话选〉序》的缩写。

② 《光明日报》，1988年2月8日。

性'——文如其人而又不如其人，是这样的罢。"①

3月6日，当选中国人民政治协商会议第七届全国委员会委员。

6月9日，当选全国政协文史资料委员会委员。

与人谈印度佛教、禅宗、佛教传统及宗教和信仰问题。"我问：显教中某些有学问的法师认为印度佛教之亡，亡于左道密教的出现……这一说法是否正确？金公告诉我：印度佛教之亡，主要是回教军队的屡次入侵，到了十一世纪，将佛教的最后据点之东印一隅，一扫而光。金公说，你要知道当时佛教寺院最富，比起印度教与回教要阔的多，所以回教军队入侵之后，对佛寺就大肆抢掠，彻底摧毁，佛教没有了容身之地。……当然，这与佛教自身某些势力为了迎合印度外道，结果也变成了与外道合流，自己融于印度教之中，自取灭亡，也是原因之一。""金公还给我提出了一个问题：近世禅宗的地位已渐为净土宗所取之，佛教信众大都以念佛往生为依归。这是什么原因，你想过没有？""如何继承发扬中国佛教优良传统问题，我一直理不出一条清楚的思路。就这个问题，我曾向金公请教。金公首先问我：你说传统是什么？我一时答不出来。金公说：传统是指从古时一代又一代传到现代的文化传统。这个'统'有种种形式的改变，但骨子里还是传下来的'统'，而且不是属于个人的。比方说，甲骨占卜很古老了，早已断了，连卜辞的字都难认了，可是传下来的思想的'统'没有断。抛出一枚硬币，看落下来朝上的面是什么，这不是烧龟甲看裂纹走向吗？人可以抛弃火把用电灯，但照明不变。你过去穿长袍马褂现在改穿西服仍旧是你。当然变了形象也有了区别，但仍有不变者在。这不能说是'继承'。这是在变化中传下来的，不随任何个人意志决定要继承或抛弃的。""金公问我：你对宗教怎么理解？我说：一位佛学家讲过，

---

① 陈原，《在语词的密林里》，生活·读书·新知三联书店，1991年6月版，第14页。

'佛教非宗教非哲学'。金公指出：任何宗教离不开信仰，没有信仰的不是宗教。有信仰，不叫宗教也是宗教。信仰，不能讲道理，讲道理无论讲多少，出发点和归宿处都是信仰，对一个名字，一句话，一个符号，无限信仰，无限崇拜，这就是力量的源泉。信仰是不能分析的。金公十分风趣地说：信仰就是好，'就是好来就是好。'这就是非结构性的语言。"①

拒绝将学生公开信带到人民大会堂。"适逢人大、政协两会期间，北大研究生会发起，全体研究生签名，写了一封致两会代表的公开信，要求重视教育。我参与了公开信的撰文。当时大家要找到北大的人大、政协代表将信件带到人民大会堂。我未加思考便与几个同学来到金先生家，老人见状颇有为难之处，我们也就另找一个代表将此事办了。当时我很不理解老人的做法，当然也没有反省自己的鲁莽和冒失。过了几日我又去拜访，老人见我时略有歉意和不安。后来我知道，金先生自'反右'以后便远离政治，虽同情学生运动，但决不参与。"②

与人谈学德语。"金先生说，德语当然要学，不过应该再学点'有意思'的外语，比如拉丁文。他说他就是学了三个月的拉丁文，然后去了印度，把梵文学会了。然后颇自豪地说，别人是从西方进入印度，而他是由印度进入西方。意思是，他获得的印度文化知识是原汁原味的。我问拿下德语大概要多长时间，回答说只要半年。我说半年拿不下来呢？他说那就拿不下来了。"③

12月20日，与扬之水交谈。"他告诉说，张中行是杨沫的前

①　牟小东，《智者金克木先生》，前揭。

②　章启群，《散记金克木》，前揭。参1989年发表的《绝对的公民》："古代和现代，中国和外国，是不能任意比拟的，但也有一线连系。个人关系和公民职责之间的矛盾是古今同有的，不过解决的准则就随时、地、人而不同了。这恐怕是不能绝对化的。"

③　章启群，《散记金克木》，前揭。作者研究生期间事，系此年。

夫，便是《青春之歌》中余永泽的原型。又说，他读钱基博的《现代中国文学史》，想到一个问题，即章士钊既友孙中山，亦结好于袁世凯，与李大钊、陈独秀同气。"①

12 月 28 日，扬之水访于京西宾馆。"于是与我聊起了青年时期的一个恋人……一九三八年至一九八八年，五十年啊，他说，他一生中只有这一次真正的爱情，虽然不过短短一年（甚或不足一年）。那一位就远走他乡（生活在瑞士—美国两地），如今只是一年一两张明信片的交往，倘有朝一日再次相会，真是相对尽白发了，而这种可能也是不会有的。""□□也曾追求过这位女士，与金的主动退却不同，□说，他是被'耍'了。因此，在一次相见中，□对金说：'我们都被人耍了。'金大不以为然。"②

12 月底，当选九三学社第八届中央参议委员会委员。

《高鹗的八股文》刊《读书》1988 年第 1 期。读解高鹗八股文，说明写八股与做官之道相通，与高鹗补《红楼》也有关，点出其中揣摩功夫。"八股之道正是做官之道。一切都在'圣旨'里，尽在'上峰'的'明鉴万里'和'明察秋毫'的'洞鉴'之中了，只需要照着讲就是。朝廷需要的'官'就是这样的人。……作八股文的一个要点是'揣摩'。既要'代圣人立言'，给孔孟当义务秘书，那就必须揣摩他们说话的用意以至口气，再用决不出格的另外语言表达出来，这样才能博得圣人点头。这是作文之道，也正是做官之道。……高君作八股文和他补写小说大有关系。他正得力于'揣摩'二字。要补足残本《石头记》为全本《红楼梦》，先得深入揣摩作者曹雪芹的言外之意，随后还得大费心思揣摩书中人物的神情口

---

① 扬之水，《读书十年》（一），前揭，第 277 页。
② 扬之水，《读书十年》（一），前揭，第 285—286 页。"青年时期的恋人"应即"保险朋友"，"□□"应指萧乾，"□"应是"萧"，参上 1945 年致沈从文信。"一九三八年"指在香港之相见，实际见面更早。

吻，还得揣摩这部小说的格式和题目的上下文，不能出轨撞车。这些补小说的作法和八股文的作法如出一辙。……高君两者兼通，以作八股之法补小说，又以补小说之法作八股，所以他的小说也名列第二。尽管远远不及曹雪芹的原书，却比那些未入流的续书高明得何止十倍百倍。揣摩之义大矣哉！"

《〈存在与虚无〉·〈逻辑哲学论〉·〈心经〉》刊《读书》1988 年第 2 期。摸索读三书的方式，指出读书须明起跑线，提倡福尔摩斯式读书法。"读哲学书的前提是和对方站在同一条起跑线上，先明白他提出的是什么问题，先得有什么预备动作或'助跑'，然后和他一同齐步前进，随时问答。这样便像和一个朋友聊天，仿佛进入柏拉图的书中和苏格拉底对话，其味无穷，有疙瘩也不在话下了。……撇开各人的文化思想起跑线不同，还要区分读书是不是为上课考试。若不是为人而是为己，只是自己要知道，那么就不必以复述原话为标准，可以自加解说。这样，我想提一点意见供参考。这不是兢兢业业唯恐原作者打手心的读法，是把他当作朋友共同谈论的读法，所以也不是以我为主的读法，更不是以对方为资料或为敌人的读法。……这样读书，会觉得萨特不愧为文学家，他的哲学书也像小说一样。另两本书像是悬崖峭壁了，但若用这种读法，边看边问边谈论，不诛求字句像审问犯人，那也会觉得不亚于看小说。这三本深奥的书若这样读起来，我以为，一旦'进入角色'，和作者、译者同步走，尽管路途坎坷，仍会发现其中隐隐有福尔摩斯在侦查什么。要求剖解什么疑难案件，猜谜，辩论，宣判。"

《燕口拾泥》出版，浙江文艺出版社，1988 年 7 月。收 1985—1987 年间与学术有关短文。"近几年写的小文中，类似杂文的合成一集，题为《燕啄春泥》，即可出版。现在将一些带点学术气味的再合成一集，仍用原来发表时总题《燕口拾泥》。"(《后记》)[1] "金

---

[1] 《后记》写于 1987 年 10 月。

先生手边没有什么书,他怎么写文章呢?也许他可以去北大图书馆,他就住在校园里。可是,那时他已七十五岁高龄,还能老往图书馆跑吗?……等我上手编《燕口拾泥》,终于明白是怎么回事了。我核对那些文章引用的古诗文时发现,个别字句往往略有出入(后来我编王国维、梁启超、刘师培等近人书稿,也是这类情形)。我明白了,那不是通常所说的笔误,那是凭记忆引录的。记忆或偶有差池(或依据版本不一样)。这是童子功,古人那些书他们幼时就诵读。……金先生万卷散尽,将文本留在了自己脑子里。"[1]

《文化的解说》出版,生活·读书·新知三联书店,1988年12月。所收五篇文章均写于1986年,首尾相贯,先问如何解说文化,后通过传统文化与外来文化的关系,科学、哲学与艺术在中外文化中的情形,宗教信仰的理论与实践,写作当时面对的各种世界思潮,考察各方面在中国的影响,探索传统文化和外来文化相遇交流的种种情形。[2]"'史无前例'的'文化大革命'以后,我常想到所谓'文化'的问题。两种文化相撞不但是近年来的热门话题,而且是中国现实所面临的问题。我们处在这问题中已经一百多年了。问题不是新的,也不是旧的,旧问题不断出新花样。我在《文化的解说》小册子中曾试探从一个新角度考察这个问题。"(《文化猎疑·作者前记》)"小册子讲的主要是中外文化或说两种文化的对比、对撞或交流问题,是不是还没有说到全面?文化的全貌,特别是文化的变化,不仅有内外的对撞,还有内部的矛盾对撞吧?单讲内外对撞未必能解说文化。"(《试破文化之谜》)

《东方美学或比较美学的试想》刊《文艺研究》1988年第1

---

[1] 李庆西,"在场/不在场八十八",朋友圈2020年8月17日。

[2] 其中第二部分《传统文化·外来文化》的大半,曾以《革新索原——中国近代文化思想一解》为名,刊《现代社会与知识分子》,辽宁人民出版社,1989年1月版。

期。《爱是不存在的——关于十九世纪俄国小说的对话》刊《读书》
1988 年第 5 期。《一花一世界，一叶一如来——关于十九世纪法国
小说的对话》刊《读书》1988 年第 6 期。《有情争似无情好——关
于十九世纪英国小说的对话》刊《读书》1988 年第 7 期。《说"忧
天"》刊《人民日报》1988 年 1 月 22 日，署名辛竹。《沉重的何止
翅膀?》刊《读书》1988 年第 8 期，署名辛竹。《文字障》刊《读
书》1988 年第 9 期，署名辛竹。《喜逢良友畏严师》刊《当代电视》
1988 年第 10 期。3 月，《关于东方美学的一封信》，后收入《东方
艺术美学》，国际文化出版公司，1990 年 4 月版。

1989 年　78 岁

7 月 13 日，扬之水往见。"见面的第一个话题就是互相了解大
家的熟人都怎么样了。北大似乎出奇的平静，学生早就放假了，教
师们只是一周学习两次，别无他事。"[1]

与谢冕通电话。"那年夏季过后，风雨萧疏中大家都很寂寞，
我在北大想约请学界纯正人士，谈些那时已被冷落的学术。约请
金先生出席，电话那头传来的声音爽朗而诙谐：'不行啰，我现在
除了嘴在动，其他的都不能动了。我已是半个八宝山中人了! 哈
哈……'北大人都这样，他们会把沉重化解为谐趣!"[2]

与人谈自己文章。"我的一位老师，1960 级梵文班学生中最高
才之一，去拜访金先生。金先生突然问他：'我的书，你们能读懂
吗?'拜访者敬谨答曰：'有些能，有些不能。'金先生断然说道：
'你们读不懂，我不是搞学术的，我搞的是 ××。'拜访者愕然。"[3]

---

① 扬之水，《读书十年》(一)，前揭，第 325 页。
② 谢冕，《我怕惊动湖畔那些精灵》，《中华读书报》，2014 年 1 月 22 日。
③ 钱文忠，《智慧与学术的相生相克》，前揭。暂此。

徐继曾送卢梭《忏悔录》至。"几年前，他送我一本他译的卢梭《漫步遐想录》。不到一百天以前，他见到我在一篇文中说，不知卢梭《忏悔录》译全了没有，便送来了一部全译本。前半是他校过的，后半是他译的。怎能想到这就是最后一面？"①（《叹逝》）

与王瑶相见。"也不过是两个月以前吧，我在学校的一次会上见到他，依旧不停地含着那支烟斗。我曾劝他戒烟，说，在'劳改大院'中不是不抽烟吗？他笑了笑，说，现在不是不'劳改'了吗？"②（《叹逝》）

《范蠡　商鞅：两套速效经济软件——读〈史记·货殖列传〉》刊《中国文化》1989 年第 1 期。由《史记·货殖列传》，指出传统文人特点，分析春秋战国时总体形势，辨别范蠡和商鞅异同，重视范蠡代表的流通思路。"文人带兵是中国的传统。行伍出身的'无文'的军人中，大将多而统帅少。""我想（按就春秋战国形势问题）提出两点，是从全中国范围和整个历史着眼的。一是外强而内向，二是落后入先进。……我说的'外强而内向'指的是地区。外部边区强了，但不是分裂出去，而是合并进来。内部中心弱了，不能打出去扩展，而是'外来户'进来压倒了'本地人'。我说的'落后入先进'指的是种族。落后的小的族（还不成为近代的欧洲的所谓'民族'，因此不能构成近代意义的'民族国家'。）迅速发达成为先进。这些族中有的能像海绵一样吸收并且能融合非本身的力量化为己有。这两句实是指一个总的情况。这现象开始于春秋战国，但没有停止于秦汉。""就我们谈的题目说，两套经济软件的思

---

① 《读书》1989 年第 7、8 期合刊的《玉梨魂不散　金锁记重来——谈历史的荒诞》，提到《忏悔录》，"中国早有节译本。今天有无全译本，我不知道"。徐应即看到此文。"今天有无全译本，我不知道"，收入集子时改为"现在才有全译"。徐是年 11 月 13 日去世，"不到一百天以前"，约可推至 8 月，系此。

② 王瑶是年 12 月 13 日去世，"两个月以前"约可推至 10 月，系此。

路不同。一个认为积聚的才是财富而流通的不是财富。一个认为流通的才是财富而积聚的不是财富。前者是长城、兵马俑文化，后者是运河、江湖、流水文化。……用现在经济常识的话说，一个着眼于生产和分配，舍不得在流通上用力量。一个着眼于流通，而把生产和分配附属在交换上。用简单含糊的话说，可以算是自然经济和商品经济，但这是抽象说法，实际上两者是并存的。"

《试论近代英印冲突的政治文化意义》刊《南亚东南亚论丛》，中国社会科学出版社，1989年5月。从英印冲突中印度的反应，考察印度对英国统治的认知和反应，指出政治文化尤其是语言在此过程中的重大影响。"英国对印度的掠夺和压榨完全是资本主义以前旧有的方式，因此印度人民直到皇帝都可以用旧语言在旧的文化参照系中解说。他们以为这不过是历史的重复，不能认识到这个新时期新情况的意义。……直到一八五七年大起义失败，印度人无论顺从或反抗都不能跳出这个认识圈子，因为这是几千年传统文化所画下的。""印度的政治历史从来不以'道德'（中国儒家或基督教所宣传的）为准，而以所谓'法'（达摩）为准。从释迦佛的信奉供养者频婆娑罗王和阿阇世王父子起，到莫卧儿帝国的几代皇帝，几乎都是以子弑父为当然继承法则。而且佛也认可，因为不论佛教或者印度教都可以用前世业报说为罪恶辩护。伊斯兰教等更不受世间所谓'道德'（东、西两式）约束。……因此东印度公司无论如何胡作非为也不出传统所有的范围。""印度人由于错误认识了英国东印度公司的侵略便不可能有意识地作有效抵抗，遭到残杀和雇佣以及虐待和施恩也不能认识其中的新的历史意义。他们到生死攸关不能忍受时只会作义和团式的起义反抗（一八五七年），已经来不及了。……在'印度斯坦'一词出现而具有近代'民族国家'含义时，已经晚了。有了'印度斯坦'（印度教徒居处）就不能不另有一个'巴基斯坦'（清真教徒居处）了。根据历史传统的命令，'民族主义'只引向分裂而不导致统一。""语言中没有的也就是思想中没有的,很难在现实中突然创造出来。要求印度文盲照英国下议院那样用本国话进行民主辩论是办不到的。英语只好一年又一年继续担当政治文化用语的职责。"

《谈"天"》刊《读书》1989年第12期。解说《史记·天官书》,探讨中国思想的或一特点。"《天官书》先分天为五宫:中宫和东南西北四宫。中宫是北极所在,无疑是最重要的(为什么?大可玩味),所以首先举出'天极星'。一颗明亮的星是'太一常居'之星。这一带是后来所谓'紫微垣',即帝王所在之处。'太一'旁边的星是'三公',后面是'后宫'。这大致相当于欧洲的包括北极星的小熊星座的方位。中国古人认为帝王的,欧洲古人只看作平常的熊娃子,对'居其所而众星拱之'(《论语》)的'北辰'毫无尊敬之感。……《天官书》开宗明义第一段便表明了中国古人的这个思想。这是说不出而又人人知道的。这岂不是《春秋》尊王的根本思想?为什么'五霸'要'挟天子以令诸侯'?为什么王莽一定要篡位而曹操不肯也不必篡位?陆机《文赋》本文第一句是'伫中区以玄览'。'中区'本指地,又指天,又指人。为什么读书作文要先伫立'中区'?从古人所说的天象可不可以结合人事搜索古人的思想?欧洲古人就不这样想。他们以地为中心。"

《东方美学研究末议》刊《文艺研究》1989年第1期。《文化中的神秘主义思想》刊《东方文化集刊》(1),商务印书馆1989年7月版。《玉梨魂不散 金锁记重来——谈历史的荒诞》刊《读书》1989年第7、8期合刊。《绝对的公民》,刊《瞭望》1989年第46期。《日历、月历、星历与文化思想——读〈火历钩沉〉》,刊《中国文化》1989年第1期。《关于"文化危机及其出路"》刊《群言》1989年第2期。《从古典小说读现代经济》刊《读书》1989年第9期。《有代无沟》刊《读书》1989年第12期,署名辛竹。《传播中国科技史知识有助于爱国》(发言)刊《群言》1989年第12期。

1990年　79岁

1月24日，与扬之水商量"保险朋友"欲退回旧信旧稿事。"前些时金克木先生打电话来说，他那位青年时代的恋人自日内瓦给他来信，道自觉生日无多，欲将旧日往来书信寄还与他，金恐经过海关时遇麻烦，问我有无便人。次日与老沈说了，老沈说可通过董秀玉从香港回来时带回。于是复金以信，今接来信云：'谢谢你的信，多承关心。但我与她俱是风烛残年，她后事托我，我后事托谁？故已复信，不要将我的旧信旧稿寄来。'"[①]

作《庚午新春试笔》《庚午上元试笔》。"试演连珠竟不成，堪惊此岁又逢庚。心常伴友北邙去，身是吹竽南郭生。午夜观天星错落，丁年仗剑意纵横。欲持杯酒江湖隐，浩渺烟波何处寻。""岂能破壁飞天外，已觉龙钟懒下楼。不识之无浑一片，难分哭笑暗双眸。黄钟瓦釜何从辨，白雪巴人总是讴。始信阿家翁好做，木雕泥塑度春秋。"

与人谈种种问题。"金先生和我说，他在印度求学，也没有在大学正式注册读书，而是探访名家。因为名家之为名家，也就那一点与众不同的东西，找他聊几次也就差不多都知道了，没有必要听很多课，那是浪费时光。""从市场经济转变为计划经济很容易，一夜之间就行了。但是，从计划经济转变成市场经济就不容易了，世界上还没有成功的先例。他说，毛主席的'发展经济，保障供给'，是一种战时经济观点，不能算是一种经济学的思想。20世纪80年代国内全盘西化的思潮甚嚣尘上，认为西方的一切都比中国好。……可老人却说，中国在人类历史上一直领先，近代才落伍，

---

① 扬之水，《读书十年》（二），前揭，第7页。关于此事，《告别辞》中云："她在最后的信中问我要不要她所保存的我的信。我回信说，不要了。人亡物在，何必呢？至于她给我的信呢？那能算情书吗？有情的是五十八年前我送给她的那首诗。题是《镜铭》，下注：'掇古镜铭语足之以诗献S'。"

怎么能怪罪祖先呢！""英国人在印度是培养一个反对派做自己的接班人，比其他的殖民者聪明。实质上，现在的印度政治体制，就是英国的翻版。"①

9月25日，《读书》编辑部宴请，金克木、张中行、柳苏、王蒙、李文俊、宗璞、冯亦代、吴祖光等。"席间与金克木先生道及《回忆吴宓》，他却摇首频频，一副不屑的神情，说，这都是某某在那里鼓捣的，瞎闹！细问，却又不说，问急了，乃反问我几个问题：为什么吴要离开联大？为什么后来不回清华？为什么在武大待不下去？为什么钱锺书不写文章？为什么赵萝蕤不写文章？这些我怎么知道？于是再问为什么，则又不说，最后才道：'为什么？为什么？你的问题像个小孩子提的！就像我死了你不会去写纪念文章一样！'"②

9月27日，张中行与人谈金克木。"我觉得一个人肚子里有十分，说出八分就行了，像周二先生，读他的东西，就像是一个饱学之人，偶尔向外露了那么一点儿，可金先生正好相反，是肚子里有十分，却要说出十二分。"③

季羡林致臧克家信，言及。"有一次你曾谈到金克木写的文章，'不知所云'。若以朦胧诗观之，庶几得之。"④

---

① 章启群，《散记金克木》，《粤海风》2007年第6期。此处记1986至1990年间的谈话，暂此。
② 扬之水，《读书十年》（二），前揭，第78页。
③ 扬之水，《读书十年》（二），前揭，第79页。
④ 《季羡林书信集》，长春出版社，2010年1月版，第59页。对此类评论，金克木文章中似有回应。《读启功〈论书绝句〉》："近闻我胡涂乱抹的小文有人说是看不懂。我很吃惊。我说的什么就是什么，怎么会不懂？只怕是要找其中的'微言大义'找不出，才说是不懂吧？"《何处取真经》："古今中外有许多文章和说法是因为无法用别的话说才那样说的。世上有许多看来荒诞的事，也就有那些荒诞的话。这正是语言表达思想的一种形式，而且不是稀罕的形式。恐怕我自己的有些文，有些话，在别人看来也是这样。这时我便想到有时有些意思不知怎么说，那就说成荒诞故事吧。别人看了大概会以为是诙谐文章博人一笑的，那才好。"

夫人生脑瘤，手术。"唐季雍脑中生了一个乒乓球大的瘤。全家经过一阵惊慌，手术后知道瘤子是良性的才定下心来。……为了让老伴更好地休养恢复，金老敏锐地把隔代人吸引到自己身边。他自称耳聋不怕吵，把电视挪到自己的房间，又陪他们一起游戏。后来孩子们发现他本人就是一个很好的玩具，于是把肥皂泡对准了他吹。"[①]

夫人脑瘤愈后，纪念结婚，作《赠内四首》。"四十二年成白首，敢当利刃愈头风。阿瞒掩面华佗笑，今日红颜胜老翁。""红楼伫立对灰楼，昔日少年今白头。应忆迺兹府里事，只愁无处觅沙鸥。""笑语群贤记十条，池塘蔚秀著辛劳。蛰居承泽休追忆，朗润园林慰寂寥。""逝水年华去不还，愧无一事供开颜。窗前翠竹早生笋，不怨人间不怨天。"注："此纪念结婚。夫人经手术去脑瘤而安然无恙。'阿瞒'，曹操，不敢允华佗开刀治头风。在旧北京大学，红楼原为教室楼，灰楼为女生宿舍。新婚时，沙鸥女士住迺兹府，借房做新房。初来北大，住十条胡同宿舍，十教授家共住一大院。在新北大住蔚秀园。'文革'中住承泽园。'文革'后住朗润园。"

《"道、理"·〈列子〉》刊《读书》1990年第5期。简说"道、理"二字流变过程，指出中国思想的两套方式，点明《列子》的独特之处。"'道'和'理'的流行又有先后之别。孔、孟、老、庄不大讲'理'。从宋朝起，讲'理'胜过了讲'道'。分界线是在五代十国之时。这以后'道'便主要属于'道家'，'道教'。'道学'只沾点边。'讲道''布道'在基督教会里。'讲道理'也简化为'讲理'了。……三国、六朝是初变，五代、十国是再变，'道光'是最后大变。'道'从此'光'了。""讲哲学（外国字）也罢，讲思想（中国化了的外国字）也罢，有两套。一套是书本里的名家著

---

① 叶稚珊，《沉默的金婚》，现代出版社，1994年1月版，第70—71页。

作。这可能是顶子、尖子，也代表了不少普通人，因为这些名字名气大，有人推广，所以影响大，但信从的人未必普遍，推广者也未必都照办。另一套是书本里没有专著的普通人的思想。他们有行动，也有言论，但不识字，或则不会写书。……这一套思想史里不能说没有哲学，只是在'学案'式的书中还不大有地位。""认为《列子》是思想和故事的杂烩也罢，较秦、汉书为晚出也罢，不应当抹杀这书表达了中国社会思想的意义。它不仅发挥了秦、汉以来以至魏、晋的社会思想，而且延续到以后，特别是在民间，并未断绝，不仅是神仙理想。""《老子》是给特殊人讲的哲学。《庄子》是给读书人讲的哲学。《列子》是给平常人讲的哲学。……全书教的是'世故'。书中有一片悲观厌世的气氛，胜过庄子，胜过佛教，因为不以空言自慰，又没有涅槃和报应。……这可算是特别的世故教科书，是一两千年前中国的卡夫卡。……假如阿Q先生能成为哲学家，也著书讲道理，很可能他的大著就是一部《列子》。"

《保险朋友》刊《收获》1990年第4期，副标题为"献给一位想听这故事的老友之灵"。收入书时，副题删去。

《答闻老》，刊《群言》1990年第9期。

《嚼杨枝》刊《读书》1990年第1期，署名辛竹。《出版部门应善于"钻空子"》（发言）刊《中国图书评论》1990年第1期。《诺贝尔世外传来新讯》，刊《随笔》1990年第2期。《真真假假说"红楼"》刊《读书》1990年第9期。

1991年　80岁

与人谈《千字文》。"'殆辱近耻，林皋幸即。两疏（指两汉的疏广疏离叔侄俩）见机，解组谁逼。'这几句写得很有意思。从表面看，他们告老还乡确非被逼。但他们自己心里有数，知道官已做不下去，还不如及早抽身引退。实际上还是被当时形势所逼，不过他们比较聪明自觉罢了。我不禁茅塞顿开。古人说：'读书能得间'，若金老者可谓'得间'矣。"①

10月19日，与人谈吸收外来文化。"不管有多少外来的东西，承受者还是自己。若自己一无所有，那外来的也就不成其外来了。无主，哪来的客？不比较旧，怎么知道哪是新？""其实我这辈子又何尝不是走了个正反合呢？早年读古书，中国书，后来把它们扔个干净，一门心思地学洋外，读外国书，现在返祖了，又回过头来读中国书。"②

《试破文化之谜》刊《读书》1991年第4期。从中国文化对外来文化的择取方式，提出需注意民间文化背后的民俗心态。"第一个问题就是，两种文化相遇是不是必定冲撞或会合？为什么对外来的东西，有的学得起劲或者反对得拼命，有的不学，不闻不问，若无其事？……由此又引到第二个问题。有不学的不足为奇，奇怪的是，学的也常常拐弯子。……学日本就是学日本的欧洲，或者不如说是学日本所学的欧洲。这是不是有点日本化了的欧洲？还是欧洲化了的日本？在三十年代日本大举侵略中国以前，中国人学的欧美文学新潮往往是从日本转口来的。……由此又引出第三个问题。这样的对外学或不学的前因后果包含着什么成见和误解？起先有什么成见？""中国人的多数向来是不识字或者识字很少或者识字而不大读书的。他们的心态的大量表现就是长期的往往带地域性和集团性

① 吴小如，《心影萍踪》，前揭，第40页。是年金克木有《谈千字文》，系此。文中有云："官做大了，有危险，于是提出了古代文官的最好出路'殆辱近耻，林皋幸即。两疏见机，解组谁逼？'汉朝有姓疏的叔侄两位高官，自觉自愿自动辞职退隐，送行的官极多，传为千秋佳话。退下来以后呢？'索居闲处，沉默寂寥，求古寻论，散虑逍遥。'接连下去一大串话讲退隐的好处，有声有色，文情并茂。"

② 徐泓，《既新进又传统——记金克木先生》，前揭。

的风俗习惯行为或简称民俗。这不是仅指婚丧礼俗、巫术、歌谣，这也包括习惯思路以及由此表现出来的行为因果。……不妨试试从非民间的查出民间的，从少数识字的人查出他们所受的多数不识字的人的心态影响。可以说是要从有文字的文学书中侦查不大和文字发生关系的多数人的心理状态、心理趋向。换句话说，就是要从文学中侦查民俗心态。也许由此可以测出民俗心态是不是决定我们对外选择（包括改造）的一种力量，是不是暗中起作用的因素。"

《无文的文化》刊《读书》1991年第7期。以《文选》为例，提出"无文"的文化，解说有文的文化与无文的文化的隔绝与交流。"不识字人的文化和识字人的文化是不能截然分开的。文化的记录是文字的，但所记的文化是无文字的。文字的文化发展自己的文学。无文字的文化也发展自己的文学。有文字的仍然在无文字的包围中。……有文的和无文的语言符号传达文化信息互相交流。上下内外有别，但堵塞隔绝不了。不要通气和要通气形成许多社会情况。现在有新闻媒介，音像都可以由卫星传播到全世界电视屏幕上，视听信息更难阻隔了。在不多年前，没有广播，更早些还没有报纸，信息流通有些比较集中的地方。家庭除外，宫廷、公堂（连带监狱）都是有文和无文、上下、官民、雅俗相交会之处。此外还有一些场所为信息交流提供方便。社会由此而血脉流通，生长变化。"

《显文化·隐文化》刊《读书》1991年第9期。从古典文献入手，结合有文和无文的文化，追查文化显隐之间的关系。"能不能说，有文的文化中不但藏着无文的文化，而且还有大量的'武化'。文显武隐。'崇文''宣武'相辅而行。隐显并不是两层，甚至不是两面。说表层、深层不等于说显文化、隐文化。'隐'不一定是潜伏在下，只是隐而不显罢了。解说文化恐怕不能不由显及隐。有的隐显难辨。""不知隐文化，难以明白显文化。即如战争也是忌讳的，总要宣扬文治而讳言武功。愈是武功盛，如永乐、乾隆，愈是讲文事，修《永乐大典》《四库全书》。""隐文化可分两类。一是隐瞒不说的，也就是忌讳的。……另有一种隐文化，和'武化'或'武文化'相似，很普遍，但大家不注意，不承认，不说。这值得探索一下。我指的是女性文化。……隐文化不显著，不受重视，这不等于不能起主要作用。……从整体说，从全社会说，以性别分，女性是受男性压抑的。这是显文化，不容否定。同时，从局部说，从一个个人说，男性受女性支配的事并不稀罕。这是隐文化。应当说，文化是男女双方共同创造的，而女性起的作用决不会比男性小多少。"

《治"序"·乱"序"》刊《读书》1991年第11期。由政治的治"序"、乱"序"及地域结构，点出潜在的文化板块状况。"'序'可以有两类，一是治，一是乱，各有各的'序'。历来圣贤都是讲理想的治的序而不讲实际的乱的序，以为乱就是无序。试想假如乱中无序，那么治的序从何而来？用武力推行文化以至思想是不大见效的，几乎是不可能的。治序必定是从乱序中出来。……同序的不一定能相互代替，要看其他条件。不同的序相代也不能突变。两种序包含着不同的民俗心态。一个趋向'乱'，一个趋向'治'。古人常说的'人心思乱'或'人心望治'就是指这个。""政治上经济上统一'场''序'必须具备成熟的足够的条件。第一要件便是活人。兵马俑不是活人，只能在墓中和死人在一起。活人有合乎六国的'序'的，有合乎秦'序'的，不像俑没有分别。统一文字并通行隶书再设立'博士官'确是合乎需要而又具备可能，但若以为这就够了，那是只知其一，有文的文化，而不知其二，无文的文化。那些无文的大多数人呢？仍然处在板块文化之中。……秦使天下为一国，文化上不能适应。文化是以经济为基础而与政治相应，又内含喜乡音而守乡土的民俗心态，所以分立不断。……文化场是活人的民俗心态力量的集聚，不能任意指挥的。"

《文化猎疑》出版，上海三联书店，1991年6月。文多写于

1987 至 1989 年间，承接《文化的解说》，从中、西、印、日的文献和具体情形深入，分析各自文化对外来文化选择的内部因素。"我越来越觉得，传统文化和外来文化相遇时的变化中主体的选择性是首要的。这是由承受外来文化的一方的内部决定的。这内部倾向又是由其中绝大多数人的千百年积累下来的习惯决定的。……对中、印、日三国来说，外来的文化是一样的，而且都是用大炮轰进来的，接触者的心理倾向，特别是大多数人的心理倾向，却各有不同。这大多数人和只占少数的读书人不同，但又不能截然分开。文化并不专属于知书识字的。不读书本的自认没有'文化'，其实在文化中地位也许更重要。离开这些人的思想行为习惯倾向去谈文化，在文盲极少的现代日本或者还有点根据，在中国和印度都不见得符合实际的全貌，因而对变化很难看出苗头，也难以解说结果。""这里的文章很单薄，够不上'深厚的解说'（thick interpretation）①。这些都不是结论的推演，而是问题的追索，所以题名'猎疑'。"（《作者前记》）

《书城独白》出版，上海三联书店，1991 年 9 月。除半篇《旧学新知集》的序写于 1985 年底，其他文章均写于 1989 年至 1990年。延续《文化猎疑》的思路，从《史记》《列子》《红楼梦》及通俗作品，分析中国文化的潜在结构。"这里的十二篇小文都是在《读书》上发表过的。随写随登，不料竟够一本小书。上海三联书店愿意出版，于是当初随手写上的标题'书城独白'成为书名。"（《前言》）

《无文探隐——试破文化之谜》出版，上海三联书店，1991 年

---

① 参安迪《单说金克木的"胡子"》："记得那天，先生问我，当代西学最时兴的理论是什么？我说大概是解构主义吧。先生当即说那是好几年前的了，现在应是'深厚的解说'（thick interpretation）。我说闻所未闻。先生便用民俗学研究的实例向我解释这种最新派的理论。"前揭。

11月。所收八篇文章，均发表于《读书》1991年。自《文化的解说》更进一步，承《文化猎疑》及《书城独白》，深入无文的文化，追问文化的显隐，探究民俗心态。"这里的八篇文中，我试探索所想到的民俗心态，试图从有文的文化考察无文的文化，试用破谜的方式来看新诗、《论语》《文选》，这些仿佛远离'无文'的文化现象，也点到明显接近'无文'的《人间地狱》《春明外史》以至《孔乙己》《药》。我用普通语言讲平常事。"（《冰冷的是火》）

读黄万里诗，作一绝："昔有南冠今右冠，书生报国本来难。大堤蚁穴谁先见？太息泥沙塞巨川。"1999年有记："故友赵群昔曾出示黄君《治河吟草》云：黄君名人哲嗣，水利专家，五十年代以言治河与外籍顾问意见不合，致沉沦多年，劳动中著此《吟草》。爰于读后率题一绝。今黄君与院士同列，仍屡屡上书言水，而赵君谢世已数年矣。检发旧稿以为纪念。'南冠'古典出于《左传》，又见于庾信《哀江南赋》。'右冠'今典，人所共知。"（《题〈治河吟草〉》）[1]

《旧学新知集》出版，生活·读书·新知三联书店，1991年10月。

《辛未新春造句》，刊《民主》1991年第5期。

《关于"气、韵"》刊《读书》1991年第1期。[2]

1992年　81岁

有人拜访，谈围棋等。"我至今清晰地记得在1992年拜访金克木家的情景。金老家住北大朗润园，并不宽敞。家中陈设简单，却很干净。只是显得有点杂乱：在靠窗的写字桌旁，有个杂物柜，放满了日常用品，茶叶罐、药品盒、茶杯……就连柜顶上，也放满了

---

① 收入《挂剑空垄》时，改题为《读黄君治水诗》。

② 刊出时署"程千帆、金克木"，实为金克木复程千帆函。

很有些年代的发了黄的书报。在窗和柜之间，拉了一条细绳，上面挂一块毛巾。看我在打量他的家，金老笑着说：'我八十岁了，都是为了生活方便。'末了还调侃一句：'我就是个杂家！'""下围棋不仅仅比智力，更是比勇气，比胆略。……所有棋类都是胜负的艺术。我要补充一条，决定一个棋手的水平，还取决于棋以外的东西，比如性格、内涵修养、人生阅历等。记得围棋十诀中有一条是'不得贪胜'。你也许会觉得奇怪，下棋就是要争胜，这不是矛盾吗？其实这说的是下棋一旦优势很大了，就可以考虑退一点，稳一点。太贪胜，往往给劣势的对手提供了拼命博胜的机会，反而不得胜。……说着，拿出一本《吴清源对局谱》，他对吴清源的围棋艺术十分推崇，甚至不惜花力花钱到处邮购他的棋书。"[1]

1991年12月至1992年1月间，应中华书局邀，写《八股新论》。分"引子""八股评罪""八股文'体'""八股文'心'""《四书》显'晦'"五部分，先述写作起因，由中国治体见八股出现之必然，指出汉文文体的代言特点，推求此种文体所含的古代文心，考察《四书》流行与八股的关系。"汉赋、唐诗、宋文都为做官扬名所必需。八股文体兼骈散，继承了战国策士的言论，汉魏六朝的赋，唐宋的文，而以《四书》为模范。分析八股文体若追溯本源就差不多要涉及全部汉文文体传统。"（《引子》）"从文体方面说，八股有罪可分两股说。一是这文体集中了汉文作文传统中的一些习惯程式又固定下来，达到极峰，因而僵死如木乃伊，不能再有发展。二是它成为中国科举传统中最后的限制最严的工具，又重腔不重意，不顾词句通不通，只准代言，不许露出己意，在狭隘天地里捉摸转圈子，于是重复说空话废话，对皇帝说假话，成为习惯，出现定式，永恒不变，因而也成为木乃伊。"（《八股评罪》）"八股的

---

[1]　李树平，《走近大家》，江苏文艺出版社，2014年12月版，第68、72、73页。

结构和腔调是继承了两千年的书面汉语的文章发展的。这不是任何一个人所能定下的，即使是皇帝也不成。当它自身达到无可再变而僵死时才会灭亡。"（《八股文"体"》）"汉朝有对策，唐朝考诗，宋朝考论，都有八股气。难道孔孟忙于周游列国向'问政'的国君和其他人论道不是八股的前身甚至胚胎吗？从秦设'博士'又'以吏为师'，以后就科举不断，日益发展，直到清末。甚至波及出家的道士、和尚，难免带点八股气。八股文是应试科目及文体中的最后一个。……八股的致命处可能不是规格严而是出《四书》题限制。"（《八股文"心"》）"春秋战国的书，五经除外，诸子，包括《论》《孟》，差不多都是对策一类。直接间接多多少少都是'应帝王'的著作，都是当时游说诸侯或讲学受咨询的人所作，或自己出面，或托名他人。……所有秦以前的'应世'之作都指向一个结果：秦汉的一统天下，即初步的'平天下'。《四书》更加显著，但无人合编，其中说的话，从汉到唐、宋、辽、金，还用不上，靠这个做不了官，朝廷不用。元代达到了更深一层的大统一。南宋时辑成的《四书》可作新解，便走时了。""八股文，五七言诗，四六言文，是中国古代文学语言的书面形式中历久不衰屡经考验的文'体'，同时符合'应对'的文'心'。无论是应试，应酬，应景，都可采用。这是汉文体式，古代文心。"（《〈四书〉显"晦"》）

《金克木小品》出版，中国人民大学出版社，1992年7月。自选集，主体部分为1986至1991年间的小文，另收入《天竺旧事》《燕口拾泥》《燕啄春泥》《旧学新知集》中部分文章。"我终于听从编辑之命'选'了出来，是由于听编辑说有读者愿意看我谈人、说书和胡言乱语的小文。这里编起来的就是这三类。谈人的重其人。谈书的重其书。杂感是配搭和点缀。恰好找到了三十年代中期的零星小篇，便收了进去放在开端。"（《自序》）

《奇人不奇——记于道泉教授》刊《藏学研究论丛》，西藏人民

出版社，1992 年 8 月。《许国璋教授闯三关》刊《新民晚报》1992
年 12 月 2 日。

1993 年　82 岁

5 月，保险朋友去世。"前天才得到的我的最好的女朋友的死
讯。信中只说了年月日，没有说地点是在地球的这一边还是那一
边。不过这不要紧。死人的世界是超出时间空间普通三维四维概念
的宇宙，是失去时地坐标的。要紧的是死后以什么面目出现。若是
离开人世时的形貌，我和她都已经是八十岁上下，鸡皮鹤发，相见
有什么好？还不如彼此都在心目中想着两个二十几岁的男女青年在
一起谈笑，毫无忌惮。"（《告别辞》）[1]

5 月 31 日，徐梵澄言及。"前些年季羡林曾经指着金克木的一
篇文章对我说：'所谈何益！'可是前不久看到他自家做起文字来，
仍是浮躁，甚无谓。"[2]

7 月 12 日，费孝通谈及。"金克木现在很活跃，他的东西怪，
面也宽，什么都想说一说。"[3]

8 月 18 日，致函李文俊谈翻译。"顷在《文学自由谈》第三期
读到尊文《PAYTHAN？》，忽觉可有另一解。印度人通称阿富汗人
为帕坦人 Pathan。他们身材高大，头上裹包巾（turban）。此字已
入英文。福克纳未必记得公元三世纪就亡了国的安息人（波斯人），
倒可能想到帕坦人（阿富汗人）。Turban 也恐怕还是指伊斯兰教徒
和印度教徒、锡克教徒常戴的头巾。"[4]

---

[1]　文章写于"一九九三年五月二十日"，系此。
[2]　扬之水，《读书十年》（三），百花文艺出版社，2019 年 8 月版，第 42—43 页。
[3]　张冠生记录整理，《费孝通晚年谈话录》，生活·读书·新知三联书店，2019 年
5 月版，第 23 页。
[4]　李文俊，《纵浪大化集》，1997 年 2 月版，第 44 页。

应请成"慈氏学开发中心"发起人，与人交谈。"记得初次拜见金老是 1993 年夏天的一个晚上，我是受韩公镜清之命去拜会的。代韩老相邀参于创办'慈氏学开发中心'……那时的金老已年过八旬，精神矍铄而内敛，思维敏捷而溢明，恍若一座金山，让人惊异而眼亮，瞬间不知身在何处、所为何来，真有点目瞪口呆。待我说明来意，金老欣然应允，随喜赞叹韩老之正愿，乐意成为'慈氏学开发中心'发起人。半个小时的交谈让我第一次有沐浴'智慧之光'之感受。""有一次金老给我们开了一张有关印度哲学及佛学原典的读书单……送我们出门时又说：我一生中所学诸多都有传习，唯于鹿野苑所学佛法一门未传，若就此去了，有愧先师之教，着实有些遗憾！"[①]

对人谈围棋、数学等。"我最近对围棋又着了迷，电视中每有围棋赛，一场不落。我很年轻时就学过，那是老的下法。吴清源开的是一代新风，最近南朝鲜选手几个青少年了不得，又把围棋推进一个新的时代。我的棋最近可'长'了不少，但说不清属于几段，因为我摆棋摆了六七十年，还从来没跟人对过局……""我这个人一方面百无一是，同时也有两个小小的优点：一是还有点自知之明，二是专爱看读不懂的书——比如最近一段，我一直在攻读中等数学……最近我发现，《春秋》当中有数学——你们别笑，当然，不是一般概念上的数学。我如果还写东西，就准备写写《春秋》中的'数学'……"[②]

---

① 里圣地，《仙露明珠讵能方其朗润——怀念朗润园主金克木》，收入《〈瑜伽师地论〉导读》，宗教文化出版社，2008 年 10 月版，第 66、67 页。

② 徐城北，《紫禁来归》，前揭，第 157 页。1990 年，金克木写《"犊子"和"老骥"》，评价李昌镐第三届富士通杯世界围棋赛中表现："李昌镐这次的棋，先固边地再取中原，算计好时机，用一子打入中腹，使对方左右为难。这一子的效率之高几乎等于全局。这是少年锐气，又是老谋深算，定而启动，不失时机。"

《甲骨出新星》，刊《光明日报》5月14日。从甲骨记载超新星记录，探讨中国传统天文与思想的关系。"中国……从远古直到近世都是以天为镜子照见地上的人事。不仅是占卜命运预知未来，还反映现在。例如汉光武和严子陵的'客星犯帝座'故事。所以客星出现必记录。消失呢？经过呢？意义呢？不常记，甚至不记。为什么？记天象就是记人事。记人事就说明了天象。记的人和读的人当时有共同的了解。从《春秋》的天文及人事记录中亦可见汉族从远古一贯传下来的思想。对天的看法同时是对人的看法。记天象常等于记人文。天和地上的人是两面镜子，互相反映，对照。这就是'合一'。本来就是一，不必等到汉朝董仲舒去'合'，去讲后来的道理。这还不仅是巫师等有书本（甲骨简帛）文化的人的见解，而是一般人上自族长王公下至族人百姓以至奴仆都承认的。记天是用一种符号语言记人。本来天人不分，分开后才能说是'合'。""为什么中国的历法精而天文学到此不再大步前进？因为中国人从古认为宇宙不是和谐的，安排好了的，而是破坏了'一'，出现了不平衡，阴阳不等，天倾西北，地陷东南，要不断去平衡那个不平衡，例如闰月。因此，重视位和秩序，提不出欧洲人中世纪的天象规律问题，也不会提出古希腊人的日心说和地心说两套。"

《奥卡姆剃刀》刊《读书》1993年10月。言及笛卡儿《方法谈》，谈到思考问题的程序，倡导损益后的奥卡姆剃刀原则。"笛卡儿……列举的四条最先完整地表达了近代科学思想方法的出发点，不可断章取义。它也不是包括全部，更非没有缺点，只是出发点。……他说的四条的大意是：第一，不接受任何不能由理性明确认为真实的东西。第二，分析困难对象到足够求解决的小单位。第三，从最简单容易懂的对象开始，依照先后次序，一点一点一步一步达到更为复杂的对象。第四，要列举一切，一个不能漏过，才能认为是全面。简单说就是：一、审查依据。二、将复杂对象解析到简单才着手。三、由简单逐步引向复杂。四、要求全面。这四条合起来很可能就是我们平常不自觉地接收、分析、综合、理解外来信息的自然程序。不过是脑中运转极快成为习惯,所以不觉得。"英国奥卡姆的威廉是十四世纪的经院哲学家。他提出所谓'思维经济原则',名言是'如无必要,勿增实体'。所谓'实体'即'共相''本质''实质'等可以硬加上去的经院哲学的抽象普遍概念。他主张唯名论,只承认一个一个的确实存在的东西,反对唯实论,认为那些空洞的普遍性概念都是无用的累赘废话,应当依此原则一律取消。这句名言和这一原则被称为'奥卡姆剃刀',被教会认为异端邪说。"

《〈春秋〉数学·线性思维》刊《读书》1993 年第 11 期。由传统文献,比较印度思想,指出中国思维和著作的或一特点。"线性思维常将时间当作一条线贯串一切。这一点,印度人望尘莫及。他们认为时间像一把大镰刀,砍去一切。时间消灭一切,从有转无,所以无始。时间又像圆圈,处处可以是始,也可以是终。尽管像轮子回旋不息,但无始也可以有终,消灭了就是终。因此古时印度人的记录历史是一篇糊涂账。用非线性思维(是不是球性思维?)以为很明白。用线性思维以为很混乱。古印度人没有严格意义的历史书。中国古人坚持线性思维,其辉煌成就便是大量的年代史。""自从殷商甲骨文献定干支以来,年月日时排列给天时人事定位久已成为习惯。《春秋》是第一部传下来的依年月纪事书。太史公司马迁的《史记》中十《表》是一大创造。《十二诸侯年表》《六国表》《秦楚之际月表》,是世界上古代史书中绝无仅有的。以后是一部又一部《通鉴》,编年纪事,直到清亡才断绝了,出现了报纸和'大事记'。从'共和元年'(公元前八四一年庚申)一年一年记史事不断到报纸出现时,这样的文献,除中国的汉文字的以外,恐怕世界上再也没有了。"

合译《摩诃婆罗多》（第一卷·初篇）出版，中国社会科学出版社，1993 年 12 月，作《译本序》。"为了向中国人民尽快介绍这部世界名著，金克木、赵国华、席必庄、黄宝生、郭良鋆五人商定：统一体例，集体翻译，或分或合，文责自负。金克木先生担任指导，只做少量翻译。赵国华为项目主持人，兼做些筹划和协调的组织工作。"[1]

编定《书外长短》，宁夏人民出版社，1996 年 10 月。主体部分为 1980 年代末至 1990 年代初未收入其他集子的长短文章，命名为《长短集》，编辑改题《书外长短》。"此稿本定 93 年出，海天拖延至今，终于贵社能速付印，甚慰，甚感。不知是否仍归入什么丛书？原名《长短集》，与'书'无干，不知何故改书名，是否丛书名与书有关而此非读书？"[2]

《再谈嚼杨枝》刊《读书》1993 年第 4 期。

1994 年　83 岁

接受采访，谈人与自然问题。"达尔文的'物竞天择'是在研究了自然界生物进化规律的基础上提出的自然法则，而一旦人类走出森林，步入社会，纯自然法则就必须加进人与人关系的内容。毕竟，人的智力水平远远超出其它生物，人的大规模有目的行动已不属于自然生物间的物竞天择范围。赫胥黎是达尔文的学生，他注意到了这个被达尔文忽视的问题，因此写了《进化论与伦理学》，后半部分'伦理学'就是论述人与自然的法则问题，只是他也没来得及深入这一领域。……作为既依赖于自然又有着较强主动性目的性的人类，必须考虑到与自然界协调问题。如果一味以'物竞天择'

---

① 赵国华，《翻译说明》。

② 1996 年 3 月致出版社编辑王雄函。私人所藏。

为借口而任意破坏自然，那么最终被淘汰的将是人类自身。"[1]

《"古文新选"随想》刊《群言》1994年第1期。从中国特有的逻辑思想和文体角度，选七篇文章，略加解说，点出其中奥妙。"第一篇是李斯上秦始皇《谏逐客书》。这是影响中国历史的关键性文章。文中说，逐客就'是所重者在乎色乐珠玉而所轻者在乎人民也。此非所以跨海内制诸侯之术也'。岂止两千多年前？今天的美国不是依靠'客'吗？""第二篇是刘歆的《移让太常博士书》。这是汉代学术思想源流中的关键性文章。……关于这部书的争论是汉代思想的一个缩影，是后来一直争到清朝、民国的'今文、古文'对立思想的开端。""第三篇是唐太宗李世民为玄奘译佛经而作的《圣教序》。不仅文章是骈文的佳作，而思想更是打通儒、道、佛统一天下的帝王口气。由于他，唐代对古代及外国的文化全面吸收而光辉灿烂。""第四篇是朱熹在《四书集注》的《孟子》注中最后一段。他引程颐给程颢作的墓碑记作为全书的总结。孟子暗示自己继承尧、舜、汤、文王、孔子（没有周公）而结束。朱熹接着在注中引来此文，明示程氏兄弟继承周公、孟子。""第五篇我想选曾国藩的……《求阙斋记》……是借《易·临卦》发挥。……他同时破坏了太平天国和满清王朝而培植起东南势力。他又能保全自己一家，还著书立说构成一套思想体系有长远影响。""我想到的还有《文选·序》。这是开辟一个文学思想传统的，可与同时的《文心雕龙》互相发明。还有一篇，我很想选入，又有点犹疑。那是《汉书》中徐乐的一篇《上皇帝书》。班固只抄此文，不知何故传中无一字评述这个人。文中论的是'今天下大患在于土崩，不在瓦解，古今一也'。土崩指老百姓造反。瓦解指诸侯强大。""七篇文，秦、汉、六朝、唐、宋、清都有了。中国文化思想要目也有了。"

---

[1] 潘燕，《物竞天择不应是破坏自然的借口——访金克木先生》，《中国环境报》，1994年3月26日。

《〈春秋〉符号》刊《读书》1994年第2期，《文体四边形》刊《读书》1994年第7期。以《诗经》《春秋》为核心，解说传统文献中"符号书"的形成和意义，并推测符号消长的秘密。"《春秋》本是新闻纪事档案，成书后便已成为中国人的一部符号手册，和《易经》的卦爻辞同类。两千多年来中国人的思想'传统'（从古至今传下未断的统）来源在文献中有很大一部分在这两个文本及其解说之中。另有一部分见于《诗》《书》。……《易》是卜卦之书。《春秋》是经世之书。一通宇宙，一通天下，又俱可为立身之用。历代贤豪的解说都挂原书牌号发挥自己当时当世的思想意见。对原来文本说，都'伪'。对解说者的时世说，都'真'。以古说今，千篇一律，符号之妙就在于此。"（《〈春秋〉符号》）"《春秋》寓褒、贬，《诗》中风、小雅含美、刺，又都不明言而靠《传》说明，这是共同之点，两条线平行。大雅和颂不仅赞美，而且歌颂，不但明说'文王在上'，而且还'于昭于天'。所以这些在《诗》中又另成一条线。还有一条独立的线出于春秋战国时南蛮之楚而大盛于两汉，称为骚和赋。四条线结成平行四边形。不是正方形，有短长，有倾斜。""一般书生遭难也一代比一代重，所以符号之书也一代比一代多。文体屡变而不离其宗：'发愤'。这是一条线。《大雅》《颂》歌，朝廷《乐府》以及科举诗文，应世之作，另外自成一线。现在人认为文学意义重的多数是符号之书，'发愤'的牢骚之作。"（《文体四边形》）

《世纪末读〈书〉》刊《读书》1994年第9期。探讨《尚书》的产生条件、言说对象和思维特征。"中国古代识字人的显著特点便是依傍政权。从卜筮者和观测天文定四时历法的星历推算者起便直接间接和政治首领结下不解之缘。中国古文献的作者和读者都不能和政治绝缘。为学和为政，山林和廊庙，是同一件事的两面。探索古文献的内涵不能脱离这些文献的著述者、传播者、应用者。"（按《尚书》）开篇的《尧典》。前半叙述帝尧派定观天授时的官。这说明农业是经济本体。不定四时不能定种植收获。收不上贡税，财政受影响。老百姓没饭吃，天下不能定。忆苦顶不住挨饿。随即是御前会议。帝尧和大臣们对话。中心议题是政权接班人问题。这是中国古代所有王朝中的头等大事。从娃娃周成王到娃娃清宣统皇帝，从少年秦始皇、汉惠帝到明建文帝，还有明末三大疑案，清初三大疑案，全是围绕着这个中心的。《春秋》从鲁隐公开始，也是这个问题。霸主齐桓公、晋文公也有继位问题。武则天皇帝、慈禧太后也是这个问题。""这部周代文献集，宰相治天下读本，有许多可供探索之处。性质和功能类似其他民族的口传史诗。"

　　《再阅〈楞伽〉》刊《读书》1994 年第 5 期。点明《楞伽经》性质，指出文本特点，提示阅读方法。"经中开篇后便像百科全书列目，又讲了许多深奥道理，可是在长篇大论末尾忽然说：'所说诸法为令愚夫发欢喜故，非实圣智在于言说。是故当依于义，莫着言说。'说了半天等于没说，原来是要脱离语言而修行'亲证'的。所以这经是中国禅宗的圣经宝典。""《楞伽经》是一部未经整理完成的书。（玄奘未译此经。）是'经'（丛书），不是'论'（专著），这是从不同译本和原文传本可以看出来的。不是对教外宣传的传教书，这也是显然的。那么这书为何而出？或则问：佛以何因缘而说此经？我看是为解决内部思想疑难和纠纷，要解决哲学思想和宗教思想的矛盾，是内部读物，是一种'教理问答'，而且是高层次的。因此不具备一定程度的'槛外人'就难以入门了。……若作为内部高级理论读物就可以明白。（按开头问答）列举的都是一般应当先知道的常识，仅是举例。以后说的将是更高更深更难的理论问题，因此要先说出预备条件。……因为已讲了先决条件，所以接下去本文第一问答便是直指本体系核心：'诸识有几种生、住、灭？'（此问妙极，有很多潜台词。）问答下去，从信佛的内部疑难到不信佛的外道质问。最后在《断食肉品》之前说：'三乘亦非乘，如来不磨灭。'哲学归结到宗教，二合一。……受戒吃素，修行开始。佛教讲道理，讲悖论，讲分析，又讲一切矛盾对立成为统一（不是一致），由此归结入宗教信仰，然后由信而修，由修而觉，即解脱。"

与启功、张中行合著之《说八股》出版，中华书局，1994 年 7 月。[1]

尹茗《如是我闻——访金克木教授》，刊《群言》1994 年第 11 期。[2]

《托尔斯泰日记》刊《文汇读书周报》1994 年 5 月 28 日。

1995 年　84 岁

与人谈研究佛学方法。"一次我去金先生处，便问起研究佛学的方法，他沉思一下，说：还是读全藏，把大藏经读一遍。我问要多少年。他说十年。接着又说，他发现一种方法，可以六七年读完。"[3]

问人相关问题。"印象中有一次去朗润园，到金克木先生家去取书稿，他倒给我提过两个问题：认不认识文章里说自己常读外文书的李书磊？还有，能不能调查一下，当年胡适领衔的中华教育基金会编译委员会遗留的名著译稿，没有出版的那些，后来都哪里去了？我忘了有没有告诉老先生，书磊兄是认识的，但见面次数并不多。那会儿，他还在西郊的中央党校当老师——我编过了一组随笔

---

① 金克木所写部分，即上之"八股新论"。

② 虽云"访谈"，实为自撰。见叶稚珊《十年寂寞金克木》（《文汇报》2010 年 8 月 14 日）："金先生的《如是我闻——访金克木教授》通篇问答是自撰的，他可能是不愿意麻烦别人，也可能觉得没有一个人能这样清楚地理解和表述自己。"

③ 章启群，《散记金克木》，前揭。

丛书，其中有他的《杂览主义》，和金克木先生的《末班车》。"[1]

11月，写《用艺术眼光看世界》，未见发表，收入《咫尺天颜应对谁》。比较科学眼光、宗教眼光、哲学眼光和艺术眼光看世界的不同方式，说明自己写作的方向。"用科学眼光看世界，世界是有规律运行的结构，可以由人分析，可以由人认识，理解，不过很难穷尽，也许根本做不到。用宗教眼光看世界，世界是由主宰支配的，依照主宰的意志而运行的（佛教在理论上无主宰，在实践中仍有主宰）。人对规律，对主宰的意志，能认识多少，是有限度的，而且是极其有限的。拜神的是宗教，拜物的和拜人的（例如祖先崇拜，偶像崇拜）也是宗教。科学和宗教这两种对世界的看法有很大差别，但不是对立的，而是并行的。宗教徒可以研究科学（如唐朝一行和尚）。科学家可以是宗教徒（如哥白尼神父）。用艺术眼光看世界，世界是变动的复杂的艺术品。创作者不知是谁，但不是主宰。世界没有主宰，不过有规律，可以分析，但创作有步骤而无规律，鉴赏不依靠规律和分析。可以认识，但不能有完全确定的认识。因此，艺术类似宗教，可以入迷，甚至必须入迷，但又接近科学，可以不受主宰支配。哲学没有一定的对世界的看法，而是一种对世界的建构。欧洲哲学的大部分接近宗教，所要解决的是宗教提出的问题。中国的照欧洲说法的哲学也接近宗教，是拜现世的宗教，努力于不可动摇的建构。""古今中外的普通人，大多数人，对世界的看法是接近宗教的。他们的主宰可以是神，可以是人，可以是自己。他们相信感觉和常识和语言，不耐烦分析和追问。较少的人是接近艺术的。更少的人接近科学。最少的人接近哲学。""我写了不少文章，照旧是暗中摸索，只能说是我不懂所以要求懂。懂得多少，便试试看能说出多少。这便是我和人类文化思想捉迷藏。用

---

[1] 赵武平，《七年虎坊桥》，《中华读书报》，2014年7月9日。《末班车》1996年3月出版，取书稿当在此前，暂此。

宗教语言说，这是修行。用艺术语言说，这是练功。说到这里，我也就无可再说了。"

《传统思想文献寻根》刊《传统文化与现代化》1995 年第 6 期。由古籍追溯现代思想的传统之根，列佛经六种，《妙法莲华经》（"这是一部文丛。思想中心是信仰。"）、《华严经》（"这是更大规模的文丛。思想中心是修行。"）、《入楞伽经》（"这也是文丛。和前两部经的兼有对外宣传作用不同，这部经好像是内部高级读物，还没有整理出定本。"）、《金刚经》（《能断金刚》）（"这像是一篇文章，是对话记录体。思想中心是'智慧'，要求悟。"）、《般若波罗蜜多心经》（"这是一篇短短的咒语体的文章。思想中心是'秘密'，或用现代话说是神秘主义。"）、《维摩诘所说经》（"这是一部完整的书，可以说是教理哲理文学作品。《心经》是密，对内；这经是显，对外。看来这是供非出家人读的。思想中心是融通。"）；列本土思想文献六种，《周易》（"这是核心，是思想之体，不必远溯殷商，从东周起一直传到如今。"）、《老子》（"《易》是体，《老》是用。……都是符号的书。《易》密，《老》显，所用的代码系统不同。"）、《尚书》（"是政府原有的和增加的和构拟的档案，自然有缺失。这是甲骨钟鼎刻石以外的官府文告集，也就是统治思想大全，是《易》《老》的具体发展验证。"）、《春秋》（"公羊传本，参照穀梁传本。《左传》本另案办理。……由《公羊传》发挥的《春秋》的事加上《尚书》的言，是秦汉思想发展《易》《老》的两方面。《公羊》尊王、一统、'拨乱世，反诸正'等等思想贯串于全部中国历史。"）、《毛诗》（"西汉毛亨所传本。……这是官民合一的又一传统思想表现。《书》记言，《春秋》记事，《诗》记情。"）、《论语》（"此经的思想中心可以认为是说理。"）。比较两类文献的不同（"佛法六经和儒、道六经相比，差别明显。佛法的个人性明显，倾向于分散。儒、道这方面则政治性极强，倾向于全体，集中。也可以说，双方的轴线一致而方向相反。佛法是从个体到全体，无序。孔、老是从全体到个体，有序。……印度本土缺少大皇帝。佛法赞转轮王，佛国气魄浩大，更接近中国的多方一统。在印度，佛法除在三个大帝国时期兴旺以外，终于灭亡，传到中国反而发展，尤其是为兴盛起来的少数非汉族民族的帝王崇奉。孔、老思想离不开天下和天子。佛国无量构成'世界'，可以合于'天下'。"），最后以两表明之。

《佛学谈原》刊《读书》1995 年第 5 期。此为设想之《佛学谈原》写的序，欲收探索佛学原本诸文章，书未出。"我的这些文章只谈译文而追溯原本或本原，不及东土各宗，所以说是'谈原'。""我们往往将佛教思想文化归入消极出世一类。依我看，对佛教原本说，这不仅不是全面，而且也许正是以中国传统思想文化为坐标轴而将佛教归入负号一边。若从原本的古印度一方面看，可以说正负是相反的。佛教讲降魔，讲'精进'，讲'无畏'。胁尊者'不以胁至地'就是不肯认倒，正像达摩面壁九年的传说。信佛的阿育王统一天下，戒日王信佛而有武功文治，都不是中国人所认为的出世。印度人口繁殖更不是中国人所认为的禁欲。（印度的苦行之神和舞蹈之神是同一个。）出家当'乞食者'（比丘），在多森林多毒蛇猛兽的野外修行，非有勇气毅力不可，并不要求信佛的人都这样。……至于印度次大陆之所以'外患频仍'，应当注意其经济及社会结构与政治的特殊'国情'，不能单独归咎于思想文化的'兼容并包'缺少抵抗力。否则又如何解说佛教在本土灭亡而在异国昌盛？那岂不是要说中国文化抵抗不住佛教是更没有抵抗力吗？文化独存，证明不弱。文化若亡，必有内因。"

《蜗角古今谈》出版，辽宁教育出版社，1995 年 3 月。主体部分为 1993 至 1994 年的文章。收入刊于 1935 年的《为载道辩》，刊于 1987 年的《古籍整理小议》，"另有三篇类似外国书评介的是八十年代后期的文，其他都是近一两年在《长短集》（按即《书外长短》）之后写的发表过的文章，衰气和老态已经见于字里行间了"（《前言》）。后附《如是我闻——访金克木教授》。

1996年　85岁

有人来访，与谈。"我原想请他点评《史记》，他说不敢也没精力，然而却对着《史记》说三道四起来。他说有的选本怕读者厌烦，常常把其中的表序删掉，很傻，须知从这里面可以看出许多问题。由《史记》而转入它的标点，并扯上了顾颉刚……'顾颉刚比较喜欢紧跟形势'。""赴京前，施蛰存先生问我准备看些什么人。我说了一大串名字，其中就有金克木。一听'金克木'，施老便说道：'这个人油得不得了。'"①

任继愈评价。"兵书云'善战者途有所不由，城有所不攻。'金公治学，善读兵书者也。"②

《〈心经〉现代一解》刊《传统文化与现代化》1996年第3期。据文献，释题旨，解空有，测修行，论古今。"题名'心'标明这是核心。原文不是心意之心，是心脏、核心、中心。这指出要说明的是，怎么由'般若'智慧能'波罗蜜多'到达彼岸。也就是得到度脱，超越苦海。""印度古人有一项极大贡献常为人忽略。他们发明了记数法中的'零'。印度人的数字传给阿拉伯人，叫做'印度数码'，再传给欧洲人，称为阿拉伯数字。这个'零'的符号本来只是一个点，指明这里没有数，但有一个数位，后来才改为一个圈。这个'零'字的印度原文就是'空'字。'空'就是'零'。

---

① 西坡，《汉书下酒》，文汇出版社，2017年8月版，第23、24页。文中云，"我去北大朗润园访金克木先生，是在1996年秋天"，系此。

② 丁聪绘，宗文编，《我画你写——文化人肖像集》，外文出版社，1996年版（24开），第67页。

什么也没有，但确实存在，不可缺少。'零'表示一个去掉了内容的'空'位。……'数'和'有'不停变化，即生即灭，都占有一个'零'位，'空'位。所以'空'不出现，但不断表示自己的存在。……'空'和'有'可说是'不异，不一'，也就是'不生不灭'等等了。""用二十世纪发展的新知识可以说，这些所谓神秘主义修行实际是一种试验，千方百计想打通并支配统一的显意识和隐意识。……全世界古往今来无数真正的修行者都做过这种试验。他们是正常人，但这种试验很危险，往往导致变态心理发作而'走火入魔'，实际是潜意识失去控制而与显意识混淆起来指导行为和语言。没有'入魔'而竟能达到一种境界的，旁人只见外表，本人也说不出来。这样的修行者总是孤独者。……依我看，《心经》说'五蕴'等等之下都是'空'，凡数码之下都是零，'照见'了这个'空'，修行到了这个零位，从显意识通到了相交错的隐意识或潜意识而能全面自觉认识并支配统一一双重意识的人就达到最高的心理境界而是另一个具备高超行为的'超人'了。'转识成智'了。"

《三访九方子》写于1996年，似未刊，后收入《庄谐新集》。合收入《路边相》的《九方子前篇》《九方子后篇》（两篇又名《古今对话录》）为"九方子三篇"。三文神光离合，纵横古今，九方皋、公羊高、孙悟空可以化为一人，过去、现在、未来竟能融为一体，以此试解中国文化之谜，观历史而测未来。"我说的马的骊黄和牝牡都不对，去的人怎么知道是那匹马？为什么他牵马回来才试出果然是一匹所谓天下之马？""九方皋、公羊高、孙悟空本是一个人。这个，你没法懂。你想不到我给秦穆公找的天下之马就是公羊高讲的大一统，也就是孙悟空保唐僧取来的真经。佛经是幌子，掩盖着真经。唐僧回国送给皇帝一本《大唐西域记》，这不是天下吗？孙悟空天宫海底南海西天都到，不比天下还大吗？""第二年，皇帝是秦二世。你们的祖师爷便把长了角的叫做马了。从此原来叫做鹿的就成为马了。你们现在还有逐鹿中原的说法。那鹿就是我给秦国找到的天下之马。以后我成为公羊高，没人找我相马了。……（按指鹿为马）这一句话奥妙无穷。你说是鹿，就是反对他。你说是马，就是说假话，可以利用，但不可信任。你说不知道，那是装糊涂，心怀鬼胎，更要不得。你不说话，必定另有想法，有阴谋，腹诽。一句话把所有的人都测出原形来了。真了不起。"中国有编年的历史书。书里记载，讲的多是好话，做的多是坏事。骑的是马，偏叫做鹿。年年打仗，叫做太平。不懂这个，怎么懂过去那些话，那些事，那些人，又怎么懂得现在，怎么懂得未来？""现代千里马靠的是伏羲老祖宗画的乾坤阴阳二分法，也就是零和一或无和有的算学。可是从零到一之间的路很长，有许多不明不白的中间站。这几年有人把这类东西装进了算学或者你们叫做逻辑的玩艺儿里面，叫做什么模糊数学、模糊逻辑。其实不对，这不是模糊而是让模糊变准确。这玩艺儿钻进了所谓电脑，千里马又增加了功力。可是还差一步没有大跃进，大爆炸。这一步就是要能算出内就是外，鹿是马或马是鹿，零和一可以对换。这才合乎实际。所有计算都是依靠不变，实际上一切都在不停地变。"

《路边相》出版，中原农民出版社，1996年1月。自选集，多为已入集的文章。"这集子的开头是二十几岁时写的一篇《时间》，加上七十多岁时写的《寂寞》和《人苦不自知》，这就是我这个人的亮相。八十岁以后写的《告别辞》《自撰火化铭》，那就是快到终点站了。我中也有人，随后便是人中有我了。先是原题为《化尘残影》的一系列小文，写的是我幼年的老师、朋友和所见的人。接着是从《天竺旧事》中摘出的几篇，说我在西天佛国见到的外国人和在外国的中国出家人。然后出现了从《难忘的影子》（原书署名辛竹）中摘出的三篇，是写我的青年时代的几位好友的。最后是曾用'赤足'笔名发表过大部分后来收入《圭笔辑》的两篇。一是《九方子》的前篇和后篇，好像是纵横古今。二是章回体小说形式的《新镜花缘》，仿佛是上下宇宙。……这一本小册子里，从确实存在的我自己到真实的人和虚拟的人，从时间到宇宙，有我相，有人相，有众生相，于是总名之曰《路边相》。"[①]（《自序》）

《末班车》出版，中央编译出版社，1996 年 3 月。主体写于 1994 至 1995 年，短文居多，对话体占较大篇幅，继续各种文化探索。"'人生天地间，譬如远行客'。望见终点，我挥舞着这些小文要下车了。"（《末班车（代序）》）

《槛外人语》出版，浙江人民出版社，1996 年 4 月。自选集，皆为已入集的文章。"我万不得已，只好再找出那两本书（按《难忘的影子》和《天竺旧事》）。除去已选入《路边相》的八篇不便重复而删去以外，再凑成一本。上编是《影子》中的四篇文，题名'地下流火'，中编是《影子》中的八篇文，题名'大学槛外人'，下编是《旧事》中的十篇文，题名'西天善知识'，合起来总题书名《槛外人语》。"（《前记》）

《梵佛探》出版，河北教育出版社，1996 年 5 月。旧文按主题结集。"现在将我发表过的研究或论及古代印度文化的二十四篇文章结成一集出版，以便读者参阅。这些多是'草创'之作，不足入'方家法眼'，但也许还可以借给后来人做垫脚石。……我希望这些文章能有研究印度的专家以外的读者，所以尽量写得不那么专门，使有些读者看时可以略去专门的内容而依然能懂。"（《自序》）

《文化危言》出版，上海文艺出版社，1996 年 8 月。周锡山编，节选各种论点而成。"如贵社有人编选，只请将拟目先寄我一阅，我只算作者，选编者自列名。书名暂拟《文化危言》，以对《思辨随笔》。"[②] "本书限于体例，仅收集、摘录金克木先生的学术论著

---

① 《化尘残影》一组文章后收入《孔乙己外传》，《圭笔辑》未出版。

② 1995 年 11 月 22 日致高国平函。私人所藏。

和随笔中的精粹片段。收集的来源是金克木先生的《印度文化论集》《比较文化论集》《艺术科学丛谈》《燕啄春泥》《燕口拾泥》《书城独白》《旧学新知集》《蜗角古今谈》等八个集子和发表在《中华读书报》上的文章。"①"周锡山先生编选出的这本书。我只取了一个书名，其他一概不管。书编出来，我只看了一眼目录，忍不住要笑。这就是我？很高兴看到了我在别人眼中的影像，也很佩服编选者的剪裁和排列组合本领。"（《序》）

《咫尺天颜应对谁》出版，人民日报出版社，1996 年 8 月。陈伟光编，多为随笔、小品。"当我奉命就出版他的文章选本与他进行电话或信函洽谈时，金先生采取'不管主义'：不赞同，不反对，不提供资料，不写前言，不拟书名，不审书稿，一切听凭编者所为。并声明这是他的一贯态度，以示一视同仁。"②

《金克木散文选集》出版，百花文艺出版社，1996 年 12 月。谢冕编，收广义的散文作品。"大体按内容分类，由远及近编排。只收八十年代、即所谓文学新时期以来的作品，下限是一九九五年的当下。……按现在的分类顺序，大体是：具有自叙性质的；对历史人物或友朋纪念的；涉及评论文学艺术的随笔；关于文化或与此有关的思考的，内容也是'由小及大'的展开。"③

1997 年　86 岁

老来观星。"想不到我的老运忽然亨通一次：今年我望见了海尔—波普彗星，用我的消磨了八十五年的老眼，加上一副陈旧的儿

---

① 周锡山，"编后记"。

② 陈伟光，"编后记"。

③ 谢冕，"序言"。

童玩具望远镜。"[1]（《荧屏星空》）

始用电脑写作。"我便问金先生的电脑在哪儿。这是我来之前就晓得了的，此行的实际目的，就是想看看85岁的先生如何操作电脑。金先生把我和妻子领到另外一间屋子：'喏，你看，就是它。这不是我的，是前不久我的一个姨孙女在这里借住，于是放了进来。她使用时，我不声张站在她身后，她没对我讲什么，但我一看，也就会了。于是，但凡她使用时我就不用。等她上学去了，我就进来用一阵儿。'"[2]

与人交谈。"金克木先生认为，范缜'神灭论'实质是用佛教方法反对印度教，用'无我'反对多神论。因此，梁武帝未杀他，文章还收入《弘明集》。关于汉译佛经问题，梵文文本就有问题。印度佛教派系林立，传本也不同。玄奘《瑜伽师地论》，藏文为《瑜伽行地论》，可能原本不同，否则玄奘不会把书名译错。还有'观世音'和'观自在'的译法，可能也是梵文文本有差异，因为主要是口传。译本中，鸠摩罗什和玄奘的是可靠的。他们精通汉梵两种文字。""春秋战国时期是第一次思想大解放，产生诸子百家，魏晋又是一次思想大解放。比较以前，中国个体开始觉醒，'自我'出现。这是汉大帝国的崩溃所至。""在学术上，为反对汉代谶纬哲学，王弼何晏等人用清议——玄学来反抗，玄谈与佛学合一，形成强大力量。""表现在造型艺术上，雕塑：有个性，比汉代的生动。来源：佛教造像艺术，西亚人进入中原，面孔、鼻子不同，汉人个性化。绘画：宗炳六法，表现艺术自觉。音乐：嵇康的音乐从礼乐中独立出来。（诗：陶诗）""佛教传入，已变化了。宗教传入，但哲学观念和精神未传入。同样，至今西方哲学未传入，只有

---

[1]　海尔—波普彗星1997年4月1日过近日点，系此。

[2]　徐城北，《生命秋天》，前揭，第60页。

基督教传入。汤用彤等人是从材料上搞得很清楚，但不够，应该从思想上搞清楚。真正懂佛教的是鸠摩罗什和玄奘。鸠摩罗什是半个外国人，所以中国人只有玄奘。鸠摩罗什的弟子僧肇和道生的观点不同，鸠摩罗什一言不发，述而不作，玄奘亦如此，不著述。""禅宗不能算佛教，至少不能算印度佛教。'身是菩提树'，佛教的身是空，是要破的，不能是树。（有人说禅宗恢复了佛教不说顿悟的本质）""佛教：信仰——经，文学——律，哲学——论。'"[1]

重读《大众数学》。"一九三七年出版的英文的畅销书《大众数学》……我在图书馆里借出书翻阅，正在津津有味时，'七七'的炮声响了，我只得匆忙还书随即逃出北平。从此一别六十年。最近有一晚辈考上了数学系研究生，使我忽然想起欧勒愚弄狄德罗的故事，跟她一谈。她居然到图书馆书库里找出书借来给我看。真是老友重逢，书的年纪也有一个甲子了。"[2]（《文明的镜子》）

《百年投影》出版，北京大学出版社，1997 年 10 月。自编文集，所收多为 1980 年代中期至 1990 年代中期文章，部分文后较此前多一"评曰"。"以下的新旧大小文章中，前半是时代在思想中的投影，后半是盘旋在北京大学上空的淡淡云影。这里有在沙滩汉花

---

[1] 章启群，《散记金克木》，前揭。《凡人读书：评点》云："梁代范缜的'神灭论'的说法和佛教的'无我'的推理几乎是一样。大概范大人面对的是梁武帝提倡的重轮回的佛教，所以他专对本土挂外来招牌的皇家产品说话。他是在用没有商标的真货斥责冒牌的有注册商标的堂皇包装。恐怕也正因为如此，大家心中有数，所以范老前辈'大放厥词'也没惹祸，反而他的言论收进了佛教徒编的讨论集。"

[2] "这本书是 1937 年出版的，书名叫'大众数学'。其实讲的并不是数学专业上的艰深问题，谈的则是数学和人类文化的关系，非常有意思。我在 1937 年只读了一个开头，后来有别的事情放下了。解放后，我在北大几十年，时常想到这本书，尤其是年纪大了之后，就更想把这本书看完。"徐城北，《生命秋天》，前揭，第 60 页。

园的从一八九八戊戌变法维新产生的京师大学堂变出来的旧时期北京大学，也有在未名湖燕园的新时期'综合性'北京大学。这些散文，无论是记事、说理、抒情，都不够标准，不合规格，也许只能说是得一'散'字。'散'者，不受拘束又不可拘泥之谓也。有的文后附'评'，貌似游戏笔墨，实亦含有'一语道破'之意。"（《前言》）

《评点本旧巢痕》出版，署拙庵居士著，八公山人评，无冰室主编，文汇出版社，1997年12月。此书为《旧巢痕》评点本，写书之拙庵居士、点评之八公山人，均为金克木本人，无冰室主为吴彬。"居士和山人只讲评了二十世纪初一个小小旧巢的故事。这些故事与我们熟知的二十世纪的那些大题目并不直接关联。但在他们的闲讲闲说中，人们却看到了历史大题目在逐渐凸显时的那些游动于其中的因子，看到历史在移形换位时的那些若隐若现的人和事。于是，百年的大题目、大沧桑就由小人小事而显得可触可感了。"[1]

1998年　87岁

2月1日，致信，和钱锺书诗。"顷偶见'书讯'中诗，戏和一绝，以博一笑。'闻抑二仲尊一周，排行榜上竞风流。谈艺何须争坐位，茫茫烟雨洒楼头。'"[2]

3月5日，获鲁迅文学奖（资产新闻杯）"全国优秀文学翻译彩虹奖荣誉奖"。

3月26日，致信编辑。"二月初曾寄上一稿《北大图书馆长谱》，不知是否收到？如未收到，则作罢论，如收到又拟发，请务

---

① 无冰室主，"编者的话"。

② 范笑我，《笑我贩书》，江苏文艺出版社，2002年2月版，第164页。钱钟书《偶见江南二仲诗因呈振甫》："同门才藻说时流，吟卷江南放出头。别有一身兼二仲，老吾谈艺欲尊周。"

必避开北大'寿辰',在四月初旬发刊,或移在他时,千万勿在纷纷祝寿之时,以免产生误会。提早寄出即以此故。……我向不会作'寿序',对北大只此文亦非'祝贺',一望而知。有约者亦皆谢绝,此意想不需琐琐。"①

秋,对人谈《留西外史》。"金先生在谈到《留西外史》时插了一句话:'这本小说写留学生生活要比钱钟书写《围城》的时间早得多,而今天研究现代文学的人竟连这本书的名字也没有听说过,可见治现代文学有多么难了。'"②

《〈论语〉"子曰"析》(入集时改题《〈论语〉"孔子曰"试析》)刊《读书》1998年第3期。分析《论语》中"孔子曰"的特点,推测孔子的关注重心,指出《论语》语言对后世的影响。"一章(按指尾章)中三句都是断案,结论,没有理由和证据。全书多半是这样,很少说明为什么。佛教《金刚经》里问许多'何以故',回答的往往好像是所答非所问,仍是断案,不成为理由。这和《论语》类似,同属于相仿类型的语言风格的思维程序。一种文风和思路若为多数人所接受而形成习惯,再继续不断,就成为传统。""依我看,《论语》中的孔子首先是政治思想家,和近代欧洲所谓哲学家不大一样。他是为天下有道即政治权力序列稳定时安排个人、家族、贵族、平民、执政者各色人等的义务以求长期天下太平,因而要讲伦理道德,然后才追溯到思想涉及哲学问题的,不是企图建立哲学体系。所问所答的问题和外国从神学分化出来的哲学不同。""从前读书要求背诵,起了作用。不管懂不懂,背熟了,印象最深的是词句腔调,是语言,是故事,不是半懂不懂的意思。……

---

① 萧宜,《凭窗忆语——笔会十年师友录》,文汇出版社,2018年3月版,第214页。

② 吴小如,《五十一年前的一张名片——忆沈从文先生》,《文汇读书周报》,1998年11月7日。

依我看，《论语》的内容不好懂而且解说随时代变化，反不如语言的影响大而深远，值得研究。"

《逃犯的剃刀》刊《读书》1998 年 12 期。考察奥卡姆剃刀出现的背景，说明其历史意义。"这位奥卡姆的威廉，虽被教廷定为异端，但对宗教是耿耿忠心的。……为了坚定信仰，思维必须经济，不要纠缠、辩论那些日益增多的所谓实体。""这把剃刀出来以后，不但剃去了争论几百年的经院哲学，剃秃了活跃一千年的基督教神学，使科学、哲学从神学分离出来，而且从此开始了欧洲的文艺复兴和宗教改革，也就是全世界现代化的第一篇章或说是序曲。""这把剃刀虽快，却没伤到科学，反而替科学脱离神学开了路。照他的说法，神学不管具体事物，那是人的知识范围，这一领域就划归科学了。他说，只有个别是真实的，抽象的概念是名（话语），于是单纯演绎往往会落空，分析、归纳、实验上场了。科学研究方法堂皇亮相和神学分庭抗礼。""这把剃刀在思想上还引出了宗教改革。凭信仰和神直接打交道，可以自己读经，不是只能背诵祈祷文，更不需要买进入天堂的赎罪券了。据说马丁·路德的新教神学中有一些是来源于思维经济原则的。还有一点更是奥卡姆的威廉教士预料不到的，他的剃刀还帮助了基督教中神秘主义思想，也就是凭精神经验直接与神对话。这种思想是世界性的。剃刀一挥，它随后抬头。"

《少年时》出版，辽宁教育出版社，1998 年 9 月。收 1998 年一二月间所写诸文。"老汉今年八十有六，本不该出来多嘴多舌，不料有人斟上佳茗一盏，要我谈些老话，不由得在下故态复萌开起口来。一发而不可收，长长短短竟唠叨了十次。少年见加老年感想，自己也算不清究竟讲了些什么。"（《前言》）

《庄谐新集》出版，东方出版社，1998 年 10 月。主体为 1996 至 1997 年所写诸文。"这是我继《蜗角古今谈》（一九九五）、《末班车》（一九九六）之后的又一本文集，仍旧是在末班车里谈说古今。文体有庄有谐，除一九九五年一篇外全是近两年（一九九六、一九九七）写的未收入集的新文，有些篇要到一九九八年才会发表，所以名为《庄谐新集》。"(《何处取真经（序）》)

《异域神游心影——金克木自选集》出版，山东教育出版社，1998 年 10 月。实由王化学选编外国文化相关文章构成。"'异域'指原来没到过的境界。'神游'是精神的游历。'心影'是心中留下的影子。因为编选者说是以我的与外国文化有关的文章为主，所以我拟了这个书名。""一九九六年我忽然知道：我写的文章被人看成什么，为什么接二连三有出版社看上了我。于是同意由出版社请与我无关者自己去编选，我一概不过问。"(《自序》)

《探古新痕》出版，上海古籍出版社，1998 年 12 月。此书目录为作者自订，主体是中国文化相关文章。除《传统思想文献寻根》和《〈论语〉中的马》，余文均曾入别的集子。"书名叫做《探古新痕》，也可以叫做'探今旧痕'。所探的不外乎古中之今或说是今中之古，也就是我所了解的传统。所探的只是'痕'而已矣。若改称'轨迹'，那就未免太现代化了。若说是探索从古延续至今的文化思想在书本中留下的轨迹，那太高太大了，岂是我所能扛得动的。""篇篇都是对至今未断的传统的书中的一点两点谈谈看法。所读之书虽出于古而实存于今，就是传统。断而不传的不能算传统。所以这里说的古同时又是今。这种理解和平常所说的传统不大相同，所以需要说明几句。"(《前记》)

1999 年　88 岁

谈老师。"有人说，和我父亲谈天，往往你的专业是什么，他就和你谈什么，如果正好是他熟悉的，自然谈得热闹；如果并非他的专长，那他就更高兴，会说：'又长知识了。'不过，他常对人说：'要是为考试，不要问我，我不会考试，那另是一门学问。'他确实没有参加过什么正规考试，没有大学学历，连中学文凭也没有，倒不是考不上，是没钱考。但他从不承认是自学成才，总是强调他是有老师的，而且老师都是最好的。"[1]

《两大帝国的统一场——历史的节奏之一》《信仰·崇拜·统一场——历史的节奏之二》刊《读书》1999年第5、6期（收集时合为《两大帝国的统一场》）。描述基督教和佛教的成立、传播、争论到逐渐稳定，探究罗马和汉两大帝国最终形成的崇拜统一场。"公元一到四世纪，相当于中国的东汉到东晋，西边是基督教，讲天国、救世主、复活，东边是佛教，讲极乐世界、阿弥陀佛、往生净土、观音救苦救难。主要是崇拜，不是单纯信仰理论。理论有大发展，那是修道院和和尚庙里的事。在中国，情况不同，可能是因为希腊、罗马、印度都从古就有演说、辩论的习惯，而中国好像没有。太学和书院里不提倡辩论。历来习惯的是'不是东风压倒西风，就是西风压倒东风'，'一边倒'、唯一论。""简单说，崇拜的意思就是一句拉丁话：Do ut des，就是说，我给为的是你给。这是交换，是贸易，崇拜不等于信仰。教徒不等于志愿殉道者。神若不赐福，不救苦，那就不拜，不献祭，磕头也是假的。""公元一到四世纪，中国的东汉到东晋，欧、亚、非三洲相连的大陆上好像已经有了一个共同的思想信息场了。这可能是两大帝国的平行发展，正因为同是大帝国又平行同步，所以以言语行为的接触交流更容易起作用，可以形成一个场。公元五世纪，罗马帝国分裂为东西，中国出现南北朝，仍平行同步。……历史发展是仿佛有节奏的。公元初

---

[1] 金木婴，《未知的宇宙——写在〈金克木人生漫笔〉后面》，收入《金克木人生漫笔》，同心出版社，2006年6月版，第352页。暂此。《风义兼师友》："我必须感谢实质是'恩师'而不肯居其名的'法喜'老居士的指引。他仿佛古代高僧出现于今世。"

期几百年好像是突出的一节，欧、亚、非三大洲开始真的连成一片了。"

《十字街头象牙塔》（上、下）刊《读书》1999 年第 10、11 期。探讨公元前 6 世纪以后亚、欧、非几百年间的游行教学情况，指出象牙塔中和十字街头两种不同的教育方式形成了文化的显、隐两面。"从西到东，从希腊、埃及、伊朗、印度到中国，依据我们现有的文献和文物知识，在这几百年间，世界（亚、欧、非）各地都有无定所的游方教师传播知识、思想、信仰，而且继续下来，一直和有定所的学校教育并行……忽略这一方面，只重视学校课本，也就是所谓经典，那自然会有一些文化的传播与发展中的问题难以解决。""外国的教权，中国的皇权，是千百年间文化教育的主宰（近代外国又加上财权，不必多谈），有定所教育是主要形式了。仔细考察就会发现并不如此。权的力量无论如何广大深远，究竟是有限的，不能遍及一切，深入人心，永恒不变。所以同时照旧另有民间的种种不同的教育形式。可以说是一在上，一在下，一处显，一处隐，一是威力堂皇，一是潜力巨大。……游行教学就从来没断，不过是口头语言占大部分，文字记录仅是留下的痕迹。……差不多各国、各民族、各时期都有过这样的象牙之塔和十字街头的双重教育形式。仅看一面很难说明民族文化的显、隐两面，很容易犯以偏概全的毛病。"

《风流汉武两千年》写于 1999 年 7—8 月（刊《读书》2001 年第 1、2 期）。考察汉武对秦皇构想的帝国的发展和改造，思考历史和现实中一种隐而未断的传统，指出这一传统背后的经典。"秦始皇构建了大帝国的框架，组装了硬件。汉武帝确定了大帝国的中枢运作机制，加上了软件。……秦始皇用武力统一六国，创下大帝国的规模和政权，建立了金字塔式的，由最高的皇帝层层控制到最下层郡县的政权统治的结构，但是缺少可持续的运行机制。……

文帝开始了选（拔）举（荐）、策问（考试）的试验。武帝大加发扬。地方官举荐，本人自己也可以上书皇帝，都由皇帝亲自面试、选用。元朔元年下诏说，地方官不举荐'贤良'的有罪。举荐的不合格，或是举了坏人，当然也有罪。这样的选拔、举荐、征召、考试、上书献策自荐，然后由最高峰皇帝钦定去取，从汉武帝开始，到孙中山主张设考试院，形式虽有变化，制度模式早已成为传统。""中国若说有宗教，那就是'皇帝教'，一统天下的教，天下太平的教，只能有一不能有二的教。这是从朝廷到民间的，渗透各方面的，普遍思想信仰。这一思想仿佛是起源于孔子作《春秋》，在实践中创始的是秦始皇，建立并完成的是汉武帝，一直传下来，成为帝国的精神支柱。这是不是'黄、老'的'黄'，'黄帝教'？也就是齐国公羊高传下来的《春秋》大义？……自从春秋、战国以后，秦皇、汉武以来，由汉武帝和三位大臣的实例可以看出，不管叫做什么黄、老、儒、法、道，甚至中国化了的佛（法王、空王），'万变不离其宗'，思维路数来源基本上是《春秋·公羊传》：尊王、攘夷，'拨乱世，反诸正'，'大一统'，'为尊者讳，为亲者讳，为贤者讳'，'为中国讳'，人、我，善、恶，褒、贬，界限分明。照这一种说法，汉武帝时代不仅出现了超前的政权中枢机制，而且发展了一种政治指导思想持续下来，这是世界各帝国所少有的。"

《秦汉历史数学》写于 1999 年 9—10 月（刊《读书》2000 年第 7、8 期）。考察秦汉之间的承续及变化，指出高层机制运转的奥秘，兼及人才、经济、金融问题。"皇帝是个虚衔，一个名、位，至高无上，但不一定等于统治全国的实际权力。好比数学上的零，本身什么也没有，不过是表示一个不可缺少的位。但在前面有数字再加上表示乘方的指数时就有了意义。""单就功能说，一个虚位的零对经济、政治、军事构成的三角形起控制作用。这个三是数学的群，不是组织、集体，是核心，不是单指顶尖。三角的三边互为函数。三个三角平面构成一个金字塔。顶上是一个零，空无所有，但零下构成的角度对三边都起作用。这些全是只管功能、效果，不问人是张三、李四。所谓'有德者居之。无德者失之'。德应当是指作用，不是指随标准变化的道德。秦始皇布置天下而没有建立这样的核心。……刘邦虽是零，无才无德，高居坚实的金字塔之上，就代表整个金字塔了。这个小金字塔高踞全国王、侯、太守等组成的官吏巨大金字塔之上，统治天下，难得的是他清楚知道这个奥妙，而且宣布出来，巩固下来，成为模式。""'孤家、寡人'需要亲近助手，实际是隐形的稳定核心。能干的皇帝如文帝、武帝会灵活运用周围的起这类作用的人，无能的就不行了，非有不可，于是他身边的能干人自然会发挥有效功能了。首先是后妃。无人可信，只得用妻妾了。……另一类近侍是太监，他们在后汉公然出面，结束了刘家的王朝。……这个坚强稳固的权力核心像不倒翁一样维持中国的帝王专制长期不变。核心散而复聚，天下分久必合。……历史确实是数学，虽是人所创造，却不知道人的感情爱憎和道德善恶，只按照自己的隐秘公式运行。历史前面挂着从前城隍庙里的一块匾，上写着四个大字：'不由人算'。"

《挂剑空垄》（新旧诗集）出版，生活·读书·新知三联书店，1999年5月。"这本书是我的新诗旧诗合集，题名《挂剑空垄》，也可以说是'和过去对话'，但不如用这个名字好，因为其中有两个老故事，意义层次就比较多了。""我的诗无论新旧都是对过去的人和事和时代说话的，而别人读我的诗也是现在读过去。我和读者同是在做现在和过去的对话，和当年季札、刘峻，还有不少古人的'挂剑空垄'是一类。"（《解题》）

《梵竺庐集》出版，江西教育出版社，1999年9月。张大明、刘福春、桑吉扎西编选，书分三册，甲《梵语文学史》、乙《天竺诗文》、丙《梵佛探》。甲、丙两种均已单行过，《天竺诗文》收入所译印度诗和散文及《天竺旧事》《中印人民友谊史话》。

《文化问题断想》出版，吉林摄影出版社，1999年9月。未署编者，乃集与文化有关之文章成册。

2000年　89岁

《数学花木兰·李约瑟难题》刊《读书》2000年第3期。以1453年为线，指出数学发展对欧洲的重要性，尝试解答李约瑟难题。"十五世纪是明朝，这时期中国的科学、技术，或扩大说文化，仍旧照原来的千余年不变的步伐、节奏走，没有巨大激烈的变化。……可是欧洲不同，十五世纪起了空前巨变，和从前大不一样了。所以问题不在中国而在欧洲。不是中国忽然走慢了，而是欧洲突变，有了大跃进的文艺复兴。《费马大定理》讲数学历史时有一句话正是解答这难题：西方数学的重大转折点出现于一四五三年。……这一年，土耳其人攻占并洗劫了东罗马（拜占庭）帝国首都君士坦丁堡（伊斯坦布尔）。……原先罗马共和国继承了希腊语文化，后来西罗马帝国是拉丁语文化，现在希腊语文化回来了，还加上阿拉伯语（渗透土耳其语和波斯语）文化和希伯来语（犹太语）文化，形成了多种文化大汇合，发生了激烈的矛盾、冲突、排斥、吸收、转换、变化的情景。原本据有东欧（希腊、巴尔干半岛及其他）、西亚、北非的东罗马为土耳其人的大帝国所取代。（这个深层分裂至今还有表现，文化会合或整合还在冲突和融合中继续。地中海区域的三洲结合处已成为全世界视野的焦点之一。）数学，也许可以说是科学的神经，显示出文化的缩微景象。这时期，欧洲人普遍应用了阿拉伯人的记数法，承认了被长期否定的零（印度人发明'用零除'表示无穷大，中国佛经译零为空），学会了阿拉伯人的代数学（欧洲语言里的这个词就是阿拉伯字）等等。（若

没有这些就不会有牛顿的微积分和电子计算机了。）……这就是一四五三年东罗马灭亡的意义。"（《数字花木兰·李约瑟难题》）①

　　6月，写《倒读历史》（刊《读书》2000年第9期）。思考人对历史的认知方式，涉及前沿科学问题。"我们怎么学历史？我倒有一点想法。一说到历史就是从古到今一条线。事实上，我以为，我们认识历史是从今到古，从现在推到过去，从记得最清楚的昨天的事追到不大清楚的从前的情况的，是把现在当作过去的粉底、基调的，是从现代追索和理解古代的，因此历史一成不变，我们对历史的认识却能不断创新。""科学有自己的范式，不以对象分。书（按《20世纪科学技术简史（第二版）》）虽是科学院自然科学史所编出的，但并不脱离社会，指出现代出现的必须由科学解决的社会问题，例如人口增长和计划生育，还有专章论述人工智能、环境科

①　4月17日，与人谈此问题。"他向我提出一个问题：'你说，中国人在古代科学技术上是领先西方的，为什么明朝以后中国整个社会的发展就都落后于西方了呢？'我用一种比较传统的看法回答了他：'这多半还是与中国有太顽固的专制传统有关。'对这个答案他并不太满意，他认为，主要的问题并不在中国，而在西方。……他发现15世纪以后所有近代初期的西方思想家和科学家几乎都是数学家，而数学可以说是科学的神经，显示着文化的缩微景象。"他向我强调：'西方数学发展的重大转折点出现在1453年。这一年，中国没有大事，但土耳其人攻占并洗劫了东罗马帝国首都君士坦丁堡。由于古罗马时代的残余科学文献过去一直保存在君士坦丁堡，城陷之时，那里的学者带着残书逃向了西方。原先罗马人继承了希腊文化，后来西罗马帝国是拉丁文化，现在希腊文化随着逃来的东罗马学者又回来了，还加上了阿拉伯文化和希伯来文化，这就在西欧形成了多种文化的大汇合，发生了激烈的矛盾、冲击、排斥、吸收、转换、变化的情景。……西欧多种文化汇合产生了新文化，突出表现在仿佛前锋的数学和文学艺术方面，构成所谓文艺复兴。有了数学的飞跃，才有其他自然科学的大进步，才有了以后西方工业革命的基础，才有了西方社会发展上的飞跃。……随后，他得出了这个极有意义的结论：'任何一种文化，如果没有外来文化的冲击、影响和补充，是难以产生革命性变异的。'"李工真，《我所认识的金克木先生》，《人物》，2001年第7期。

学。论述历史不能只说好话，回避黑暗，害怕教训。那样就会一错再错。所以书的末章说的是苏联李森科事件和科学厄运，指出以政治结论代替科学研究，政治干涉科学使自己内讧，让别国的人前进，发展遗传学，发现基因。这样明似自豪、自尊，实是自残、自杀。"

与人谈。"他又与我谈起作为学者应有的精神状态问题，我想起爱因斯坦1918年4月在柏林物理学会举行的马克斯·普朗克六十岁生日庆祝会上的讲话《探索的动机》，便背给他听：'……促使人们去做这种工作的精神状态是同信仰宗教的人或谈恋爱的人的精神状态相类似的，他们每天的努力并非来自深思熟虑的意向或计划，而是直接来自激情……'这一次，对我用爱因斯坦的话作出的回答，他很满意，便笑了笑说道：'是的，我这一生，最大的乐趣就是'发现的快乐'。'"[1]

入院，问医生。"我已经进入到涅槃境界了，为什么还没有死呢？"[2]

病房过生日。"8月1日（阴历七月初二），也就是去世的前四天，金先生在病床上悄然度过了自己的米寿，他笑着说：今天是我的生日啊。我是哭着来，笑着走。"[3]

8月5日，与世长辞。"我国著名梵语学家、北京大学外国语学院东方语言文化系教授金克木先生因病医治无效，于8月5日在北京逝世，享年88岁。"[4]

《孔乙己外传》（小说集附评）出版，生活·读书·新知三联书

---

[1] 李工真，《我所认识的金克木先生》，前揭。

[2] 李工真，《我所认识的金克木先生》，前揭。《再阅〈楞伽〉》中言："'涅槃'是译音，本义是吹熄灭了。灭了，那还有什么永恒，有什么本性呢？"

[3] 王小琪，《金克木先生——哭着来　笑着走》，《中华读书报》，2000年8月16日。

[4] 《人民日报》，2000年8月11日。

店，2000 年 9 月。自编文集，收入《孔乙己外传》《九方子》《难忘的影子》《新镜花缘》《化尘残影》及其他回忆文章。

《译匠天缘》出版，大众文艺出版社，2000 年 10 月。收忆旧及论学之文，未署编者。

2001 年

《华梵灵妙——金克木散文精选》出版，海天出版社，2001 年 5 月。龙协涛选编。

2002 年

《风烛灰——思想的旋律》出版，生活·读书·新知三联书店，2002 年 7 月。"这是金克木先生生前亲手编定的最后一部文集。最初拟收前十六篇文章，写于一九九八年至一九九九年间。一九九九年底基本编定，但先生似乎还不打算罢手，进入二〇〇〇年，又一次次寄来新作，嘱收入集中。六月二十七日，他寄来刚刚写就的《倒读历史》一文，万万没有料到，五六日后，先生便病重入院，一个多月后与世长辞。""《拟寓言诗》和《致沈从文函》分别写于半个世纪之前的四十年代。先生对旧文原本还想写点什么，可惜未能如愿。现经其女木婴整理，一并归入本集。"[1]

《印度文化余论——〈梵竺庐集〉补编》出版，学苑出版社，2002 年 8 月。收未入《梵竺庐集》的有关印度文化文章。"我所生产的关于印度文化的书已合为《梵竺庐集》三卷出版，现在把另外的有关印度文化的十篇零散文章合成一集。这里的十篇文中，三

---

[1] 三联书店编辑部，"编后"。

篇是关于佛教的，三篇是关于艺术的，二篇涉及政治，二篇述说文学，总之是谈论印度的文化思想。这些文看来说的都是过去，甘地和两位泰戈尔也都是历史人物，可是论到的文化思想都与现在不无关联。读者如不怕费心思，可以自己由古向今推导。"(《引言》) ①

2011 年

八卷本《金克木集》出版，生活·读书·新知三联书店，2011年5月。以所出诸书为本，收入集的著译和部分佚文，校订精细。"《金克木集》凡八卷，四百余万字，收录了迄今能找到的作者的诗文、学术专著、随笔杂文和译著等作品。第一卷为诗文集，包括新旧诗集、自传体小说和回忆录；第二、三卷为作者在印度文学、文化及比较文化、艺术科学等领域的学术著述；第四、五、六卷为作者有关文化问题的随笔杂文；第七、八两卷为译作。各卷均有'本卷说明'，以交代每一卷作品的大致写作时间、版本流传、编排情况及与其他卷次的参见关系等。""《金克木集》的出版得到了作者家属的大力支持，尤其是女公子金木婴女士，搜集整理了大量的集外文，提供了作者生前出版各著作之原版样书。中国社科院外文所黄宝生、郭良鋆先生，核订了书中全部梵文、拉丁文转写。"②

---

① "引言"写于 2000 年 2 月 23 日。

② "出版说明"。

后　记

　　2000 年大学毕业前，因为某些出乎意料的事，我对人失去了信心，更不愿面对即将踏入社会的前景，每日里坐卧不安，骑着一辆锈迹斑斑的自行车，沿着海边转来转去。这样过了将近两个月，精神状况每况愈下，我几乎很难在某件事上集中注意力。现在回想起来，对当时的自己来说，那几乎是一次绝难度过的精神和生活双重危机。

　　我意识到，必须找到方法来停止这情绪耽溺，否则后果不堪设想。对一个需要考虑月底吃饭问题的学生来说，想走就走的旅游太费钱了，差不多只能在读读写写上打主意。那段时间，我抄了《野草》全文，还从一本历代笑话集里选抄了百多则，另外还有些什么不记得了。借助抄写，精力稍稍有所恢复，能够看一点儿书了，但不能太劳神费力，我便从书架上取下过去收集的一些小册子，借以恢复阅读习惯。那批小册子里，就有金克木的几种。

　　已经忘记当时读的是金克木的哪几本书，只记得有些篇章富有启发，我有点明白了，只凭情感本能很难处理复杂的世间事务，很多时候需要动用理智。这个印象一直留在脑海里，促使我后来不断收集和翻阅金克木的其他作品。四五年下来，世面上能买到的金克木作品，我尽力收齐并通读过一遍，受益之处颇多。出于这个原因，2006年，我编选了一本《书读完了》，希望能有更多的人读到金克木的文章。后来，为减少《书读完了》的遗珠之憾，我又编过一本《文化三书》（再版时移名《明暗山——金克木谈古今》），期望能够稍微全面地呈现金克木的思考方式。

两次选编不但没有让我满足，反而在重读过程中，觉得有越来越多的工作需要做。比如，金克木的自学几乎成了传奇，可他自学的方法是什么？比如，金克木曾有近三十年中断了学术工作，晚年奇思妙想层出不穷的原因何在？比如，很多人欣赏金克木的思想文章，为何至今没有一个哪怕简陋的年表？……这些比如经常在我脑子里回荡，大多数时候盘旋一下就过去了，从来没深想怎样来解决这些问题。

去年发生在我身上一件事，是人必然要遇到却又希望永远不要遇到的。与此事周旋的过程中，我感受到了生命的匆遽和顽韧。某天，脑子一动，忽然又忆起上面的诸多比如，就想，金克木已经顽韧地走过了他的世间之路，我能不能尽自己的微力试着解决其中的一个比如呢，比如来做一个编年录？尽管诸务多扰，时间被切碎成一块一块，也可以在块状的缝隙里一条一条写下去不是吗？就这样，第二天清早，我打开电脑，敲下了这本书的第一行字。

开始我就知道，这绝不是件轻松的事，可一年一年编下去的时候，这不轻松才具体地显现出来。金克木文章中提到的很多作品，还散见在不同时代的报纸里；不少回忆提到的事情，与其他记载互有参差；更不用说那些特殊时空里突然的空白，无端的消失，有意的回避……我不得不沿途追索，处处志之，时时有顾此失彼之感，常常有就此放弃的念头。

那些隔几天查到的佚文，时不时出现的旁证，某处空白的填补，都给了我继续下去的勇气。更重要的是，随着写作的深入，金克木独特的学习和思考方式逐渐聚拢为一个整体，玲珑剔透又变化

后 记

多端，我从中感到的鼓舞远远大于沮丧。或许没有什么比惊奇更为吸引人，或许所有的东西都会有自己的"格式塔"（Gestalt 完形），反正最终，书就这样完成了。

除了诸多难以查找的资料，因为金克木庞杂的知识系统和丰沛的才情，我并不是适合做这个工作的人，因此书中的疏漏和缺憾肯定比比皆是。更大的问题在于，虽然明知道会有各种各样的缺陷，我还时时想着别出心裁，实验一些自己能想到的方式，希望这本书有机会成为并非虚构的成长小说，可以给人带来不局限于一时一地的益处——尤其是在时代和命运偶然或必然的触碰下，一个人如何不消泯掉所有的自强可能，甚至在某些特殊的时刻转为上出的契机。以上不切实际的想法造成的实际问题或许是，这次写作恰恰成了某种不应如此写的异样标本。

所有的遗憾都不应该埋没该有的感谢。感谢上海图书馆的祝淳翔先生在查找资料时给予的大力协助，感谢中国现代文学馆提供的各种便利，感谢《江南》杂志先行刊出这本尝试（essai）之作的主要部分。

最后，感谢李宏伟的激励和耐心，感谢作家出版社的宽容，这本书才有了经受更多读者检验的机会。

黄德海

2021 年 6 月 21 日

图书在版编目（CIP）数据

读书·读人·读物：金克木编年录/黄德海撰.--北京：作家出版社，2022.6

ISBN 978-7-5212-1588-5

Ⅰ.①读… Ⅱ.①黄… Ⅲ.①纪实文学－作品集－中国－当代 Ⅳ.①I25

中国版本图书馆 CIP 数据核字（2021）第 223384 号

读书·读人·读物：金克木编年录

作　　者：黄德海
责任编辑：李宏伟
装帧设计：合和工作室
出版发行：作家出版社有限公司
社　　址：北京农展馆南里 10 号　　邮　　编：100125
电话传真：86－10－65067186（发行中心及邮购部）
　　　　　86－10－65004079（总编室）
E－mail: zuojia@zuojia.net.cn
http://www.zuojiachubanshe.com
印　　刷：河北鹏润印刷有限公司
成品尺寸：145×210
字　　数：243 千
印　　张：9.375
版　　次：2022 年 6 月第 1 版
印　　次：2022 年 6 月第 1 次印刷
ISBN 978－7－5212－1588－5
定　　价：65.00 元